1 사랑과 성·여성·만남·이별

한국 소설 묘사 사전

조병무 편

푸른사상
PRUNSASANG

한국소설묘사사전 1
사랑과 성, 여성, 만남, 이별

2002년 5월 7일 1판 1쇄 인쇄
2014년 4월 25일 1판 2쇄 발행

엮은이 • 조 병 무
펴낸이 • 한 봉 숙
펴낸곳 • 푸른사상사

등록 제2-2876호
서울시 중구 충무로 29 이시아미디어타워 502호
대표전화 02) 2268-8706(7) 팩시밀리 02) 2268-8708
메일 prun21c@hanmail.net
홈페이지 //www.prun21c.com
편집/ 지순이, 김소영
기획 • 영업/ 이상만, 강하나

ⓒ 2002, 조병무

값 25,000원
* 잘못된 책은 교환하여 드립이다.

한국소설묘사사전 1

사랑과 성 · 여성 · 만남 · 이별

• 일러두기 •

① 작가는 자모순으로 배열함.
② 작품 배열은 쪽의 순서에 의함.
③ 작품마다 출판사 및 연도를 표시함.
④ 작품 제목은 해당 제목으로 표시함.

◇ 책머리에

　작품에서 그리고 있는 묘사는 바로 그 작품의 문학성과 예술성에 접근하려는 주제와 더불어 작가정신의 핵심이기도 하다. 이 사전 묘사(描寫; description)란 언어에 의한 사물의 전달, 물체의 독특한 행위를 기술적이고 의도적으로 나타내는 데 있다. 그러므로 작가가 표현하고자 한 가장 구체적이면서 중심적 항목을 분류, 설정한 것이다. 소설은 주인공의 행동이 벌어지는 마당이다. 그러므로 표현의 구체성을 주축으로 이를 분류하여 그 해당 항목의 묘사부분을 찾아보도록 하였다.

　'사랑과 성'편 묘사는 애정표현 극대화와 전달, 행위의 역동성에 두었다. '여성'편은 그의 원초적 인상에 두었으며, '만남'편은 사람들 간의 접촉의 행위, '이별'편은 아픔과 슬픔, 여림과 기대 등에 중심을 맞추었다.

　이 사전에서 '묘사의 분류'를 시도한 의의는 바로 작가 지망생에게 여러 분야의 소설 속의 표현이 어떠한 방법으로 그려지고 있는가에 대한 문학수업을 목적으로 하고 있다. 작품은 사전식 분류의 특수성으로 일부분만 발췌하게 됨은 편제상으로 어쩔 수 없음을 밝혀둔다.

　이 사전을 엮는 십여 년 동안 독회, 카드작성, 분류, 검토, 워드작업과 검색을 동덕여대 국문과, 문창과, 한국소설묘사연구회 여러분과 나의 외손녀 유정원, 정진의 아름다운 손길, 푸른사상사의 한봉숙 대표와 김현정 편집실장에게 감사한다.

2002. 삭불 思無邪室에서

편자 조 병 무

차례

사랑의 솔직한 표현의 우월성

소설은 사랑의 표현이다라는 명제를 설정하여도 정론이 될 것이다. 어떠한 방법으로든 소설 속에는 사랑(love)이라는 관계를 설정하여 그 관계를 여러 가지 선으로 얽혀가게 함으로 스토리는 다양해지고 재미있게 되는 것이다. 사랑을 그려 가는 소설 속의 표현은 관계 설정이 더러는 직선이 되기도 하고 곡선이 되기도 하며, 그 직선과 곡선이 얽혀져 풀기 어려운 국면으로 몰고 가기도 하는 다양한 사건으로 그려 가는 것이 소설가들의 작품 속의 묘사 기술이다.

작품의 묘사에서 사랑과 성(sex)은 사실 구분되어야 한다. 반드시 사랑은 성의 직접적인 행위와 관계설정을 하는 경우도 있지만 그렇지 않은 경우도 허다하다. 사랑은 남성과 여성이라는 두 개체의 성이 이루어내는 본능적 요소일 수도 있고 자연현상일 수도 있다. 이러한 두 개체 사이에는 감정과 본능이 개입하여 정신적 요인으로 인격적인 교제나 인격 이외의 가치와의 교제가 이루어지고 사람의 근원적인 감정의 지배 하에 놓일 수 있다. 그래서 작가의 사랑에 대한 묘사는 이러한 양자의 입장에서 구체화되고 스토리가 다듬어진다. 사랑은 여러 가지 모습으로 작가에 의해 만들어진다. 작가가 만들어지는 사랑에는 성(sex 性)이 따르기 때문에 그 성적 욕망과 욕구에 의해 사건이 생겨난다. 물론 사랑에는 에로스(Eros)적인 사랑과 아가페(agape)적인 사랑의 극치를 다양하게 만들어내는 것은 물론 플라토닉 러브(Platonic love)의 순수하고 무고의 정신적 사랑과 황홀하고 장엄한 사랑도 맛 볼 수 있는 것이 작가의 기술이다. 소설가에 의해 그려지는 사랑의 다양한 묘사는 사랑과 성과 사건의 일체에 의해 그 방법과 전말의 연결이 다양해지기도 한다. 작품 속에 그려지는 사랑관계 묘사에서 동일한 스토리의 작품의 묘사라 하드라도 그 상황의 설정에 따라 작가는 다양한 묘사기술을 나타낸다. 그것은 그 작가의 작품의 분위기와 스토리 전개의 과정을 유지하기 위한 특수한 채색의 서술미라 하겠다.

사랑의 묘사는 그 장면 장면에서 필요한 과정의 진행을 그려 줄 때 구체적인 시간과 공간의 묘사를 그려줌으로 보다 자상하게 이해되도록 하는 경우가 있는가 하면 간결한 암시적인 묘사를 활용함으로 그 대부분의 과정을 독자의 상상력을 동원할 수 있도록 작가는 먼 거리에서 이야기를 풀어 준다. 구체적인 묘사는 작가의 한계 속에 머물 수 있지만 간결하고 암시적인 묘사는 독자의 무한의 새로움 속에서 보다 넓고 크게 그 과정을 그려 볼 수 있다. 다만 그것은 작가의 작품적 구성에서 행해지는 기법이다.

작가가 그리는 사랑에 대한 묘사에서 스토리 전개상 사랑의 장면을 그리고 설정할 때 순수한 사랑의 방법과 복수를 전제로 한 사랑, 그리고 폭력적인 사랑으로 나누어 볼 수 있다. 다만 묘사사전에서의 장면의 발췌는 전체 스토리와의 관계를 이해할 필요는 없다. 한편의 장면에 불과하니까. 그 자체의 묘사에 대한 이야기일 뿐이다.

> "장선 꼭 이런 날 밤이었네. 객줏집 토방이란 무더워서 잠이 들어야지. 밤중은 돼서 혼자 일어나 개울가에 목욕하러 나갔지. 봉평은 지금이나 그제나 마찬가지지. 보이는 곳마다 메밀밭이어서 개울가가 어디 없이 하얀 꽃이야. 돌밭에 벗어도 좋을 것을, 달이 너무나 밝은 까닭에 옷을 벗으러 물방앗간에 들어가지 않았나. 이상한 일도 많지. 거기서 난데없는 성서방네 처녀와 마주쳤단 말이네, 봉평서야 제일 가는 일색이었지…… 팔자에 있었나부지." … (중략) …
>
> "날 기다린 것은 아니었으나 그렇다고 달리 기다리는 놈팽이가 있는 것두 아니었네. 처녀는 울고 있단 말야. 짐작은 대고 있으나 성서방네는 한창 어려워서 들고날 판인 때였지. 한집안 일이니 딸에겐들 걱정이 없을 리 있겠나? 좋은 데만 있으면 시집도 보내련만 시집은 죽어도 싫다지…… 그러나 처녀란 울 때같이 정을 끄는 때가 있을까. 처음에는 놀라기도 한 눈치였으나 걱정 있을 때는 누그러지기도 쉬운 듯해서 이럭저럭 이야기가 되었네……"
> — 이효석 「메밀꽃 필 무렵」에서

열네 살의 소년이 된 아이는 뒷집 계집애보다 더 이쁜 소녀와 알게 되었다. 검고 맑고 깊은 눈이며, 신선하고 건강한 볼, 그리고 약간 붉은 듯한 머리카락에서 풍기는 숱한 향기, 아이는 소녀와 함께 있으면서 그 맑은 눈과 건강한 볼과 머리카락 향기에 온전히 홀린 마음으로 그네를 바라보기만 하면 그만이었다. 그러나 소녀 편에서는 차차 말없이 쳐다보기만 하는 아이에게 마음 한구석에 어떤 부족감을 느끼는 듯 했다. 하루는 아이와 소녀는 모란봉 뒤 한 언덕에 대동강을 등지고 나란히 앉아 있었다. 언덕 앞 연보랏빛 하늘에는 희고 깨끗한 구름이 빛나며 떠가고 있었다. 아이가 구름에 주었던 눈을 소녀에게로 돌렸다. 그리고는 소녀의 얼굴을 언제까지나 들여다보기 시작했다. 소녀의 맑은 눈에도 연보랏빛 하늘이 가득 차 있었다. 이제 구름도 피어나리라. 그러나 이때 소녀는 또 자기만 뜻없이 바라보고 있는 아이에게 느껴지는 어느 부족감을 못 참겠다는 듯한 기색을 떠올렸는가 하면, 아이의 어깨를 끌어당기면서 어느새 자기의 입술을 사내애의 입에다 갖다대고 부비었다. 아이는 저도 모르게 피하는 자세를 취하였으나, 서로 입술을 부비고 난 뒤에야 소녀에게서 물러났다.

― 황순원 「별」에서

이효석의 「메밀꽃 필 무렵」에서 허생원이 봉평에서 있었던 성서방네 처녀와의 만남과 그 사랑의 순간을 묘사한 이 장면에서는 작가가 의도적으로 만남의 과정을 극히 생략하여 허생원과 성서방네 처녀와의 교감되는 찰나의 과정을 지극히 간략하게 그려주고 있다. 어떤 구체적인 정황의 묘사를 절제하여 짧은 시간적 간격을 최소화하여 선명하게 인상되도록 묘사되고 있다. 이효석의 묘사는 간결한 문체를 동원한다. "보이는 곳마다 메밀밭이어서 개울가가 어디 없이 하얀 꽃이야." 주변적인 상황을 그려 줌으로 그 분위기를 설정한다. "돌밭에 벗어도 좋을 것을, 달이 너무나 밝은 까닭에 옷을 벗으러 물방앗간에 들어가지 않았나. 이상한 일도 많지. 거기서 난데없는 성서방네 처녀와 마주쳤단 말이네. 봉평서야 제일 일색이지…" 성서방네 처녀와의 만나는 과정의 묘사는 자연이라는 배경과 옷을 벗는다는 행위와 물레방앗간이라는 무대가 설정되고 있다.

그리고 "처녀는 울고 있단 말이야"에서 설정의 관계는 사건을 끌어내는 묘미를 가져다 준다. 이효석은 이 작품에서 옷을 벗는 행위의 설정을 "돌밭"과 "달"이라는 이유를 달고 있다. 달이 너무나 밝은 까닭을 들고 있으며 그래서 돌밭은 무산되고 물레방앗간이라는 무대가 설정된다. 이러한 일말의 표현은 이효석의 순수한 감정의 이끌어짐을 나타내려는 정서적인 기술이다.

허생원과 성서방네 처녀는 그래서 "처녀란 울 때같이 정을 끄는 때가 있을까. 처음에는 놀라기도 한 눈치였으나 걱정 있을 때는 누그러지기도 쉬운 듯해서 이럭저럭 이야기가 되었네." 여기서 우리는 이효석의 표현의 묘사가 극치에 와 있음을 알 수 있다. 그의 사랑에 대한 묘사는 사실상 "이럭저럭 이야기가 되었네"가 전부다. 그 이전의 사설은 정황의 그려줌에 불과하다. "그럭저럭 이야기가 되었네"라는 이 한 문장의 묘사가 사랑의 이루어짐에 대한 무한한 상상력과 사건의 전말을 독자에게 맡기고 있는 것이다.

이효석의 이러한 묘사는 사랑의 구체적인 행위의 묘사가 절제되어 주변적 상황의 전황을 그려주어 "처녀란 울 때같이 정을 끄는 때"와 "그럭저럭 이야기가 되었네"라는 일상적인 설명으로써 가장 귀중한 장면의 묘사는 성공을 거두고 있다. 이효석의 작품은 이미 성인들의 사랑의 묘사를 실제 행위로 끝나는 성(sex)행위에 까지 접근하였지만 작가의 묘사는 성행위의 구체적 채색은 없다.

황순원의 작품 「별」에서도 "열네 살의 소년이 된 아이는 뒷집 계집애보다 더 이쁜 소녀와 알게 되었다."로 시작된다. 이 소년과 소녀의 사랑은 순수하고 순박한 사랑의 모습을 그리고 있다. 인용한 장면의 묘사에서 그들이 "자기의 입술을 사내애의 입에다 갖다 대고 부비는" 과정까지의 사랑의 표현은 그 주변의 자연적인 조건을 제시하고 그 분위기를 빛으로 그려준다. 연보라빛 하늘과 희고 깨끗한 구름을 소년과 소녀의 주변에 설정하여 그들의 사랑이 하늘과 구름같이 맑은 사랑의 정신적 영역을 설정하고 이를 "입술을 사내애의 입에다 갖다 대는" 사랑의 분위기를 만들어 나갔다.

사랑의 묘사에서 구체적인 행위의 묘사로 접근하면 행동의 범위가 넓어지고 주변의 공간이 복잡하게 그려질 수 있다. 그것은 사건의 전말에 따라 그렇게 구체화시키지 않으면 작품의 효과를 기대할 수 없는 경우가 생긴다. 이효석과 황순원의 위의 예시문에서 본 것은 그러한 간결하고 암시적인 묘사이며 순수한 분위기의 공감대를 불러일으키는 순간 포착의 묘미를 느낄 수 있다.

사랑의 느낌과 감정을 지순한 사랑의 흔적으로 끌고 가려는 사랑도 있다. 이러한 경우의 작가는 그 사랑의 농도를 표현할 때 심정적인 강도를 영혼의 세계로 끌어 올려 지고하고 지순한 정신적 영역을 모아 들이는 표현을 많이 기술한다.

> 그래, 당신 옆에는 내가 있어. 당신이 저 깊은 물 속에 가라앉아 있다 하더라도 나는 그 곁에서 하늘거리는 가느다란 수초로 머무를 거야, 당신이 영원 속을 떠도는 한 점의 먼지라면 나는 당신을 영롱하게 빛내주는 한 줄기 햇빛으로 당신을 따라다닐 거야. 아, 당신이 저 하늘 어딘가에서 흰 옷자락을 날리며 떠도는 영혼으로 존재한다면 나는 그 옆에서 한 줌의 구름으로 당신을 바라보고 있을 거야……
>
> — 양귀자 「천년의 사랑(상)」에서

양귀자는 독백조의 표현으로 지순한 사랑의 순간을 그리고 있다. 여기서는 그들이 갖고 있는 사랑의 순간에 대한 포착과 함께 영원성에 대한 형태를 심정에 나타나는 정신적인 언어와 이를 구체화시키는 독백의 형식을 취하고 있다. 그러한 표현을 시적 감성과 정서를 살려내는 것이 오히려 표현의 진솔함을 더 한층 가미시킬 수 있다.

사실 소설의 묘사에서 가장 친근감을 나타낼 수 있는 묘사는 사실적이고 구체적인 묘사의 방법이다. 암시나 절제의 방법은 정서적인 효과는 극대화하지만 소설적인 재미의 사실성은 부족하다. 우리의 소설에서는 사랑의 농도를 보다 구체화시키고 적나라하게 표현하면 자칫 통속적 형식의 분류에 포함시키는 경우를 보아왔다.

특히 사랑의 묘사에서 남녀간의 성행위는 소설에서 많이 그려지는 동작의 하나이기 때문에 그 행위는 구체적이며 사실적이면 더욱 스토리의 이해와 감상이 그만큼 적극적이 된다. 작가는 작품에서 독자에게 어떻게 표현하고자 하는 이야기를 적극적으로 나타내느냐 하는 것이 중요하다.

그래서 소설에서 사랑의 구체적 묘사 역시 그 묘사의 기법은 여러 측면에서 살펴 볼 수 있다. 사랑의 감정적인 표현 묘사는 대체로 기법이 입체적 표현, 평면적 표현, 전형적 표현, 개성적 표현 등으로 나누어 볼 수 있다. 그리고 기법의 농도에 따라 점진적 사랑 행위, 급진적 사랑 행위의 표현을 들여다 볼 수 있다. 그것은 작가에 따라 다양하게 묘사되고 표현의 언어적 기능도 그 농도의 폭을 넓히기도 하고 좁히기도 한다.

A가 자신을 유리벽에다 대고 압박해 오자 여자는 다급한 동작으로 그의 목을 두 팔로 틀어 안으며 이렇게 소리쳤다. 그러면서도 그녀는 엉거주춤 한쪽 다리를 들어올렸다. 따라서 A의 오른손은 차가운 빗물에 젖어 있는 여자의 짧은 치맛자락 속 허벅다리 안쪽을 미끄러지듯 거슬러 올라가 순식간에 그녀의 깊은 곳까지 이를 수 있었다. 이어 A의 오른손 집게손가락과 가운데 손가락은 삼각팬티의 틈서리로 헤집고 들어가 폭이 좁은 메리야스가 겨우 덮고 있는 그녀의 그 보드랍고 축축하고 그리고 따뜻한 음부를 찾아들었다.

'오!'

A의 손이 자신의 깊고 은밀한 곳을 파고드는 순간 여자는 금방이라도 허물어질 듯이 A의 어깨에 머리를 기대며 낮고도 깊은 한숨을 토해냈다. A의 손은 무너져 내리려고 하는 여자의 중심을 떠받치기라도 하듯 그녀의 음부를 떠받쳐 올렸다. A의 손바닥 안에 고스란히 자신의 음부를 내맡긴 여자는 무기력한 두 팔을 A의 어깨 위로 늘어뜨렸다. 다음 순간 A는 여자의 엉덩이를 움켜잡고 있던 손을 빼내어 자신의 바지 지퍼를 내렸다.

― 하일지 「새」에서

하일지의 이러한 표현은 입체적이며 구체적 상황을 사실적으로 묘사하고 있다. 성행위의 점진적 표현은 시간적인 진행을 가지면서 그 자체에서 표현되는 몸의 동작과 남녀의 움직임이 현실화되고 있다. 이러한 묘사의 방법은 독자가 자의적이거나 임의로 상상하고 다른 요소로 끌려들지 못하게 하고 다만 작가의 지시대로 따라가면서 그 구체성을 확인하고 느낄 뿐이다. 암시적이거나 우회적인 표현에서 나타나는 독자적인 이해는 사라지고 오직 작가의 권능에 맡겨질 뿐이다.

하일지의 작품 「새」에서 이러한 묘사는 여러 각도로 그려지고 있다. 더러는 입체적인 표현이 있는가 하면 평면적인 단순 기법을 지니는 수도 많다. 그의 묘사는 퍽 개성적이면서 구체적인 사실성이 특징이라고 하겠다.

물기를 닦고, 신사는 미녀를 불끈 안아 침대에 눕혔다. 신사는 다시 미녀의 입술과목 그리고 전신을 핥기 시작하였다. 신사의 입술은 양쪽 자몽을 탐했다. 자몽에서는 새콤달콤한 꿀이 흐르고 있었다. 신사가 입술 세례를 퍼붓는 동안 미녀는 다리를 꼬거나 몸을 비틀면서 괴로워하고 있었다.

드디어 신사의 입술은 오아시스를 향해 다가가고 있었다. 그리고 그의 입술은, 아니 혀끝은 오아시스의 옹달샘을 여지없이 찾아내고야 말았다. 옹달샘에서도 꿀물이 흐르고 있었다. 그 옹달샘은 샘이 아니라 차라리 꿀이 넘쳐나는 도가니였다.

- 이광복 「이혼시대」에서

하일지의 묘사는 입체적인 사실성에 바탕을 두었다면 이광복의 구체적 묘사는 사실성과 암시적 묘사를 가미시키고 있다. "양쪽 자몽을 탐했다" "새콤달콤한 꿀" "오아시스" "옹달샘" "비행접시" "경찰봉" 등의 암시적 언어를 사용하여 그 대상의 행위와 순간의 상황을 따라가게 하기 위해 다른 사물에 접근함으로 상상의 폭을 독자에게 인식하려하고 있다.

사랑은 작품의 핵심이다. 이와 더불어 남녀의 성적 행위 역시 어떤 작품에서는 작품 가운데 또 다른 하나의 핵을 제공한다. 에로스의 사랑이나 아가페의 사랑이나 사랑의 근본은 인간의 근원적인 감정의 표현이라고 할 때 이것이 얼마나 세속화가 되느냐하는 것과 이를 작가가 어느 선의 철학을 지니고 표현되느냐라는 것과 독자의 인식의 폭이 어느 선에 와 있느냐라는 가치 판단의 기본이 중요하다고 본다.

넓은 의미의 사랑의 표현 방법은 성애(性愛)나 우애(友愛)가 있는가 하면 애국심이나 가족애 등도 사랑의 범주에 넣는다고 본다. 그러나 본 항목에서는 남녀간의 사랑과 성의 문제에 국한 것은 우리의 소설 속의 사랑과 성은 그만큼 인간의 본능적인 문제에 접근한 깊이를 바라보고자 함이다.

한국 소설의 사랑과 성의 묘사는 초기 한국 소설의 묘사 방법에서 최근의 묘사 방법이 많이 달라진 것을 사실이다. 초기 한국 소설의 사랑과 성의 묘사는 음미와 감상적 태도를 보여준 데 비해 최근의 작품에서는 구체적 사실적 표현에 치중되어 있음을 보게 된다. 그리고 초기 작품에서는 폭력적, 굴종적 사랑과 성의 표현이 많았으나 최근의 작품에서는 타협적, 인격적인 사랑과 성의 묘사가 많음을 볼 수 있다.

한국 소설의 사랑과 성의 묘사는 다양하게 변하고 있는 것은 사회적 정치적 경제적인 양상의 변화와 함께 많은 변화를 모색하고 있는 것만은 사실이다.

사랑과 성 묘사편

□강신재 「절벽」

쓰라린 미소로 그는 말을 맺었다. 그리고 다정히 경아의 팔목을 끌어 의자에다 앉혔다. 평범하고 즐거운 잡담으로 이끌어 넣음으로 하여 그는 오히려 경아를 위로하려는 위치를 취하였다.

경아는 왈칵 눈물이 솟을 듯한 격동을 누르고 있었다. 그녀는 처음으로 진심으로부터 현태에게 죄스러움을 느낀 것이었다. 그것은 또 그에 대한 뜨거운 사랑이기도 하였다.

말소리가 조금도 귀에 들어오지 않는 듯, 넋을 잃은 동자가 어느 때까지나 현태의 가슴께로 쏠리고 있는 것을, 현태는 또 구처없이 바라보며 어느덧 그도 침묵해 버렸다. …(중략)…

주말이어서 그런지 홀은 어디고 북적대었다. 경아는 퍽이나 행복한 사람같이 보였다. 마치 휘한 것처럼— 황홀한 꿈에 취한 것처럼 그녀는 현태의 가슴에 얼굴을 묻고 스텝을 밟았다.

(계몽사, 1995)

□강신재 「황량한 날의 동화」

차가운 물은 육감적이고, 넘실대는 압력은 징그럽지 않을 정도로 욕정적이기까지 했다. 명순은 바다에다 몸을 맡겼다. 한수는 중독 상태에 들어가면 한 달이고 반년이고 그 이상이고, 명순의 육체를 잊고 말았다. 그녀는 바닷물에서 오는 전신적인 압박에서 흘깃 남편의 애무를 감각하기도 하였다. 그러나 이윽고 모든 사념은 그녀의 머리에서 사라졌다. 그녀는 다만 운동의 쾌감을 느끼며 깊은 곳으로 헤엄쳐 나갔다. 수평선을 바라보며 멀리멀리까지 갔다. 온몸에 힘이 넘쳐흐르는 것을 느꼈다. 물의 차가움이 두세 번 달라졌다. 그녀는 나가기를 멈추고 몸을 뒤쳐 등으로 둥실 떴다. 구름이 눈부시다. 갈매기가 날아간다.

(금성, 1992)

□고 은 「화엄경」

서역 비단의 침상에 선재는 앉혀졌다. 그리고 새벽의 소마주 한 잔과 마른 생선의 뼈를 받았다. 술은 마시고 뼈는 씹어 먹었다. 얼마 뒤에 그는 아주 무서운 힘이 생겨났다. 빈 배가 가득해졌다. 그 때 혜화가, 사라가 벗겨지면서 그에게 쓰러졌다. 그는 마음 깊이 눌러 둔 불길이 몸 밖으로 솟아올랐다. 그와 그녀는 아침 해가 바다 저쪽에서 떠오를 때, 안개가 그런 햇빛을 가까스로 전해줄 때 서로 껴안아 버렸다. 그리고 선재로서는 처음의, 혜화로서는 마지막의 사랑에 빠지기 시작했던 것이다. 그들의 몸이 갖추고 있는 온갖 시설들이 동원되어서 서로 싸우는 행복 때문에 삶의 한복판을 이루고 있었다. 파도소리가 들렸다. 그러나 그들에게는 아무런 소리도 들리지 않았다. 언젠가 그들이 똑같은 시간에 서로 떨어져서 바라본 별이 빛났다. 그들이 서로 모르고 있을 때, 이렇게 만나서 사랑하리라고 상상도 하지 않았을 때, 그러나 한 별은 서로 다른 곳에서 봄으로써 하지 않았을 때, 그 한 별로 만났던 그때의 별빛이 그들에게 나타났다. 그러나 그들은 그런 별조차 알 수 없었다. 아무것도 몰랐다. 그러므로 그들의 몸이 하나가 되어서 모든 것을 나타낸 것이다. 그들의 팔과 가슴, 몸의 골짜기와 융기들은 펄펄 살아서 움직이고 활활 타올라서 목말랐다. 그는 그녀의 환희를 그의 것으로 빼앗고 그녀는 그의 정열을 그녀 자신의 것으로 빼앗았다. 그들은 그들 중의 하나가 아프면 그 아픔을 몸으로 느낄 만큼 하나가 되었다. 그들은 풍부했다. 몸 하나로 풍부했다. 그들은 세계를 가진 것이다.

(민음사, 1991)

□고은주 「유리」

우리는 같은 결론에 도달한 사람답게 의미심장한 미소를 주고받으며 커튼 뒤로 향했다. 다른 어떤 말도 필요 없었다. 이미 우리는 약간의 몸 짓만으로도 의사소통이 가능해지고 있었다. 섹스 이전의 가벼운 논쟁은 우리에게 아주 효과적인 전희였다.

그와 나는 침대 근처에 이르자마자 성급히 엉겨 붙기 시작했다.

* * *

카메라의 위치를 마무리하고 조명을 손본 뒤에 그와 나는 사이좋게 옷을 벗었다. 비디오카메라 석 대가 삼각형을 이룬 채 동시에 돌아가기 시작했다. 우리는 그 삼각형의 중심에 놓여진 동근 카펫 위로 올라갔다. 하지만 그와 나는 무엇부터 시작해야 할지 몰라 잠시 머뭇거렸다. 그로 다 둘 다 섹스를 처음 해보는 사람들처럼 어색하게 조금씩 조금씩 몸을 움직이기 시작했다.

* * *

내 얼굴 곳곳에 정신없이 키스를 퍼붓던 그가 선글라스를 집어던지고 내 옷을 벗기기 시작했다. 그의 입술 주변이 붉게 물들어 있다. 내 얼굴은 아마도 섹시한 흡혈귀에서 우스꽝스러운 어릿광대로 돌변해 버렸을 것이다. 내 옷을 벗기는 그의 손길이 사뭇 간절하다는 것을 느끼면서 나는 후끈 달아올랐다. 벗겨신 내 몸 구석구석을 입술로 애무하면서 그도 역시 알몸이 되어가고 있다.

이윽고 둥근 카펫의 한가운데에 나를 세우고 그가 내 앞에 무릎을 꿇었다. 내 몸 한 가운데를 집요하게 파고드는 그의 입술, 그날 밤의 기억이 떠오른다.

(민음사, 1999)

□공석하 「프로메테우스의 간」

살풋이 흐르는 가운데 문득문득 푸른 하늘빛이 선생님의 눈동자처럼 보이다가, 노을빛에 붉게 물드는 보리밭의 물결이 선생님의 머리칼처럼 흔들리고 있었다. 꽃이 피고 있었다. 개나리, 진달래, 또 이름 모를 꽃들이 피고 있었다. 그 꽃들이 피어나는 모습에서도 선생님의 표정이 연상되었다. 개나리가 피어나는 모습에서 선생님의 치마빛을 연상하기도 했고, 볼에 살짝 피어오르는 보조개를 보는 듯했다. 진달래의 꽃봉오리에서는 선생님의 짙은 입술을 보는 것 같았다. 흙 향기마저 따뜻이 느껴졌고, 아직도 차디찬 바람마저 따뜻한 감동으로 젖게 했다.

* * *

그렇다. 선생님은 나를 끊임없이 흔들리게 하고 있다. 그러다가도 희망의 꽃을 피우게 하고 계시다. 선생님을 위한 일이라면 무엇이든지 하고 싶다. 내 생명의 피를 소진시켜서라도 선생님께 드리고 싶다. 그러나 내가 드릴 수 있는 것은 아무것도 없다.

선생님, 선생님을 사랑합니다. 선생님 오늘 저를 이 자리에까지 있게 해 주신 선생님, 저의 지친 육신과 영혼을 받아주십시오, 선생님.

(뿌리, 1999)

□공선옥 「목숨」

일그러진 혜자의 얼굴 너머 통로 저쪽의 남녀가 서로의 몸을 부둥켜 안고 있었다. 남자가 제 웃옷을 벗어 여자를 덮어주는 척 재빨리 여자의 가슴으로 제 손을 밀어붙였다. 한순간 여자가 소스라쳤고 그와 동시에 기적이 울었다. 남자가 여자 귓볼에 대고 속삭였다. 여자가 안 된다는 시늉으로 고개를 가로저었고, 남자가 소주병 마개를 이빨로 따서 단숨에 절반을 들이키고 나서 여자한테 입을 맞췄다.

(동아, 1995)

□ 공선옥 「오지리에 두고 온 서른 살」

은이는 옷을 벗었다. 그리고 가만히 상훈의 품속으로 기어들었다. 멀리서 새벽 기차 떠나는 소리가 들려왔다. 상훈은 반사적으로 은이를 끌어안았고 눈물 젖은 은이의 뺨을 가만히 어루만졌다. 새벽이었고 상훈은 완전히 정신이 든 말간 얼굴로 은이를 내려다보면 둔중한 그의 체중을 은이의 몸 위에 실었다.

* * *

채옥의 은밀한 기척을 낱낱이 헤아리며 그야말로 피어오르는 욕망을 갑층처럼 단단히 돌아누운 몸짓으로 감추고 있었던가. 진우가 천천히 일어나 채옥을 바라보았다. 아침놀은 어느 결에 방문 가득 다가와 있었다. 채옥은 누워있는 제 손을 어루만지는 진우의 손길을 그대로 두었다. 따스한 안온감이 그 손에서 전해져 왔다.

(삼신각, 1993)

□ 공지영 「고등어」

"앉자."

"왜 그래요? 무슨 일 있어여? 이 손?

그는 그때까지도 은림의 손을 잡고 있었다. 은림이 손을 빼려고 했지만 마치 여기서 놓쳐버리면 모든 것이 영영 끝난다는 듯 그는 완강했다. 아까보다는 침착을 되찾은 은림이 그의 퀭한 얼굴을 바라보았다. 그의 눈은 토끼처럼 충혈되어 있었고 수염은 거칠게 자라 있었다. 그는 슬픈 짐승처럼 보였다. 그가 뜨겁고 거친 손으로, 아직도 그를 바라보는 은림의 얼굴을 쓸어내렸다. 여러 번 쓸어내리며 그는 물었다. "아직도 날 용서하지 않았지?" 은림과 그의 눈이 마주쳤다. 은림의 눈에서 아른거리던 의혹이 사라지는 것이 보였다. "그건…… 그건 형, 내가 그때 그렇게 말한 건……" 은림은 입을 다물었다. 말을 할 필요가 없었던 것이다. 그는 그 거친 손으로 은림의 얼굴을 쓸어내리다가 그녀의 몸뚱이를 와락 안았다. 은림은 반항하지 않았다. 연한 회색빛 그의 바바리코트에서는 겨울 바람 냄새가 났다. 포장마차의 참새구이 냄새와 오랜 망설임의 냄새도 묻어 있었다. 그리고 명우의 입술이 그녀에게로 다가갔다. 은림의 입술은 메마르고 거칠어져 있었다. "넌 내 회환이야, 이 자식아, 내가 얼마나 거기서 벗어나려고 했는 줄 아니? 겨우 벗어났다고 생각했는데 그런데 니가 이런 꼴로 다시 나타나면 나는 어떻게 하라고 니가…" "울지 말아요, 형." 그를 떼어내며 은림이 말했다. 명우는 하지만 은림의 어깨를 놓지 않고 은림은 명우의 뺨 위로 흘러내리는 눈물을 닦아주며 잠시 그 자세로 앉아 있었다. "남자들은 참 울 줄을 몰라. 어린아이나 사춘기 소년이나 다 큰 어른이나 다 어린아이처럼 운다니까. 우는 법을 배우지 못하고 컸으니까." 은림은 살풋 웃었다. 그는 은림을 안았던 팔을 풀고 두 어깨를 잡은 채로 망연히 은림을 바라보았다. 그리고는 작은 그녀의 손을 잡았다. 손은 차가웠다. 명우는 어떻게든 그 손을 어떻게든 그 손을 따뜻하게 덥혀 주고 싶어서 여러 번 손을 어루만졌다.

(푸른숲, 1999)

□ 공지영 「존재는 눈물을 흘린다」

그의 서른세 번째 생일날 나는 그 라이터를 선물한 적이 있다. 눈이 쏟아져서 서울 시내의 교통이 거의 마비된 날이었다. 저녁을 먹으로 강변으로 나가려던 계획을 취소하고 우리는 겨우 차를 몰고 그의 아파트로

갔었다. 그의 머리도 내 머리에도 눈이 쌓여 있었다. 우리는 긴 입맞춤을 끝냈을 무렵 나는 아직도 그의 품에 안긴 채로 그의 머리칼 위의 흰 눈이 작은 이슬방울로 변해 버리는 것을 보고 있었다. 내 머리칼의 흰 눈도 그러하리라. 그 머리 위에 다시 흰 눈이 내려앉도록 그와 함께 하고 싶다는 희망이, 오래된 상처의 기억처럼 나를 스치고 지나갔었다. 사랑의 완성은 결혼이라는 것을 누가 우리에게 가르쳐 주었을까. 신데렐라와 콩쥐팥쥐와 춘향전과 그리고……

(창작과비평사, 1999)

□공지영 「착한 여자 1」

은주는 호박나무 이파리가 파들거리며 떠는 그녀의 집 담벼락에 기대어 서서 수줍게 눈을 내리깔며 웃었다. 그리고 그날 강현국이라는 이름의 청년은 검은 뿔테 안경을 오른 손으로 조용히 벗어서 제 양복 윗주머니에 꽂고 그 담벼락 밑에서 은주에게 깊은 첫 키스를 했다.

* * *

어떻게 인간과 인간이 입을 맞추고 혀를 교환하여 침을 섞을 수가 있는지 정인은 소설을 볼 때마다 의아해하곤 했었다. 하지만 이를 악물고 저항을 해도 현준의 혀는 밀려들어온다. 밀려 들어와서 정인의 붉은 잇몸을 핥아내고 있는 것이었다. 정인은 얼결에 그 입술을 방치하고 있다가 현준을 떼밀었다.

* * *

현준은 이번에는 다가와 정인을 끌어안고 다시 한 번 입을 맞추었다. 뜨거운 입술이었다. 저항하려고 생각하면서도 정인은 마치 뜨거운 욕조에 몸을 담근 것처럼 꼼짝하지 못한다. 현준의 한 손이 정인의 등줄기를 따라 내리다가 가슴을 어루만지기 시작한다.

(한겨레신문사, 1997)

□구혜영 「칸나의 뜰」

나는 그녀에게 힘을 주려고, 안식을 주려고, 그녀를 더욱 조여 안으며, 아기를 품은 어머니처럼 그녀 곁에 바싹 몸을 뉘였다. 내 힘찬 두 팔 속에서 그녀는 마치 조난당한 참새처럼 가련하게 느껴졌다. 팔락팔락 빠른 속도로 뛰는 심장의 고동 소리가 팽팽한 그녀의 가슴을 타고 내게 전해져 온다. 나는 거룩한 수난자를 받아 안은 성직자처럼 그녀를 안고 있었다.

* * *

나는 난파된 배에서 표류되어 오다가, 마침내 내 텅 빈 공허의 두 팔 안을 가득 채운 태고의 영육을 받아 안은 나 자신을 느꼈다. 동시에 나는 파묻은 내 늑골로 빚어진 또 하나, 나의 분신과의 재회를 느꼈다. 비바람이 태고로부터 그것을 내게로 실어다 준 것이다. 내게로 오기 위해 배를 탔다가 배가 부서지는 바람에 표류하고 만 나의 분신…… 그것은 나의 환상이었을지 모른다., 그러나 그 순간부터 나는 나의 환상을 믿었다. 나는 내 목숨을 걸고 내 분신이기도 한 그녀를 끝까지 지키리라 마음먹었다.

… (중략) …

그녀는 내 품에서 어느새 잠들어 있었다. 숨소리가 고르게 오르내린다. 나는 곤히 잠든 그녀를 안은 채 뜬눈으로 순결한 새 아침을 맞았다. 그녀가 처음으로 몸을 뒤채었을 때, 나는 따뜻한 그녀의 몸을 조용히 내 가슴에 조여 안았다.

* * *

나는 불길이 되었다. 불을 끄려고 물을 끼얹을수록 더욱 미쳐 날뛰는 불길이었다. 우리는 들판에서 만난 약육강식의 두 짐승처럼 승강이를 벌였다. 기옥이의 옷이 마구 찢겨져 나가고, 말아 올렸던 머리가 흩어져 내렸다. 기옥이는 어떤 서슬에 내 품속을 빠져나갔다. 야생토끼처럼 날렵

했다. 나는 굶주린 젊은 표범처럼 그녀 뒤를 따랐다. 기옥이의 피난처는 언제나 목욕탕이다. 차가운 냉수 요법으로 내 달아오른 욕정을 식히려는 상투적인 방위 수단이다. 내 머리 위에서 차가운 샤워가 쏟아져 내렸다. 그러나 내 욕정은 막무가내였다. 나는 쏟아지는 샤워 밑에서 기옥이를, 최초의 기옥이를 강압적으로 내 여자로서 소유했다. 욕정의 열기가 가시자 나는 매질 같은 샤워 소리를 소나기처럼 귀에 담았고, 내 밑에 무참히 깔려 있는 기옥이를 말 못할 송구함을 누르며 겁먹은 눈초리로 내려다보았다. 내 가슴팍 밑에 깔려있는 기옥이는, 마치 바위 밑에서 비를 피하는 어린 사슴 같은 얼굴로 눈을 감고 있었다. 그녀의 얼굴은 고요하고 성결해 보이기까지 하는 것이어서, 나는 일순 뜻밖에 당황함까지 느끼는 것이었다. 나는 그녀의 성난 눈총을 예상하고 있었고, 그녀의 울음도 상상하고 있었던 것인데…… 나는 몸과 마음이 완전히 나와 합일된 기옥이를 무한한 감동을 품고 내려다보았다. 이윽고 기옥이는 눈을 떴다. 그녀는 눈부신 듯이 나를 쳐다보고는 내 마음이 자지러질 것 같은 투명한 미소를 보내 주었다.

* * *

그녀는 갓 피어난 수선화 같은 얼굴로 내 눈 속을 정면으로 쳐다보면서 다시 한 번 미소 지었다. 그녀는 내 겨드랑 밑으로 두 팔을 돌려서 내 목덜미를 껴안으며 속삭였다. 나도 그녀 뺨 위에 불투성이가 된 내 얼굴을 포개면서 속삭였다. 나는 으스러져라 그녀를 껴안았다. 우리는 이렇게 한 몸이다. 누구도 우리를 갈라놓지 못하리라. 기옥이도 나와 같은 생각을 했던 모양이다. 그녀의 꽃잎 같은 입술이 내 귓전에서 나직이 속삭이고 있었으니까 말이다.

* * *

나는 싱싱한 욕정이 내 온몸으로 소리를 내면서 번져 오르는 것을 느낌과 동시에, 분홍색 잠옷에 감싸여 있는, 가녀리지만 탄력 있는 기옥의 몸을 솔개처럼 나꿔채며 품에 안았다.

* * *

나는 귀여운 기옥의 어깨를 안고 흡사 해파리처럼 심연 같은 방 속을 더듬어 갔다. 내 뜨거운 뺨에 기옥의 도톰한 귓밥이 닿았다. 나는 그것을 고무꽈리처럼 질겅질겅 씹어 주었다. 기옥이가 간지럽다고 깔깔거리며 몸을 비튼다. 몸을 비틀 때마다 내 욕정이 감전된다. 나는 흡사 깜박거리는 크리스마스트리 같았다. 나는 마치 구름 위를 걸어가는 것처럼 기분이 좋았다. 어디선가 구슬픈 색소폰 소리가 내 관능에 불을 지르며 손짓한다. 나는 병아리를 잰 순간의 독수리처럼, 기옥이를 겨드랑이 밑에 숨겨 가지고 색소폰 소리가 손짓하는 층계를 따라 킬킬거리며 올라갔다. … (중략) …

나는 기옥이가 하자는 대로 내 몸을 맡긴다. 나는 기옥이의 노예가 된다.

* * *

적당히 취기가 오르자, 나는 그녀를 짓찢고 싶은 사나운 충격에 사로잡혔다. 나는 번뜩이는 살의를 품고, 실오라기 하나 걸치지 않은 미리사의 알몸에 덤벼들었다. 나는 땀을 흘리며 숨을 헐떡이면서 힘껏 그녀를 학대하고 모욕하기에 골몰했다. 나는 음흉한 새디스트였다. 나는 복수심에 불타는 아귀처럼 그녀를 짓밟았다. 아, 그런데 그녀의 입에서 새어나오는 소리는 단말마의 비명이 아니었다. 그녀는 감미로운 도취경을 헤매는 몽유병자처럼 나의 학대를 반기는 것이었다. 내가 갖은 방법으로 학대하면 할수록 그녀의 열락의 도가니로 몰고 간다는 건 참으로 기막힌 아이러니였다.

* * *

우리 주위는 여전히 두터운 벽돌로 가로막혀 있었다. 우리는 그 두터운 벽으로 꽉 막힌 공간 속에서 희망도 없는 사랑의 길로 내리굴렀다.

우리를 가리켜 세기말적인 번뇌에 신음하는 데카당스이라고 표현한 사람들도 있었지만, 우린 굳이 반박하려 하지 않았다. 순간이나마 우리를 구원해 주는 것은 짙은 관능의 도취뿐이었으니까, 우리는 서로의 육체에 미친 듯이 탐닉하면서도 희망이 없는 칠흑의 암흑에 몸부림쳤다. 서로의 육체 속으로 아무리 침잠해 들어가도, 그러면 그럴수록 우리 앞에는 절망의 검은 아가리만이 허무의 동굴처럼 내다보였다.

* * *

내가 기력을 되찾은 어느 억세게 비바람 치던 날 밤에, 나와 기선이는 자연스럽게 한 쌍의 사랑하는 남녀로서 맺어지고 말았다. 나를 바윗덩이처럼 누르고 있던 도덕간과 윤리관의 조그만 틈바구니에서 자라기 시작한 사랑의 씨가 나도 모르게 무성하여, 마침내 그 크고 무거운 바위에 도전하는 거근이 되어 버린 것에 나는 당황했다.

(카나리아, 1988)

□ 구효서 「나무 남자의 아내」

지극히 의례적으로 일을 치른 뒤 나는 그녀에게서 빠져 나왔다. 빠르지도 않고 느리지도 않은, 내가 다른 몇몇 여자들과 지금껏 해온 정도만큼의 속도와 동작으로 그 일은 끝났다. 어딘가 다르다는 걸 느낀 건 그 일이 끝난 직후였다. 뭔가를 한꺼번에 보상받았다는 막연한 충만감이 가슴을 옥죄어 왔던 것이다.

* * *

나는 방바닥에 귀를 붙이고 숨을 죽였다. 여주인의 억제된 비명소리가 아까보다 조금 더 크게 들렸다. 나무재질의 무언가가 탁하고 넘어지며 잠시 조용해지는가 싶더니 이내 여주인이 흉기에 깊숙이 찔린 듯 헉, 하고 숨을 삼켰다. 발꿈치와 무릎이 툭탁거리며 벽과 방바닥에 몇 차례 부딪쳤다. 여주인은 고통을 참을 수 없었는지 마침내 아아아…… 하고 긴 한숨과 함께 그동안 억제하던 비명을 터뜨렸다.

(세계사, 1999)

□구효서 「아우라지」

한때 나는 검지와 장지 사이로 느껴지는 유두의 감촉만으로도 그녀의 존재를 확인 할 수 있었다. 뿐만인가. 나는 완전히 벗은 그녀를 오래도록 내려다보고 했었다. 배꼽 깊이며 음순의 두께를 알고 있었다. 겨드랑이에 나 있는 터럭의 길이와 모양새도 완전히 눈에 익었었다.

그러나 꽃창포 보라의 원피스에 가리어진 그녀의 몸은 전혀 낯설었다. 크고 반들거리는 우두자국을 보면서 그 배꼽 그 음순 그 터럭이 아닐거라는 생각을 했다. 낯모르는 한 여인과 마주하고 있었던 것이다. 내가 스물 서넛에 보았던 그녀의 몸은 18년 전 이후로는 그 어디에도 존재하지 않는 것이었다. 그럴리야 없겠지만 만일 그녀가 내 앞에서 저 꽃창포 보라를 벗어 보인다 해도 나는 과거의 그녀를 어디에서도 찾을 수 없을 것 같았다.

* * *

그녀의 손은 심하게 떨고 있었다. 조급증과 격정이 그녀의 몸을 마구 흔들어놓고 있었다. 간단하게 풀 수 있는 벨트를 그녀는 몇 번이나 실수를 하면서도 제대로 풀지 못했다. 그녀의 손길은 사납고 거칠었다. 그럴수록 내 바지는 무릎에 걸려 벗겨지질 않았다. 그녀의 성급한 손톱 하나가 내 사타구니를 세로로 길게 긁었다.

… (중략) …

내 옷을 제대로 벗기지 못했을 뿐만 아니라 그녀는 자신이 입고 있던 옷을 벗는데도 서툴렀다. 그럴수록 그녀의 숨소리는 더욱 거칠어졌다. 앞섶에서인가 단추 같은 게 떨어져 방바닥에 구르는 소리가 들렸다. 얼만큼 벗었는지, 제대로 벗긴 벗은 건지 나는 알 수 없었다. 정선 읍내 길 위에서 그랬던 것처럼 그녀는 젖은 손으로 나를 이끌었다.

나는 그녀의 몸을 더듬었다. 침대에 누운 그녀는 내 허리를 붙잡고 자신의 배 위로 끌어당겼다. 나는 그녀의 배 위로 엉금엉금 기어올랐다.

"어서, 어서……"

그녀가 재촉했다. 기어오르자마자 고꾸라지듯 나는 그녀의 몸속으로 깊숙이 들어갔다. 순식간에 일이었다. 그토록 갑작스럽고 신속하고 막무가내한 결합은 처음이었다. 그녀가 이끈 것이긴 했지만 나는 어느새 터질 듯 팽창해 있는 내 것에 놀랐다. 그녀가 허겁지겁 내 벨트를 풀 때까지만 하더라도 나는 그녀의 낯설고 느닷없는 행동이 의아하기만 했었다.

그녀의 그런 낯선 행동이 충분히 이해가 되어서 내 몸이 부풀었던 건 아니었다. 여느 때보다 훨씬 크고 딱딱해서 신체의 일부가 이물질처럼 어색해진 이유도 모르기는 마찬가지였다. 까닭을 알 수도 없었고, 알 만한 여유도 없었지만 하여튼 나는 그녀만큼이나 저돌적으로 돌변해 있다는 사실만큼은 충분히 알고 있었다.

"쉬지 말고…… 멈, 추지 마……"

그녀가 그렇게 말하지 않았더라도 나는 이미 나 자신을 적절히 통제할 수 없었다. 내 것은 어둡고 혼몽한, 끝 모를 수렁에 깊이 처박히어 하염없는 자맥질을 계속하고 있었다.

"쉬지 말, 고 저어…… 저으라구!"

그녀는 땀으로 흥건히 젖은 어깨를 들썩이며 마구 소리를 질렀다. 내 어깨에서도 땀이 비오 듯 흘렀다.

(세계사, 1999)

□ 권현숙 「연못」

"아, 이거 봐요, 우리." 아이가 스스로 점찍은 페이지를 향해 팔랑팔랑 책장을 넘겼다. 책장이 일으키는 수선스런 바람이 그의 얼굴을 간지럽혔다. 눈 주위의 얇은 피부가 자근자근 조여드는 기분이었다. 바람이 멈췄다. 아이가 찾아낸 페이지를 읽어 내려가기 시작했다. 그는 바로 눈앞에서 복숭아 속살 같은 입술이 달싹거리는 모양을 바라보았다. 시선을 느낀 것일까. 아이가 읽기를 멈췄다. 반쯤 벌어진 방심한 입술이 부르는 듯 밀쳐 내는 수수께끼 같은 표정을 만들었다. 봉긋한 가슴을 앞으로 내밀 듯이 하고 한 손으로는 자꾸만 목을 쓰다듬는다. 어느 순간, 마치 끌어당겨지듯이 그의 입술이 아이의 뺨에 가 닿았다. 창백한 뺨은 놀랄 만큼 따뜻했다. 팔걸이 위에 펼쳐 놓은 책이 흰 날개를 활짝 펼친 새처럼 바닥으로 날아 떨어졌다. 거의 동시에, 마치 연속된 동작처럼, 아이가 그의 무릎을 스치며 바닥으로 무너져 내렸다. 어디선가 와르르 온 세상이 무너지고 있었다. 그의 우묵한 손안에 자그맣고 파리한, 상처 나기 쉬운 보습의 복숭아 하나가 들어와 있었다. 그는 손안의 것을 가만히 들어올렸다. 누구에게 배웠을까, 아이가 눈을 감았다. ……메마른 입술은 물고기처럼 차고 부드러웠다.

(문학사상사, 1997)

□김녕희 「흐르는 길」

이정치 씨가 피우던 담배를 멀리 바다에 던지고 그녀의 손을 잡았다. 그는 아까 그의 오피스에서와 같이 짧고 난폭한 입맞춤을 그녀에게 했다. 그리고 그녀의 손을 잡고 차 속으로 들어갔다.

왜건인 그의 차 뒤편에 간이침대가 있었다. 가슴이 불탈 때, 이 나라의 여기저기를 혼자 운전하며 떠돌 때 그의 잠자리이던 곳이라고 했다.

항거할 수 없는, 아니 이 세상의 모든 시간이 정지한 듯한 환각상태에서 오직 그녀의 귓속에 간헐적으로 들리는 건 파도소리뿐이었다.

태고의 정적 속에 안긴 듯한 그녀의 의식은 철썩이는 파도소리에 묻히듯 남김없이 해체되어 갔다. 고독한 인내의 불꽃은 점점 부서져 가고 있었다. 무수히 명멸하는 밤하늘의 별빛처럼.

              * * *

  그녀가 아무런 대답도 않자, 담배를 도로 담뱃갑에 넣고 그가 한 팔로 그녀의 어깨를 우악스럽게 끌어당겼다. 그녀의 상체가 그에게로 끌려갔고, 그녀의 포옹은 뜨거웠다. 쏟아지기 시작한 빗줄기만큼이나 세찼다.

(신원문화사, 1976)

□김동리 「까치 소리」

  나는 영숙의 얼굴을 넋 나간 사람처럼 어느 때까지나 멍청히 바라보고 있었다.

  (너도 슬프다는 거냐? 나하고 슬픔을 나누자는 거냐?)

  나는 혼자 속으로 영숙에게 이렇게 묻고 있었다.

  영숙도 물론 꼼짝하지 않고 있었다.

  (오빠 제발 죽지 마세요. 제가 사랑해 드릴께요. 오빠를 위해서 오빠의 도움이 될 수 있다면, 오빠의 아픈 마음을 위로해 드릴 수 있다면 무슨 짓이라도 하겠어요.)

  영숙의 굳게 다문 입 속에선 이런 말이 감돌고 있는 듯했다.

  다음 순간 영숙은 내 품에서 안겨 있었다. 그보다도 내가 먼저 영숙의 손목을 잡아끌었다고 하는 편이 순서일 것이다. 그러자 영숙이 내 가슴에 몸을 던지다시피 하며 안겨 왔던 것이다.

  그러나 거기서 내가 영숙에게 갑자기 왜 다른 충동을 느끼기 시작했는지 그것은 나 자신도 해명할 길이 없다. 아니, 그보다도 갑자기 야수가 돼 버린 나에게 영숙이 왜 자기 자신을 지키기 위해서 마지막 반항을 하지 않았는지 이 역시 해명할 길이 없는 것이다.

  하여간 나는, 다음 순간, 영숙을 안고 보리밭 속으로 들어갔다. 그리하여 그녀의 간단한 옷을 벗기고 그 새하얀, 천사 같은 몸뚱어리를 마음껏 욕보이기 시작했던 것이다. 영숙은 어떤 절망적인 공포에 짓눌려서인지,

그렇지 않으면 일종의 야릇한 체념 같은 것에 자신을 내던지고 있었기 때문인지 간혹 들릴 듯 말 듯한 가는 신음소리를 내었을 뿐 나의 거친 터치에도 거의 그대로 내맡기다시피 하고 있었다.

(금성, 1992)

□ 김동리 「달」

정국은 의외로 침착한 목소리였다. 정국의 이 침착한 목소리에 용기를 얻은 달이는 그때야 비로소 정국의 얼굴을 바로 바라다보았다. 다음 순간 그들은 어떻게 해서 입술이 닿게 되었는지도 깨닫지 못했다. 다만 간이 얼어붙은 것같이 시리기만 했다. 정국은 눈을 사르르 내리감으며 반듯하게 드러누워 버렸다. 달이는 정국의 가슴 위에 손을 얹었다. 그는 숨이 차서 가슴이 터질 것만 같았다.

달의 손이 들썩들썩 하도록 정국의 가슴도 뛰고 있었다.

'아아, 이것이 무서운 꿈속이 아닐까.'

달이는 괴로움에 못 이겨 문득 이런 생각도 해보았다. 앞 골목에서 개가 쿵쿵 짖었다. 구름이 지나가는지 방문에 검은 그림자가 비치었다. 달이는 정국의 가슴 위에 얹고 있던 손끝을 부르르 떨며 비슬비슬 방문 앞까지 와서는 부스스 방문을 열었다. 정국은 그새 잠이나 든 것처럼 꼼짝도 하지 않고 가만히 누워있었다. 달이는 무슨 도망질을 치듯이 어두운 골목을 한숨에 달아나 버렸다.

(어문각, 1973)

□ 김동리 「무녀도」

욱이가 이 지방 예수교인들을 두루 만나보고 집으로 돌아온 뒤로부터 야릇하게 변해진 것은 낭이의 태도였다. 그 호리호리한 몸매와 종잇장같이 희고 매끄러운 얼굴에 빛나는 굵은 두 눈으로 온종일 말 한마디 웃음 한번 웃는 일 없이 방구석에 틀어박혀 앉은 채 욱이의 하는 양만 바라보고 있다가 처마 끝에 희부연 종이 등불이 걸리고 하면, 피에 주린 모기들이 미친 듯이 떼를 지어 울고 날아드는 마당 구석에서 낭이는 그 얼음같이 싸늘한 손과 입술로 욱이의 목덜미나 가슴팍으로 뛰어들곤 했다. 욱이는 문득문득 목덜미로 가슴팍으로 낭이의 차디찬 손과 입술을 느낄 적마다 깜짝깜짝 놀라곤 하였으나, 그녀가 까무러칠 듯이 사지를 떨며 다시 뛰어들 제면 그도 당황히 낭이의 손을 쥐어주며, 그 희부연 종이 등불이 걸려 있는 처마 밑으로 이끌곤 했다.

(어문각, 1973)

□김동리 「사반의 십자가」

사반이 노를 놓고 여자를 껴안았을 때에도 그녀는 몸을 그에게 맡기다시피 한 채 얼굴을 뒤로 젖히고 있었다. 사반이 손을 풀어 여자의 머리를 만지려 하자 여자는 잠긴 듯한 목소리로,

"더 껴안아주세요, 더, 더" 했다.

사반은 여자가 원하는 대로 또 한번 꼭 껴안아주었다.

"가슴을 꼭 대어 주세요. 가슴이 따가워 죽겠어요."

"그러면 가슴이 으깨져"

"으깨져도 좋아요. 따가와 죽겠는걸요. 더, 더……"

여자는 실신한 것처럼 사반의 가슴을 헤치고 들었다. 사반의 그 노기를 띤 듯한 검은 수염이 여자의 코밑을 막았다. 여자의 볼 위로는 끈적끈적한 눈물이 흘러내리고 있었다. 사반이 늦추어 여자의 눈물 젖은 창백한 얼굴을 바라보자 여자는 갑자기 발작을 일으키듯 소리를 내어 흑흑거리며 느껴 울기 시작했다.

(어문각, 1973)

□ 김동리 「역마」

계연은 성기의 어깨를 흔들었다.

성기는 눈을 떴다.

계연은 당황하여 쥐고 있던 새파란 으름 두 개를 성기의 코끝에다 내밀었다. 성기는 몸을 일으켜 그녀의 동그스름한 어깨와 목덜미를 껴안았다. 그리고는 입술이 포개졌다. 그녀의 조그맣고 도톰한 입술에서는 한나절 먹은 딸기, 오디, 머루, 다래, 으름의 달짝지근한 풋내와 함께, 황토 흙을 찌는 듯한 향긋하고 고소한 고기냄새가 느껴졌다.

(인간사, 1958)

□ 김동리 「을화」

을화의 대답에 성도령은 힘이 났다. 그는 그녀의 정강마루를 만지기 시작하였을 때, 그녀의 노염을 사지나 않을까 은근히 켕기는 속이었던 것이다. 그는 정강마루에서 아래로만 만지던 것을, 이번에는 위로도 올라갔다.

넓적다리에서 조금씩 더 위로 올라가자, 을화는 신음하는 소리로,

"아이고, 아이고……" 했다.

이 소리에 더욱 신이 난 성도령은, 넓적다리에서도 더 위로, 더 깊게 손을 넣었다.

"아이고, 안되겠입니대이."

전신을 비비 틀며 가볍게 울먹인 듯한 소리로 그녀가 이렇게 말하자 성도령은 그녀의 양쪽 겨드랑이 밑으로 손을 옮겼다.

몸을 비비꼬던 을화는 자기 손으로 옷고름을 풀어 저고리섶을 젖히고 새하얀 젖가슴을 드러내놓으며 떨리는 소리로,

"그마 안되겠임더." 했다.

그와 동시, 성도령은 그녀의 탐스러운 젖통 위에 양쪽 손을 얹으며,

"아이고, 이래가 될는기요?" 했고, 뒤이어 그녀는 역시 떨리는 듯한 한숨 섞인 낮은 목소리로

"그마 어떤기요?" 했다.

성도령은 두 손으로 젖통을 움켜쥔 채 뒤를 한 번 돌아다보았다. 아무리 인기척이라고 있을 리 없는 밤중—그것도 새벽녘 가까운—이라고 하지만 달이 낮같이 환해서 아무래도 마음이 덜 놓이는 모양이었다.

그러나 그것을, 을화는 성도령이 공연히 켕기어서 슬그머니 물러나려고 그러는 줄 지레 겁을 먹고, 그의 한쪽 소매를 꽉 움켜잡았다.

성도령은 턱으로 숲 안쪽을 가리키며,

"숲 안에 더 보드란 모래밭이 있는데……"

했다. 숲 속의 더 아늑한 데를 원하는 말투였다. 둘은 서로 붙잡은 채 숲속으로 들어갔다.

(학원출판공사, 1991)

□ 김동인 「광화사」

꽤 어두운 가운데서 처녀의 얼굴을 유심히 보기 위하여 화공이 잡은 자리는 처녀의 무릎과 서로 닿을 만큼 가까웠다. 그림에 대한 일단의 안심과 함께 화공의 코로 몰려 들어오는 강렬한 처녀의 체취와 전신으로 느끼는 처녀의 접근 때문에 화공의 신경은 거의 마비될 듯 싶었다. 차차 각일 각 몸까지 떨리기 시작하였다. 어두움 가운데서 황홀스러이 빛나는 처녀의 커다란 눈과 정열로 들먹거리는 입술은 화공의 정신까지 혼미하게 하였다. 밝은 날 화공과 처녀의 두 사람은 벌써 남이 아니었다.

(금성, 1992)

□ 김동인 「약한 자의 슬픔」

아까 저녁 먹을 때의, 남작의

'오늘 밤에는 회(會)가 있는 고로 밤 두 시쯤 돌아오겠다'는 말을 들은 엘리자베트는 별로 안심이 되어 자리를 펴고 전 나체가 되어 드러누웠다.

몇 가지 공상이 또 머리에 왕래하다가, 그는 잠이 들었다.

한참 자다가, 열한 시쯤, 자기를 흔드는 사람이 있는 고로 그는 눈을 번쩍 떴다. 전등아래, 의관을 한 남작이 그를 들여다보고 있었다. 엘리자베트는 갑자기 잠이 수천 리 밖에 퇴산하는 것을 깨달았다. 그는 남작의 자기를 들여다보는 눈으로 남작의 요구를 깨달았다. 하고 겨우 중얼거렸다.

"부인이 아시면?"

'아차!'

그는 속으로 고함을 쳤다.

'부인이 모르면 어찌한단 말인가? …모르면?…이것이 허락의 의미가 아닐까? 그러면 너는 그것을 싫어하느냐? 물론 싫어하지. 무엇? 싫어해? 내 마음속에, 허락하려는 생각이 조금도 없나, 아 …허락하면 어쨌냐? 그래도…'

일순간에 그의 머리에 이와 같은 생각이 전광과 같이 지나갔다.

"조용히! 아까, 두 시에야 돌아오겠다고 하였으니깐 모르겠지요"

남작은 말했다.

이제야 엘리자베트는 아까 남작이 광고하듯이 지껄이던 소리로 해석되었다. 그리고 두 번째 거절을 하여보았다.

"부인이 계시면서두…?"

'아차!'

그는 또 속으로 고함을 안 칠 수가 없었다.

'부인이 없으면 어찌한단 말인가?…이것은 허락의 의미가 아닐까…?'

남작은 대답 없이 엘리자베트를 뚫어지게 들여다보고 있었다.

"왜 그리 보세요?"

그는 남작의 시선을 피하면서 별한 웃음—애걸하는 웃음—거러지의 웃음을 웃으면서 돌아누웠다.

'아차!'

그는 세 번째 고함을 속으로 말하였다.

'이것은 매춘부의 웃음, 매춘부의 행동이 아닐까…?'

몇 번 거절에 실패를 한 엘리자베트는 마지막에는 자기에게 대하여서도 정이 떨어지게 되었다. 그는 뉘게 대하여선지는 모르면서도 모르는 어떤 자에게 골이 나서 몸을 꼬면서 좀 날카롭게─그래도 작은 소리로 말했다.

"싫어요, 싫어요"

남작은 역시 대답이 없었다.─남작이 불을 끈 것이다. 그 후에는 남작의 의복 벗는 소리만 바삭바삭 났다.─엘리자베트는 정신이 아득하여지고 말았다.

(어문각, 1990)

□ 김만옥 「통풍」

자희는 팔베개를 하고 모로 눕고 말았다. 어머니와 같이 낮잠 자던 방바닥은 따뜻했다. 아저씨가 마당을 가로질러 들어오며 에이 추워, 이 집에 사람 없나 했다. 방문을 열어보고, 나도 살 좀 지질까 했다. 그가 드러누웠다. 자희를 가운데 두고 그녀의 어머니와 아저씨가 마주보는 상태로 팔베개를 하고 누워 이야기를 했다. 그런 때 자희의 아버지는 토벌 나갔다고 했다. 자희가 그녀의 고향에 관해서 기억하고 있는 몇 가지 일 중에 토벌이란 낱말이 끼어 있는 것은 그만큼 자주 들었기 때문일까. 자희가 엄마를 보고 누워 있었으므로 아저씨는 자희의 등 뒤에서 자희 덕 좀 보자고 말하며 자희의 몸에 그의 몸을 바짝 댔다. 옷 위로 아저씨의 몸의 어떤 부분이 느껴지는 것은 처음에는 잠결에였고 그 다음에는 잠을 깨면서였다. 잠을 완전히 깨었을 때는 척하며 가만히 아저씨의 몸을 음미하곤 했다. 뭘까. 아저씨의 손가락일까.

(창작과비평사, 1987)

□김문수 「가지 않은 길」

'꽃은 벌을 부르고 벌은 꽃을 찾는 거야.'

그의 손이 안주 접시 위를 지나 그녀의 손등에 살포시 내려앉았다. 순간 그녀의 손이 움찔 굳어졌다. 그 움찔거림에 그의 손은 반사적인 힘을 냈다. 마치 달아나는 것을 쫓으려는 추적 본능과도 같은 것이었다. 그녀의 손등을 누르고 있던 그의 손은 이제 완전히 그녀의 손을 쥐고 있었다. 주변의 시선을 의식한 그녀가 손을 탁자 밑으로 옮겼으므로 그 손을 놓치지 않으려는 그의 팔이 탁자 위에서 크게 활을 그렸다.

(좋은날, 1999)

□김민숙 「파리의 앵무새는 말을 배우지않는다」

꿈일 거야. 이건 꿈이라고. 그런 내 가설을 증명이라도 하듯 내 팔을 쓰다듬던 히로시의 손이 내 가슴으로 온다. 어느새 내 까칠한 입술이 히로시의 팔을 문지르고 있다. 히로시의 혀가 내 귀 뒤를 적시고 그 두 손이 내 가슴을 힘껏 모아 쥔다. 마치 그 황홀한 포옹의 달디단 농축액을 짜 모으려는 듯. 한순간 내 몸의 가장 깊은 분화구는 뜨겁게 달구어지고 나는 거센 숨을 토해 내며 몸을 돌이킨다. 히로시를 받아 안기 위하여.

(고려원, 1996)

□김병총 「어제는 아무일도 없었다」

선미는 가볍게 웃으며 손을 내밀었다.

병관은 선미의 손을 잡았다. 따스하고 작고 보드라운 손의 감촉이 느껴졌다.

병관은 그녀의 손을 놓을 수가 없었다. 선미도 잡힌 손을 빼내갈 수가 없는 것처럼 느꼈다.

병관은 그녀의 손을 천천히 끌어당겼다. 선미는 어렵지 않게 가만히 끌려왔다.

그들의 포옹과 입맞춤은 점점 더 열기를 띠었다.

… (중략) …

선미가 투정부리듯이 말했다. 그것은 절규나 비명처럼 들렸다. 말하는 그녀의 입에다 병관은 다시 격렬한 키스를 했다. 밀착된 그녀의 체온이 병관의 가슴으로 천천히 옮겨져 왔다.

내실을 밝히는 형광등의 스위치가 벽 옆에 있었다. 병관은 그것을 팔을 뻗어 눌렀다. 실내는 금새 어둠이었다.

둘의 숨소리만 어둠 속에서 아까보다 거칠게 들려왔다.

* * *

가만히 앉았으려니까 중태가 뚜벅뚜벅 걸어서 선미 앞으로 왔다.

중태는 선미의 양어깨를 난폭하게 잡더니 일으켜 세웠다. 그런 후 선미의 입술에다 난폭한 키스를 퍼부었다.

* * *

여옥은 가만히 병관의 가슴으로 안겨 왔다. 참새처럼 작은 몸매가 단단한 남자를 거대한 바위의 육중함으로 경이롭게 압박하는 것 같았다.

여옥은 가만히 병관의 가슴으로 안겨 왔다. 참새처럼 작은 몸매가 단단한 남자를 거대한 바위의 육중함으로 경이롭게 압박하는 것 같았다.

여옥은 짧게 부드럽게 느린 템포의 스텝으로 병관을 리드했다.

… (중략) …

병관의 입이 그녀의 향기로운 입술 가까이로 다가갔을 때 갑자기 그녀는 얼굴을 돌렸다. 그가 입술을 훔치는 기습이 늦었다고 생각한 순간 그녀는 벌써 몸을 풀면서 저만큼 물러나가 버렸다.

(문학생활사, 1987)

□ 김성종 「가을의 유서」

박처럼 늘어진 허연 젖가슴이 드러나자 사내는 미친 듯이 그것을 빨기 시작했다. 백산댁의 입에서는 슬며시 거친 말이 사라지고 대신 신음 소리가 새어나오기 시작했다.

"오메…… 오메…… 아이고…… 오메……."

마침내 두 삶은 한데 뒤엉켜 뒹굴었다. 일단 불이 붙자 여자가 남자보다 더 미친 듯 몸부림쳤다 조금 있자 남자는 힘에 겨운 듯 허덕거리기 시작했다. 그러자 여자가 남자 위로 올라갔다.

(해난터, 1996)

□ 김성종 「나는 살고 싶다」

영해는 몸부림쳤다. 건장한 남자의 육체 밑에 깔려 신음 소리를 내면서 몸부림쳤다. 감고 있는 두 눈 사이로 희열의 눈물이 베어 나오고 있었다. 침대가 요란스럽게 흔들리고 있었다.

기룡은 여자가 흥분에 떨며 몸부림치고 있는 모습을 여유 있게 내려다보며 천천히 그러다가 재빠르게, 또는 격렬하고 광포하게 그녀를 압박해 들어갔다.

"어때?"

남자가 속삭이듯 물었다.

"아, 몰라요."

여자는 머리를 흔들었다. 머리칼이 뒤헝클어졌다. 그것을 남자의 손이 부드럽게 쓰다듬었다. 여자는 시종 눈을 감고 있었다. 눈을 뜨는 것이 싫었다. 파도를 타고 있다고 생각했다. 그대로 죽어 버리고 싶었다. 그것을 참으려니 자꾸만 신음 소리가 나왔다.

남자의 호흡이 거칠어지기 시작했다. 끝까지 여유 있는 태도를 취하기가 어려운 모양이었다. 땀이 흐르기 시작했다. 땀방울이 뚝뚝 떨어졌다.

땀에 젖은 몸이 서로 뒤엉키자 미끄러웠다.

남자가 흑 하고 숨을 돌이켰다. 몸이 갑자기 경직하는 것 같았다. 두 사람은 으스러지게 포옹한 채 한동안 움직이지 않았다.

이윽고 남자가 먼저 움직였다. 옆으로 스르르 미끄러져 내려오더니 천장을 보고 허무한 한숨을 내쉬었다.

여자는 여전히 눈을 감고 있었다.

쾌락의 순간을 놓치고 싶지 않아 꼼짝하지 않고 누워 있었다.

남자가 몸을 돌려 입술에 키스하자 비로소 눈을 뜨고 남자를 돌아보았다.

"사랑해요."

"사랑해."

여자는 남자의 품에 안기며 꿈꾸듯 미소했다. 남자의 손이 그녀의 몸을 부드럽게 어루만졌다. 다리 사이를 쓰다듬자 여자의 입에서 다시 얕은 신음 소리가 흘러나왔다.

"당신은 해도 해도 끝이 없는 여자군. 무슨 여자가 쉴 줄을 몰라. 나 같은 놈이나 되니까 당신을 당해 내지 웬만한 남자 같으면 모두 뻗어 버리겠는데……"

여자의 손이 남자의 그것을 어루만졌다.

"굶어서 그런가 봐요. 너무 오랫동안……"

"아내를 이렇게 굶겨 놓고도 이혼을 안 해 주겠다니 뻔뻔스럽기 짝이 없는 친구군."

"어떡하면 좋을지 모르겠어요."

"내가 한 번 만나서 혼내 줄까?"

"어머, 안 돼요. 오히려 자극만 하게 돼요. 그이는 집념이 강한 사람이에요. 고집불통이고…… 한다면 꼭 하는 사람이에요."

"그럼 어떡한다……"

두 사람은 움직임을 멈추고 침묵했다.

골목으로 들어선 그는 여자의 허리를 끌어안았다. 여자는 아무 저항 없이 끌려 왔다.

"저쪽이 좋겠군."

골목 안으로 어두운 곳으로 그들은 들어갔다. 눈이 하얗게 깔려 있었다.

여자의 숨결이 뜨겁게 부딪쳐 왔다. 코트 단추를 풀고 몸에 손을 대자 여자가 바르르 경련했다. 가슴에 손을 대자 그녀는 신음을 토하며 도발적으로 안겨 왔다.

태오는 여자의 입술을 덮쳐 눌렀다. 신애의 혀가 그의 입 속으로 미끄러져 들어왔다. 이렇게 빠를 수가 있을까 하고 생각하면서 그는 털셔츠 밑으로 손을 집어넣었다.

"아, 안 돼요."

"괜찮아."

말과는 달리 여자는 격렬하게 몸을 밀어 왔다. 그는 브래지어를 헤치고 젖가슴을 움켜쥐었다.

잘 발달된 탐스러운 젖가슴이었다. 더욱 뜨겁게 혀를 빨면서 손을 밑으로 내려 아랫배를 더듬었다. 매끄럽고 포근한 아랫배에 손이 닿자 여자가 몸을 틀었다.

"아, 안 돼요. 서로 잘 알지도 못하는데……"

"이렇게 해서 알게 되는 거지."

그는 지퍼를 밑에까지 내리고 손을 바지 속으로 더 깊숙이 찔러 넣었다.

"아, 안 돼요. 만난 지 얼마 되지도 않았는데……"

"그게 무슨 문제야? 서로 호감을 느끼면 그 즉석에서도 맺을 수 있는 거 아니야?"

"저한테 호감을 느끼세요?"

"물론……"

부드러운 음모가 만져졌다. 그는 조심스럽게 그곳을 쓰다듬었다. 여자는 괴로운 듯 계속 신음을 토했다.

그의 남근이 돌기하더니 여자의 허벅지를 찔렀다. 그는 놀란 나머지 몸을 떨었다. 자신의 남근이 돌기하기는 실로 수년 만이었다.

놀라운 사실이었다. 쫓기고 있기 때문일까. 그것이 심리적으로 얼어붙은 남근에 영향을 준 것일까. 알 수 없는 일이었다.

"여기서는 안 돼요. 사람이 와요."

두 사람은 얼른 떨어졌다.

남녀 한 쌍이 그들 옆을 지나쳐 갔다.

"둘만이 있을 수 있는…… 따뜻한 방으로 들어갑시다."

"좀 있다 가요. 술 한 잔 사주세요."

"그러지."

그들은 부근에 있는 어느 삼류 호텔의 나이트클럽으로 들어갔다.

(추리문학사, 1996)

□ 김성종 「여명의 눈동자」

대치가 손을 잡아주며 묻자 그녀는 고개를 숙이고 흐느껴 울었다. 대치는 더 묻지 않고 그녀를 품에 깊이 안았다. 뜨거운 체온이 그들을 하나로 묶었다. 여옥은 대치의 가슴속으로 더욱 파고들었다. 이 분은 왜 나를 갖지 않을까 하고 그녀는 생각했다. 나를 너무 가엾게 생각한 때문일까, 아끼고 싶어서 그런 것일까?

여학교까지 다닌 총명한 소녀였던 만큼 그녀는 자신의 육체가 찢길 대로 찢겨 썩어갈 것이라는 것을 잘 알고 있었다. 그전에 내 모든 것을 진심으로 이 분에게 바치고 싶다. 그녀는 대치의 가슴에 안겨 울면서 이렇게 생각했다. 자신의 몸은 이제 아낄 것이 하나도 없는 쓰레기 같은 것이었다. 벌써 수십 명의 남자들이 거쳐 간 몸이었다. 대치 이등병에게 주려고 해도 줄 것이 없었다. 그러나 몸은 비록 짓밟혔어도 한쪽 구석에서 떨고 있는 보석 같은 빛이 있었다. 이것이 사랑의 빛이라는 것일까. 그것을 빼낼 수 있다면, 그것을 빼내어 대치 이등병에게 바치고 싶었다. 그녀는 진정으로 몸과 마음을 그에게 주고 싶었던 것이다. 그는 여옥의 눈을 들여다보았다. 눈물 맺힌 그녀의 큰 눈이 갈구하듯 그를 바라보고 있었다. 이 여자는 나를 바라고 있구나. 이처럼 진심을 담은 눈을 본 적이 없었다. 그녀가 육체의 욕구에 몸을 떨고 있다고는 조금도 생각되지 않았다. 그녀가 그럴 수 없다는 것은 그 자신이 잘 알고 있었다. 아름다운 눈이다. 그런데 이 아름다운 눈이 언제까지 지탱할까. 그는 여옥의 몸을 쓰다듬었다. 허리로부터 엉덩이로 손이 움직이는 동안 그는 그 부드러운 감촉에 머리가 뜨거워졌다. 참고 참았던 욕구가 그를 더이상 못 견디게 만들었다. 그녀를 아껴주고 싶은 마음과 그녀를 진정으로 차지하고 싶은 욕망이 뒤엉켜 그는 거의 정신을 차릴 수가 없었다.

(남도, 1978)

□김승옥 「내가 훔친 여름」

나는 아가씨의 어깨를 한 손으로 감싸 안고 걷기 시작했다.

어깨에 손을 얹는 순간부터 떨리기 시작한 아가씨의 몸은 근처의 여인숙 문턱을 넘어서 시큼한 땀내로 가득 찬 작은 방으로 들어가 옷을 벗길 때까지 계속되고 있었다.

그 방의 어두운 밑바닥에서 여자와 나는 걷기 시작했다.

나의 여름이 내 팔을 베개 삼아 베고 쿨쩍쿨쩍 울기 시작했다.

얇은 칸막이로 나누어진 방들이었기 때문에, 여인숙 안은 온통 과즙처럼 끈적끈적하고 촌충처럼 마디지면서 긴 소리로 낮게 소란스러웠다.

내 못생긴 여름이 숨죽여 우는 것을 나는 말릴 생각도 하지 않고 내버려두었다.

(한겨레, 1987)

□김영래 「숲의 왕」

준하는 솔가지가 타고 있는 불 위에다 장작 몇 개를 올려놓았다. 잠시 아궁이 속이 미궁처럼 어두워졌다. 매운 연기가 아궁이 밖으로 빠져나왔다. 준하는 몇 번 기침을 하다가 몸을 굽혀 부지깽이로 장작 사이를 띄워놓았다. 그러자 잘 마른 나무의 속살에서 날개돋이 하듯이 이내 환한 불꽃이 피어올랐다.

… (중략) …

준하는 조금 뒤로 물러나 앉아 장작단에 등을 기댔다. 이제 불은 방자할 정도로 거친 숨소리를 뿜으며 활활 타오르고 있었다. 그 날름거리는 오렌지빛 혀꽃들은 봉두난발한 생각들을 깡그리 태워 거스를 수 없는 불꽃 축제를 준비하고 있었다. 자신의 제물을 움켜잡아 사지를 노끈처럼 휘늘어뜨리고, 목을 부러뜨리고, 등골을 꺾고, 통뼈를 이루는 목질의 미세한 결속까지 파고들어 그 층을 낱낱이 칼질해 화염의 절구통 속에서 가루로 바수어버리는 폭군 같은 신. 그는 눈곱만큼의 부끄러움도, 잠깐의 망설임도 없었다. 그는 무지막지하게 달려들었다. 추파가 아니라 유린, 급습과 겁탈의 방식으로. 감염된 자를 새로운 감염원으로 길목마다 심어놓으며 자신의 판도를 넓혀가고 있었다. 그것은 일종의 계주였지만, 바통을 이어받아 선두에서 질주하는 불 뒤에는 그 불을 물어 나른 무수한 봉송 주자들이 밑불이 되어 환호성의 거대한 성을 쌓고 있었다. 그 파렴치한, 산돼지 같은 무모함에 준하는 침을 뱉고 싶은 심정이었다. 욕정에 달아오를 대로 달아오른 몸뚱아리들처럼 두 장작이 몸을 비틀며 떨어졌다가 다시 맞붙을 때, 존재에서 존재로 옮아가는 그 황홀함, 생의 총액을 건 전폭적인 몸부림에 돌연 상처 입은 기분이 되기도 했다. 겁탈당한 모든 여인을 연인 삼아 아궁이 속에 아방궁을 지은 저 방약무도한 자는 성대를 들어낸 목소리로 소리치고 있었다. '함께! 함께!'라고. 세상의 어느 것도 혼자가 아니라고. 존재는 결코 단수(單數)일 수 없으며, 불 앞에서 그리고 불 속에서 우리는 여럿이면서 동시에 하나라고.

(문학동네, 2000)

□ 김용우 「마르크스를 위하여」

금단의 탐험을 했던 것일까, 두 마리의 잠자리를 포개어 보았다. 처음에는 아무 반응이 없었다. 그러자 위에 있는 놈이 긴 꼬리를 활처럼 휘면서 꼬리 끝으로 아랫것을 자극하기 시작한다. 몇 번 그렇게 하자 이번에는 아래에 있는 몸이 역시 긴 꼬리를 들어 올렸고 이어서 위에 있던 놈의 꼬리 끝이 아래에 있는 놈의 꼬리 속으로 파고 들어가는 것이었다.

(새로운사람들, 1999)

□ 김원우 「무기질 청년」

'아디다스'가 훌러덩 여자의 머리통을 빠져나와 발치께로 날아가 버리자 순식간에 나의 성기는 자극을 잃어버렸고, 술기운만이 왈칵 치받쳐 올랐다. 나는 무력한 한 마리의 수컷이 되어 역시 나처럼 억병이 된 그녀의 풍만한 가슴만 내 팔로 감싸고, 한참이나 숨도 죽이고 있었다. 청바지가 쏟아지는 술기운과 잠기운 속에서 미물처럼 꿈틀거리자 미동도 없던 내 성기도 조금씩 그 경도가 있는 듯해지더니 이내 저절로 불끈 힘이 주어졌다. 나는 어떤 죄책감이나 그렇다고 흥분된 감정도 느끼지 못하면서 코를 낮게 고는 아디다스의 배 위로 올라갔다.

죽은 듯이 자던 아디다스가 눈을 감은 채 꿈쩍거리기 시작했다. 아디다스는 지친 손으로 청바지 주머니를 뒤적이더니 금딱지 세 개를 꺼내, 두 개는 머리맡의 책상 아래로 던져버리고, 나머지 한 개를 손에 쥐고서 바지를 까내렸다. 금딱지는 고무장화였다.

아디다스는 졸음에 잠긴 콧소리로 중얼거렸다.

"아직 멘스가 덜 끝났어……"

나는 내 부푼 성기 위에다 고무장화를 손수 둘둘 말아 올려 씌웠다. 갑자기 내 몸이 무거워진 기분이 들었다. 나는 남자의 생식기가 어릴 때 시골에서 자치기 놀이에 사용하던 새끼 잣대를 닮았다고 생각했다.

(솔, 1996)

□ 김원일 「오늘 부는 바람」

무슨 꿍꿍이속이 있는지 간혹 몸을 이리저리 뒤틀 뿐이었다. 그러더니 그는 기어코 한 손을 나의 넓적다리 위에 얹었다. 그는 조급히 내 무릎 위쪽의 맨살을 쓰다듬기 시작했다. 나는 그 손을 밀쳤다. 밀친 뒤에도 손이 닿았던 살갗 부분에 긴장이 남아 있었다. 두렵고 짜릿하고 한편 간지러운 감촉. 그것은 벌레가 살 위로 꿈틀꿈틀 기어가는 징그러움과, 불같이 화끈한, 마치 박하사탕이 입안에서 일시에 녹는 혼미한 뜨거움이 겹으로 느껴졌다. 그러나 잠시 뒤 춘배의 그 손은 놀랍게도 내가 앉은 의자 등받이로 걸쳐졌다. 그러더니 나의 겨드랑 밑으로 손을 넣어 건너편 어깻죽지를 만지기 시작했다. 창피하게 이게 무슨 짓거리람, 하면서도 나는 잠시를 그대로 있었다. 그 손이 나로부터 아무런 저항을 받지 않자 더욱 대담해져서 숫제 내놓은 제것인 양 가슴으로 닿아 왔다. 불쾌감과 아울러 아주 깊은 곳에서 흥분의 붉은 액체가 아랫도리의 중심으로 차올랐고 가쁜 호흡을 통해 목구멍을 안마질했다. 춘배도 더 이상의 자제력을 잃었는지 이제 내 블라우스 안으로 손을 밀어 넣었다. 나는 숨이 확 막혔다. 배암에 몸을 감기는 깜깜한 두려움과 살닿음을 통해 상처 나서 소멸되는 서러움이 동시에 심장까지 멈추게 하는 듯했다.

(삼중당, 1995)

□ 김원일 「한멸을 찾아서」

제대를 한 달 앞둔 때였다. 일주일간 특별 휴가를 얻어 그는 떠날 수 없다는 문미를 겨우 구슬러 시상식에 참석하기 위해 함께 상경했다. 종로 이가 뒷골목, 별로 깨끗하지 않던 경동여관에서의 그 첫 밤을 그는 잊을 수가 없었다. 문미의 고통스런 비명과 하혈을 떠올리면 지금도 얼굴이 화끈 달아올랐다. 팔을 두르니 너무나 좁게 느껴지던 가슴둘레, 그 가슴은 손에 쥔 작은 새처럼 따뜻했으나 그녀는 떨고 있었다. 양감 있는 살은 어디에도 없었으나 그는 여지껏 그렇게 매끄러운 물체를 만져본 적이 없었다. 그날 밤, 문미는 벽 쪽으로 돌아누워 뜬눈으로 밤을 새우며, 소리 죽여 울었다. 동해 바다의 파도와 엄마의 수초 같은 삶이 자꾸 떠올라 눈물을 참을 수 없다고 했다. 잠시도 떨어지지 않았던 서울에서의 이틀 동안, 첫 밤의 충격 때문인지 둘은 오히려 서먹서먹하게 보냈다. 경복궁의 박물관도 들르고 창경원의 동물 구경도 했지만 매연 많은 도시의 죽어버린 겨울만 보았을 뿐 둘은 대화를 잃었다. 돌아온 길에 대관령 휴게소에서 보았던 미동 않는 안개가 아닌, 회오리치며 하강하던 미친 안개의 수선스러움과 그 짙은 농무의 동적 긴장을 뚫고 가랑잎같이 나부끼며 날아오르던 이름 모를 한 마리의 작은 새를 씻어버릴 수 있었다. 시의 명예와 한 여자를 동시에 소유했던 이틀간의 서울, 그 영광만큼 그는 두 가지를 절대 놓치지 않겠다고 다짐했다.

(태성, 1990)

□ 김유정 「동백꽃」

잔소리를 두루 늘어놓다가 남이 들을까봐 손으로 입을 틀어막고는 그 속에서 깔깔댄다. 별로 우스울 것도 없는데. 날씨가 풀리더니 이놈의 계집애가 미쳤나 하고 의심하였다. 게다가 조금 뒤에는 제 집께는 할금할금 돌아다보더니. 행주치마의 속으로 꼈던 바른 손을 뽑아서 나의 턱 밑으로 불쑥 내미는 것이다. 언제 구웠는지 아직도 더운 김이 혹 끼치는 굵은 감자 세 개가 손에 뿌듯이 쥐어졌다.

"느 집엔 이거 없지."

하고 생색내는 큰 소리를 하고는, 제가 준 것을 남이 알면 큰일 날 테니 여기서 얼른 먹어 버리란다. 그리고 또 하는 소리가

"너 봄 감자가 맛있단다."

"난 감자 안 먹는다. 네나 먹어라."

나는 고개도 돌리려 하지 않고 일하던 손으로 그 감자를 도로 어깨 너머로 쑥 밀어 버렸다. 그랬더니, 그리도 가는 기색이 없고, 뿐만 아니라 쌔끈쌔근하고 심상치 않게 숨소리가 점점 거칠어진다. 이건 또 모야 싶어서. 그때에야 비로소 돌아다보고 나는 참으로 놀랐다. 우리가 이 동네에 들어온 것은 근 삼 년째 되어 오지만, 여태까지 가무잡잡한 점순이의 얼굴이 이렇게까지 홍당무처럼 새빨개진 법이 없었다.

* * *

나는 대뜸 달려들어서, 나도 모르는 사이에 큰 수탉을 단대로 때려 엎었다. 닭은 푹 엎어진 채 다리 하나 꼼짝 못하고 그대로 죽어 버렸다. 그리고, 나는 멍하니 섰다가 점순이가 매섭게 눈을 흡뜨고 닥치는 바람에 뒤로 벌렁 나자빠졌다.

"이놈아! 너 왜 남의 닭을 때려죽이니?"

"그럼 어때!"

하고 일어나다가,

"뭐 이 자식아! 뉘 집 닭인데!"

하고, 복장을 떠미는 바람에 다시 벌렁 자빠졌다. 그러고 나서, 가만히 생각을 하니 분하기도 하고 무안도 스럽고, 또 한편 일을 저질렀으니, 인젠 땅이 떨어지고 집도 내 쫓기고 해야 될는지 모른다. 나는 비실비실 일어나며 소맷자락으로 눈을 가리고는 얼김에 엉 하고 울음을 놓았다. 그러나, 점순이가 앞으로 다가와서,

"그럼, 너 이담부터 안 그럴 테냐!"

하고 물을 때에야, 비로소 살길을 찾은 듯 싶었다. 나는 눈물을 우선 씻

고, 뭘 안 그러는지 명색도 모르건만,

"그래!"

하고 무턱대고 대답하였다.

"요담부터 또 그래 봐라. 내 자꾸 못 살게 굴 테니."

"그래 그래, 인젠 안 그럴 테야."

"닭 죽은 건 염려 마라. 내 안 이를 테니."

그리고, 뭣이 떠다 밀렸는지, 나의 어깨를 짚은 채 그대로 퍽 쓰러진다. 그 바람에 나의 몸뚱이도 겹쳐서 쓰러지며, 한창 피어 퍼드러진 노란 동백꽃 속으로 푹 파묻혀 버렸다. 알싸한 그리고 향긋한 그 냄새에

(금성, 1992)

□ 김유정 「따라지」

아키코는 남모르게 톨스토이를 맘에 두었다. 꿈을 꾸어도 늘 올가망으로 톨스토이가 나타나곤 한다. 바렌티노 같이 두 팔을 떡 벌리고 하는 소리가 오! 저는 당신을 사랑합니다. 이 가슴에 안겨 주소서. 그러나 생시에는 이놈의 톨스토이가 아키코의 애타는 속도 모르고 본둥 만둥이 아닌가. 손님에게 꼭 답장을 할 필요가 있어서,

"선생님! 저 연애편지 하나만 써 주세요."

아키코가 톨스토이를 찾아가면,

"저 그런 거 못 씁니다."

"소설 쓰시는 이가 그래 연애편지를 못 써요."

하고 어안이 벙벙해서 한참 쳐다본다. 책상 앞에서 늘 쓰고 있는 것이 소설이란 말은 여러 번이나 들었다. 그래 존경해서 선생님이라고 톨스토이로 바치는데 그래 연애편지 하나 못 쓴다니 이게 말이 되느냐. 하도 기가 막혀서,

"선생님! 연애해보셨어요?"

하면 무안당한 계집애처럼 고만 얼굴이 벌개진다.

"전 그런 거 모릅니다."

아키코는 톨스토이가 저한테 흥미를 안 갖는 걸 알고 좀 샐쭉하였다. 카페서 구는 여급이라고 넘보는 맥인지 조선말로 부르면 승해서 아키코로 행세는 하지만 영영 아키콘 줄 아나보다. 어쩌면 톨스토이가 숭칙스럽게 아랫방 버스걸과 눈이 맞았는지도 모른다. 왜냐면 버스걸이 나갈 때 고때쯤 해서 톨스토이가 세수를 하러 나오고 하는 것을 보았다.

(금성, 1992)

□ 김유정 「산골」

"마님께 나 매맞어두 난 몰라."

혼잣말로 이렇게 되알지게 쫑알거리고 너야 가든 말든 하라는 듯이 고개를 돌리어 아까의 도라지를 다시 캐자느라니 도련님은 무턱대고 그냥 와락 달여들어,

"너 맞는 거 나는 알지"

이쁜이를 뒤로 꼭 붙들고 땀이 쭉 흐른 그 뺨을 또 잔뜩 깨물고는 놓질 않는다. 이쁜이는 어려서부터 도련님과 같이 자랐고 같이 놀았으되 제가 먼저 그런 생각을 두었다면 도련님을 벌컥 떠다밀어 바위너머로 곤두박히게 했을 리 만무이었고 궁뎅이를 털고 일어나며 도련님이 무색하여 멀거니 쳐다보고 입맛만 다시니 아니언마는 다시 손목을 잡히고 이 잣나무 밑으로 끌릴 제에는 왼 힘을 다하여 그 손깍지를 버리며 야단친 것도 사실이 아닌 것 아니나,

그러나 어딘가 마음 한 편에 앙살을 피면서도 넉히 끌리어 가도록 도련님의 힘이 좀더 - 하는 생각이 전혀 없었다면 그것은 거짓말이 되고 말 것이다. 물론 이쁜이가 얼굴이 빨개지며 앙큼스러운 생각을 먹은 것은 바로 이때이었고,

"난 몰라 마님께 여쭐 터이야 난 몰라!"

하고 적잖아 조바심을 태우면서도 도련님의 속맘을 한 번 뜯어보고자,

"누가 종두 이러는 거야?"

하고 손을 뿌리치며 된통 호령을 하고 보니 도련님은 이 깊고 외진 산속임에도 불구하고 귀에다 입을 갖다대고 가만히 속삭이는 그 말이 —

"너 나하고 멀리 도망가지 않으련!"

그러니 이쁜이는 이 말은 참으로 꼭 곧이들었고 사내는 이렇게 겁을 집어먹는 수도 있는지 도련님이 땅에 떨어지는 성냥갑을 호주머니에 다시 집어넣을 줄도 모르고 덤벙거리며 산알로 꽁지를 뺄 때까지 이쁜이는 잣나무 뿌리를 베고 풀밭에 번듯이 드러누운 채 푸른 하늘을 바라보며 인제 멀리만 달아나면 나는 저 도련님의 아씨가 되려니 생각에 마님께 진상할 나물 캘 생각조차 잊고 말았다.

(어문각, 1970)

□ 김유정 「소낙비」

그 대신 그 음성이 나자 안방에서 이 주사가 번개같이 머리를 내밀었다. 자기 딴은 꿈 밖이라는 듯, 눈을 두리번두리번하더니 옷 위로 불거진 춘호 처의 젖가슴, 아랫배, 넓적다리, 발등까지 슬쩍 음흉히 훑어보고는 거나한 낯으로 빙그레한다. 그리고 자기도 봉당으로 주춤주춤 나오며,

"쇠돌 엄마 말인가? 왜 지금 막 나갔지. 곧 온댔으니 안방에 좀 들어가 기다렸으면……"

하고 매우 일이 딱한 듯이 어름어름한다.

"이 비에 어딜 갔에유?"

"지금 요 밖에 좀 나갔지. 그러나 곧 올걸……"

"있는 줄 알고 왔는디……"

춘호 처는 이렇게 혼잣말로 낙심하며 섭섭한 마음으로 머뭇거리다가 그냥 돌아갈 듯이 봉당 아래로 내려섰다.

이 주사를 쳐다보며 물 찬 제비같이 산드러지게,

"그럼 요담에 오겠어유, 안녕히 계시유."

하고 작별 인사를 올린다.

"지금 곧 온댔는데, 좀 기다리지……"

"담에 또 오지유."

"아닐세, 좀 기다리게, 여보게, 여보게, 이봐!"

춘호 처가 간다는 바람에 이 주사는 체면도 모르고 기가 올랐다. 허둥거리며 재간껏 만류하였으나 암만 해도 안 될 듯 싶었다. 춘호 처가 여기에 찾아온 것도 큰 기적이려니와 뇌성벽력에, 구석진 곳이겠다, 이렇게 솔깃한 기회는 두 번 다시 못 볼 것이다. 그는 눈이 뒤집히어 입에 물었던 장죽을 죽 뽑아 방안으로 치뜨리고는 계집의 허리를 뒤로 다짜고짜 끌어안아서 봉당 위로 끌어 올렸다.

계집은 몹시 놀라며,

"왜 이러세유, 이거 노세유."

하고 몸을 뿌리치고는 앙탈을 한다.

"아니 잠깐만."

이 주사는 그래도 놓지 않으며 허겁스러운 눈짓으로 계집을 달랜다. 흘러내리는 고의춤을 왼손으로 연신 치우치며 바른팔로는 계집을 잔뜩 움켜잡고 엄두를 못 내어 쨀쨀매다가 간신히 방안으로 끙끙 몰아넣었다. 안으로 문고리를 재빠르게 채웠다.

밖에서는 모진 빗방울이 배춧잎에 부딪치는 소리, 바람에 나무 떠는 소리가 요란하다. 가끔 양철통을 내려 굴리는 듯 거푸진 천둥소리가 방고래를 울리며 날은 점점 침침하여 갔다.

얼마쯤 지난 뒤였다. 이만하면 길이 들었으려니 안심하고 이 주사는 날숨을 후우 하고 돌린다. 실없이 고마운 비 때문에 발악도 못 치고 앙살도 못 피우고 무릎 앞에 고분고분 늘어져 있는 계집을 대견히 바라보면 방긋이 얼러보았다. 계집은 온몸에 진땀이 쪽 흐르는 것이 꽤 더운 모양이었다.

(금성, 1992)

□ 김유정 「애기」

그는 골피를 찌푸려가며 색시의 옷을 벗겼습니다. 이젠 들어다 자리에 눕혀야 됩니다. 두 팔로 그 다리와 허리를 떠들고 번쩍 들려하니 원체 유착하여 좀체 비끗도 안 합니다. 그대로 웅크리고 앉아서 무릎과 어깨를 비껴 대고 밀긋밀긋 아랫목으로 떠다밉니다. 서슴지 않고 자리로 성큼성큼 내려가더니 제법 이불을 뒵쓰고 반듯이 눕는 것입니다. (에쿠 이것도 숫건 아니로구나! 하고 뜨끔했으나 따져보면 변은 아닙니다. 계집애가 학교를 좀 다니면 활기도 나고 건방지기가 예사니 그렇기도 쉽겠지요.) 이렇게 풀쳐 생각하고 그도 그 옆에가 붙어 눕습니다.

(문학사상사, 1987)

□ 김이연 「묻지말기」

준석은 윤지의 유난히 큰 유두를 입술로 잘근잘근 깨문다. 윤지의 온몸에 소름이 끼친다. 다시 조금씩 열이 오르기 시작한다. 저 깊은 골짜기에서 기다랗고 질긴 힘줄이 팽팽하게 긴장하기 시작했다.

준석은 조금씩 아래로 내려갔다. 윤지의 배꼽은 정말 이쁘다. 마치 젖꼭지를 새끼손가락으로 꼭 눌렀다가 놓았을 때 막 올라와 제자리로 돌아가는 모습처럼 귀엽다. 혀끝으로 그곳을 후벼 파고 따스한 침을 가득 채운다. 다시 아래로 내려갔다. 윤지의 수북한 밀림은 고흐의 나무처럼 불타듯이 굼실거린다. 준석은 온 얼굴을 파묻고 호흡을 정지한다. 윤지는 턱을 올리고 가슴을 편다. 전율이 위로 올라와 나사처럼 감각이 소용돌이친다.

* * *

아직 물기가 남아 있는 두 몸이 이불 속에서 맞닿는다. 정말 오랜만의 촉감이지만 서로는 조금도 잊지 않았는지 지난날의 촉감을 알아낸다. 단숨에 열기가 오른다. 뜨겁게 정신없이 용광로 속으로 뛰어든 광석 같았다.

(글수레, 1988)

□ 김이연 「여자가 선택한 사랑」

ps는 거부할 수 없는 유청미에게 다가가서 이마에 가볍게 키스한다. 아주 자연스럽게, 그리고 멋있게, 게다가 익숙하게 유청미가 놀라지 않을 만큼 가볍게 키스한다. 오히려 유청미가 이마를 기울여서 가져갔다고 생각되리 만큼 기분 좋은 키스였다.

* * *

유청미는 벌거벗은 채 누워 있는 ps를 곁눈질로 보았다. 이상하게도 혐오스런 느낌이 들지 않았다. 팬티 한 장만 걸친 남자를 처음 보는데도 그렇게 흉하게 느껴지지 않았다. 그의 손이 유청미의 다리에 올라왔다. 처음에는 움직이지 않고 올려놓기만 했다가 잠시 뜸을 들인 뒤에 천천히 그리고 아주 부드럽게 다리의 근육을 타고 허벅지로 올라왔다. 유청미는 견뎌냈다. 사랑이 없는 남자를 만나서 사랑 없는 잠을 자보는 것도 어떻게 보면 현대감각에 맞아서 괜찮을지도 모른다고 생각했다.

* * *

그는 아주 순한 웃음을 입가에 지으며 탁자에 올려놓은 유청미의 손을 가만히 잡는다. 그의 손은 마치 막노동을 한 사람 손처럼 거칠었다. 그러나 하얀 손에서 느낄 수 없었던 힘의 매력이었다.

이런 느낌이 바로 남자가 아닐까?

갑자기 유청미는 ps의 손을 끌어와 입을 맞추고 싶었다. 사람들이 보거나 말거나 유청미는 그의 손등이 입을 맞추고는 손등의 살갗을 이빨로 깨물어 뜯는다. 강아지들이 털 속에 이를 잡을 때 하는 짓처럼 잘근잘근 앞니로 물어뜯는다.

그의 손등에서 향긋한 비누 냄새 같은 향기가 난다.

* * *

겉으로는 보통 부부가 하는 것처럼 움직이지만 그들은 아무런 사이도 아니다. 식탁을 가운데 놓고 국수 오라기를 입에 넣으면서 유청미는 탐색전을 편다.

호흡이 조금씩 가빠진다. 체온이 올라간다. 젓가락으로 국수 오라기를 잡을 수가 없다.

유청미는 물컵에 물을 따르려고 생수통을 잡는다.

정진수는 먼저 생수병을 잡아 올린다. 유청미가 들고 있는 물컵에 물을 붓는다.

유청미의 눈을 꿰뚫을 듯 응시하면서 물을 붓는다. 컵에 물이 넘친다.

그래도 계속 물을 붓는다. 천천히 정진수의 얼굴이 유청미의 앞으로 다가와 입술이 얼굴에 와 닿는다.

유청미는 컵을 식탁에 내려놓고 두 팔로 정진수의 목을 끌어안는다.

입술을 댄 채로 식탁을 빠져나가 가슴을 댄다.

정진수는 유청미가 입고 있는 옷을 한 가지씩 벗기면서 침실 쪽으로 데려간다.

문을 밀고 침실 안으로 들어섰을 때는 이미 유청미의 몸에 아무것도 걸친 게 없었다.

커튼이 드리워져 방안을 더웠다. 스탠드 라이트가 희미하게 켜져 있다.

정진수는 유청미를 침대 위에 던진다.

유청미가 몸을 뒤집어 유방을 깔고 국부를 감춘다. 유청미는 저항 없이 그를 기다린다. 어느 사이에 유청미는 이런 여자가 되어버린 것일까?

팬티도 없이 헐러한 슬랙스만 입었던 정진수가 단 한 가지를 벗어던지는 데 걸리는 시간은 불과 2, 3초 정도일 뿐이다.

유청미의 몸을 그의 몸으로 가볍게 덮어 누른다. 새털이불처럼 포근하다.

지휘자의 손가락은 길고 부드럽고 매끄럽다. 유청미의 머리카락을 입김으로 불어내고 목덜미에 입을 맞춘다.

머리끝에서 발끝까지 번개처럼 전율이 꽂힌다. 파르르 떨리는 전율의 베일이 온몸을 덮는다.

(대학, 1997)

□ 김이태 「궤도를 이탈한 별」

그가 커피를 두 잔 타서 다시 올라갈 때 나는 그이 방에 여자가 있다는 것을 알았다. 나는 그 여자가 발가벗은 채로 아직 자고 있을 모습을 상상했다. 그는 조용히 올라가서 부드러운 아침 햇살처럼 여자를 깨울 것이고 그들은 다시 섹스를 할 것이고 쌍둥이처럼 겹쳐서 다시 잠이 들 것이다.

* * *

여자는 그들의 섹스가 남긴 시큼털털한 냄새를 맡으며 이불 속에 그대로 누워 있기도 하고 정성들여 오랜 시간 샤워를 하기도 한다. 남자가 상기된 얼굴로 내려오면 그녀 역시 덩달아 들뜨곤 해서 출근을 십 분 앞두고 급한 정사를 한다. 서서 하기도 하고 앉아서 하기도 하고, 그러면 그녀는 남자가 나간 뒤 한 시간 정도 푹 자버리곤 했다. 일어나지마. 남자는 그렇게 말하며 이마에 키스를 해주고 자전거를 탄다. 그가 멀어지는 소리. 여자는 푹 자기도 하고 이불을 뒤집어쓰고 눈을 깜빡거리기도 한다. 당신이 없는 세상에는 나도 없겠지.

(민음사, 1997)

□김인숙 「그늘, 깊은 곳」

첫 번째의 섹스는 격렬했다. 그들은 서로의 살과 서로의 숨결이 깊이를 찾아볼 시간 같은 것은 조금도 없는 사람들처럼, 곧 떠날 막차를 잡아타기 전에 기차 그늘 아래에서 나누는 섹스처럼 급하고 격렬할 뿐이었다. 그의 몸이 그녀의 속으로 깊숙이 들어올 때, 그녀는 첫 경험의 여자처럼 신음소리를 내뱉었다. 그러나 그녀는 그를 밀어내지 않았고, 그의 등을 힘주어 안은 채 입술을 악물어 그 순간을 견뎠다. 은은한 기쁨과 몽환 같은 그리움은 두 번째 섹스 때부터 찾아왔다. 말 못할 그리움과 같은 갈증으로 그녀는 그의 등을 쓸었고, 그는 그녀의 이마에 입술을 맞추었다.

* * *

그가 사정을 하는 순간, 그녀 역시 오르가즘 상태에 올라 있었고 그것은 아득한 일치였다. 온몸에서 무언가가 한꺼번에 달아나버리는 듯한 느낌…… 그 아득함…… 그 그리움…… 그 상태에서, 그녀는 자신도 알지 못하는 사이 눈물을 흘렸다.

* * *

서양인 남녀 한 쌍이 바의 스탠드에 앉아서 깊고 진하게 키스를 하고 있는 것이 보였다. 자세히 보니 여자는 남자의 무릎 위에 앉아 있었고, 남자의 손은 여자의 셔츠 속으로 들어가 있었다. 그러나 그들은 누가 보든 전혀 아랑곳하는 모습이 아니었다. 하긴 그건 그들의 자연스러움일 것이다. 우린 서로 사랑하는데 왜? 뭐가 어때서? 라는 듯한 그들의 모습. 아니, 아예 그런 질문조차 필요 없는 듯한 그들의 모습…… 규원은 아주 오래 그들을 뚫어지게 바라보았다.

* * *

그는 허겁지겁 현영의 입술을 찾았다. 달고 향기롭고 작은 입술이었다. 그는 그 입 속으로 들어가면서 마지막 정신을 놓아버렸다. 그의 손이 현영의 셔츠 속으로 들어가 그녀의 브래지어를 밀어냈다. 작고 둥근 가슴, 정신을 차릴 수 없게 하는 가슴이었다. 현영은 그에게 가슴을 맡긴 채로 끊임없이 사랑한다고, 말하고 있었다. 고작 열여덟 살짜리 계집아이에게 어디 그런 열정이 숨어 있었던가. 그녀의 사랑한다는 말은 화인처럼 그의 온몸에 들이박혔다. 그의 손이 다시 현영의 스커트 밑으로 들어갔다. "널…… 널 가지게 될 거 같다" 그는 아득한 혼란과 감당할 수 없는 충동으로 떨며 말했다. 현영의 대답이 그를 부추겼다. "가지세요. 전부 다요. 선생님을 사랑해요." 그는 현영을 떼밀 듯이 바닥에 눕히고 거칠게 스커트를 벗겨냈다. 스커트와 팬티가 동시에 벗겨졌다. 그러는 동안에도 현영은 그를 끌어안은 손을 놓지 않았고 가쁘게 숨을 몰아쉬고 있었다.

(문예마당, 1997)

□ 김인숙 「꽃의 기억」

"저 그림엔 내 욕망이 들어 있어요."

"자기 자신을 찢어발기고 싶은."

"글쎄요…… 어쩌면 그럴지도…… 그래도, 아마 그럴 거예요."

"좋소. 그렇게 합시다."

"그럴 수 있으시단 말이죠?"

취중이긴 했지만 나는 농담처럼 물었다. 그가 결코 그러지 않으리라고 믿고 있었기 때문이다. 그러나 바로 그 순간에 그는 벌떡 일어서서 자기 바지춤을 까내버리는 것이었다. 경악 속에 내가 먼저 본 것은 그의 희고 둥근 엉덩이였다. 그리고 곧, 내 시야 속으로 굵고 힘찬 오줌발이 거세게 솟아나오는 그의 성기가 보였다. "무슨!" 무슨 짓이냐는 말을 끝까지 내뱉을 수가 없었다. 아식 오줌이 뚝뚝 떨어지고 있는 성기를 내 쪽으로 향한 채, 그는 곧 내 몸을 덮쳐왔다. 저항할 수가 없었다. 온몸의 기운이 나른하게 빠져버려서가 아니라 그 정반대의 느낌으로, 나는 그의 어깨를 한 손으로 끌어안고 그리고는 거칠게 내 옷을 벗겨내는 그의 등에 미친 듯이 손톱자국을 새겼다.

＊ ＊ ＊

내 벗은 살 위에 그렇게 조심스레 내려앉아 줄 수 있는 체온에게였다. 소유할 필요도 느끼지 않는, 그러나 소중한, 조심스러운 체온.

어쩌면 그날 나는 그와 자고 싶었으리라. 살을 섞은 뒤에라도 그 이름이 무엇인지 물어보고 싶어지지 않을 것 같은 남자, 오르가즘의 순간에도 결코 사랑한다는 말을 의무적으로 내뱉지 않아도 될 것 같은 남자, 아니, 어쩌면 가장 동물적인 체위로 성교를 나누고 싶은 남자… 이름을 알지 못하는 그와… 그러나 자고 난 뒤에는 혼자 베개에 얼굴을 묻고 어쩌면 말하고 싶었으리라. 당신은 내 피라고, 내 살이고, 내 숨결이라고, 당신은 내 집에 스며든 게 아니라 내가 알지 못하는 내 피돌기의 흐름 속에, 내 살의 어느 알 수 없는 주름 사이에 그리고 내 숨결의 마디 사이에 스며든 거라고.

(문학동네, 1999)

□김인숙 「먼길」

그는 서연에게로 다가가 서연의 얼굴을 붙잡았다. 눈물로 미끌거리는 뺨. 그 차가운 뺨이 씰룩였다. 그리고 순간, 서연은 그의 입술에 달라붙었다. 마치, 영혼 자체를 빨아 당기는 듯한 고통스럽고도 끔찍한 입맞춤이었다.

(문학동네, 1995)

□김인숙 「유리구두」

우리는 오랜만에 서로의 부부구실을 확인하기도 했다. 이왕 이사를 가기로 작정한 이상, 더 무서울 게 뭐가 있겠느냐고 아내는 몸을 활짝 열었고 나는 그 여자의 위로에 감사하는 표현으로, 열심히 그 여자의 몸을 파고들었다. 그러나 흥분이 사라진 섹스, 지친 몸으로 나가떨어지듯 내가 자리에 누워 버리면 아내는 벗은 몸으로 오도카니 앉아 안타까운 목소리로 속삭여오는 것이다.

* * *

그녀의 벗은 몸 위에 그의 몸을 밀착시켰을 때, 그녀는 마치 매우 광활한 뻘밭 같았다. 그를 빨아들이는 힘은 놀라웠다. 그는 자신의 내장이 모두 다 쏟아져 나온다고 느꼈다. 그는 난생 처음으로 절정의 순간에 악을 썼다. 정말이지 그녀의 몸 속으로 그의 전부가 다 빨려 들어가는 것만 같았다. 그것은 아마도 그와 같이 평범한 샐러리맨이 결코 겪을 수 없는 특별한 경험에 대한 인식 때문이었을 것이다.

* * *

이봐요, 한경윤 씨. 그는 치밀어 오르는 짜증을 참을 길이 없어 경윤의 얼굴을 내려다보았다. 뜻밖에도 경윤은 벌써부터 고개를 반짝 쳐들어 그의 얼굴을 빤히 쳐다보며 이야기를 하고 있었던 모양이었다. 그와 경윤의 눈이 짧게 마주쳤다. 그리고 그는, 경윤의 눈빛에 진한 홍조가 물드는 것을, 그리고 그 홍조를 감추기 위해 재빠른 떨림이 이는 것을 분명히 목격할 수 있었다. 그는 지그시 입술을 물었다. 웃음이 스며 나오려고 했기 때문이었다. 그는 그때서야 느꼈던 것이다. 그녀의 쓸데없는 엘리베이터 타령은, 엘리베이터라는 밀폐된 공간의 버거움을 무마시키기 위한 애처로운 노력에 불과했다는 것을 말이다. 그녀가 또다시 무언가 말을 이으려는 듯 입을 열었을 때 그는 참새새끼를 잡아채는 매의 날카로운 동작처럼 그녀의 입술을 빼앗아버렸다. 그 자신으로서도 놀라운 일이었지만 설마 경윤과의 사이에서 그렇듯 충동적인 일이 일어나리라고는 상상도 해본 적이 없는 일이었다. 그 순간의 느낌을 어떻게 설명해야 할까.

□ 김인숙 「핏줄」

그녀의 가슴 위에서 브래지어를 걷어내고 딱딱하게 솟아오른 봉우리를 점령한다. 그러나 점령에 만족되지 않는 불손한 산봉우리여.

더 깊게 그리고 더더욱 깊게 나의 모든 것을 점령해 달라고 자꾸만 열려 가는 그녀의 육체를 느끼며, 일지도 않는 성욕을 살의로 대치해야 하는 나는 차라리 파계승 같은 느낌이다. 파계를 할 때에도 고행만은 버릴 수 없는 마지막 낭만주의자…… 나는 그녀의 가슴과 배와 다리, 그리고 발바닥까지 모든 곳에다 내 체액을 묻혀 놓았다. 그녀는 내 타액을 받아 부드러워진 문에 늪을 만들고 기다린다. 그 늪에 누군가의 체액이 빠져주기를 기다린다. 잔뜩 음모를 괴어 놓고서.

* * *

그녀가 서서히 내 남근으로부터 사정을 유발하기 시작했다. 뜨거운 불길이 밑에서 치받쳐 오르기 시작했고 나는 심장의 피를 쏟아내듯이 사정을 하기 시작했다. 바지를 그대로 입은 채 나는 여자의 손안에 내 사정의 액체를 괴어놓았다. 그리고 나는 문득 외치는 것이었다. 재하야……
아아, 재하야.

□ 김정현 「아버지」

마침내 정수가 등을 돌렸다. 와락 안기듯 소령이 그의 품으로 파고들었다. 정수의 본능적인 거부를 느끼는 순간, 소령은 몹시도 서러웠다. 그녀의 눈에 핑 눈물이 고였다. 그녀의 눈물에 정수의 몸짓도 멈춰졌다. 어느새 눈물이 그녀의 볼을 적셨다. 소령은 그 촉촉한 볼을 정수의 뺨에 비벼댔다. 그리고 그녀의 입술이 정수의 입술을 더듬었다. 짜릿한 전율과 함께 정수의 두 팔도 그녀를 껴안았다. 밀려들어오는 그녀의 혀끝이 달콤했다. 점점, 점점, 깊어지며……

두 사람은 아주 깊은 늪 속으로, 그것도 몹시 뜨거운 늪 속으로 점점 빠져들고 있었다.

* * *

어느새 눈물이 그녀의 볼을 적셨다. 소령은 그 촉촉한 볼을 정수의 뺨에 비벼댔다. 그리고 그녀의 입술이 정수의 입술을 더듬었다. 짜릿한 전율과 함께 정수의 두 팔도 그녀를 껴안았다. 밀려들어오는 그녀의 혀끝이 달콤했다. 점점, 점점, 깊어지고……

두 사람은 아주 깊은 늪 속으로, 그것도 몹시 뜨거운 늪 속으로 점점 빠져들고 있었다.

(문이당, 1996)

□ 김주영 「아들의 겨울」

나는 그녀의 방에 불이 켜져 있는 것을 발견했다. 그리고 그 불이 켜진 방에서 짧게 한숨짓는 남자의 목소리를 들었다. 나는 방으로 올라가는 디딤돌을 살펴보았다. 그곳엔 방안에 있을 남자가 신고 와야 했을 신발이 보이지 않았다. 그러나 그 진득진득하고 짧은 남자의 한숨소리는 간헐적으로 새어나오고 있었다.

나는 가만히 문틈에다가 한쪽 눈을 갖다 대었다. 실눈을 뜨고 방안의 광경을 살펴보았다.

… (중략) …

남자의 엉덩이에 겨우 걸린 이불자락이 펄럭거릴 때마다 채순미는 모가지를 허공에다 비틀어 꼽곤 하였다. 그럴 때마다 그녀의 입에서 짧은 비명소리가 흩어져 나오곤 하였다. 땀에 젖은 사내의 머리카락이 가슴에 곤두박힌 채순미의 이마를 격렬하게 쓸고 있었다.

"더 깊이……"

그녀가 비틀어 짜내는 듯한 목소리로 그렇게 말하자, 사내의 몸뚱이가 일순 뻣뻣해지는 것이었다.

… (중략) …

"힘껏……"

그녀가 다시 앓는 소리로 중얼거렸다. 사내의 어깨엔 그녀가 움켜쥔 손톱자국이 벌겋게 나 있었다. 그녀는 고개를 훼훼 내젓기 시작했다. 그녀가 베고 있던 베개가 이불자락 저편으로 밀려나 있었다. 나는 속으로 중얼거렸다.

— 힘껏

그것이 무엇을 의미하고 있는 건지는 몰라도 나는 속으로 무척이나 안타까웠다.

그녀는 연신 힘껏이라고 중얼거렸지만 사내는 좀처럼 그 힘껏이 되지 않는 모양으로 땀만 뻘뻘 흘려대고 있었기 때문이었다.

… (중략) …

드디어 펄럭거리는 이불짓이 끝나고 사내는 채순미 옆으로 그 지글지글 태우던 몸뚱이를 뉘었다. 그리고 그들은 한참이나 무엇을 하는지 꿈지럭거렸고 수건으로 땀들을 닦았다.

그녀는 머리채를 사내의 다갈색 가슴에다 묻었다.

(민음사, 1996)

□ 김주영 「야정 1」

계집 먼저 저고리를 벗더니, 갑두의 하초에 어중간하게 걸려 있는 옹구바지춤에 발가락을 날렵하게 아래로 끌어내렸다. 갑두가 엉덩이를 슬쩍 들어주자, 바지는 소나비 뒤에 구름 벗겨지듯 일 같잖게 발 아래로 훌렁 벗겨졌다. 귀결에 와 닿는 계집의 입김에는 벌써 단내가 혹 풍겼다.

"임자의 희학질 소리가 삼이웃이 잠을 설치도록 야단스럽지 않을까?"

"걱정 붙들어매시오. 아니래도 아랫방 동패가 눈치챌까봐서 아까부터 어금니를 사려물었소. 올곧은 사내들은 원래 이녁처럼 변죽만 올리고 말만 많으시오?"

"아랫방 위인 때문에 거북하지 않을까?"

계집은 갑두의 목덜미를 끌어안고 가랑이로 사내의 화초를 어슥으슥 걸어서 두어 바퀴 뒹굴었는데, 어느새 저쪽 바람벽 아래로 썩 비켜나 눕게 되었다. 그리고 계집 먼저 갑두의 입을 쩍 하고 맞추었다.

(문학과지성사, 1996)

□ 김주영 「야정 3」

몽당치마를 아래로 당기며 앉아 있는 소혜의 손등 위로 성률의 손이 얹혔다. 그 뜨거운 손바닥의 기운은 금방 소혜의 오장육부를 뜨겁게 적시고 말았다. … (중략) … 그때 바람이 불어 널문 한쪽에 붙어 문풍지가 떨렸다. 성률이가 두 손으로 소혜를 부축하여 차렵이불을 들추고 누이려 하는 순간, 소혜 성률의 목덜미를 게걸스럽게 끌어당겨 가슴에 안았다. 성률은 아랫막에 깔려 있는 차렵이불 자락으로 소혜의 하초를 감싸 덮어 주었다. 그러나 소혜의 두 팔은 성률의 목덜미를 옥죈 채 풀어질 줄 몰랐다. 소혜가 지분(脂粉)을 다스릴 처지는 못 되었지만 그 몸에서 풍기는 단내 속에는 이상한 향내가 있었다. 성률의 손이 그녀의 겨드랑이와 귀밑머리를 쓰다듬자 그녀는 뼈마디가 으스러져라 하고 성률을 껴안았다. 성률의 손이 치마 말기 위를 더듬었다. 그의 손이 옷자락 위를 더듬고 있을 제 뜨거운 손바닥이 살 속을 파고드는 것처럼 뼈 마디마디가 저려 왔다. 서로 안고 뒤채이는 동안 박속처럼 희디흰 소혜의 속살이 등잔불 아래로 드러났다. 그러나 소혜는 이 순간의 열락(悅樂)이 쏜살처럼 부질 없이 지나가 버릴 것을 생각하니 안타까웠다. 문풍지를 때리는 바람이 이마를 스치듯 이 순간이 속절없이 지나가 버린다면 얼마나 허전할 것인

가. 설령 오늘이 내일로 이어진다 할지라도 오늘 이 순간의 열락이 처음이고 마지막인 것처럼 소혜에겐 소중한 것이었다. 성률은 상반신을 일으키며 그녀의 때묻은 저고리를 벗겼다. 그의 시전이 몸에 와 박히었으나 소혜는 쑥스러움을 느낄 수가 없었다. 오히려 그같은 시선이 그녀의 몸에 오래 머물러 있기를 바랐다. 그의 손이 배꼽노리에 닿을 무렵 소혜는 흐느끼는 것이었고 울음소리를 터뜨리자 성률은 서둘러 그녀를 끌어안았다.

(문학과지성사, 1996)

□김주영 「야정 4」

질척한 늪지대를 따라 길게 늘어선 갈밭 길을 멀찌감치 벗어나게 되면 산기슭이 야트막하고 그곳에서부터 자작나무와 가래나무와 새앙나무 숲으로 이어졌다. 한낮의 따뜻한 햇살이 그 숲으로 떨어지고 있었다. 갑두와 어울려 주괘목을 박고 있던 사공들이 먼빛으로 힐끗힐끗 바라 보거나 말거나 갑두의 괴춤을 뒤틀어쥔 봉선은 자작나무숲으로 서둘러 뛰어들었다. 그리고 갑두를 세워둔 채로 바지를 벗겼다. 크게 내켜 하지 않았던 갑두도 봉선의 벌건 넓적다리를 보는 순간 풀썩 낙엽 위로 자빠지며 와락 봉선의 젖무덤을 껴안았다. 그곳은 사공막에선 바라보이지 않는 후미진 곳으로 봉선이 이틀 동안 헤집고 다니면서 물색해두었던 것이기도 하였다.

가슴이 후련해서 빈 구멍이 생겼다는 생각이 들 때까지 봉선은 갑두를 동이듯 끌어안고 놓아주질 않았다.

"이제 한풀이가 되었나?"

이죽거리는 갑두의 한마디가 귀에 들려왔다. 그러나 봉선은 맑게 갠 하늘을 갑두의 어깨너머로 바라보면서 반듯이 누워 있었다. 갑두가 벗어둔 고쟁이로 봉선의 하초를 덮었다.

(문학과지성사, 1996)

□ 김지연 「박사학위」

드디어 남편이 그녀를 끌어들여 네글리제를 벗겨 알몸을 만들었을 때도 그녀는 남편의 손가락을 꽉 잡고 있었다. 좀전까지의 냉담과는 달리 남편 강 성구는 세심하게 그녀의 몸매를 어루만지기 시작했다. 채회는 장마비에 스스르 무너져 앉는 흙담처럼 온몸의 긴장을 풀고 자못 쓰라리는 눈을 힘없이 감아버린다. 머리끝에서 발끝까지 지극히 미묘하게 스쳐 지나는 손의 움직임은 그녀를 충분히 부드럽게 해주는 예전대로의 기법이었으나 그녀의 몸은 점점 굳어갔다. 남편의 자상스런 애무가 정사(情事) 직전의 지극히 일상적인 과정에서 행해지는 것이든 깊은 애정의 심저(心底)에서 우러나온 것이든 간에 그녀의 몸은 싸늘하게 더욱 굳어져 갔다. 조금도 부드러워지지 않는 아내의 몸 위에서 의외라는 듯 남편은 잠시 주춤했다. 그러나 그것은 지극히 순간적인 것으로 남편은 충분히 혼자 몰두하고 있었다. 채회는 간절히 구걸하여 동전 한 닢을 얻는 거지아이의 쓸쓸한 표정과, 기고만장하여 여유스런 몸짓으로 유유자적하는, 베푸는 자의 포만한 표정을 떠올리고 있었다. 가슴을 저미는 비참한 생각에서 그녀는 조금도 헤어나지 못했다. 온몸으로 성급한 본성에 떨고 있는 남편을 그녀는 물끄러미 올려다보기만 했다. 아무리 생각을 돌려보려 해도 남편 강 성구는 생소한 타인이기만 했다. 무려 두 달간에 갖는 남편과의 접촉임을 그녀는 꼽고만 있었다.

(범우사, 1977)

□ 김지연 「배꽃」

위스키 냄새가 훅 풍겨졌다. 그는 엷은 잠옷차림의 그녀를 덥썩 안아 눕히며 뜨거운 숨을 내뿜었다.

"달빛이 쏟아지는 자정에 너와 나는 초야(初夜)를 치르는 거다."

그는 서서히 그녀의 몸을 애무하기 시작했다. 머릿결에서 시작한 뜨거운 그의 입술과 손길은 뺨, 입술, 목덜미를 거쳐 풍만한 가슴에서 오래도록 머물렀다. 스물아홉 살의 난숙한 육체는 부드러움과 탄력으로 그의 열정을 더욱 뜨겁게 했다. 불안과 공포만큼이나 더불어 치솟는 야릇한 호기심은 그를 도저히 받아들일 수 없다는 그녀의 저항을 점점 무력하게 했다. 그녀는 엉뚱히도 지나온 젊은 세월이 좀은 억울했다는 생각까지 했다. 긴, 무섭도록 외로운 밤이었는데… 하지만, 아, 안 돼. 안 되는 거야.

그의 떠는 듯한 손길이 하반신을 더듬기 시작하면서 엷은 잠옷이 벗겨져나가고 그녀의 몸은 조금씩 더워지기 시작했다. 그는 그녀가 도무지 생각조차 할 수 없는 기묘한 수법으로 그녀의 정신을 화염처럼 타오르게 했다.

(범우사, 1977)

□ 김지연 「산영」

엄마와 산감은 발가벗고 있었다. 몸에 실오라기 한 올 감지 않은 그들은 서로 업어주기를 하고 있었다. 엄마가 키득키득 웃었다. 그들은 깔아둔 이불 위에 엎어져 씩씩거리며 야릇한 소리들을 질렀다. 산감은 엄마의 목덜미를, 가슴을, 허벅지를 물어뜯을 듯 빨아대며 꿈틀거리는 엄마처럼 아래위로 꿈틀댔다.

쇠돌은 온몸에 번지는 열기로 부르르 몸을 떨었다. 언젠가 본 적이 있는 똥개 두 마리의 교미하던 광경이 느닷없이 떠올랐다. 그때 돌멩이를 집어 개들을 떼놓으려고 바둥대다가 어른들에게 혼이 났음도 떠올랐다.

무엇인지는 잘 모르지만 엄마와 산감이 개들이 하던 그런 짓을 하고 있다는 생각이 들었다.

* * *

"까까중아, 넌 내가 좋니?"

"응."

"나도 네가 좋다. 좋아할 때 어떻게 하는지 아니?"

"어떻게?"

"그럼 나 따라해 봐. 이렇게 옷을 벗는 거야."

쇠돌은 때절은 웃저고리를 벗고 바지를 훌렁 벗었다. 오소소 몸이 떨려오며 고추가 콩알처럼 오므라들었다. 애기중은 쇠돌의 고추를 보고 까르르 웃었다. 팔짝팔짝 뛰며 손뼉까지 쳐대는 애기중의 깜찍한 모습에 쇠돌은 얼굴을 빨갛게 붉혔다.

쇠돌은 무안감에, 벗지 않으려는 애기중의 회색옷을 온통 다 벗겨버렸다. 애기중의 벗은 몸은 부풀한 중옷을 걸쳤을 때보다 훨씬 적고 여위었다. 뼈가 도도록히 드러난 새가슴은 가엾기조차 했다. 쇠돌은 넝큼 애기중을 업었다. 간지럽다고 자지러지는 애기중을 업고는 낙엽 위를 빙빙 돌았다. 애기중의 새가슴 등이 따뜻했다.

(범우사, 1977)

□ 김지연 「산울음」

그때 우교수가 느닷없이 그녀를 와락 끌어안았다. 그리고 그녀의 목덜미며 뺨이며 입술에 뜨거운 입맞춤을 했다. 가녀는 엉겁결에 당황하여 그를 뿌리쳤으나 몸을 빼치려 할수록 오히려 그 속에 죄어들었다. 우교수의 몸은 불덩이처럼 달아 있었다.

입술을 눈을 귓밥을 마구 닥치는 대로 빨던 그는 급기야 그녀를 풀밭에 쓰러뜨렸다. 가녀는 걷잡을 새 없이 쏟아지는 열화 같은 그의 애무 속에서 야릇한 희열을 느낌과 동시에 그것만큼 심한 반발을 느낀다. 사력을 다해 그를 밀쳐내려 발버둥쳤다. 둘은 엉겨붙은 한 마리의 짐승이 되어 마구 뒹굴었다. 원피스의 앞단추가 터져지고 시미그가 찢어졌다. 그는 서슴없이 그녀의 터질 듯한 가슴에 손을 집어넣었다. 가녀는 아찔한 현기증을 느낀다. 팽팽한, 누구 하나 손 거침없는 하얀 두 봉분이 급기야 터쳐질 것 같았다.

그의 뜨거운 손이 가슴으로 들어왔다. 가녀는 소스라쳐 그의 손을 밀쳤으나 유방을 손안에 쥔 그는 꿈쩍도 않았다.

그녀는 야릇한 현기증을 또 느꼈다. 그의 팔을 붙들기만 할 뿐 밀쳐내지 못한다. 그는 조금씩 부드럽고 탄력 있는 유방을 섬세하게 애무했다.

가녀는 바짝 움츠려졌던 몸이 아주 서서히 조금씩 이완됨을 느낀다.

* * *

가녀는 발짝처럼 그를 불렀다. 그리고 문 앞에 선 그의 가슴에 뛰어들었다. 그녀는 엉엉 소리내어 울었다. 그의 품안에서 마구 몸부림을 쳤다.

그는 사고무친한 그녀의 첫 정인이며 육친 같은 유일한 사람이었다.

그녀는 그를 잃을 수 없다는 강박관념에 사로잡혀 그의 전신을 미친 듯 죄어 안는다.

그들은 마구 뒹굴었다.

서로를 부둥켜안고 오열하던 그들은 호산처럼 터뜨려진 정념을 상대방을 흡수할 듯 난무했다.

* * *

그들은 실오라기 한 올 감지 않은 나신으로 뒹굴었다. 우교수는 자주 황홀한 시선으로 그녀의 백옥 같은, 금방 물에서 건져 올린 물고기처럼 탄력 있는 축체를 내려다보곤 했다. 석고로 빚은 듯한 풍만하고 아름다운 젖가슴이며 하반신의 그 절묘한 곡선이 살아 있는 한 폭의 예술품이라는 감탄 속에 잦아들게 하는 것이다. 그는 가녀의 부드러운 젖가슴에 얼굴을 묻는다. 순식간에 횡횡 둘려 몰아치던 돌풍 같은 격정이 차분히 가라앉음도 느낀다.

그는 호흡을 가다듬었다. 어떤 어휘로도 형용할 수 없는 소중한 그녀였다.

마른하늘의 소낙비 같은 열세로 일을 끝낼 것이 아니었다. 그는 아주 천천히 능숙한 기교로 그녀를 애무했다. 몸의 반응과는 다른 벅찬 감정에만 취해 있는 그녀를 조금씩 더웁게 리드해 나갔다.

* * *

　　박성희가 날쌔게 그녀의 허리를 나꿔 채 쓸어안았다.

　　그녀의 비명은 박성희의 뜨거운 입술에 짓눌려 묻혀 버리고 두 팔이 허공에 휘둘러졌다.

　　그는 표범처럼 민첩하게 그녀의 상체를 젖은 모래밭에 쓰러뜨렸다.

　　"야, 야만인…"

　　가녀는 온 힘을 다해 그의 가슴을 밀어냈다. 그러나 그녀의 전신을 죄어 안은 그의 몸체는 끄떡도 하지 않았다. 그는 닥치는 대로 그녀의 몸에 키스하고 얼굴을 부볐다.

　　둘은 엉겨 붙은 채 짐승처럼 나뒹굴었다.

　　밀려갔던 물이 다시 들면서 그들의 버둥대는 다리를 적셨다. 몸뚱이도 적셨다. 척척한 모래뭉치가 얼굴에 덮여지고 입안에도 들어갔다.

　　"성희씨, 제발, 나 소리치, 칠 거예요. 제발…"

　　박성희는 그녀의 소리를 듣고 있는 것 같지 않았다. 그는 젖은 모래와 물과 범벅된 그녀의 원피스를 목 부근의 가슴팍에서부터 힘껏 뜯어버렸다. 손이 닿는 대로 발기발기 찢어버렸다.

　　가녀는 미친 듯이 날뛰는 난폭한 그의 행위에 혀가 굳은 채 소리조차 나오지 않았다. 그녀는 찢어진 헝겊 쪼가리 사이로 드러난 허연 젖가슴과 하체를 두 팔과 두 다리로 오그리고 꼬아서 사렸다. 미친 동물 같은 그가 무섭고 역겨웠다. 그녀의 목을 휘감고 귓바퀴를, 목덜미를, 마구 빨아대는 몸부림 속에서 박성희의 팔에 점점 힘이 가해지고 그녀는 최후의 발악을 치듯 그의 팔을, 목 부분을 힘껏 물었다.

(범우사, 1978)

□김지연 「산정」

얼마나 지났는지 몰랐다. 강순은 인기척에 바위에 이마를 부딪치고 눈을 번쩍 떴다. 오매와 다름 아닌 그 땅꾼 남자가 큰소리로 웃어젖히며 굴 밖으로 나오는 것이 한눈에 들어왔다. 남자는 웃옷을 벗어붙여 시커먼 털가슴을 드러낸 채였고, 오매는 쪽머리를 사자머리처럼 흩뜨린 채 옷고름을 매면서 킬킬거렸다.

오매가 고개를 주억거리며 돌아가는 시늉을 했다. 그러자 남자가 사납게 오매를 끌어당겨 저고리깃 속으로 손을 집어넣는가 하면 오매의 발그레한 뺨을 마구 핥기도 했다. 오매가 캬들캬들 웃으며 남자의 코인지 입술인지를 덩달아 빨았다.

(신원문화사, 1996)

□김지연 「슬픈 여름」

규만이 마치 넋을 놓은 사람처럼 홀린 표정이 되어 수민을 지켜보고 있는 것이었다. 그는 나를 비롯한 우리 전부의 화제에 조금도 관심이 없는 것 같았다. 수민을 향한 그의 연연한 몸짓이 흡사 정인의 모습을 쓰다듬듯 정겨움이 담긴 것을 나는 직감적으로 느끼고 말았다.

* * *

남자가 돌아왔다. 그럴싸해서인지 딱 벌어진 어깨가 쳐져 있는 듯했다. 나는 물이 뚝뚝 흐르는 남자의 젖은 몸을 내 가슴으로 덮일 듯 그를 껴안았다. 그의 몸은 얼음덩이 같았다. 나는 내 티셔츠와 핫팬츠가 남자의 몸에서 흐르는 물기를 온통 빨아들여 축축해도 상관하지 않았다. 남자의 얼굴을 끌어당겨 눈과 입에 키스했다. 나는 남자의 빚어놓은 듯한 아름다운 얼굴을 손으로 쓰다듬었다.

* * *

우리는 여전히 얕은 물속에서 서로를 애무하기를 그치지 않았다. "나를 사랑해요?" 나는 남자에게 물었다. 남자가 야릇한 신음소리를 발하며 몸을 뒤채었다. 열 번 스무 번 고개를 끄덕거렸다. "나는 당신이 좋아요. 우리 이제 그만 말해요." 장대한 남자는 내 작은 가슴에 얼굴을 묻었다. 남자는 지극히 순한 한 마리의 짐승이듯 나의 말을 잘 들었다. 나의 호응 없이 나를 탐하려 하지 않았고 마치 귀한 보석을 대하듯 나의 전신을 신비스럽게 바라보았다.

(청림각, 1978)

□ 김지연 「씨톨 1」

그녀는 침상에 다소곳이 옮겨져 섬세하고 부드러운 주인의 애무를 받기 시작했다. 주인의 입술이 방일혜의 감은 눈두덩을 거쳐 긴 머리칼 속에 숨은 귓바퀴와 목덜미를 스치는 동안 그녀는 간지러운 듯 키들거리며 목을 움츠렸다.

농염한 키스가 다시 몇 차례 교류되고 주인의 큰 손이 그녀의 탄력 있는 젖가슴에 닿아 애무하는 동안 방일혜의 매끄러운 몸은 서서히 반응을 보이기 시작했다.

주인은 자기의 성의학 상식을 총동원하여 여성의 성감대라 생각되는 부위를 꼽아가며 전희를 리드해 나갔다.

머리칼, 입술, 귓밥, 목, 유방, 유두, 겨드랑, 배꼽, 아랫배, 음부, 음핵, 소음순, 허벅지 등 교과서의 첫 페이지부터 차근차근 읽어나가듯 위치의 순번대로 위에서부터 애무해 내려갔다.

물론 입술과 손과 뜨거운 호흡과 몸 전체의 압력으로 동시에 여러 부위를 한꺼번에 연주해 보기도 했다.

누구의 말처럼 이 순간의 주인은, 섬세한 악기를 켜는 악사였고 방일혜는 바로 악기 그 자체였다.

악기에서는 리드미컬한 율동과 음정이 고르지 못한 소리가 나기 시작했다. 그녀의 몸은 주인을 받아들일 수 있는 만반의 준비가 되어 있었다.

* * *

그녀는 그의 우람한 품에 안기어 꽃구름을 타듯 침대 위에 옮겨졌다.

헐렁한 가운이 흘러내렸다. 실오라기 한 올 감겨지지 않은, 비단결같이 부드럽고 탄력 있는 선홍색 나신에 최강욱이 봄비 같은 꽃가루를 뿌렸다.

터질 듯 뜨거운 몸을 도사리며 촉촉이, 더러는 분노하듯 진정제 몸보다 더 소중한 그의 여인의 몸에 정을 뿌렸다. 은가루 금가루를 뿌렸다.

"강욱씨…"

그녀는 발끝까지 저려드는 설움과 희열에 그만 목 놓아 울고 싶어졌다. 전신이 꿈틀거려졌다. 그녀는 마치 자신이 버려진 핏덩이, 성도 모르는 핏덩이와 흡사한 몰골이라고 생각했다. 가슴을 찢는 통증과 봇물을 틔우는 희열과 서러움이 금방 터질 듯 팽팽해졌다.

"강욱씨…"

그녀는 마침내 하늘을 안 듯 시뻘겋게 분노하고 있는 불덩어리 같은 그의 전부를 허겁지겁 끌어안았다.

(빛샘, 1995)

□ 김지연 「씨톨 2」

그는 만면에 미소를 머금고 식탁 주변에서 서성거리는 방일혜를 향해 다가섰다.

그동안 얼마나 혹심한 마음 고통을 겪었으며 저토록 얼굴이 상했을까 싶을 정도로 지난밤보다 더욱 초췌해 뵈는 그녀를 안쓰럽게 응시하며 가만히 껴안았다.

"…강욱 씨 몸에서 산 냄새가 나요. 싱그런…"

그녀는 최강욱의 품에서 소곤거렸다. 꿈을 꾸듯 행복하다는 소리를 그렇게 표현했지만 실제 그의 몸에서는 상큼하고 풋풋한 야산의 풀냄새가 나는 것도 같았다.

알 수 없었다. 갑자기 명치끝이 찌르르 저려들고 더욱 눈물이 주르르 볼을 타고 내렸다.

'아…'

그의 품은 포근하고 든든하고 믿음직스러웠다. 세상이 금방 무너진다 해도 불안하거나 두려울 것이 전혀 없는, 어찌 보면 유치스럽기까지 한 안도감이 들었다.

그의 입술이 다가왔다.

바람을 쐬어 차가운 입술에서도 풀 냄새와 산 냄새가 싱그럽게 배어 있는 것 같았다.

"…아침 드셔야죠…"

"서둘 것 없어요! 하루 온종일 우리 시간일 텐데…"

넘치는 애정과 젊음의 열정은 때와 장소가 상관없었다.

최강욱의 가슴은 진작 뜨거워져 있었다.

그녀는 흡입할 듯 바싹 죄어드는 그의 애무에 전신을 맡겼다.

사람을 완전히 사랑할 수 있다는 것이 참으로 소중하고 희귀한 '성스러움'임을 새삼 절감하였다. 그의 머리에서 발끝까지 한 군데도 비거나 함몰되거나 모진 곳 없이 그녀의 가슴에 가득 차 넘쳐왔다.

그의 영혼이며 육체가 그녀 자신의 것으로 승화되어 육신에 스며드는 것 같았다.

그녀의 심장은 온통 그에게 포만과 환희로 떨었다. 그를 사랑하는 이 순간은 세상에서 영구히 한 점 티끌로 산화되어져도 좋다는 나른한 경지에까지 이르면서 그녀는 그의 전부를 혼신으로 사랑했다.

… (중략) …

은싸라기 금싸라기 햇살이 동녘 창으로 찬란하게 부서져 들고 그들의 육신과 영혼은 하나로 일체화되는 장점을 향해 몸부림쳤다.

* * *

그녀의 애소는 그의 열화 같은 입 속으로 빨려들고 순식간에 그녀의 몸은 뿌리내린 바윗덩이 같던 그의 몸뚱이 속에 갇혀졌다.

성난 노도가 제방을 뚫고 도시로 밀려들어 고층 빌딩을 무너뜨리듯 광란했다. 흡사 한마당 굿거리에 꽹과리와 쇠북을 치며 너울너울 돌아치는 신바람난 망나니처럼 노도는 마른하늘에 천둥 벽력을 치게 하고 광풍을 몰아왔다.

도시는 아비규환의 생지옥이 되고 광신은 끝닿는 데 없는 미친 신명으로 솟구치고 엎어지고 더욱 길길이 날뛰었다. 끝내 도시는 광풍과 노도 속에 잠겨 꺼이꺼이 죽고 말았다.

(빛샘, 1995)

□ 김지연 「씨톨 3」

그녀는 전에 안 하던 표현을 구사하며 품안으로 파고들었다. 그러나 몸뚱이를 둘러싼 외형적 빛깔과 표정은 달랐지만, 내가 심한 갈증을 느끼는 그녀의 가슴은 언제나 그러하듯 편편한 절벽이었다.

골격도 여전히 굵고 깡말랐다. 골반뼈며 무릎뼈며 갈비뼈까지도 예전과 마찬가지로 도드라져 내 깡마른 뼈다귀들과 가글가글 부대꼈다.

그녀는 내 등짝을 손톱으로 찍듯 힘을 죄며 전신을 버둥거렸다. 그녀의 은밀한 몸은 진작부터 더워져 있었던 것이다. 그녀는 아주 쉽사리 울음 같은 신음을 토하며 등을 죄던 팔을 풀어 내렸다.

그런데… 그녀는 실제로 달라진 것이 하나도 없었다. 행위 중에 쉽사리 불타오르고 한번 불타오른 후에는 행위를 짜증스러워하는, 지극히 이기적인 그녀의 습관은 여전히 변하지 않은 채 그대로였다.

그녀의 의식만 어떤 변화를 원했을 뿐이었던 것 같았다.

나는 종종 그러했듯 그녀의 육체 위에서 풍요로운 가슴을 연상했다. 부드럽고, 탄력있고, 풍성하며, 향기롭고 달콤한 젖줄이 분수처럼 치솟는 그런 풍만한 젖무덤을 그리며 그녀의 깡마른 맨가슴에 얼굴을 비볐다.

유년적 포도알 같은 커다란 젖꼭지만 절벽 가슴에 매단 채 나를 안타깝게 하던 어머니의 가슴처럼 강혜의 가슴도 나를 목마르게 했다.

* * *

나는 우선 그녀를 탐했다. 전혀 준비가 되어 있지 않은 그녀가 고통스런 신음소리를 냈다. 그러나 나를 떠밀어 내려고는 하지 않았다. 내 등허리를 부드럽게, 아주 부드럽게 쓰다듬었다.

나는 자폭이라도 할 사람처럼 그녀를 난폭하게 다뤘다. 그러면서 미묘한 뿌듯함을 느끼고 있었다. 찬바람이 일렁거리던 뻥 뚫린 내 세포 혈관마다에 뜨거운 액정이 차오르고 가슴의 공동에 다시는 비워지지 않을 새 근육이 차오르는 것 같았다. 나는 그 기분을 깊숙이 음미하며 펄쩍였다.

내 등을 쓸어내리던 강혜의 손끝에 슬몃슬몃 힘이 주어지기 시작하고 나는 그것에 감전이라도 되듯 걷잡을 수 없이 그냥 폭사하고 말았다.

한옥 기왓장과 흙덩이와 서까래가 파편으로 흩날려 우르르 내 몸통에 쏟아져 내리는 것 같은 통쾌한 방사로, 나는 그녀의 더운 몸 속에 한없이 잦아들었다. 편안했다. 봄빛 부서져 내리는 따스한 모래사장에 사지를 늘어뜨리고 퍼진 것처럼 실로 편안하고, 포근하고, 노곤했다.

불씨를 사르지 못한 강혜의 안타까운 신음이 내 귓전을 덥히고, 보채듯 꿈틀거림으로 나를 죌 적마다 그녀에의 미안함은커녕 나는 점점 기막힌 절륜의 행복감 속으로 젖어들었다.

나는 그녀 위에서 그대로 영원히 잠들어 버릴 사자처럼 그녀 목 밑으로 얼굴을 처박았다. 그리고 눈도 입도 처박았다. 다시는 살아날 사람 같지 않게 머리의 힘을 빼버렸다.

* * *

다듬어진 이성으로 잘 버텨내듯 그녀의 감정이 다시 봇물 터지듯, 모래성이 허물어지듯 어처구니없이 범람하고 있었다.

그녀는 발뒤꿈치를 꼿꼿하게 세워 내 목을 끌어안고 내 입술을 찾았다. 갈증이라도 나듯 더듬었다. 나는 그녀의 입술을 깊숙이 받아들였다.

괴로워서 눈을 감았다. 그녀의 입술은 내 입술에만 한정되지 않았다. 눈, 코, 귀, 입, 뺨, 목덜미 등 부딪치는 대로 흡입해 버릴 듯 더듬었다.

"사랑해요! 사랑해요"

그녀의 입술은 뜨겁고 호흡은 드높아지고 있었다. 발뒤꿈치를 한껏 들고 내 목과 가슴과 하체를 휘감고 죄며 밀착해 들었다.

나는 그녀를 야멸차게 뿌리치고 뛰쳐나가야 한다는 생각을 또 했다. 흡사 신들린 무당처럼 넋 나간 광녀처럼 온몸으로 적극적인 교태를 대담하게 난무하는 그녀의 생전 처음 보는 모습에서, 나는 진정 얼이 빠져나가고 있었다.

"…순녀…"

우리는 방바닥으로 허물어졌다. 짐승처럼 뒹굴었다. 격렬하게 서로를 탐했다. 사랑하다 끝내 폭사하고 말 것 같은 극도의 긴장과 팽만감을 유지시키며 서로의 전부를 내 몸 속에 삭여넣듯 결사적이었다.

그녀의 갖은 대담한 행위 구사는 나를 거듭 가사의 상태로 자지러들게 했고 그녀 또한 전신에 발작이 이는 듯했다.

"…죽고 싶어요…죽이고 싶어요"

나는 차라리 그녀에게 휘둘리는 한 마리 동물이었다. 물불 못 가리는 광녀에게 덜미 잡힌 넋 나간 큰 동물이었다. 신들린 광녀는 기막힌 극점의 희열로 나를 발광하게 했다. 쥐약 먹은 황구처럼 길길이 날뛰게 만들었다.

우리는 포효했다.

심층 켜켜며 뼛속, 살속, 핏속, 골골에 찐득여 껴있던 온갖 슬픔, 분노, 아픔 따위를 천길만길 날뛰며 포효하며 몸 밖으로 털어냈다. 모든 끈적한 찌꺼기를 뿌리 뽑듯 깡그리 몰아냈다.

순녀가 울음을 터트렸다. 나를 죽을 듯 죄어안고 목을 젖혀 꺼이꺼이 울었다. 혼신을 부르르 떨며 울었다.

나는 끝내 그녀의 울음 속으로 자폭하고 말았다.

주위는 천년 침묵으로 내려앉고, 나는 천근만근 물먹은 암반이 되어 가이없이 가라앉기 시작했다.

(빛샘, 1995)

□ 김지연 「연(緣)」

사내의 입술이 내 입술을 흡입하고 나는 모래성처럼 허물어져 내렸다. 끈적한 점액질을 뿜어내며 내 입 속에서 난무하는 사내의 혓바닥이, 간교스런 쌍갈래의 뱀 혀가 아니라, 코브라의 독과 피와 생살을 마시던 야수의 혓바닥이 아니라, 내 육신의 불씨로 잠자는 세포 구멍마다에 불기운을 흘려 넣었다.

나는 사내의 목을 비틀 듯 죄어 안았다. 나는 서른다섯 살 지금까지 남자에게 적극성을 보인 적이 병적일 정도로 없었으므로 내 행동에 질리면서도 사내의 격정에 아주 자연스럽게 협조했다.

지극히 당연한 과정처럼 사내는 뜨겁게 내 속에 잦아들었고 나는 사내를 흡입했다. 그리고 사내와 나는 하나로 녹아들어 하늘이 내려앉는 가사(假死) 상태에 이르렀다. 다시 새로운 기운이 푸석푸석 솟아나면 사내는 나를 쉬임없이 잦혔고 칡줄처럼 끈질긴 사내의 격정은 희부염한 먼동이 방안에 스며들 때까지 이어졌다.

(신원문화사, 1996)

□ 김지연 「연가(戀歌)」

그는 기어이 그녀를 다시 끌어안고 말았다. 그는 미친 듯 지혜의 몸을 더듬었다. 집을 떠나버릴 것 같은 광풍과 소나기와 뇌성벽력이 한꺼번에 쏟아지는 듯한 닥터·池의 결정 속에서 지혜는 점점 무력해져갔다. 거의 일 년여 간 남편과의 동침이 없었던 그녀는 처녀적의 도사림으로 다시 버릇되고 있었으나 분별을 잃은 닥터·池의 열정 속에서 그녀의 성(城)은 허물어지고 말았다. 이 순간이 지나 닥터·池의 뜨거운 사랑이 가셔진다 해도 어쩔 수 없는 일이라고 생각했다. 그녀는 노래 부르며 흐르는 강물처럼 그렇게 즐겁게 충실해지고 있었다.

* * *

"미칠 듯 보고싶었습니다. 이젠 자유롭게 되셨군요…… 나도 노력하죠. 지혜!"

그녀는 닥터·池가 그녀의 목덜미를 애무하며 소근거리는 말의 뜻을 파악했으나 이번 사건과 닥터·池와는 하등 상관이 없다는 것을 느꼈다. 그녀는 그의 뜨거운 애무 속으로 서서히 휘말려 들었다. 약 1개월 동안 이혼문제로 곤두섰던 신경을 풀어 팽개치듯 닥터·池의 품으로 마구 파고들었다. 정사(情事) 이후의 허(虛)함이나 애정에 다소 변질이 온다손 치더라도 그녀는 그의 뜨거운 숨길을 뿌리칠 수가 없었다. 그는 성급하게 서두는 품과는 달리 서서히 그녀를 절정에 이르게 했고 그는 그런 채로 지혜의 머리칼 속에 얼굴을 묻은 채 눈을 감았다.

(범우사, 1977)

□ 김지연 「정관절제수술」

그날 밤 한서방은 참으로 오랜만에 화순일 끌어당겼다. 잠든 아이들은 윗목컨으로 밀어붙이고 그녀를 발가숭이로 만들었다. 희고 포동포동한 피부의 탄력이나 풍만한 젖가슴 등이 아이를 넷이나 낳은 몸매 같지 않았다. 한서방은 좀 소홀했던 근간의 정을 맘껏 불살라 화순일 기쁘게 해주려고 노력했다. 전에 없이 뜨겁게 달아오르는 화순이의 전신을 천천히 사랑하려 안간힘을 다했으나 정사는 한서방의 일방적인 처리로 끝나고 말았다. 화순은 들릴 듯 말 듯한 긴 숨을 뿜으며 가만히 돌아누웠다. 한서방은 이 모두가 나이 탓이라고 투덜거리면서 얼굴을 벌겋게 붉혔다.

(범우사, 1977)

□ 김지연 「천태산 울녀」

그의 가슴은 더워지고 그녀를 안은 팔에 힘이 가해졌다. 그는 사뭇 뜨거운 입김을 뿜으며 그녀의 얼굴에 짙은 입맞춤을 쉴새 없이 퍼부었다. 그녀는 온통 몸을 그에게 맡기고 있었다. 계속 뜨겁게 격렬해지는 그처럼 그녀의 몸도 더워져 갔다. "사랑해, 지윤!" 그는 신음처럼 중얼거리며 그녀의 몸을 안아 침대에 눕혔다. 광풍(狂風)이 몰아치고 거센 파도가 배를 뒤집히고 한동안 바다는 미친 듯 날뛰었다. 잔 불씨 한 점 남김없이 전신을 온통 불살라버린 후의 적막한 백치의 상태가 한동안 계속되었다. 좀은 고뇌스런 얼굴로 눈을 감고 있던 선우욱은, 그의 선을 모두어 쥐고 사랑스럽게 옆으로 몸을 가누어 누워 있는 지윤의 얼굴을 가만히 쓸었다.

(범우사, 1977)

□ 김지연 「후계자」

성애는 가만히 일어서서 대낮같이 밝은 샹들리에의 불빛을 끄고 낮은 촉수의 백열등 한 개만을 켠다. '좀 은은하죠?' 그리고 성애는 의자 뒤를 살그머니 돌아 팔짱을 끼고 앉은 그의 어깨 위에 손을 얹는다. 수천 마디의 많은 이야기를 듣느니보다 좀더 가까이서 그의 체취를 느끼고 싶었다. 그는 조금 놀라는 듯했다. 어깨에 얹힌 성애의 손을 이끌어 가슴에 그녀의 상체를 끌어안았다. 그녀는 손끝 한 번의 저항 없이 안겨들었다. 그는 조금도 서둪지 않고 그녀의 입술과 이마에 키스를 했다. 그들은 오래도록 그런 애정표시를 해온 사람들처럼 자연스러웠다. 실상 성애는 남자와의 입맞춤이 난생처음이었지만, 그 사실이 창피하여 전혀 내색을 하지 않았다. 그러나 터질 듯 쿵쾅거리는 가슴의 고동과 빨갛게 달아오는 뺨으로 그녀는 안절부절못한 상태였다. '성애 사랑합니다. 아… 미치도록' 그녀는 공중에 붕 뜬 얼떨떨한 기분이 된 채 철회씨의 가슴에 얼굴을 파묻는다. 그리고 입술을 잘금거리며, 그 이상의 요구라도 응할 것 같은 조급한 심사가 되기도 한다.

* * *

그는 부르르 떨며, 그녀의 전신을 터질 듯 죄어 안는다. 교만함이 없는 참으로 아름답고 사랑스런 여인임을 새삼 느낀다. 성애는 온몸에 쏟아지는 그의 뜨거운 입맞춤을 의혈과 두려움이 범벅된 채 음미하다가 가만히 가슴을 밀고 일어선다.

(청림각, 1978)

□ 김진명 「무궁화꽃이 피었습니다」

순범은 다시 한 잔을 더 들이켰다.

"급히 드시는 거 아녜요?"

윤미는 술을 마셔서 그런지 조명 탓인지 얼굴을 발갛게 물들인 채로 순범을 염려했다.

여자, 신비로운 존재였다. 본래 여자에게 말을 잘 못하는 데다 술을 마시면 더더군다나 말이 적어지는 순범은 그녀의 두 눈을 지그시 바라보고는 다시 잠자코 술만 마셨다.

홀은 가운데서 생음악을 연주하고 있는 동남아 계통으로 보이는 여가수는 은은하고 애절한 목소리로 멜라니 샤프카의 〈세상에서 가장 슬픈 것〉을 부르고 있었다. 어두운 조명 사이 보이는 윤미의 얼굴은, 마치 멀리 다른 별에서라도 온 듯 순범의 시야 속에서 잘게 부서졌다가 뭉치고 뭉쳤다간 다시 잘게 부서지곤 했다. 순범의 목구멍은 윤미에게 하고 싶

은 말로 꽉 차여있는 듯했다. 그런데도 단 한 마디의 말도 밖으로 튀어
나오지 않았다. 가슴이 답답하고 숨이 가빠져오는 느낌, 순범은 내뱉듯
이 말을 던졌다.

"오늘밤, 윤미씨와 함께 있고 싶습니다."

"……"

취중에도 순범은 윤미의 얼굴이 당혹감과 망설임과 형언할 수 없는
수많은 표정으로 잘게 나누어지는 것을 볼 수 있었다.

취한 것일까? 윤미의 얼굴이 순범의 어깨에 살며시 기대어져 왔다. 순
범은 어색한 표정으로 윤미에게 무엇인가 말하려다가 그만두었다. 무슨
말을 해야 할지, 아무것도 떠오르지 않았다. 다만, 지금은 자리에서 일어
날 때라고 생각했다.

… (중략) …

순범은 윤미의 가느다란 허리를 부둥키며 침대에 눕혔다. 윤미의 발간
볼에 살짝 부딪히자, 윤미의 손이 순범의 목을 살며시 끌어안았다. 순범
은 천천히 윤미의 옷가지를 하나씩 하나씩 벗겨 나갔다.

윤미의 하얀 피부가 순범의 눈앞에 완전히 드러나자, 순범은 자신도
모르게 숨을 내뱉었다. 부끄러운 듯 눈을 감은 윤미의 몸내음이 순범의
신경은 어지럽게 지극했다. 순범은 윤미의 몸을 조심스레 쓰다듬기 시작
했다. 순범의 손이 윤미의 가슴을 가만히 감싸쥐며 힘을 주자 윤미의 입
에서 가벼운 신음소리가 새어나왔다. 그 순간, 순범의 입술이 윤미의 입
술을 틀어막았다. 키스는 길고 달콤했다.

또다시 순범의 입술이 부드럽게 윤미의 몸을 핥아나갔다. 귀에서 목으
로 가슴에서 허리로, 때론 천천히 때론 빨리…… 순범의 입술이 윤미의
몸 구석구석을 파헤칠수록 윤미의 허리에는 떨림이 더해왔다. 윤미가 더
이상 참지 못하겠다는 듯 순범을 힘껏 끌어안았다. 순범이 기다렸다는
듯 윤미의 몸 위로 자신의 몸을 밀착시킨다.

"아!……"

외마디 신음에 이어 윤미의 얼굴 표정이 잠깐이었지만 찡그려졌다가 다시 펴졌다. 윤미의 몸 안으로 불쑥 들어간 순범은 솟아오르는 혈기를 감당하지 못하고 깊은 나락으로 떨어져 가고만 있었다. 도심의 깊은 곳 어딘가에서 밤새가 몸트림하는 듯했다.

(해냄, 1994)

□김채원 「밤인사」

그들은 차를 마시고 근처의 공원을 산책하다가 숲속을 들어가서 서로 끌어안기도 한다. 그와 첫 번 안았을 때 아카시아 숲이 밤바람에 정신없이 흔들리던 것을 그의 겨드랑이 사이로 내다본 기억이 선명하다. 아카시아 숲이 밤바람에 흔들리는 소리도 누군가 자전거 타고 지나가는 소리처럼 들리어 여자는 자꾸만 놀랐다.

* * *

방안에 들어서자 그는 고다츠 옆에 앉고 아자는 도어에 어색하게 기대어 섰다. 아자, 이리 와요. 그가 자기 옆을 가리켰지만 아자는 움직이지 않았다. 그는 아자를 잡으러 왔다. 전에도 몇 번인가 아자의 하숙에서 이런 식으로 안기를 시작하였다. 수풀 속에서는 서로 같이 끌어안았지만 아자의 하숙방에 오면 그렇게 되었다.

(청아, 1995)

□김현영 「냉장고」

서연이는 까르르 웃으며 내게로 달려들어 내 바게트의 속살을 카트린처럼 조금씩, 조금씩 먹기 시작했다. 엄마, 엄마, 나는 참을 수가 없었다. 얼마를 주어도 풀 수 없는 수수께끼의 무게에 눌려 나는 거의 폭발할 지경이었다. 그러나 폭발 직전에 이른 나의 무게를 짐작하지 못한 서연이는 바게트 먹는 일을 멈추지 않았다. 나는 고통인지 슬픔인지 알 수 없는 감정에 휩싸여 절로 신음소리를 내며 서연을 내 몸에서 떼어내려고 했다. 내가 서연의 머리를 들어 올리려 했을 때, 그러나 이미 때는 늦었다. 내 입에선 나도 모르게 짐승 같은 울음소리가 튀어나왔다.

엄마, 엄마, 엄마아… 흑흑흑.

서연이가 바게트 위 마지막 속살을 다 뜯어먹은 순간, 나는 속으로만 부르던 엄마를 기어이 입 밖으로 쏟아내고야 말았다. 서연이는 놀라서 둥그래진 눈으로 나를 쳐다보다가, 소태라도 씹은 듯 쓴 얼굴을 하고는 물소리도 요란하게 샤워를 하고 자기 집으로 돌아갔다.

* * *

아아 어느 새벽의 그처럼 그의 노트북을 내 안에 집어넣고 싶다. 지옥불 같은 요망에 너는 휩싸인다. 용암은 이제 분출 직전이다. 스커트를 홀렁 걷어서 허리춤에 끼워넣고 너는 천천히 속옷을 벗는다. 이가 딱딱 부딪칠 정도로 온몸이 떨리는 통에 성마른 마음과 달리 네 동작은 한없이 느리기만 하다. 벗은 아랫도리로 와락 한기가 몰려든다. 손안에 착 들어오는 노트북, 이동 중에도 간편하게 휴대할 수 있는 노트북, 작은 것으로 승부한다는 노트북… 너에겐 터무니없이 크기만 하다. 터치 패드를 잘 다루지 못하는 그. 그래서 그의 노트북에 연결되어 있는 미니 마우스 그것부터 천천히 네 안에 집어넣기도 한다. 마우스 밑에 달린 볼이 아랫배 위를 매끄럽게 구른다. 네가 원하는 곳 어디든지 정확히 마우스 포인터를 갖다놓을 수 있을 것 같다. 너는 마우스 포인터를 좀더 아래로 좀더 깊은 곳으로 가져가고 싶다. 아랫배에서부터 점차 하강한 마우스가 허벅지 사이를 기기 시작한다. 심한 가뭄으로 여기저기 갈라지고 골이 파인 길이라서인지 마우스는 매끄럽게 움직이지 못한다. 기우제를 지내는 무당처럼 너는 미친 듯이 볼을 굴려댄다. 그러나 여전히 비는 내리지 않는다. 마른 장작에 확 불이 붙은 것처럼 아랫도리가 화끈거린다. 네 의지와 상관없이 마우스 포인터는 제멋대로 여기를 가리켰다 서기를 가리컸디 변덕을 부린다. 그래도 너는 멈추지 못한다. 네가 원하는 곳을 향해 집요하게 마우스를 들이민다. 아랫배 위에 부드럽게 굴러온 볼이 질 속도 부드럽게 굴러 들어왔으면 좋겠다. 네가 클릭 하고픈 그리운 아이콘에 화살표를 갖다 대고 마우스 버튼을 왈츠처럼 경쾌하게 톡톡톡, 누르고 싶다. 너는 아랫입술을 깨물고 마지막 힘을 다해 마우스를 밀어 넣는다. 앙다문 입술 사이에서 붉은 피가 흘러내리는 순간 아랫도리가 시큰하다. 뻐근하다. 천둥번개가 치고 폭우가 쏟아지고. 네 안의 영토에서 갑작스레 천재지변이 일어난다. 격렬한 통증 때문에 너는 무릎을 꺾고 넘어진다. 새까만 모니터 위로 고통으로 일그러진 네 얼굴이, 노트북과 한 몸이 된 네 얼굴이 희미하게 떠오른다. 너는 컴퓨터 안에 있다. 그 곳에서 울고 있다.

(문학동네, 2000)

□ 김홍신 「비틀거리는 도시」

혜리는 대답 대신 온몸으로 진걸이의 건장한 육체를 덮쳐 눌렀다.

여인의 몸은 마치 한 남자의 육체를 남김없이 흐물거리게도 하고 경직시켜 팽창하다 못해 부풀어 터뜨릴 것 같기도 하였다. 여인의 입술과 손과 뜨거운 소리와 몸놀림은 사내의 몸을 풍선처럼 부풀리는 마술처럼 보였다. 까딱만 해도 바람 가득한 풍선이 터질 것 같은 사내의 육신은 계속 허물어지고 있었다. 숨찬 소리와 짐승 같은 괴성이 흘러나왔다.

이대로 가다가는 저절로 풍선이 터져버릴 것 같았다. 사내의 몸놀림도 이제 익숙해지고 있었다. 혓바닥이 마르도록, 침샘이 마르도록 사내의 몸놀림은 격렬해지기 시작하였다.

… (중략) …

여인의 육체가 얼마나 오묘한 악기 같은지를 제대로 알지 못했지만 여인의 몸 구석구석에 숨어있는 보물을 확인하는 정열만은 사내가 알고 있었다.

아, 아, 아…

여인의 소리는 오묘한 악기였다. 건들기만 해도 저절로 소리 나는 악기였다. 그녀는 건반이었고 소리가 새어나오는 구멍이었고, 두들기는 대로 음악을 뽑아놓은 타악기이기도 하였다.

어눌한 솜씨를 지닌 악사라도, 아무데나 두들기고 불고 누르는 연주자라도 악기가 스스로 소리내어 버리는 절묘한 소리기구였다.

풍선은 바람을 거부하기 시작하였다. 땀 내음 뿐이었다. 볼륨 올려놓은 음악소리도 두 사람에게는 들리지 않았다. 오직 귓가에는 뜨거운 숨소리와 비명처럼 들리는 짐승 같은 소리뿐이었다.

그것은 포효였다. 들짐승의 소리였다. 아귀다툼하는 산짐승의 마지막 비명이었다. 아니 그것은 살육 같은 것이었다. 누구든 한 사람이 지쳐 쓰러져야 승부가 나는 무제한의 싸움질이었다.

뜨겁디뜨거운 열락의 몸짓이 가파르게 절벽으로 기어올라갔다.

풍선 두 개가 동시에 소리나며 터졌다. 그것은 비명과 가쁜 숨소리와 애액을 쏟아놓는 풍선이었다. 그것은 가파른 절벽 꼭대기에서 두 마리의 짐승이 뒤엉켜 떨어지는 마지막 비명이었다.

그것은 하나도 남김없이 불태워진 욕망의 몸짓이었다. 몸부림치며 나락으로 떨어지는 소리가 음악을 삼키고 있었다. 절벽은 높다랗고 계곡은 깊었다.

비명은 메아리도 없이 질기게 흩어지고 있었다. 무너진 둑 위로 폭포처럼 물살이 밀어닥쳤다.

(평민사, 1988)

□ 김홍신 「인간시장」

나는 대꾸 없이 목욕탕으로 들어갔다. 뒤통수가 뜨뜻해지는 걸 느꼈다. 여자가 대담하게 나오면 아무리 심장이 강한 사내라도 별수 없는 모양이었다. 샤워기를 세게 틀어놓고 비누칠을 시작했다. 팽창되는 내 아랫도리를 쳐다보았다. 내 어디에 그런 요물스러운 힘이 남아 있는지 모를 일이었다. 다혜의 얼굴이 또 떠올랐다. 미향이와 비교해서 다소 못생긴 여자에 속했지만 떨쳐버릴 수 없는 마음속의 여자였다.

"등 밀어 드릴게요"

미향이가 소리 없이 문을 열고 들어와 큰소리로 이렇게 말했다. 나는 용감해지고 싶었다. 술기운이라도 그녀 앞에서 위축되는 꼴을 보이고 싶지 않았다.

"그래, 어디 솜씨 좀 보자."

내가 등을 내밀었다. 미향이 손이 등을 타고 내려갔다. 감촉 좋은 손바닥이었다. 그 자리에서 덮치고 싶을 만큼 내 등허리는 행복해졌다.

"나 내일 공연 있어요. 살살 다뤄 줘요, 너무 건장해서 좀 무서워요. 아셨죠?"

나는 피식 웃었다. 내 발달된 근육과 육체를 보고 지레 겁을 먹는 모습이 싫지 않았다.

"너 좀 녹여 주면 안 돼? 내일 공연은 내가 책임질게."

건장하다는 걸 과시하고 싶었다. 이것이 사내들의 오기인지 모른다.

"그러지 마요, 다음에 우리 집으로 초청할게요. 스케줄 없을 때."

"그럼요."

차가운 물줄기를 뒤집어쓰고 밖으로 나왔다. 조명이 바뀌어져 있었다. 낮은 붉은 빛깔의 등이 앙증맞게 침대 모서리에 서 있었다. 미향이는 옷을 벗어서 침대머리에 던졌다. 붉은빛 도는 그녀의 나신이 욕심나게 빛나고 있었다. 저런 여자라면 지옥까지라도 쫓아가 운우의 정을 나누고 싶었다. 출렁이는 침대 위에 미향이는 곧게 누웠다. 내가 그녀 옆에 나란히 누웠다.

… (중략) …

미향이가 목소리가 묘한 충동질을 해주었다. 상상력으론 그녀를 이해하기 어려웠다. 나는 당당한 개선장군처럼 그녀를 한 팔로 옥죄듯 잡았

다. 그녀는 신음 덩어리에서 한 가닥씩 신음소리를 내놓듯 작고 긴 여음
으로 콧소리를 내었다.

"절 잊지 마세요. 여러 가지 도와주시고요."

"그래 그러자구."

나는 대번에 그녀의 말뜻을 알아차렸다. 내가 보슬비의 후견인으로 등
장할 수도 있다는 암시였다. 그녀는 약속과는 달리 나를 잠들지 못하게
했다. 욕망의 봇물을 터놓고 솔직하게 고백을 했다. 나는 그녀에게 충족
을 던져 주고 싶었다. 그녀 가슴에 내 존재를 강렬하게 남기고 싶었다.
다시 우리는 용광로를 점화하듯 불붙기 시작했다. 흡혈귀처럼 우리는 서
로를 탐험했다. 그리고는 우리는 숨쉬기를 포기한 사람처럼 절정을 넘겼
다.

(행림출판사, 1992)

□ 김홍신 「칼날 위의 전쟁 1」

침실 문이 닫혔다. 침실 안에서는 짐승들이 혈투를 하듯 숨가쁜 소리
만 들렸다. 아까와는 전혀 다른 소리였다. 사내의 소리는 가쁜 숨소리일
뿐이었다. 여인의 소리는 비명에 가까웠다. 그녀는 출산의 고통을 참는
임산부처럼 된소리를 뿜어내고 있었다. 두 마리의 짐승이 울안에 갇혀
먹이를 놓고 혈전을 벌이는 것 같았다. 별장 옆의 별채에는 검정 양복의
사내 두 명이 이어폰을 꽂은 채 굳은 표정으로 녹음기를 조작하고 있었
다. 별장 침실 어디쯤에 도청장치가 되어 있는 듯 했다. 여인의 신음소리
와 비명소리 때문에 계기판의 바늘이 정신없이 오르락내리락했다.

* * *

얘기는 그렇게 시작되었고, 두 사람의 양평의 호젓한 별장에서 어색함
을 덜어 버리기라도 하듯 술을 마셨다. 어린 계집애지만 술을 곧잘 마셨
다. 술의 힘은 위대하다고 했던가. 그녀가 먼저 사내의 가슴에 안겼다. 화

려한 연기자 생활 뒤에 숨겨진 말 못할 외로움과 고통을 호소하다가 끝내 눈물을 흘렸다. 그녀의 몸과 머리칼에선 종류를 알 수 없는 향기가 발산되었다. 그녀의 흐트러진 몸 매무새에선 강렬한 여자 내음도 느껴졌다.

아랫도리에 힘이 모아지는 걸 느꼈다. 온몸의 실핏줄이 일시에 경직되는 듯했다. 그녀가 먼저 도톰한 입술을 내밀었다. 유난히 불룩한 젖가슴이 판석이의 가슴에 밀착되었다. 판석이는 이 모든 것이 불가항력이라고 생각했다. 술기운이 용기를 내게 했다. 소정이의 가슴을 더듬었다. 브래지어도 하지 않은 맨 가슴이었다. 풍만했고 부드러웠고 탄력이 있었다. 건드리기만 하면 익어 터질 듯 했다.

* * *

"선생님한테 가장 깨끗하게 가장 향기로운 여자로 기억되고 싶어요"

소정이가 이끄는 대로 욕실로 들어섰다. 한쪽 벽면 전체를 검은빛 도는 유리로 장식한 욕실이었다. 세 개의 샤워기를 모두 틀어놓은 소정이가 바닥에 대형타월을 깔았다. 사내의 몸을 아시 씻듯 하더니 제 몸도 가볍게 씻었다. 칫솔질도 건성으로 했다.

"내 거니까 내 맘대로 할래."

소정의 애교 섞인 소리에 사내는 벌렁 누웠다. 사내의 몸 속에 있는 모든 욕정의 뿌리를 남김없이 건드렸다. 참는다는 것은 차라리 고통이었다.

* * *

욕실에서 대충 마른 수건질 하고 나온 두 사람은 짐승처럼 뒹굴었다. 두 사람은 짐승이었다. 사랑한다는 말은 암컷과 수컷이 되기 위한 전주곡일 뿐이다.

"아, 하나님은 위대하셔."

소정이는 재잘거리기를 좋아하는 계집애 같았다.

"남자와 여자를 이렇게 신비롭게 만드시다니."

암컷과 수컷이 하나가 된 순간 그녀는 열정에 들뜬 목소리로 말했다. 정말 그녀의 말이 맞는 것 같았다. 어쩌면 그렇게도 절묘하게 인간을 하나가 될 수 있게 만들었는지 모른다. 각기 생김새가 다른 두 육신이 완벽하게 되도록 만들어낸 듯 했다.

"이제 우리는 하나야."

그녀는 그 순간에도 재잘거렸다. 사내는 대꾸하지 않았다. 용광로의 들끓는 쇳물의 놀라운 파괴력을 온몸으로 실감할 뿐이었다. 신경 세포는 모두 한곳으로 집중된 듯 했다. 두 육신은 쉽게 자지러졌다. 숨통을 물린 작은 짐승처럼 부르르 떨었다. 계집애의 비명소리는 금세 삭았지만 사내의 거친 숨소리는 한동안 계속되었다. 계집애가 물병을 들어 몇 모금을 마시더니 제 입 속에 한 입 가득 물을 담아 사내의 입술 사이로 흘려보냈다.

(해냄, 1996)

□ 나도향 「물레방아」

그의 말소리는 마치 그 여자를 달래는 것같이,

"애, 내 말이 조금도 그를 것이 없지? 쇤네 할멈에게도 자세한 말을 들었을 터이지마는 더 생각해 보아라. 네가 허락만 하면 무엇이든지 네가 하고 싶다는 것을 내가 전부 해줄 터이란 말이야. 그까짓 방원이 녀석하고 네가 몇 백 년 살아야 얼마든지 막실 구석을 면하지 못할 터이니… 허허 사람이란 젊어서 호강해 보지 못하면 평생 한번 하여 보지 못하고 죽을 것이 아니냐, 내가 말하는 것이 조금도 잘못한 것이 없느니라! 대강 너의 말을 쇤네 할멈에게 듣기는 들었으나 그래도 너에게 한 번 바로 대고 듣는 것만 못해서 이리로 만나자고 한 것이다. 너의 마음은 어떠냐? 허허, 내 앞이라고 조금도 어떻게 알지 말고 이야기해 봐, 응?"

이 늙은이는 두말할 것 없이 신치규다. 그는 남욕스러운 눈으로 빙원의 계집을 들여다보며 한 손으로 등을 두드린다. 새침한 얼굴이 파르족

족하고 기다란 눈썹과 검푸른 두 눈, 가장자리에 예쁜 입, 뾰르퉁한 뺨이며, 콧날이 오똑한 데다가 후리후리한 키에 떡 벌어진 엉덩이가 아무리보더라도 무섭게 이지적인 동시에 또한 창부형으로 생긴 것이다.

계집은 아무 말이 없이 서서 짐짓 부끄러운 태를 지으며, 매혹적인 웃음을 생긋 웃고는 고개를 돌렸다. 그 웃음이 얼마나 짐승 같은 신치규의 만족을 사게 되었으며, 또한 마음을 충동시켰는지, 희끗희끗한 수염이 거의 계집의 뺨에 닿도록 가까이 와서,

"응? 왜 대답이 없니? 부끄러워서 그러니? 그렇게 부끄러워 할 일은 아닌데"
하고, 계집의 손을 잡으며,

"손도 이렇게 예쁜 줄은 이제까지 몰랐구나. 참 분결같다. 이렇게 얌전히 생긴 네가 방원 같은 천한 놈의 계집이 되어 일평생을 그대로 썩는다는 것은 너무 가엽고 아깝지 않으냐? 얘."

계집은 몸을 돌리려고 하지도 않고, 영감이 하는 대로 내버려두며, 눈으로 땅만 내려다보고 섰다가 가까스로 입을 떼는 듯하더니,

"제 말야 모두 쉰네 할멈이 여쭈었지요. 저에게는 너무 분수에 과한 말씀이니까요."

"온, 천만에 소리를 다하는구나. 그게 무슨 소리냐. 너도 알다시피 내가 너를 장난삼아 그러는 것도 아니겠고, 후사(後嗣)가 없어 그러는 것이니까, 네가 내 아들이나 하나 낳아 주렴. 그러면 내 것이 모두 네 것이 되지 않겠니? 자아 그러지 말고 오늘 허락을 하렴. 그러면 내일이라도 방원이 놈을 내쫓고 너를 불러들일 터이니."

"어떻게 내쫓을 수가 있어요?"

"허어, 그것이 그리 어려울 것이 무엇 있니, 내가 나가라는데 제가 나가지 않고 베길 줄 아니?"

"그렇지만 너무 과하지 않을까요?"

"무엇, 저런 생각을 하니까 네가 이 모양으로 이때까지 있었지. 어떻단

말이냐? 그런 것은 조금도 염려하지 말구. 자아, 또 네 서방에게 들킬라, 어서 들어가자."

* * *

"가자, 집으로 들어가자."
그의 가슴은 두근거리는지 숨소리가 잦아진다. 계집은 손을 빼려 하며,
"점잖으신 어른이 이게 무슨 짓이에요."
하면서도, 그의 몸짓에는 모든 것을 허락한다는 뜻이 보였다. 영감은 계집의 몸을 끌어안더니 방앗간 뒤로 돌아섰다. 계집은 영감 가슴에 안겨서 정욕이 가득 찬 눈으로 그를 보면서,
"영감"
말 한 마디 하고 침을 한 번 삼키었다.
"영감이 거짓말은 안 하지요?"
"아니."
그의 말은 떨리었다. 계집은 영감의 팔을 한 손으로 잡고, 또 한 손으로는 방앗간 속을 가리켰다.
"저리로 들어가세요."
영감과 계집은 방앗간에서 이삼십 분 후에 다시 나왔다.

(금성, 1992)

□ 나도향 「벙어리삼룡이」

불은 마치 피 묻은 살을 맛있게 잘라먹는 요마의 혓바닥처럼 날름날름 집 한 채를 삽시간에 먹어 버렸다. 이와 같은 화염 속으로 뛰어 들어가는 사람이 하나 있으니 그는 다른 사람이 아니라 낮에 이 집을 쫓겨난 삼룡이다. 그는 먼저 사랑에 가서 문을 깨뜨리고 주인을 업어다가 밭 가운데 놓고 다시 들어가려 할 제 그의 얼굴과 등과 다리가 불에 데어 쭈그려져 드는 것을 알지 못하였다.

그는 건넌방으로 뛰어들었다. 그러나 색시는 없었다. 다시 안방으로 뛰어들었다. 그러나 또 없고, 새서방이 그의 팔에 매달리어 구원하기를 애원하였다. 그러나 그는 그것을 뿌리쳤다. 다시 서까래에 불이 시뻘겋게 타면서 그의 머리에 떨어졌다. 그러나 그는 그것을 몰랐다. 부엌으로 가보았다. 거기서 나오다가 문설주가 떨어지며 왼팔이 부러졌다. 그러나 그는 그것도 몰랐다. 그는 다시 광으로 가보았다. 거기도 없었다. 그는 다시 건넌방으로 들어갔다. 그때야 그는 색시가 타죽으려고 이불을 쓰고 누워 있는 것을 보았다. 그는 색시를 안았다. 그리고 길을 찾았다. 그러나 나갈 곳이 없었다. 그는 하는 수 없이 지붕으로 올라갔다. 그는 비로소 자기의 몸이 자유롭지 못한 것을 알았다. 그러나 그는 자기가 여태까지 맛보지 못한 즐거운 쾌감을 자기의 가슴에 느끼는 것을 알았다. 색시를 자기 가슴에 안았을 때 그는 이제 처음으로 살아난 듯 하였다. 그는 자기의 목숨이 다한 줄 알았을 때, 그 색시를 내려놓을 때는 그는 벌써 목숨이 끊어진 뒤였다. 집은 모조리 타고 벙어리 색시는 무릎에 뉘고 있었다. 그의 울분은 그 불과 함께 사라졌을는지! 평화롭고 행복스런 웃음이 그의 입 가장자리에 엷게 나타났을 뿐이다.

(금성, 1992)

□ 남정현 「너는 뭐냐」

울적한 심사를 성적인 쾌감으로라도 해소시켜 보자는 수작인지 누가 보면 사뭇 어떤 년이 사람을 잡는다고 고함을 칠 만큼이건 그냥 키스라기보다는 물고 핥고 비비고 깨물고 도무지 숨쉴 여유를 주지 않는 무슨 경쟁 같은 것이었다. 관수는 입술뿐이 아니라 입술을 중심으로 한 주변의 근육들이 모두 뭉개져 나가는 성싶은 아픔이라기보다는 일종의 공포증에 사로잡혀 가지고는 어찌 보면 신의 가호라도 비는 듯한 어조로,

"여보, 정말 이러기야. 난 어디까지나 당신을 위해서 하는 얘긴데 말이지. 왜 그 박테리아라는 것 있잖아. 인간의 생사권을 쥐고 있다는 그

흉측한 벌레들 말이지, 그런데 그 벌레들이 내 생각에는 변소에 보다도 내 입 속에 더 많이 있다고 생각하는데 말이지, 여보 정말 이러기야, 응. 내 입 속의 이 충치를 보란 말이야. 이 단단한 상아질을 뚫은 박테리아들이, 아 그까짓 당신의 혓바닥쯤이야 문제겠어, 응! 어서 좀 비켜요. 정말 난 당신의 건강을 위해서 하는 얘기라니까."

(한겨레, 1990)

□ 마광수 「광마일기」

향옥은 이렇게 말하면서 내 곁으로 왔다. 그러고는 내 목을 끌어안고 기다란 머리칼을 뒤로 젖히며 키스를 해왔다. 그녀의 키스는 부드럽고 감미롭게 시작되어 차츰 강렬하게 이어졌다. 그녀의 몸과 그녀의 타액에서는 짙고도 화려한 인동(忍冬) 덩굴의 향기가 뿜어 나왔다. 향옥은 인동의 요정임이 분명했다.

* * *

향옥은 다시 내 앞에서 착한 여자노예처럼 무릎을 꿇은 뒤 두 손으로 내 다리를 살짝 쓰다듬고는, 내 사타구니의 가장 민감한 부분을 조심스럽게, 그리고 감미롭고 끈끈하게 혀로 음미했다. 나는 한쪽 손을 그녀의 머리에 얹은 채 몸의 균형을 잃고 비틀거렸다.

* * *

우리 셋은 계곡 근처의 초원에서 실오라기 하나 걸치기 않은 전라의 상태로 빗줄기를 즐겼다. 한참을 빗줄기 속에서 뛰놀다가, 이윽고 두 여인은 상쾌한 꽃냄새가 나는 요술 비누로 거품을 일으켜 내 온몸을 마사지해 주었다. 얼굴 구석구석을 섬세하게 마사지하고 목과 팔, 다리, 가슴 쪽으로…… 그들이 끝으로 내 페니스를 마사지해 줄 때 나는 정신이 아찔해지며 무아지경의 환희를 맛보았다.

* * *

이윽고 여인은 팔을 뻗어 오균의 몸을 감싼 채 키스를 했는데, 가볍게 시작된 키스는 점점 더 깊은 입맞춤으로 이어져 오균의 마음을 송두리째 녹아내리게 했다. 차츰 여인의 입술이 더 크게 벌어지면서 핑크빛 혓바닥이 더 길게 빠져나왔고, 여인은 오랫동안 사랑에 굶주린 표정으로 그의 품안에 엎으러져 그의 배꼽과 가슴, 사타구니 등을 몸부림쳐가며 핥고 빨아 댔다.

* * *

그러자 뜻밖에도 C는 빙그레 웃으면서 벌떡 일어나 그녀의 팔을 힘차게 잡아끄는 것이었다. C는 그와 동시에 룸의 문을 잠가 버리고 소파 위에 강희를 밀어붙였다. 어떤 소리도 새나가지 못하게 하려는 듯 C의 입술이 그녀의 입술을 막아 버렸고, 곧이어 두 사람의 이빨이 대각대각 부딪치는 소리가 났다. 너무 급하게 키스를 하는 바람에 혀를 꽤 아프게 깨물린 채, 그들은 정신의 진공상태 속으로 급격히 빠져들어 갔다. 서로가 상대방의 타액을 쭉쭉 빨아대는 소리가 그들의 고막을 쩌렁쩌렁 울리게 했고, 뜨거운 입김과 거친 숨소리가 그들의 본능을 펄펄 끓게 만들었다.

C의 손길은 뜨겁게 달아오른 강희의 육체를 이리저리 다급하게 더듬어갔다. C의 입술이 강희의 목과 가슴을 차례차례 훑으며 기운차게 이동하고 있었다. 강희도 드디어 C에게 화답하여 두 팔로 남자의 어깨를 얼싸안았다. 그러다가 그녀는 양손으로 남자의 머리를 붙잡고서, 지루성(脂漏性) 비듬이 많아 미끈미끈한 C의 머리털 속에 손가락을 집어넣어 세게 잡아당겼다.

그녀는 자기의 입술을 남자의 입에다 더 가깝게 밀착시키려고 C의 머리카락을 더욱 세게 잡아당겼다. 그러면서 어쩔 수 없는 긴장감에 숨을 헐떡거렸다. 그녀는 C의 머리털을 쥐어뜯다시피 하며 괴로운 신음소리를 내다가 이윽고 그의 머리를 밀쳐냈다.

* * *

문득 정신을 차려보니 내가 너무 수동적으로 리아의 애송이 후배노릇만 하고 있다는 생각이 들었다. 그래서 나는 뒤늦은 공격을 시도하여 그녀의 젖가슴을 왼손으로 거칠게 더듬어 가면서 그녀의 입술뿐만 아니라 코와 뺨, 그리고 귀 언저리를 철부덕철부덕 핥아댔다. 속이 시원해지면서 온몸에 짜릿하니 전기가 흐르는 듯한 느낌이 밀려왔다. 그리고 온몸이 두드러기가 돋는 듯한 착각도 느껴졌다. 리아의 포근한 가슴속에서 허부적거리던 나의 왼손은 어느새 그녀의 불두덩 언저리를 조몰락조몰락 쓰다듬어대고 있었다.

(사회평론, 1998)

□ 마광수 「권태」

말이 끝나기가 무섭게 그녀는 내 곁으로 바싹 다가와 그녀의 엉덩이와 내 엉덩이에 밀착시켰다. 그리고는 하늘대는 두 손으로 내 양 볼을 부드럽게 움켜쥐며 그녀의 입술을 내 입술 위에 얹었다.

눈을 감고 고개를 앞으로 내밀면서 크게 선심이라도 쓰듯, 자, 내 입술을 가져가요, 하는 식의 여느 여인들의 흔한 키스가 아니었다. 그녀는 그런 〈여자다운〉 절차를 생략한 채, 마치 어머니가 막 잠들기 시작한 아기의 입술에 자애로운 입맞춤을 선사하기라도 하듯 내 입술을 기분 좋게 훔쳐갔던 것이다. 그 부드럽고 달콤하고 자연스러운 입맞춤이 그녀와 나 사이에 가려있던 어색한 거리감을 단숨에 없애버렸다. 그리고 아까부터 나를 줄곧 바라보며 가졌던 그녀와의 즐겁고 감미로운 인연에 대한 예상과, 그녀에 대한 모성애적 신뢰감과, 깊은 애모의 정을 한층 더 두텁게 만들어 주었다.

야광색으로 번쩍이는 짙은 립스틱을 칠한, 그리고 입술 자체에서 배어나오는 촉촉한 습기와 립스틱의 기름기가 한데 어울려 기름먹인 색종이처럼 반들거리는 장밋빛 입술로, 그녀는 우선 나의 입술을 소심스레 실금살금 찍어 눌렀다. 마치 간지럼을 태우기라도 하려는 듯 닿을 듯 말

듯 내 입술 위에 얹혀지는 그녀의 입술이 마치 솜사탕 맛처럼 살풋해서, 무중력 상태 속에서의 입맞춤은 아마 이런 게 아닐까 하는 생각을 나로 하여금 하게 만들었다. 그런 다음 그녀는 그녀의 혓바닥, 침이 너무 많지도 않고 너무 적지도 않게 적당히 스며들어 있어 보들보들한 윤기로 반짝이는 혓바닥을 붉은 입술 사이로 내밀어, 나의 입술과 입술 주변을 살금살금 핥아내기 시작했다. 아침에 면도하는 것을 잊고 나와 일 밀리미터쯤의 길이로 돋아나 있는 내 코밑과 턱 주변의 빳빳한 수염 그루터기들이, 그녀의 혀끝이 스쳐 지나갈 때마다 기분 좋게 껄끄러운 마찰의 쾌감을 내게 선물해 준다.

나의 양 볼을 감싸고 있는 그녀의 뱅어같이 희고 가느다란 손가락들이 살금살금 움직일 때마다, 그녀가 끼고 있는 얇은 실크로 된 자줏빛 장갑의 미끈거리는 촉감과 함께 미묘한 감촉을 만들어 내었고, 그녀의 손끝에 매달려 있는 긴 손톱들이 내 얼굴 피부를 살짝살짝 감미롭게 할퀴어 지나갔다. 나는 엄청나게 길고 뾰족한 그녀의 손톱을 단지 시각으로서가 아니라 촉각으로 직접 실감하게 되자 갑자기 지극히 편안하고 아늑한 쾌감 속으로 빠져들었고, 그녀와 나 사이의 관계가 수억 겁 이전의 전생으로부터 맺어진 천생연분, 아니 우주적 연분인 것처럼 느껴졌다.

* * *

아아, 이토록 달착지근하고 따스한 쾌감, 포근하고 보드라운 쾌감이 이 세상 어디에, 또 어느 연인들 사이에 감히 존재할 수 있을까! 나는 흡사 그녀의 자궁 속으로 깊숙하게 빨려 들어가는 듯한 기분을 느끼며, 마치 자궁 속에서 넘실거리는 양수의 쿠션 안에서 포근히 헤엄쳐 다니는 태아에게나 있을 법한 무념무상의 안온함을 맛볼 수 있었다.

어느새 그녀의 오른손은 내 얼굴에서 미끄러져 내려와, 잔뜩 팽창하여 바지 밑에서 심술 사납게 치솟아 있는 나의 페니스를 살그머니 쥐고 있었다. 마직 계통의 천으로 된 거칠거칠한 바지의 옷감이 그녀의 긴 손가락들과 내 페니스 사이를 가로막고 있었지만 그러한 간접 접촉으로 인한 안쓰러움이 오히려 나의 쾌감을 더 부채질해 준다. 그녀는 입맞춤을 계속해 가면서 능숙한 손가락의 율동으로 마치 피아노 건반을 장난스럽게 두들겨대듯 나의 페니스를 기분 좋게 톡톡 건드린다. 손톱이 워낙 길어서 페니스를 꽉 움켜잡을 수 없기 때문에, 손가락을 나무젓가락처럼 일직선으로 빳빳하게 펴고 손끝이 아니라 손바닥 쪽에 힘을 주어 두드려대는 그녀의 귀여운 터치가, 내 온몸을 짜릿짜릿한 흥분과 쾌감으로 휘몰아갔다. 아니 그녀의 손가락으로부터 전달되어 오는 감미로운 촉감보다도 자줏빛 장갑을 뚫고 삐져나온 그녀의 긴 손톱들이 연출해내는 관능적 율동이 도무지 내 눈을 거기서 뗄래야 뗄 수 없게 만들었고 나를 더욱 미치게 했다. 그러면서도 그녀는 가끔씩 손톱 끝을 세워 슬쩍슬쩍 내 페니스를 긁작거리며 긁어준다.

* * *

실신시키리 만치 강력한 오르가즘의 파도가 한 차례 나를 강타하고 지나간 후, 나는 내 온몸의 기운이란 기운이 다 빠져버린 것 만 같은 기진맥진한 상태에서 한참동안을 멍한 상태로 있었다. 그녀 역시 비수처럼 뾰족한 혓바닥과 손톱의 율동을 멈추고 내 품에 조용히 기대어 안겨 있다. 그러나 그녀의 입술은 여전히 내 긴 목 위에 머물러 있었고, 내 손 역시 내 페니스 위에 얹혀져 있었다.

(문학사, 1990)

□ 마광수 「불안」

남자가 울타리에 걸터앉고 이어서 여자가 남자 곁에 붙어 앉는다. 여자가 남자의 어깨에 팔을 두르고 기댄다. 한참 있다가 남자가 입을 연다. 그리고 어깨에 둘러진 여자의 손에서 늘어져 내려온 긴 손톱을 하나씩 입에 물고 빤다.

여자가 남자에게 키스한다. 여자가 너무 힘을 주어 입 맞추는 바람에 남자가 울타리에서 떨어진다. 여자는 남자를 부둥켜안은 채 같이 풀밭 위를 뒹군다.

* * *

남자는 여자의 입술에 짧은 입맞춤을 보낸다. 여자의 얼굴에 어쩐지 서운한 듯한 표정이 스치고 지나간다. 여자는 훨씬 더 강렬한 성희를, 다시 말해서 살과 살을 뒤섞는 사도마조히스틱한 결합을 원했던 것 같다. 남자는 무언가 미진해하는 듯한 여자의 표정을 무시하고 의자를 다시 원상태로 돌려놓는다. 그러고는 여자에게 다시 한번 짧게 키스한다.

(리뷰앤리뷰, 1996)

□박경리 「김약국의 딸들」

그들은 서로 껴안은 채 숲속으로 들어갔다. 방금 이발을 하고 온 한돌이 머리에서 기름 냄새가 나고, 용란의 얼굴에서는 그 싸구려 크림 냄새가 났다. 그들은 어미 개와 강아지새끼가 서로 냄새를 맡듯 서로의 체취를 심장 속까지 들이마시며 나무 밑에 앉았다. 파도 소리, 솔바람 소리, 뱃고동 소리, 그러나 그들에게는 아무 소리도 들려오지 않았다. 숨가쁜 입김과 미칠 것만 같은 환희 속에서 그들은 몸부림쳤다. 서로의 숨을 마시고 그칠 줄 모르는 애무 속에 잠기는 것이다.

(나남, 1993)

□박경리 「노을진 들녘」

영재는 허덕이듯 말을 하고 거칠게 일혜를 끌어당겼다. 그리고 짙은 입술을 깨물었다. 일혜는 영재의 넓은 가슴을 떠밀고 테이블 위에 엎드렸다. 깊이 파진 오렌지색 드레스 사이에 있는 목덜미 부드러운 살결 위에 전등 빛이 미끄러진다. 영재는 여자 등위에 손을 얹었다. 어루만진다. 연민의 정이 그의 혈관 속에 흘러갔다.

··· (중략) ···

눈에는 눈물이 글썽 돌았다. 영재는 일혜를 포옹하였다. 머리를 쓸어주며 일혜의 오똑한 코를 내려다본다. 일혜는 목마른 듯 입술을 떨면서 영재를 올려다보았다. 팔에 힘을 주며 영재는 여자의 얼굴 위에 온통 키스를 퍼부었다. 방문을 두드린다. 그들은 알지 못했다. 심부름꾼이 방문을 열었다. 그는 남녀가 포옹하고 있는 광경을 보고 주춤한다. 가볍게 기침을 하였다. 그들은 비로소 팔을 풀었다. 그리고 김이 무럭무럭 나는 요리를 테이블 위에 놓는 것을 바라본다.

＊ ＊ ＊

영재는 말하면서 수명의 손을 꼭 쥐었다. 서로의 숨길이 높아진다. 다음 순간 영재는 수명을 포옹하고 말았다. 수명은 몹시 놀랐다. 어쩔 줄을 몰라 하다가 엉겁결에 영재 어깨 위에 얼굴을 푹 파묻고 말았다. 그러나 영재는 거칠게 수명의 얼굴을 밀어냈다. 그리고 재빨리 여자의 입술을 덮쳤다. 허우적거리던 수명의 팔은 어느새 영재의 양복자락을 꼭 쥐고 있었다. 미칠 듯 울부짖던 폭풍이 멎은 듯, 클라이맥스에 달한 심포니가 뚝 끊어져 버린 듯, 두 개의 입상(立像)은 신비한 적막과 어둠 속에서 움직일 줄 몰랐다. 얼마 동안의 시간이 흘러갔는지, 영원한 극치 같은 슬기로운 순간이었던 것이다. 영재는 얼굴을 들었다. 여자의 머리를 두 손으로 받쳐들고 가만히 내려다본다. 여자는 머리카락이 흩어져서 그 넓은 이마를 가리고 있었다. 팔을 풀었다. 수명은 그 순간 흐느끼듯 숨을 흑흑 쉬었다. 그리고는 빙글 돌아섰다. 한 발짝 두 발짝 발을 떼어놓는다. 감동에 자신을 잊고 있었던 영재는 수명이 저만큼 간 뒤에 그를 쫓았다.

(지식산업사, 1979)

□박경리 「파시」

여전히 나무둥지처럼 앉아서 명화는 뇐다. 조정할 수 없었던 감정에 허덕이며 마음과는 거리가 있는 말을 지껄이고 있던 응주는 술이 핏속에 퍼져감으로써 모든 것을 두들겨 부수고 싶은 난폭한 충동을 느끼는지 표정이 동물적으로 변하여진다. 그런 얼굴로 명화를 노려보고 있다가 후다닥 일어서서 등불을 끈다. 그는 덮쳐 씌우듯 하며 으스러지게 명화를 끌어안는다. 서로가 처음, 처음 경험하는 어둠에서, 모든 것을 잊어버리고 싶다는 갈망이 그들 사이의 저항을 쫓아내고 만 듯 했다. 마지막 밤, 영원히 떠난다는 명화의 슬픔과 이 장벽을 무너뜨릴 수 없었던 곳에서 빚어진 불안과 방황이었다고 깨달은 응주의 기쁨이 이상한 화합(和合)을 이루고, 그들은 그 행위 속에 전신을 견딜 수 없었던 것 같다. 격렬한 순산이 지나가고, 응주는 그러나 명화를 꼭 껴안은 채 머리를 쓸어준다.

(지식산업사, 1979)

□박계주 「순애보 (상)」

이렇게 어이없어 웃는 문선이는 문선이대로 자기가 지금도 상대방의 두 팔 밑에 손을 넣어 양편 옆 가슴을 잡았고, 명희는 명희대로 문선의 품에 뒤로 안긴 것을 비로소 발견하고 놀람과 함께 얼굴을 붉힌다. 그것은 그들의 두 번째 포옹이었던 것이다.

* * *

부드러운 명희의 젖가슴이 문선의 가슴에 닿을 때, 그리고 명희의 두 팔이 자기의 목을 끌어안고 그 얼굴이 자기의 얼굴을 스쳐서 자기의 어깨에 얹혀졌을 때, 문선이는 명희의 뜨거운 체온을 감각할 수 있었다.

* * *

마주치던 두 사람의 시선은 땅으로 향한다. 이윽고, 명희는 자기 앞에 다가선 문선의 가슴에 그만 얼굴을 파묻어 버린다.

말을 잃은 두 사람은 무언중에 굳게 껴안는다. 유백색 운무는 포옹한 두 사람의 몸을 찬찬 감아 준다. 그것은 그들을 축복해 주며 감겨지는 테이프이기도 했다. 그리고 깊은 산간을 울리며 흘러내리는 냇물소리는 마치 그들의 사랑에의 웨딩마치인 양 한결 무르익어 간다.

* * *

문선이는 명회를 두 팔로 감아 가슴에 굳게 껴안는다. 심장의 고동은 숨소리와 함께 높았다. 가슴에서 가슴으로 흘러드는 정열의 불길은 두 사람을 녹여 버린 것만 같다.

* * *

그날 밤, 그들은 주지육림 속에 묻혀 환락에 취해 있었다. 요리를 날라 오는 중국인 보이가 방안에 드나들거나 말거나 형석이는 옥련이를 무릎 위에 앉히어 끌어안고 뺨을 비비대며, "자, 내 입에 한잔." 하고 입에 술을 부어 주기를 기다린다. 두 손이 옥련의 양편 가슴에 부풀어오른 비너스의 구릉을 어루만지고 있었기 때문에 술잔을 들 수 없었던 것이다. 옥련이는 술잔에 술을 붓더니 형석의 입에 가져가는 것이 아니라 자기 입에 부어넣는다. 그러나 그는 그 술을 삼키지 않고 입안에 간직한 채, "응". 콧소리를 내며 입을 내민다. 형석이, "아." 하고 입을 벌리자 옥련이는 자기 입을 형석의 입에 대고 입 속의 술을 형석의 입안에 뱉어 넣는다. 그리고 계속하여 입을 맞춘다. 키스가 끝나자, "안주도……." 하며 옥련이가 젓가락에 길다란 해삼탕을 집어서 형석의 입에 넣어 주니까 절반만 물고는, "응." 하며, 형석이는 요리를 문 입을 내민다. 옥련이는 서슴지 않고, "아." 하고, 입을 벌려 그 내밀어진 것을 절반 잘라먹는다. 그들은 그날 보이에게 팁 이 원을 주고 안으로 문을 건 뒤에 이부자리도 없는 맨 방바닥에서 일을 치렀다.

(삼중당, 1983)

□빅계주 「순애보 (하)」

형석이는 그렇게 말하면서 옥련의 뒤에 가서 두 손을 내밀어 비너스의 구릉을 잡으며 끌어안는다.

그는 옥련이를 뒤로 끌어안고 자기 뺨을 옥련의 뺨에 갖다댄다. 그리고 거울을 들여다보다가 입을 옥련의 입에 가져다가 덮어씌운다.

* * *

그들은 처음에는 제 포즈대로 스텝을 밟고 나아갔으나 피차의 다리가 상대편의 사타구니 쯤에 의식적으로 끼워지자, 그리고 〈턴〉이 있을 때마다 그것이 〈오픈 리버스 턴〉이든, 〈프롬나드 내추럴 턴〉이든, 또 〈아웃사이드 턴〉이든, 가슴으로 옥련의 돌출된 가슴을 의식적으로 압박하자 흥분의 절정에 이른 그들은 춤의 기본자세를 포기하고, 서로 마구 끌어안은 채 리듬에 맞춰 돌아갔다. 뺨도 서로 댔을 뿐더러, 때로는 입을 대고 키스해 가면서, 그것만이 아니다. 형석이는 한 다리를 옥련의 다리 쯤에 넣어 무릎으로 옥련을 슬쩍 들기도 하고, 옥련의 허리를 뒤로 젖혀서 불끈 솟은 옥련의 유방에 얼굴을 대고 문대기도 한다. 해괴망측한 춤이다.

(삼중당, 1983)

□박덕규 「시인들이 살았던 집」

"어쭈 딴따라 잡지 기자가 별말씀을 다 하시네!" 그렇게 맞장구쳐준 순간 그는, 손에 든 핸드백으로 그의 얼굴을 후려치면서 창문을 열고 밖으로 나가는 여기자의 허리를 잡아야 했다. "이 쌍년이 사람을 막 치네!" 그는 주먹으로 여기자의 뒤통수를 때렸다. 소리도 못 지르고 꺼꾸러지는 여기자의 스커트를 확 걷어 올려놓았다. 검은 스타킹을 신은 싱싱한 두 다리가 황급히 오므라들고 있었다. 도병관은 그녀의 몸 위로 올라탔다. 화가 나서이기도 했지만 실제로 그는 마음에 드는 여자와 한 몸이 되고자 한다면 그런 정도의 강제성은 반드시 필요하다고 생각하는 사람이었다. 블라우스를 찢을 때 이미 옆으로 돌아간 브래지어 아래로 그녀의 하얀 유방이 슬쩍 드러날 때까지도 그 생각에는 큰 변함이 없었다.

"뭐하고 있어요?"

노크를 먼저 했던 모양이었다. 문이 빼꼼 열리면서 이숙의 장난기 어린 눈이 문틈으로 어른거렸다. 하룻밤 사이에 여자의 살색이 저렇게 부드럽고 풍요로운 느낌으로 변할 수 있는 것일까. 유혁기는 다시 탱탱하게 치솟는 몸 일부분을 문 뒤로 슬쩍 가리면서 문을 열었다.

"샤워 같이 하지요. 뭐"

슈미즈 차림의 여자가 쑥스러운 듯 몸을 뒤로 빼다가 유혁기가 내미는 손에 이끌려 욕실 안으로 들어왔다. 유혁기는 뒤에서 끌어안는 자세로 서서 이숙의 몸에서 슈미즈를 걷어냈다. 팬티 한 장 남은 여자의 알몸 뒤에서 여자의 젖가슴을 싸안고 선 청년의 육체가 잠시 격렬하게 떨렸다.

(현대문학사, 1997)

□박상륭 「죽음의 한 연구」

드디어 그의 앞으로 바짝 다가서서, 가슴을 밀착하고, 아주 다정하게, 그의 오른손에 나의 왼손을, 그의 왼손을 나의 오른손에 짝지어 꼭 잡아 쥐었다. 그랬더니 저 다정스런 중놈이 또한 내 손을 정답게 쥐어 주는 것이었다.

"그런데 그런 밤에 행해서 좋을 일이란 뭐겠느냐 말이지, 뭐 별로 없더라구. 술 처먹고 내뛰어 본다 해도 그것도 종내 싱거울 일이지."
속삭이며 나는, 그의 손들을 그렇게도 정답게 잡은 채, 내 팔을 그의 허리 뒤로 돌려 꼭 껴안으며 계속했다.

"뭐 별로 없더라구. 이봐 자네 길에서 개를 보면 한 발길 냅다 걷어차, 깨갱기리며 빙충맞게 도망치는 꼴을 좀 보았으면 하고 바란 적은 없었댔나? 옹기짐이라면 그렇지 그걸 받쳐 놓은 작대기를 걷어차, 그놈의 옹기들이 어떻게 묵사발이 되는지 그건 무척 흥밋거리란 말야."

나는 아주 뜨겁게 속삭이며, 내 팔을 그의 허리로부터 옮겨, 그의 등 위로 조금씩 끌어올리고 있었다.

"뭐 별로 없더라구. 그래 내 그저 생각만 하기를, 살해나 육교를 위해선 그 중 좋은 밤이라고만 했었지."

그러고 보니 나도 참, 무척도 다정스러이 속삭여 주고 있던 것이다. 그러며 온갖 정성으로 그의 두 손을 쥐고 있는데, 그것은 부드럽고 오동통한 것이어서 어떤 일이 있더라도, 당분간은 놓아줄 생각이 들지 않았다. 그 손의 온기를 나는 사랑하고 있는 것이다. 그제서야 그의 목구멍에서도 뜨거운 속삭임이 새어 나왔다.

* * *

그러나 내 가슴팍에 얼굴을 묻은 것이 울기 시작했을 때 나는, 그의 등뒤로 돌려진 그의 두 손을 모두어 내 왼손아귀에 뜨겁게 쥐고는, 그를 반 바퀴 빙그르르 돌렸더니, 헌데 웬일로 그의 허리가 중도막에서 꺾어지며, 위에 얹혔던 몸이 무너지고, 머리도 없이 후문이, 소슬히 떠오르는 것이었다.

그의 떨어진 대가리는 아마 죽은 개펄에 곤두박혀 뒹굴고 있는 듯했는데, 밤이 깊었던지 중천이었던 후문 그늘 또한 이울고 있어서 보니, 홀레돌집네 돌틀 위에 얹힌 첫암내 난 암돌 모양, 무릎을 꿇어 앙구치고 있는 중이었다.

이런 모습은 누구나를 허허 웃게 하며, 비록 물동이를 이고 있다고 하더라도, 사태기를 꼬게 하는 것이었다.

"허, 허기는 말씀이야, 히, 히, 힛, 앙구찮더라구, 글쎄 앙구찮더라구."

나는 그리고, 오른손 앙구찮이 뻗쳐 내려, 앙구찮은 기분으로, 저 중놈의 장옷 끝을 잡아채 끌어올리고 있었을 것이었다. 한데 이 대사 나으리 해탈도 아주 기저귀 떼어내 버렸을 때부터 해버린 모양으로, 새끼똥구멍에 괴어 놓은 서 말의 그늘 말고, 다른 것은 아무것도 입혀 있지 않아서,

내게 경련을 일으켰다. 그것은 어쩐지, 꽃뱀 쓰륵여서 숨어드는 해당화 덤불이었고, 산그늘 막 서리고 드는 아랫녘담 메밀꽃 한 떼기였다. 그것은 그런 깊은 두려움, 그런 두려운 깊음으로, 달빛 아래 소리 없이 흘러가는, 어떤 구름이 흘린 그림자였다.

나는 어째서라도 떨림을 멈출 수가 없고, 그래서 그 경련으로, 저 둔중한 엉덩이에 서른 차례 한하고 손바닥찜을 퍼부어 대기 시작했다. 그러자, 그럴 때마다 저 메밀밭 한 떼기로 바람이 불어 갔던가, 꽃들이 스적이고, 스적이며 엉기고, 엉겼다가는 스적이며 석양이었을 거나, 꽃들이 붉어 달빛도 붉어졌다.

(문학과지성사, 1997)

□박상우 「붉은 달이 뜨는 풍경」

6월의 마지막 날, 남자와 여자는 아쉬운 송별의 시간을 가졌다. 7월 첫날, 여자가 시나리오 작업을 위해 동해안으로 떠나게 되어 있었기 때문이었다. 그날 밤 두 사람은 최초로 함께 밤을 보냈다. 남녀가 밤을 함께 보내는 게 이상한 일이냐고 남자가 물었을 때, 여관으로 들어가는 골목 어귀에 우두커니 서서 여자는 무척이나 서글픈 표정으로 입술을 깨물었다. 하지만 마음을 다잡아먹고 그들만의 공간을 확보한 뒤에도 남자와 여자는 도무지 자연스러워하지 못했다. 어설프게 머뭇거리다 가까스로 남자가 여자를 안았을 때 시간은 어느덧 새벽 네 시가 가까워지고 있었다. 지나치게 긴장한 탓인가. 여자는 남자의 움직임에 거의 반응하지 않았다. 섹스가 끝난 뒤, 어둠이 술렁거리는 허공을 올려다보며 여자가 남자에게 미안하다고 말했다.

─남자하고 자는 거…… 이번이 두 번째예요.

─왜 그런 말을 하지?

─내가 불감증 환자처럼 느껴지지 않았나 해서요.

─음, 수정 고드름 같기는 했지만… 그거야 뭐, 긴장한 때문이겠지.

남자는 여자를 가슴에 안으며 부드럽게 머리를 쓸어 넘겨주었다. 몇 번을 그렇게 하자 여자의 굳은 몸이 비로소 이완되는 것 같았다. 시나리오고 뭐고 이대로 석상처럼 굳어버렸으면 좋겠다고 남자가 농스럽게 말했다. 그러자 여자가 남자의 가슴에서 풋, 하는 소리를 내며 웃었다. 여자를 가슴에 안은 채 남자는 고개를 들고 허공을 올려다보았다. 서서히 아침이 오는 조짐, 어둠이 썰물처럼 빠져나가는 느낌이 온몸을 나른하게 만들었다.

* * *

동작을 멈추고 남자는 소리 나는 쪽으로 시선을 고정시켰다. 저수지 우측의 숲 그늘에서 사람의 말소리가 들리는 것 같았다. 틀림없이 뭔가 움직이고 있었다. 하지만 그것을 확인할 겨를도 없이 남자는 재빨리 별장 근처에서 벗어나 잡목림 숲에다 몸을 숨겼다. 숲의 그늘에 파묻혀 있던 움직임이 희부윰한 달빛을 받으며 이제 막 굽은 길을 돌아 나오고 있었다. 하나가 아니고 둘이었다. 그때, 몸을 낮추고 그들을 지켜보던 남자의 입에서 한숨 같은 탄식이 밀려나왔다. 아.

별장을 등지고 저수지 앞에 나란히 선 두 사람의 몸에는 실오라기 하나 걸쳐져 있지 않았다. 알몸과 알몸, 그리고 마주잡은 손. 갑작스럽게 세상에 붉은 기운이 충만해지는 것 같았다. 미친년들, 더러운년들, 오동나무 주변을 혼자 맴돌며 욕설과 침을 뱉어대던 아버지의 모습이 기괴한 음화처럼 뇌리를 스쳐갔다. 깊은 밤, 알몸으로 저수지 주변을 맴도는 저 오동나무들은 대체 누구란 말인가.

* * *

알몸 중의 하나가 다른 알몸에게 말했다. 탁하게 갈라지는 그 목소리와 어조, 어디선가 들어본 것 같다는 생각이 들어 남자는 고개를 갸웃했다. 하지만 흐리마리하던 기억은 이내 맥락을 되찾았다. 사라져버린 영화 잡지, 발매되지 못한 6월호, 그리고 인물 포커스 손을 맞잡고 걸어오던 두 사람이 걸음을 멈추었다. 머리가 짧은 알몸이 다른 알몸의 긴 생머리를 뒤로 쓸어 넘겼다. 곧이어 어깨와 허리에 서로의 팔이 감기고 부드러운 율동으로 둘은 서로를 감싸 안았다. 잠시 떨어지는 듯하다 다시 어우러지고, 그러면서 둘은 춤을 추듯 저수지 앞에서 유연한 맴놀이를 되풀이했다. 몇 번 똑같은 동작을 되풀이하고 나서 우뚝 거의 같은 순간에 동작을 멈추고 둘은 빈틈없이 서로에게 밀착했다. 그리고 오래오래 저수지 주변은 적연부동했다.

두 사람이 서로를 이끌며 별장으로 사라진 뒤 남자는 조용히 숲에서 빠져 나왔다. 그리고 별장에서 밀려나오는 밝고 따뜻한 불빛을 한참동안 지켜보았다. 눈두덩이 욱신거리고 뺨에서 뜨거운 물줄기가 흘러내릴 때가 되어서야 비로소 저수지 쪽으로 등을 돌릴 수가 있었다. 거기 저수지의 수면 위에 붉은 달이 그림처럼 내려앉아 있었다. 하지만 이제는 떠나야 할 시간, 하늘과 지상의 붉은 달에게 조용히 작별을 고해야 할 시간이었다. 붉은 달과 붉은 달 사이, 집 떠나는 자신을 돌아보지 말라고 소리치던 생모의 고함이 서릿발처럼 되살아나고 있었다.

─뒤돌아보지마, 제발 뒤돌아보지마!

(이수, 1999)

□박양호 「슬픈 새들의 사회」

석미애는 그러면서 남자의 손등을 다시 쓸어대었다. 드디어 남자가 거친 숨소리와 함께 입술을 찾았다. 석미애는 생각했다. 마음대로 하세요. 마음대로… 이 순간을 얼마나 기다렸는지 몰라요. 하고 속으로 그렇게 말하고 있었다. 길고 긴 입맞춤이 끝나고 서로의 숨소리는 거칠어졌다. 석미애는 자신도 모르게 자신의 손이 남자의 몸을 더듬고 있다는 것을 느끼고 있었다. 석미애의 손이 남자의 하복부 근처에 갔을 때였다.

(동아, 1991)

□박완서 「도둑맞은 가난」

나는 달아오른 볼을 식히려고 유리에 한쪽 뺨을 댔다. 상가의 불빛이 점점 그 수효가 늘었다.

어둠이 물감 칠하듯 눈에 보이게 짙어갔다.

"경아, 오늘은 너무 예쁘군."

그는 유리에 닿은 내 얼굴을 서서히 자기 앞으로 끌어당기며 떨고 있었다.

나는 그에게 안겼다. 나의 볼이 그의 가슴의 심한 동계(動悸)를 또렷이 감각하면서 눈은 역시 바깥의 어둠의 알맞은 농도를 가늠하고 있었다.

유리로 식혔던 볼을 그의 입술이 뜨겁게 문질러왔다. 다음은 입술로. − 그는 거의 몸부림 같은 세차고 흐트러진 동작으로 나를 구하려고 안타까워하고 있었다. 내 눈은 바깥세상의 어둠의 알맞은 농도를 가늠하고 있었다.

내 몸의 어떤 부분도 그를 향해 열리지는 않았다. 내 심장은 조금도 규칙을 어기지 않고 조용히 뛰고 내 체온은 난로가 달구어 놓은 것 이상 달아오르지 않았다.

그는 열심히, 점점 더 초조하게 나를 애무했다. 나는 그대로 시선을 밖으로 둔 채 그의 애무에 순순히 몸을 맡겼을 뿐, 별다른 느낌 없이 다만 시각만이 또렷했다.

드디어 그는 다다미 바닥에 무릎을 꿇고 내 치마폭에 얼굴을 묻으며

"아 이럴 수가…… 경아, 이럴 수가……"

탄식 같은 신음소리를 냈다. 남자와 여자 사이에 일방적인 격정이 얼마나 무의미하고 참담한 것인가를 이제야 깨닫기 시작한 모양이었다.

* * *

나는 숨을 죽였다. 그리고 전신의 감각으로 이 바위 같은 사나이가 깊숙이 떨고 있음을 느꼈다. 어느 틈에 나도 떨고 있었다. 그에게 잡힌 손

이 매우 새로운 감각을 전해 왔다. 나는 잠깐 그 새로운 감각에 저항을 느꼈다. 그에게 잡힌 손을 빼내야겠다고 생각했으나 의외로 그는 완강했다. 어쩔 수 없이 그에게서 남자를 느꼈다.

심장이 걷잡을 수 없이 뛰기 시작했다. 나는 그에게 잡히지 않은 한쪽 손으로 왼쪽 가슴을 눌렀다. 심장이 나와는 별개의 생동하는 생물이 되어 자신을 가두고 있는 늑골을 박차고 튀어나올 듯한 위기를 느꼈다. 나는 허둥지둥 발길을 헛디디며 그에게 끌려가다시피 하고 있었다. 그는 두렵도록 억셌다. 드디어 충동적으로 멈춰선 그는 튀어나올 듯한 내 심장을 육중하게 자기 체중으로 눌렀다.

나는 또 한번 아주 가까이에서 그의 열기를 보고 느꼈다.

"가엾게도…… 떨고 있군."

그는 몹시 떨리는 음성으로 내 귓바퀴가 간지럽도록 가까이서 속삭였다. 나는 그가 뭔가 몹시 두려워하고 있음을 알았다. 그리고 나도 똑같이 그가 두려워하는 것을 두려워하고 있다는 것도.

나는 두려운 것이 오기를 두려워하며 기다렸다. 그의 숨결이 주저하며, 그러나 어김없이 다가오는 것을 느꼈다. 나는 고개를 젖히고 그의 숨결을 받아들이기 전에 높이 솟은 성당의 첨탑을 보았다. 그러자 언젠가 이 앞에서 읽었던 시의 한 구절이 이상하리 만큼 선명하게 떠올랐다.

어느 틈에 나는 한숨을 뱉듯이 그것들을 띄엄띄엄 읊조리고 있었다.

* * *

죠오는 내 목을 따뜻이 감싼 스웨터의 깃을 젖히고 목덜미에 입술을 문질러댔다.

나는 몸을 비틀어 빼고 스웨터의 깃을 다시 단정히 여미었다.

"당신은 본국에서 그런 공부를 했나 보죠. 그런 공부를 뭐라고 하나요. 역사학? 사회학?"

"너를 기다리기가 지루해서 읽고 있었다 뿐야. 제발 이 나위를 우리 사이에 끼우지 말라구"

그는 두꺼운 책을 더 멀리 발로 밀었다. 그의 녹색 눈이 초조와 갈증으로 충혈돼 보였다. 나도 초조했다. 특별히 그 갈색의 책이 필요할 것은 없어도 그가 내 의상을 완전히 벗기기 전에 그를 조금 더 알아두고 싶었다. 그가 매혹적이 숫짐승이란 것 말고 좀더 딴 것을 알아둬야만 될 것 같았다.

"너를 사랑해."

그의 턱수염이 목덜미를 찌르고 고혹적이 저음이 귓전에 속삭였다. 스웨터 깃과 앞단추가 허술하게 열렸다. 나는 다시 여미지를 못했다.

그러나 나는 가빠오는 숨을 죽이며 안간힘을 쓰고 있었다. 옷을 벗기 전에 할 일이 꼭 있을 것 같았다.

* * *

다다미 위에 여러 색깔의 옷이 너절하게 흩어졌다. 꽤 별러서 고르다가 산 옷들도 벗어 동댕이쳐 놓고 보니 영락없이 남루했다. 추하고 쓸모 없는 누더기였다.

나는 얇다른 슈미즈를 한쪽 어깨에만 걸친 채 가볍게 안기고 있었다. 드디어 그가 나를 분홍빛 침대로 나르고 있었다. … (중략) … 탄력있는 침대가 나를 반쯤 묻었다. 그가 내 옆에 눕는 것을 느꼈다. 나의 여러 곳에 빠짐없이 그의 입술과 손길이 닿았다. 그는 마술사처럼 나에게 깊이 감추어진 감각들을 찾아내어 나에게 푸짐한 육감의 향연을 베풀어주고 있었다. 그의 숨결이 점점 고르지 못하게 흩어졌다.

* * *

하여튼 나는 그의 능숙한 애무를 예민하고 성숙한 감각으로 받아들였을 뿐 결코 도취하지는 못했다.

"불을 끌까 봐요"

초조한 나머지 나는 그에게 그런 제안을 했다. 스위치는 도어 옆에 있었다. 그는 어정어정 걸어가서 까만 스위치를 눌렀다.

칠흑의 어둠이 뒤덮었다. 그의 숨결이 한결 거세게 들렸다. 짐승의 냄새 같은 짙은 그의 체취가 확 끼쳤다.

나는 그가 어둠 속에서 거침없이 사나운 짐승 같은 얼굴을 하고 있으려니 싶어 몸이 오그라들었다. 아주 추한 모습으로 변모해 있을 것 같아서 두려웠다.

"불을 켜요. 불을"

(민음사, 1997)

□박완서 「목마른 계절」

그녀는 깊은 신뢰와 감동으로 몸을 떨며 크게 고개만 끄덕인다. 어둠에 익숙해진 눈에 빈집의 넓은 뜰 안과 대청에 어수선하게 흩어진 것은 짚인 성싶었다. 인민군에게 점거됐던 비교적 넓은 민가였다. 드디어 그녀는 폭신한 짚 위에 사뿐히 내려놓아지고 자기의 상반신을 안고 떠는 사나이의 열기를 숨 가쁘게 느낀다. 격렬하게 고동하는 것이 사나이의 심장인지 자기의 심장인지 분간 못할 몇 분이 흐르고 그녀는 자기의 상반신이 서서히 뒤로 기우는 것을 느낀다. 아주 쓰러지려는 찰나 본능적으로 상반신을 좀더 버티려고 팔을 뒤로 돌려 짚이 깔린 마룻바닥을 짚는데, 두 몸뚱이의 체중이 실린 손바닥에 따가운 아픔이 온다.

"아, 아파요."

지푸라기 속에 곤두섰던 뾰족한 막대기에 찔린 것이다. 준식은 흠칫 놀라며 그녀가 내민 손바닥을 어루만지고 입김을 불어넣고 다시 자기 뺨에 댄다. 그 동작은 그지없이 부드럽고 정성스러워 다시 한번 진이에게 깊은 감동을 준다. 그러나 그들은 이미 단숨에 그들을 여기까지 몰고 온 숨가쁘고 격렬하고 무분별한 욕망의 달음질에서 일단 비켜나 있었다.

"미안해 진이, 이런 곳에 진이를 눕히려 들었다니. 얼마 전까지만 해도 뙤놈들이 짐승처럼 뒹굴던 진이 너를 눕히려 들다니."

그는 다시 진이를 소중히 안고 손으로 더듬어가며 옷에 붙은 지푸라기를 하나하나 뜯어내기 시작한다. 짚을 말짱하게 뜯어내고는 비로소 진이를 꼬옥 격정적으로 끌어안는다. 그리고 뜨거운 입맞춤이 진이의 이곳저곳을 열병처럼 지나간다.

(열린책들, 1988)

□박완서 「서있는 여자」

철민의 팔이 연지의 허리를 감았다. 연지가 머리를 철민의 어깨에 기댔다. 철민의 입술이 연지의 볼을 비볐다.

"춥니?"

"아니"

"볼이 얼음장 같아"

"따뜻하게 해줘 봐"

철민이 연지를 보듬어 안고 볼과 이마에 오래오래 입맞추고 입술을 헤집었다. 그때 연지의 입술도 차갑지만은 않았다. 차츰 꽃잎처럼 부드럽고 따스하게 녹아갔다. 철민이는 꿀샘을 찾아 곧장 더듬이를 꽂는 꿀벌처럼 자신있게 연지의 입술을 깊이깊이 열었다.

(학원사, 1985)

□박완서 「어떤 나들이」

우리가 처음 뽀뽀하던 날, 그날도 우리는 밭이 끝나고 산이 시작되려는 둔덕 풀밭에 있었다. 우리는 같이 노래도 부르고 까불고 장난치고 했다. 나의 어머니 아버지는 사내놈은 그저 도둑놈으로 알라는 무지막지한 공갈로 나에 대한 성교육을 삼았지만 나는 그를 조금도 경계하지 않았다. 경계는커녕 어린애 같은 천진한 장난에 열중하다가도 문득 그의 도둑놈에 대해 안타까운 궁금증을 느끼곤 했다. 그가 어디로 숨었는가 하다가, 목덜미로부터 뺨으로 기는 송충이의 징그러운 감촉을 느끼고 질겁을 해서 비명을 지르며 오두방정을 떨었다. 그러나 송충이가 아니었다. 그가 강아지풀로 콧수염을 해달고 내 등위로 돌아와 나를 놀렸던 것이다. 그는 장난질이 성공한 아이답잖게 얼굴은 심한 부끄러움으로 붉게 상기되어 있고 눈은 슬퍼 보였다. 나는 곧 강아지풀로 위장한 그의 욕망을 본다. 그가 정말로 하고 싶었던 건 뽀뽀였다는 걸 안다. 나는 그렇게밖에 뽀뽀를 할 줄 모르는 그가 측은하고 불쌍해 울음이라도 터질 것 같았다. 나는 그에게 다가가 그 우스꽝스러운 콧수염을 뜯어내고 그의 부드럽고 따뜻한 입술에 뽀뽀를 해주었다. 마침내 망설임과 부끄러움을 떨친 그의 뽀뽀는 길고 섬세했다.

* * *

칠흑의 어둠이 왔다. 나는 그의 옆에 누웠다. 그의 머리를 안았다. D 포마드 냄새가 역겹다. 내 남편도 D포마드의 애용자다. 나는 참고 그의 입술을 찾는다. 매캐한 담배냄새가 난다. 그도 내 남편도 골초다. 그가 조금씩 잠이 깨면서 귀찮다는 듯이 나를 뿌리친다. 나는 더욱 그에게 밀착시킨다. "언제 왔어?" 잠꼬대처럼 웅얼대고 마지못해 나를 안는다. 그의 섹스는 신경질적이고 허약한 주제에 가학적이다. 당하는 쪽의 기분을 공중변소처럼 타락시킨다. 그의 속살은 쇠붙이에서 풍기는 것 같은 사람을 밀어내는 기분 나쁜 냄새를 지니고 있다. 그런 모든 것이 내 남편과 너무도 닮아 있다. 나는 내가 간음하고 있다는 느낌조차 가질 수 없다. 나는 내 남편에 안겨 있는 동안에도 간음하고 있는 것으로 공상을 하는 못된 버릇이 있었는데 정작 간음을 하면서도 그것조차 안 된다. 죄의식도 쾌감도 없다.

(문학동네, 1999)

□ 박정애 「에덴의 서쪽」

그런데 그날따라 사내의 시선이 엉겨 붙는 뒤꼭지에 너무 정신을 팔아 그랬는지 한순간 오금이 풀리면서 발을 헛디뎌 골짜기 아래로 미끄러지고 말았다. 사내는 뒤따라 미끄러져 내려오면서 그 내려오는 반동으로 나를 덮쳤다. 골짜기를 흐르는 냇물 소리가 얼핏 들린다 싶었고, 울창한 숲과 아찔할 만치 파란 하늘이 잠깐 보인다 싶었다. 그러나 곧 아무것도 들리지 않고 아무것도 보이지 않았다. 느껴지는 것은 사내의 몸무게뿐이었다. 조금도 무겁지 않은, 뜨겁고도 향긋한.

* * *

사내의 격렬한 몸짓에 윤열이 깨어날 때가 가끔 있었다. 윤열은 꿈인지 생신지 분간하지 못하는 얼굴로 입을 약간 벌린 채 부옇게 드러난 남녀의 하체를 바라보았다. 민망해진 내가 급히 치마를 내리고 뒷걸음질을 치면, 한창 절정을 향해 질주하던 사내는 이를 앙 다물고 한 손으로는 아이를 눕혀 이불을 머리 꼭대기까지 들씌우고 한 손으로는 나를 원위치로 복귀시켰다. 평소 일손이 야무지지 못한 것과는 정반대로 그 손아귀는 얼마나 단단하고 굳센지 아이도 나도 따를 수밖에 없었지만, 뒤통수를 방바닥에 찧어 박히면 이불 속에 갇힌 아이는 잠을 제대로 못 잤고 나도 고통과 수치심에 피가 나도록 입술을 깨물어야 했다.

* * *

귀자의 손놀림은 부드럽고도 능숙했다. 여자는 자기 몸이 이상한 반응을 보이고 있다는 사실을 귀자가 알아챌까봐 죽은 듯이 누워 있었다. 귀자의 손가락이 건반을 두드리듯 민감한 부분을 누르고 문지를 때, 여자는 자신도 모르는 사이에 엉덩이를 틀고 허리를 꼬았다. 손을 떼 주었으면 싶기도 하고, 계속 만져 주었으면 싶기도 한 감정이 맹렬하게 다투어 여자의 몸을 더이상 참을 수 없는 갈등상태로 내몰았다. 마침내 여자가 일어나려고 손으로 방바닥을 짚는 순간 귀자는 큰 몸집으로 여자의 몸을 내리 눌렀다. 여자는 비명을 질렀으나 곧 귀자의 입술이 그것을 난폭하게 덮어 버렸다. 풀 먹인 새하얀 오때기가 점점이 박힌 핏방울을 보며

서러운 울음을 그치지 않는 여자의 등을, 귀자는 단단한 악력으로 시원
스레 주물러 주었다.

* * *

새끼머슴에서 제실 머슴까지 머슴으로만 살아온 삼십 년 세월이라고
연정도 없었던 것은 아니었다. 그저 구름처럼 안개처럼 보이기만 하고
잡히지는 않는 연정이어서 그렇지 숱하게 대상을 바꾸어 가며 속을 끓였
었다.

머슴은 계집아이를 무릎에 눕히고 아랫도리에 옷이라고 한 겹 감긴
것을 걷어 올렸다.

아, 머슴은 터져 나오는 탄성을 어쩌지 못했다. 도도록한 살덩이가 반
으로 갈라져 있을 뿐인데도 세상의 그 어떤 것보다 오묘하고 소담스럽고
아리땁고 신비스러웠다. 머슴은 엄지와 검지를 써서 그 신비스런 계곡을
들추어보았다. 굳은살 위에 굳은살이 박히고 또 박힌 머슴의 손은 여리
디 여린 계곡의 속살과 만나자 저절로 조심스러워졌다. 조금만 손이 허
투루 놀아도 생채기를 내거나 찢어지거나 피를 볼 것 같았다.

계곡 속에는 한없이 촉촉한 동굴의 입구가 있었다. 동굴의 끝에는 무
엇이 있을까. 머슴은 눈구멍에서 불이 확 이는 것 같아 퍼뜩 눈꺼풀로
불을 덮어 버렸다.

불끈 팽창한 머슴의 하초는 자석에 이끌리는 쇠붙이처럼 계집아이의
동굴에 붙으려고 했다. 아직까지도 아이는 신음소리 한 번 내지 않고 입
을 꼭 다물고 있었다. 다만 입 안 가득 괸 사탕물을 꼴깍, 맛나게 삼켰을
뿐이었다.

* * *

그가 내 분홍빛 작은 젖꼭지를 빨기 시작하자, 나의 허리는 리듬체조
신수처럼 유연하게 휘어졌다. 지금껏 한 번도 느껴 보지 못한 눈물겨운
환희 속에서는 나는 그가 내 몸 속에서 방금 미끄러져 나온 내 아이 같

다는 생각을 했다. 얼마나 약하고 얼마나 귀여우며 얼마나 작은지.

(문학사상사, 2000)

□ 박종화 「금삼의 피」

아우 진성 대군에게 대하신 곤전의 자애와 동궁 자신에 대한 곤전의 자애를 비교해 본다면 아우에게 대한 모든 일거일동은 조금도 꾸밈이 없는 그야말로 오장육부 속에서 우러나오는 천진난만한 사랑이시다.

* * *

맥맥히 송당의 일거일동을 지켜다보고 넋을 잃은 듯이 우두커니 서 있던 당돌하고 요염하던 미인은 송당의 오는 눈치를 피하여, 별안간 딴 사람같이 수줍어지고 부끄러워하였다. 아무 소리도 없이 다만 고개를 다소곳하고 치마고름을 배비적거리며 서있을 뿐이다. 헌걸찬 송당의 풍채에 취한 것이다.

* * *

농익은 젊은 이성의 부드러운 살결은 술보다도 고혹적이요, 아편보다도 나릿하다. 후궁에 그득히 사춘기에 든 젊은 여자의 상아빛 노르께한 고운 살결은, 그대로 연산의 혼을 사르고야 만다. 일고삼장 사람의 혼을 뇌쇄시키는 노곤한 봄볕은, 울연히 자줏빛 방장을 드리운 나인 전향의 침실로 비쳐졌다. 상감 연산은 미끈하게 살찐 나인, 전향의 품에 아직도 봄꿈이 짙으시다. 숨 막힐 듯한 젊은 여자의 난숙된 살 냄새가, 향긋한 밀기름내에 엉키어 무겁게 느리게 닫혀진 방 속으로 떠돌고 있다. 와룡촛대에 비스듬히 꽂혀진 타고 남은 금박대홍초의 한 치 만한 초등걸이, 지나간 밤의 상감 연산의 환락을 이야기하는 듯하다.

* * *

방 속에는 그윽하고 맑은 정밀한 숨소리만이 떠돌았다. 전향의 방에서 일어나던 폭풍우 같은 정욕의 회오리바람은 이 침실 안에서는 찾을 수 없다. 숨막힐 듯한 붉은 애욕의 꿈을 대신하여, 난초 꽃 향기를 맡는 듯한 고상하면서도 딱딱하지 않은, 부드럽고도 우아한 다정이 이 침실을 휩싸고 돈다.

(동아출판사, 1995)

□박종화 「아랑의 정조」

도미와 아랑은 손을 잡고 거닐다가,

"아랑, 춥지 않아!"

하고 도미는 달빛 아래 아랑의 얼굴을 들여다본다.

"아니, 당신의 곁이면⋯⋯"

"당신 곁이면?"

도미가 되받아물었다.

"언제든지 춥지 않아요"

이 순간 달빛 아래 해죽이 웃는 아랑의 얼굴은 정말 보배로운 구슬보다도 더 곱고 귀여웠다. 도미는 한 손으로 아랑의 손을 잡고 한 손으로 달빛 비치는 아랑의 웃는 뺨을 쓰다듬어 주었다. 도미는 이 고운 아내 아랑을 어떻게 주체해야 좋을지 몰랐다.

(타임기획, 1993)

□박종화 「자고 가는 저 구름아」

강아는 사랑하는 애인의 목숨을 살리기 위하여 반 천리가 넘는 평양 길을 의주서부터 달리기 시작했다.

사랑이란 이같이 무섭고 뜨거운 것이었다. 죽음의 길을 향하여 떠나간 사랑하는 사람을 구하기 위하여 자기의 몸을 돌아볼 겨를이 없었다. 강아의 심경은 물에 빠지는 어린이를 구하러 강물로 뛰어드는 어머니의 심경이었다. 사랑의 절정은 모자의 사랑이나, 애인의 사랑이나 매일반이었다.

강아는 죽음의 길로 떨어지는 송강을 구해내려 하여 자기자신이 죽음의 길로 스스로 빠지는 것이었다.

적병이 만산편야한 평양으로 향하여 급하게 채를 갈기는 강아는 자기 몸의 위험한 것을 모르는 바가 아니었다.

그런, 죽음이 두렵다고 아니 갈 수는 없었다. 누가 가라고 명령을 내린 것도 아니었다.

송강을 구하러 가지 아니하면 세상 사람들의 손가락질을 받을 의리와 명분도 없었다. 아니 간다고 꾸짖을 사람도 없었다.

그런, 강아는 가지 아니하면 아니 된다고 생각했다. 자기의 몸이 열 번 스무 번 죽음의 거리로 굴러떨어질지언정, 가지 아니하면 아니 될 지상명령이 있는 듯이 생각되었다.

이것이 사랑이었다. 남자와 여자 사이의 영과 혼이 엉클어진 순결한 사랑의 극치였다.

(어문각, 1985)

□ 박치대 「아! 백두여」

서란은 옷을 헤쳐 등줄기의 하얀 살결을 보여 주었다. 등줄기의 살결은 앞가슴의 살결에서 느끼는 것과는 또다른 육감을 불러일으켰다.

신형은 하체에 찌릿한 느낌을 느끼며 침을 꿀꺽 삼켰다. 그리고 서란의 등줄기에 손을 집어넣었다. 순간 서란은 본능적으로 몸을 파르르 떨었다. 그 짧은 떨림은 신형을 전율시켰다. 신형은 전신을 부르르 떨며 자신도 모르게 서란의 목줄기에 자기의 입술을 갖다 눌렀다. 서란은 몸을 움츠렸다. 태연해지려고 애쓰는 노력을 보이면서 그녀는 조용했다. 신형은 헛바닥으로 그녀의 목줄기를 핥았다. 그녀의 등줄기에 들어가 있는 그의 손은 옆구리를 더듬어 차츰 그녀의 허리 밑으로 기어들고 있었다.

"이거…… 왜 이러세요, 신 선생님."

서란은 몸을 뒤틀기 시작했다. 뜻밖에 기습을 당하여 처음에는 어리둥절했으나 마침내 사태가 심각하다는 것을 깨닫게 된 모양이다. 자기의 작전이 실패로 돌아간 것을 눈치챈 모양이다.

"아이 참, 놔요 이거!"

그녀는 자기의 허리 밑에 기어들고 있는 신형의 손을 뿌리치려고 바둥거렸다. 그럴수록 신형의 팔에는 힘이 오르고 있었다. 그의 손은 이미 그녀의 엉덩이와 허벅지와 사타구니 사이를 더듬고 있었다. 그리고 그의 혓바닥은 끈덕지게 그녀의 등줄기를 핥았다.

"이런 비열한 자식!"

서란은 고개를 비틀어 그의 팔을 깨물려고 덤볐다. 그것이 오히려 그를 잔뜩 자극시켜 놓았다. 그에게는 말이 필요없었다. 그는 깨물려고 덤비는 그녀의 머리를 자기 머리로 꽉 박은 다음 불끈 힘을 주어 껴안았다가 그녀를 난폭하게 쓰러뜨렸다. 그리고 쥐어뜯기라도 할 듯이 거친 동작으로 그녀의 옷을 벗겨 갔다.

"이게 무슨 추잡한 짓인가요, 예?"

신형의 난폭해진 태도에 기가 질린 듯 서란은 약간 풀이 죽었다. 그녀는 자기의 계획이 완전히 빗나갔음을 확인했는지 차츰 포기 상태로 들어갔다. 그리고 곧 허탈 상태에 빠져서 자기의 몸을 신형에게 내맡겼다. 여태껏 드러내 보이지 않았던 부분의 살이 하나씩 벗겨질 때마다 그녀는 파들파들 떨었다. 그러다가 끝내 마지막 부분까지 자기의 몸을 신형에게 보여 주었을 때 그녀의 얼굴은 새파랗게 질려 있었다.

"제발 좀…… 참아 줘요, 예?"

턱이 달달 떨려서 그녀는 말을 제대로 만들어 내지 못했다. 그러나 신형은 사정을 두지 않았다. 알몸이 된 서란의 젖가슴에 머리를 박고 그는 또 혓바닥으로 핥기 시작했다. 나긋나긋한 서란의 체취를 맡으며 그는 성난 횃소처럼 시큰거렸다. 공포에 질려 있던 서란의 몸에서 차츰 열기가 올랐다. 얼마가 지나자 그녀의 팔이 신형의 머리를 더듬어 목덜미를 끌어안았다. 신형의 혓바닥이 그녀의 목으로 올라갔다가 배로 내려오는 동안에 그녀의 몸은 뜨겁게 달아오르고 있었다. 그녀의 숨결이 가빠졌다. 숨결 소리에 섞여 신음이 흘러나왔다. 그 신음은 오히려 신형을 당혹시켰다. 아차, 내가 너무 심했구나 하는 생각이 짧게 스치며 아련한 요시꼬의 모습이 나타났다.

'이 봐요, 당신의 피가 여기 이렇게 자라고 있잖아요.'

하는 요시꼬의 목소리가 귀속을 울리자 신형은 급히 서란의 팔을 풀고 일어섰다. 한창 몸이 달아오르고 있던 서란은 또 한 방 얻어맞은 얼굴로 얼른 몸을 움츠렸다. 토실토실한 스무 살 여인의 몸은 무척 아름다웠다. 그 아름다운 몸이 다시 파들파들 떨었다.

(유림사, 1989)

□박태순 「어제 불던 바람」

문세빈은 그녀의 어깨를 토닥거려 주던 손을 뻗쳐 그녀의 옷을 벗겼다. 자연 그의 손길이 서툴렀지만 그녀는 무던히 참아내었다. 그녀가 그의 앞에 스스로를 드러내었다. 그는 자기의 감정을 인색하게 절약하고 있었다. 그는 그 자신을 그녀에게 드러내었다. 그들은 서로 부끄러워해야 할 하등의 이유를 가지고 있지 않았다. 도리어 문세빈은 순간적으로 자기자신을 반성했다. 네가 이 아가씨에 대해 느끼는 심정은 무엇인가. 아니, 그것은 문제가 되지 않았다. 유이안에 대해서 그가 무엇인가가 문제였다. 그러나 그것도 문제가 되지는 않았다. 서로가 서로를 필요로 하고 있다는 느낌이 그에게 있었다. 그리고 이 순간에 있어서는 그것이 유일의 해답이었다. 그는 그 해답에 성실코자 했다. 그는 서두르지 말아야겠다고 계산을 했다. 그는 은근과 끈기를 발휘하여 그녀를 달래주고 위로해주고 안심을 시키느라고 애썼다. 그녀가 안심하는 눈치가 있었다. 조금 뒤에 그녀는 고마워하는 것 같았으며 감동해 하는 것 같았다. 그녀는 말 대신 몸짓으로 자신의 감동을 표시했다. 그는 그녀의 감동을 더이상 모르는 체 하기가 안쓰러워졌다. 눈과 눈이 닿았고 코와 코가 만났다. 입술이 서로 통하자 그들은 두 사람이 아니라 한 사람이 되었음을 느꼈다. 그 느낌이 너무도 절실하여 그들은 더이상 한 몸으로 되는 것을 주저할 이유가 없게 되었다. 그 순간 아, 하고 그녀가 외쳤다.

(전예원, 1979)

□박태순「하얀 하늘」

임섭은 채정자의 손목을 여전히 애무하고 있었다. 그녀는 모르는 체 하고 있었다. 임섭은 자신을 얻어서 애무의 영역을 넓혔다. 그녀는 모르는 체 했다. 그녀는 열심히 화면을 바라보고 있었다. 그 화면 속의 두 사나이가 피를 뿜으며 어서어서 죽어 버리기를 애타게 기다렸다. 그런데 사나이는 죽지 않고 싸우고 있었다. 임섭의 머리가 그녀의 귀를 스쳐서 코앞까지 다가왔다. 그녀의 볼에 임섭의 입술이 닿았다. 그녀는 모르는 체 하고 있었다.

"당신을 만나고 싶어서 죽을 뻔했어."

하고 임섭은 속삭여 왔다. 그녀는 대답하지 않았다. 그녀의 볼은 뜨거워져갔고 가슴은 뛰었다.

"당신에게 참 미안했어. 나를 용서해 주겠지?"

하고 임섭은 속삭여 왔다. 그녀는 대답을 하지 않았다. 임섭은 그녀의 목덜미를 만지기 시작했다. 그녀는 모르는 체 하려고 애를 쓰고 있었다. 화면 속의 두 사나이는 아직 죽지 않고 있었다. 공중으로 풀쩍 뛰어오르기도 하고, 손바닥을 내밀어 회오리바람을 일으키기도 하였다. 그녀의 유방에 자극이 왔다. 그녀는 이 이상 모르는 체하고 있을 수가 없었다. 간지러워서 견딜 수가 없었다. 그녀는 몸을 꿈틀했다. 그러나 저항하지는 않았다. 임섭이 무안을 느껴서 점잖아질까 봐 두려웠다. 얼마나 오랫동안 자기가 여자라는 사실을 망각하고 있었던가? 여자를 여자라고 알려주는 것은 남자였다. 얼마나 오랫동안 자기의 남자를 못 가져오고 있었던가? 임섭은 얼마나 모자라는 사나이였는지? 임섭의 손은 꾸준하게 활동하고 있었다. 그러자 그녀의 몸에 불이 붙었다. 지금까지 죽은 상태로 놓여져 있었던 수천, 수만 개의 세포들은 갑자기 살아 움직이기 시작하고, 진동하고, 뛰놀고, 자맥질을 하였다. 그녀는 자기의 육체가 커져가고, 부풀어져 가고, 넓어져 가는 것을 느낄 수 있었다. 숨결은 거칠어지고, 머리는 틔어가고, 피는 뜨거워져 갔다. 임섭의 움직이는 손이 그녀의 육체를 충실하게 해주었다. 그녀는 화면 속의 두 사나이가 죽어버리기를 초조하게 기다리고 있었다. 그 사나이들은 죽지 않으려고 애를 쓰면 쓸수록 초조하게 기다려졌다. 드디어 임섭의 입술이 그녀의 입술을 더듬었다. 그녀는 모른 체 하지 않았다. 그녀는 열렬히 아는 체 했다. 뒷좌석에서 기침소리가 들려왔다. 그것은 도덕적인 기침소리였다. 그녀는 임섭이 저 기침소리에 패배될까봐 조바심이 났다. 임섭은 패배하지 않았다. 화면 속의 두 사나이는 드디어 칼을 내던지고 맞붙었다.

(나남, 1989)

□ 배수아 「랩소디 인 블루」

나는 경운이의 이마로 입술을 가져갔다. 경운이의 이마는 뜨겁고 흘러내린 머리칼에는 땀이 축축하였다. 경운이가 내 손을 잡았고 입술이 서로 닿았다. 차갑고 잔뜩 젖어있는 진흙 바닥이었다. 내 머리칼에 진흙이 묻었다. 남자아이의 어깨는 단단하고 손바닥은 열병에 걸린 것처럼 뜨거웠다.

(고려원, 1995)

□ 배수아 「심야통신」

두 사람은 손을 내밀었다. 얼음처럼 차가운 달의 손이 피리의 손에 들어왔다. 달의 머리칼이 피리의 입술에 와 닿고 바람이 붉은 낙엽처럼 그녀의 머리칼은 흩트리고 지나갔다.

* * *

남자와 나는 누가 먼저 그랬는지 모르게 서로의 벗은 가슴에 손을 갖다 댔다. 나는 남자의 가슴에서 내 손가락이 미끄러질 때 비명을 지를 것 같았다. 남자의 몸은 부드러운 살갗에 물결치는 생명력이 흐르고 있었다. 남자가 내 가슴에서 무엇을 보았는지는 모르겠다. 우리는 둘 다 햇빛 아래에서 천사처럼 누워 있었다. 남자의 개도 우리 곁에 와서 누웠다. 마치 죽음이 찾아오기 전에 생의 완벽했던 순간이 기억난다면 그건 바로 지금일 것이다. 정지된 듯한 햇빛과 바람, 부처님의 탄생을 알리는 수많은 공원의 붉은 연등.

* * *

"좋아"
하고 남자는 옷을 벗기 시작했다. 남자는 언제나 입는 티셔츠에 청바지를 입고 있었다. 나는 흰 천으로 된 원피스 하나밖에 입고 있지 않았다. 옷을 하나도 입지 않은 남자는 원피스를 벗지 않은 내 몸을 안고 침대에 누웠다. 마치 처음처럼 떨린다고 남자는 말했다. 나는 책에서 본 것처럼 원피스를 허리까지 들어 올리고 있었다. 시계가 끊임없이 딸각거리면서 시간을 알리고 집 앞 도로로 자동차가 지나가는 것이 들렸다. 나는 테이블 위 항아리에 들어 있는 금방 따온 들장미를 꺾어 입술에 물었다. 들장미의 달콤하고 쌉쌀한 향기가 내 목구멍 깊숙이 들어오고 수천 마리의 벌떼처럼 이 세상이 붕붕거렸다.

남자는 확인하려고 했다. 나는 남자의 몸을 구석구석 만졌다. 배와 다리에는 검은 털이 덮여 있었고 살결은 부드러웠다. 남자는 고등학생들처럼 성급하게 하려고 들지 않았다. 나는 내 몸의 내용물을 남자의 침대에 흘려 남자가 밤마다 아내와 함께 잠자면서 나를 생각하게 되었으면 싶었다. 이건 소유욕이나 질투심이 아니고 그냥 기분일 뿐이었다. 더이상은 나도 모르는 기분이었다.

(해냄, 1998)

□배수아 「은둔하는 북(北)의 사람」

박이 그녀의 몸에 손을 대려는 순간 곽은 눈물을 흘렸다. 눈물은 곽의 온몸에서 흘러내렸다. 미안해요. 곽이 계속 흐느끼며 속삭였다. 오, 미안해요. 미안해요. 이 세상 모든 일에 대해서 선명하게 알지 못하고 내 인생의 처음과 마지막을 알지 못해서 미안해요. 알지 못하는 채로 당신을 만나서 미안합니다. 곽은 그녀의 다리 사이에 그의 발을 따뜻하게 넣고 박의 온몸을 껴안았다. 박은 한 손으로 잔에 따른 와일드터키를 단숨에 마셨다. 이 아둔한 여자야. 자학은 집어치워라. 곽은 눈물이 맺힌 속눈썹을 감고 박의 가슴을 깨물었다. 박이 고통으로 신음할 때까지.

"아파, 이제 그만해."

곽의 몸에 삽입하면서 박이 말했다. 곽은 잠시 한숨을 쉬며 입술을 떼었다가 다시 깨물었다. 아아, 이가 가려워서 견딜 수가 없어요.

(문학사상사, 1999)

□서기원 「혁명」

턱이 부르르 떨려 목소리가 걸렸다. 말이 막히자, 계집을 부둥켜안고 가슴팍에 얼굴을 부벼댔다. 이슬을 먹은 풀잎이 목덜미를 적셨다.

계집은 조금도 항거할 줄 몰랐다. 사내는 계집을 제대로 다루지 못했다. 종놈들의 왜잡한 웃음과 음담의 얼띤 기억뿐이 덜덜 떠는 판석의 몸을 이끌어주는 것 같았다.

계집이 날카로운 비명을 토막토막 내질렀을 때, 사내는 비로소 싸움이 끝난 것을 알았다. 다리의 힘을 풀고 물러나 앉아 계집의 얼굴을 들여다보았다. 계집은 죽지 않고 살아 있었다.

□성석제 「황금의 나날」

그녀는 나를 일으켜 세우느라 온 힘을 다했네. 나는 투정부리는 아기처럼 온몸에 힘을 주고 버텼다네. 어른처럼 커다란 나, 천사처럼 가볍고 가냘픈 그녀, 당기고 우기다가 마침내 우리는 한 몸으로 엎어졌네. 웬일일까. 온몸이 터지는 것 같았네. 어떻게 된 걸까. 나는 누군가의 손아귀에 쥐어지니 야구공처럼 내 마음대로 움직일 수가 없었네. 어떻게 된 걸까. 힘차게 공중으로 날아오른 야구공, 공중에서 어디로 갈지 몰라 쩔쩔매네. 땅에 서 있는 그녀. 호오 하고 입김을 불며 미트를 쳐드네. 아아, 떨어진다. 떨어지네. 그녀에게로! 가운데가 텅 빈 야구공, 쿵 소리 내며 병원 복도에 굴러 떨어졌네.

(강, 1996)

□손소희 「남풍」

남희는 세영의 가슴으로 쓰러져 왔다. 세영이 남희를 받았다. 그것은 거의 무게가 느껴지지 않는 조그만 새였다. 세영의 완강한 두 팔은 조그만 새를 꼭 껴안았다. 여자를 경계해 오던 그의 팔은 그 자신의 계율을 어기고 말았다. 다시 경계해야 할 여유를 그는 얻지 못했다. 그의 입술은 남희의 입술을 찾았다. 가슴에 안겨져 있는 남희는 정말 새이기라도 한 듯이 나란히 팔을 내리고 있을 뿐 몸을 비비꼬거나 하지 않았다.

* * *

세영은 그녀의 손을 잡았다. 남희의 손은 감동적으로 떨고 있었다. 이렇게 어두운 밤이 아니고 환한 대낮에 그의 눈을, 눈동자를 늘여다보고 싶었다. 눈동자를 들여다보면 행복이라는 것이 무언지 알 수 있을 것 같았다. 그녀는 손을 잡힌 채 한참을 망설이다가 겨우 입을 떼었다. "모든 것이 갑작스럽게 달라져버렸는데 달라져버린 것 같지 않아요. 벌써 며칠 밤씩이나 이렇게 집을 나오곤 하는 일도 그렇구."

* * *

그의 앞에는 문이 열려 있었다. 열려 있는 문안에는 샘물이 솟고 있었다. 그지없이 맑은 샘물이었다. 유연한 향기가 흰 구름처럼 그 위에 서려 있었다. 향기 때문인지 몰랐다. 그는 목이 탔다. 입술이 바짝 타올랐다. 침을 삼키는 것으로 가라앉지 않을 갈증이 일고 두통이 나고 손이 떨렸다. 입술이 가는 경련을 일으킨다. 욕정이 움직인 것이다. 움직이기 시작한 것이다. 샘물은 송글송글 솟고 있었다. 그것도 맑고도 신비한 빛깔을 지니고 있었다. 그는 생각했다. 갈증을 면한다고 해서 사라져 버릴 샘물도 아니라고. 그러나 그는 견디었다. 보이지 않는 이의 태형을 견디듯 갈증도 견디었다. 도천의 혐의를 받는대서가 아니라 그 맑은 샘물의 빛깔을 당장은 흐르고 싶지 않았기 때문이다.

* * *

조용히 그녀를 포옹했다. 가슴과 가슴에는 목숨을 영위하는 맥박이 툭 툭 툭 소리를 내며 뛰고 있었다. 세영의 입술은 남희의 눈에서 볼로 옮겨지고 그녀의 입술을 물었다. 사늘한 향기가 피부에 감촉되었다. 그것은 어렸을 때 남희랑 같이 따먹던 천지 꽃 냄새였다.

(을유출판사, 1963)

□손숙희 「사랑의 아픔」

틀니를 끼운 것처럼 이를 마주치며 방으로 들어오는 나를 그는 이불 속으로 잡아끌었다. 그리고 허겁지겁 치마를 들추며 그 속으로 손을 쑤욱 들이미는 것이었다. 나는 이를 떨면서 그와 함께 전쟁을 치르듯 섹스를 했다. 하지만 몇 번의 몸놀림으로 그는 금방 사정을 하고 말았다. 그리고 기운을 몽땅 소진한 사람처럼 내 몸 위에서 축 늘어져 버리는 것이었다. 우리는 그런 자세로 얼마간 꼼짝하지 않았다. 그의 몸무게가 물주머니 같은 무게로 느껴질 때 즈음에서야 그는 몸을 한 바퀴 굴려 옆자리로 떨어져 내리고 나서 이불을 어깨까지 뒤집어썼다.

* * *

승호에게 시달린 탓이다. 마치 허기진 젖먹이 어린애마냥 밤새 가슴을 못살게 했고 두 번씩이나 몸을 원했던 그 때문이었다. 그것도 온몸의 진을 몽땅 뽑아내야 하는 사람처럼 이를 악물고 그는 몸짓은 거칠고 난잡하기만 했다. 허리를 부러뜨리고 말 것같이 죄어들다가 젖꼭지가 피가 나도록 빨아대거나 귓바퀴를 물어뜯곤 했다. 아프다고 하지 않았더라면 그는 기어이 피를 보고서야 뒤로 물러섰을 것이다.

(새로운 사람들, 1999)

□손장순 「불타는 빙벽」

훈정의 눈은 축축한 물기를 머금고 영롱하게 빛나고 있었다. 나는 순간 자신도 의식하지 못하는 사이에 훈정의 상체를 와락 끌어안았다. 웬일일까. 우린 함께 생활한 적도 있지만 한동안 떨어져 지낸 적도 있지 않은가. 그런가 하면 겨우 이따금 만나오기도 했는데 잠깐 보지 못할 것이 이처럼 아쉬운 것은 장엄한 설악 속에서의 이별이기 때문일까. 잠시지만 석별의 안타까움은 가슴을 찌르르하게 울리어 그녀를 포옹하지 않고는 견딜 수 없다. 나의 품속에 얼굴을 묻던 훈정은 나의 볼에 볼을 부비며 언제까지나 떨어질 줄을 모른다. 훈정과의 뜨겁고 달콤한 긴 입맞춤은 주위의 빙설조차 녹아내릴 것 같다.

(서음출판사, 1977)

□손장순 「어떤 희귀」

성훈의 입이 어느새 나의 입 위에 포개져 왔다. 너무 가까운 거리라 그렇게 하지 않는 것이 어색하고 불편할 것 같았다. 막상 입술을 포개니 건조하고 삭막하게만 느껴졌던 나의 입술에 열정이 깃들어 왔다. 성훈의 입술도 뜨겁게 충전되어 왔다. 끈끈하고 달콤한 접순이 오랫동안 계속되었다.

* * *

선릉 주위에는 짙은 보라색의 어둠이 멀리서 다가오고 있다. 성훈의 손길이 나의 스커트 밑을 더듬으며 통로를 찾아 헤매고 있다. 통로는 쉽게 손에 닿지 않았다. 쉽게 열리지도 않았다. 우리의 사랑놀이가 하필이면 망자 옆에서라는 것을 의식하자 나의 몸이 뜨겁게 달아오른다. 그 다음은 광풍에 몸을 맡긴 듯, 아니면 파고가 높은 파도 위를 타고 있는 듯 몸이 둥둥 뜨고 있었다. 구름을 잡기도 하고 오색 무지개를 타기도 하면서. 통로를 다 거친 다음 환한 출구를 찾아 나온다. 싸늘한 바람에도 식을 줄 모르는 두 몸이 충족한 탈진 속에 가라앉는다.

(문화공간, 1997)

□손창섭 「생활적」

그 뒤에도 춘자는 거의 밤마다 동주를 가만두지 않았다. 타오르는 듯한 젊음을 감당하지 못해 야위어 가는 동주의 육체에 매달려 내내 앙탈이었다. 그러한 춘자가 마침내 동주는 징그럽기까지 했던 것이다. 성적 흥분을 거의 상실하다시피 한 동주는 당장도 저녁 준비를 하느라고 눈앞에 서서 돌아가는 춘자의 정력적인 육체를 바라보다가 부지중 〈아아!〉 하고 절망을 발음하는 것이다. 그리고는 누가 발길로 지르기라도 하듯 맥없이 모로 쓰러지는 것이었다. 사지를 오그리고 눈을 감았다. 무덤 속에 들어가면 이렇게 흙으로 덮어주리라 느껴지듯, 산다는 것의 무의미와 우울이 쾅쾅 소리를 내어 다지는 것처럼 전신을 내리누르는 것이었다. 동주는 사뭇 안간힘을 쓰다시피 무엇을 하고 견뎌내는 것이었다.

(민음사, 1954)

□송기숙 「오월의 미소」

미선이도 몸을 맡긴 채 나를 쳐다보며 환하게 웃었다. 발그레 익은 얼굴에는 콧등에 송알송알 땀방울이 맺혀 있었다. 나는 더 힘을 주어 끌어안았다. 그도 내 가슴에 볼을 기댔다. 나는 두 손으로 미선이 얼굴을 싸쥐고 내려다봤다. 까만 눈이 말뚱거리고 있었다. 미선이는 엄마 품에 안긴 어린애처럼 온몸을 맡기고 까만 눈으로 나를 빤히 쳐다보았다. 내 입술이 미선의 입술로 가려는 순간이었다.

(창작과비평사, 2000)

□송상옥 「들소 사냥」

용국은 더 아무 말도 하고 싶지 않았다. 할 말도 없었다. 그는 그녀를 끌어안았던 몸을 풀었다. 그는 그녀의 몸을 싸고 있는 재킷을 벗기고 부드러운 스웨터 위로 솟아오른 두둑한 두 젖가슴 사이로 자신의 얼굴을 묻었다. 그녀 가슴의 고동이 터질 듯 더욱 세찼다.

그는 두 손으로 그녀의 머리를 받쳐 들었다. 그녀의 탐스러운 도톰한 입술이 눈앞에 있었다. 그 입술은 그가 가지고 온 장미꽃처럼 붉고 향기롭고 또 달콤했다. 그는 뒤로 올려 묶은 그녀의 머리를 푼 뒤 그녀를 소파에 눕히고 그녀의 몸을 풀어헤쳤다. 그리고 그의 몸 곳곳으로부터 한꺼번에 터져 나오는 거칠고 세찬 물살에 자신을 송두리째 내맡겼다.

* * *

용국은 일어나 그녀의 몸을 일으켜 세웠다. 그리고 두 손으로 그녀의 이마와 볼을 가린 머리칼을 쓸어 올렸다. 그러면서 거기에 차례로 그의 입술을 가져갔다. 다시금 향긋한 내음이 코로 스몄다. 그것이 강한 물살이 되어 그의 몸 구석구석으로 번져갔다. 그는 자신의 몸떨림을 감추듯 그녀의 작은 몸을 힘껏 싸안았다. 가느다란 신음소리가 그녀의 입에서 새나왔다. 그는 그 입을 덮치듯 자기 입으로 막았다.

그는 지금까지 그가 맛본 이 세상의 가장 맛있고 탐스러운 음식보다도 더 맛있고 탐욕스럽게 그녀의 입술과 물기 가득한 입안을 빨고 또 빨아들였다.

그는 그녀의 몸을 보고 싶었다. 보고 또 보고 만지고 싶었다. 흰 목과 두둑한 가슴과 배와 배꼽과 그 아래, 그 아래를 보고 싶었다. 그녀의 가장 그녀다운 그녀의 그 꽃술을 보고 싶었다. 보고 또 보고 만지고 싶었다. 지난번에는 너무나 조급했던 나머지 그녀를 강간하듯 하는 바람에 그녀 몸의 그 모든 아름다움을 보지 못했었다.

용국은 그녀를 소파에 길게 눕혔다. 그는 아이가 있다는 생각에 그녀를 일으켜 그녀의 방으로 데리고 들어갔다. 불이 켜져 있었다. 그는 불을 끄지 않았다. 그는 그녀를 침대에 반듯이 눕히고 그녀의 옷을 벗기기 시작했다. 그녀는 그에게 몸을 온통 내맡겼다. 신음인 듯 탄식인 듯 기쁨의 소리 같기도 한 가느다란 소리가 그녀의 입에서, 또한 그의 입에서 연신 새나오고 있었다.

(세계사, 1996)

□신경숙 「기차는 7시에 떠나네」

정신을 차렸다가 다시 잠 속으로 빠져들었다. 잠 속에서 미란이 생각이 났다. 아침은 먹었는지? 걱정할 텐데, 전화라도 해주어야 할 텐데… 싫었지만 뜻대로 할 수가 없었다. 설핏 잠이 깰 적마다 나는 그의 손을 찾아 쥐고 그의 턱에 내 빰을 갖다 대었다. 그런 어떤 순간에 내 마른 입술에 그의 입술을 갖다 댔다. 그의 입술은 따뜻했다. 아직도 비가 내리는가 보았다. 나는 몸을 뒤척여 그의 가슴에 얼굴을 묻었다. 그가 내 가슴을 찾아 쥐었다. 그의 몸이 내 몸 같다. 우리는 빗소리를 들으며 한 번더 서로의 몸 속으로 파고들었다. 당신 몸이 내 몸 같아, 그가 중얼거렸다. 익숙한 체위, 춥고 불안했던 마음이 그의 체취로 인해 가라앉고 있었다. 사람의 몸이 이처럼 위로가 되었던 적이 있었는지. 그와 나는 동시에다시 잠 속으로 빠져들었다.

□ 신경숙 「깊은 슬픔」

"뭐 하는 거야?"

"옛날부터 너랑 함께 해보고 싶은 일이 있었지."

세는 나뭇잎이 가장 많이 쌓인 곳에서 걸음을 멈추고는 한 손으로는 배낭을 풀어 팽개치듯 던지고는 나뭇잎 위에 드러누웠다. 한 손은 은서의 손을 잡은 채여서 은서도 끌려가듯 저절로 눕게 돼버렸다. 세는 은서의 손을 놓고서 일어나더니 사방에서 나뭇잎들을 긁어모아 은서의 몸을 덮었다. 그리고는 다시 사방에서 나뭇잎을 긁어모아온 후 은서 옆에 누운 뒤 모은 나뭇잎들로 제 몸을 덮었다.

"좋지."

세는 나뭇잎 속에서 은서의 손을 찾아내 쥐었다. 햇살과 비와 바람 속에 살다가 진 나뭇잎 냄새가 청량했다. 덮은 나뭇잎들 위로 또 나뭇잎이 떨어져 쌓였다. 얼굴에도 떨어져 뺨을 덮었다. 새로 떨어진 나뭇잎 냄새가 콧속으로 스며들었다.

* * *

먼 바다. 세는 나뭇잎들 속에서 나와, 은서의 웃옷을 헤치고 거기가 연어들이 태어난 자리인 듯 얼굴을 묻었다. 우리, 돌아가자. 세는 은서의 따뜻한 목덜미에 입술을 댔다. 돌아가 거기서 살자. 은서는 저만큼 태어난 자리를 앞에 두고 작살에 찔리는 연어가 생각나 얼른 세의 허리를 끌어당기고 세의 가슴속으로 손바닥을 밀어 넣었다. 연어. 어떻게 태어난 곳으로 돌아오는지, 그토록이나 멀리 나간 길, 어떻게 잊지 않고 찾아오는지, 따뜻한 세의 가슴 위로 나뭇잎이 떨어져 내린다. 산의 나뭇잎은 반은 졌을 거야. 나무숲에서 잣방울이 투둑 떨어져 내린다. 돌아와야 하는데 왜 그리 먼 바다까지 나가는지. 은서는 세의 벗은 가슴에 제벗은 가슴을 대고 나뭇잎처럼 엎드려 세의 젖은 눈에 입술을 댔다. 거기 가서 살자. 세는 대답 없는 은서의 귓결에 속삭이고 속삭였다. 집에 닿는다 해도 태어난 그 자리에 알을 낳고 친어들은 죽지, 까맣게 타서, 거기 가서 살자, 은서는 세의 혀를 움직이지 못하게 제 입 속으로 끌어당겨 놓아주지 않았다. 잎들이 반은 떨어졌을 상수리 떡갈 갈참 나무들 위에서 멧새가 동박이가 솔새가, 굴참나무에 어여삐 거꾸로 매달려 있던 동고비가 푸드득, 날아갈 때까지.

* * *

완이 은서의 힘없이 떨구어진 손을 찾아 다시 자신의 얼굴 위에 얹어 놓았다. 은하수, 눈물같이 흩뿌려진 별자리를 먹먹해진 가슴으로 올려다 보는 은서의 눈에 완의 입술이 와 닿았다. 직녀, 완의 혀가 이마에 닿는 걸 느끼며 은서는 눈을 감았다. 거문고, 그의 혀가 눈썹을 적실 때 은서는 눈을 감았다. 우리 헤어지지 말자, 무슨 일이든 의논하자. 혀끝으로 맴도는 말 대신 은서는 완의 웃옷을 들추고 그의 따뜻한 등을 쓸었다. 전갈. 완이 은서의 더운 가슴에 얼굴을 묻고 속삭였다.

"조금 움직여 봐."

보석 같은 저 별에 왜 전갈이란 이름이 붙었는지. 나를 지나가지 마. 나는 네게 순종하고 싶어. 우리 서로 가까이 있자. 아주 가까이. 이렇게. 이토록 가까이. 은서는 많이 움직여 완에게 닿았다. 백조. 내 등에 물풀이 들도록 더 가까이 저 밤하늘의 저 백조처럼.

(문학동네, 1994)

□신경숙 「딸기밭」

남편은 형편없이 야위어 있었습니다. 제 손가락에 툭툭 튀어나온 그의 등뼈나 손목뼈가 잡혔습니다. 남편이 제 가슴을 찾아 쥐었고 우리는 하얗게 퍼진 부엌의 냉장고 앞에서 이 년 만에 사랑을 했습니다. 남편의 야윈 뼈들이 흰 눈빛을 받으며 조용히 움직이다가 이따금 냉장고에 부딪쳤지요. 그의 따뜻한 입김이 제 마음속의 모래펄까지 퍼져오는 듯 싶었을 때 저는 남편의 귀에 대고 속삭였지요. 〈흰 옷을 입은 소녀〉는 뉴욕에 구겐하임 미술관에 있다고, 언젠가 꼭 한 번 가보자고.

* * *

마치 자신의 내부의 욕망이 그 남자를 겁탈하려는 것 같다. 그제서야 그 남자는 처녀를 끌어안는다. 수줍어서 처녀를 바라보지 못하던 그 남자는 처녀에게서 눈을 떼지 않는다. 서로의 몸에 가시가 돋은 것처럼 차츰 몸이 따뜻해질수록 아프기까지 하다. 그 아픔이 서로를 더욱 끌어안게 한다. 아파하며 그들은 쾌락에 젖어든다. 몸에 돋은 가시는 서로의 몸속으로 깊이 들어가 박힌다. 처녀는 자신이 하혈을 하고 있다는 것도 모른 채 제 몸의 가시를 남자의 피부 깊숙이 박고 있다. 피가 묻은 그 남자가 하혈을 닦아주며 처녀를 다시 끌어안는다.

* * *

처녀를 덮치고 웃옷을 젖히고 처녀의 가슴에 딸기를 쏟아 붓는다. 유의 손길은 부드럽고 능란하다. 감미롭고 완벽하다. 처녀는 눈을 감아버린다. 뺨에서, 배에서, 허벅지에서 딸기가 으깨어지는 감촉이 유를 거부할 수 없게 한다. 유의 감미로운 손가락이, 입술이, 이무것도 남지 않는다. 어떠한 찌꺼기도. 엎치락 뒤치락거리는 욕망 속으로 모든 것이 빠져

들어간다. 엷은 땀 냄새도 딸기를 키운 흙냄새도 그 남자와의 행위 뒤에 남겨지던 고독까지도.

＊ ＊ ＊

나는 처음으로 홍을 먼저 유혹했다. 홍의 귀를 물고 놓아주지 않았다. 홍의 눈 속에 혀를 밀어 넣어 간지럽혔다. 평소 나를 흥분시키던 홍의 턱에 내 가슴을 갖다 대었다. 홍이 내 안에서 격렬하게 몸을 뒤튼 후 얼굴을 내 가슴에 묻었다.

(문학과지성사, 2000)

□신경숙 「풍금이 있던 자리」

아버지는 그 여자를 정말 사랑했습니다. 아버지는 그 여자가 저녁 설거지를 마치고 들어오면 손크림을 발라 주셨지요. 왜 그것만이 유난히 생각나는지 모르겠어요. 저는 아버지의 손과 여자의 손이 전혀 스스럼없이 서로 엉키는 것이 꼭 꿈결인 것만 같았어요. 손크림을 통에서 찍어 내 그 여자의 손에 골고루 펴 발라 주실 때 아버지의 그 환한 모습을, 그 이후에도 그 이전에도 본 적이 없는 것 같아요. 손. 그래요. 그 시절의 아버지와 그 여자의 손을, 둘이서 있을 땐 늘 손을 잡고 있었던 것도 같습니다. 그것이 손크림을 발라 주는 한 컷으로 합쳐져서 생각나는 모양입니다. 손잡는 일이 뭐 대수겠습니까만, 저는 지금도 아버지 손을 꼭 잡아 보지 못한걸요.

(문학과지성사, 1994)

□신달자 「노을을 삼키는 여자」

어둠 속에서 고개를 숙이고 있던 동혁의 실루엣이 순간 거칠게 움직이더니 내 앞으로 빠르게 달려들어 왔다. 그것은 예상하지 않았던 동혁의 행동이었다. 큰 팔을 벌려 안아 들이는 그의 강한 포옹에 나는 잠시 정신을 잃을 뻔했지만, 죽어도 좋을 곳에 몸을 던지듯 나는 그의 가슴속으로 파고들었다.

그의 손은 섬세하게 몸 곳곳을 어루만지며 애무해 왔고 그의 입술은 열기를 뿜으며 이마와 볼과 귓속을 키스해 가다가 드디어 입술을 물었다. 전신이 빨려 들어가는 그런 키스였다. 가득히 내 입 속에 그의 혀가 들어왔고 나는 그의 무게를 정면으로 받고 있었다. 어느새 나는 그의 손에 완전히 알몸이 되어 안겨 있었고 그의 포옹은 결박이나 표박처럼 단단한 것이었다.

"아―"

나는 고통과 환희가 범벅이 된 신음 소리를 지르며 그의 몸이 밀려들어오는 파도에 쏠리고 있었다. 그의 몸은 갈수록 더 큰 격정의 덩어리가 되어 나를 누르고 그의 두 손과 입술은 내 몸 곳곳을 쓸어가며 잠자던 처녀성의 감각을 일깨웠다.

* * *

나는 이미 나신이 되어 있는 동빈 앞에서 완전하게 옷을 벗었다.

동빈은 내 몸에 부드럽게 비누칠을 해나갔다. 목덜미에서 가슴의 젖무덤을 휘돌아 양 겨드랑이를 내려서 허리로 손이 미끄러져 갔다. 두 손으로 젖가슴을 쓸어내릴 때는 동빈은 비누 물은 유두를 가볍게 입술로 물었다 놓았다. 가냘픈 신음 소리를 냈지만 나는 그에게 완전히 몸을 맡겼다. 동빈은 내 몸의 곳곳을 세심하게 두 손으로 쓸어내렸다. 마치 신주를 모시는 경건한 신자처럼.

그는 미끄러운 내 몸을 다시 한 번 꼭같은 차례로 반복하여 쓸어내리다 드디어 내 몸 위로 쓰러져 왔다.

동빈의 굳을 대로 굳은 남성이 사정없이 내 몸을 파고들어 사납게 요동쳤다.

* * *

어깨를 감은 동빈의 오른팔에 조금씩 힘이 주어져 오더니 동빈은 큰 몸짓으로 정면으로 돌아서면서 와락 나를 껴안았다.

나는 동빈의 가슴에 얼굴을 묻었다. 그냥 그대로면 좋을 듯 싶었다. 그러나 동빈은 가쁜 숨결을 토하는 입술로 목덜미를 강렬하게 핥기 시작했고 한쪽 손으로는 이미 원피스의 뒷지퍼를 열어젖혔다.

나는 두 다리를 휘청거렸다. 동빈은 부자유스러운 자세를 깨달았음인지 두 팔로 나를 번쩍 들어올려 빠르게 몇 발자국을 옮겨가서는 나를 천천히 뉘었다. 등의 감촉으로 보아서 풀밭 위인 것이 틀림없었다.

나의 옷은 동빈의 두 손 위에 정교하게 벗겨져 나갔고 그의 입술은 연신 내 입술을 빠는 것을 멈추지 않았다.

그의 입술과 두 손과 다리는 각기 다른 역할을 하고 있었고 나는 완벽하게 그에게 결박당한 채였다.

그의 혀와 이빨과 입술을 내 몸을 너무나 잘 아는 것처럼 애무하고 있었고 그의 두 손은 브래지어와 팬티를 날렵하게 벗기고 있었다.

나는 몸을 옆으로 꺾었다. 그러나 그의 두 손과 두 다리의 결박에 나는 그 어떤 저항도 포기할 수밖에 없었다. 나는 그의 목을 끌어안았다. 그는 어느새 옷을 벗었을까. 나신의 큰 몸이 강렬하게 나를 눌러오고 있었다. 아랫도리에 단단하고 육중한 감각이 느껴졌다.

그의 혀는 내 입술에서 유방까지 섬세하게 미끄러지듯 애무했고, 그의 다리가 내 다리 한쪽을 미는 듯 하더니 가득한 것이 아래를 터지듯 채워왔다.

나는 탄식 같은 신음을 흘리다가 입을 다물었다.

나는 그의 격렬한 운동을 뜨겁게 받으면서도 정신은 거의 깨끗하게 깨어 있었다.

짓이긴다는 표현은 할 수 있을까. 나의 몸은 그의 몸에 의해 다져지고 또 다져지고 있었는데도 정신은 더없이 맑아 눈을 뜨면 하늘의 별도 헤아릴 것 같았다.

(자유문학사, 1991)

□ 신달자 「사랑에는 독이 있다」

부옥이 슬며시 친구의 손을 잡았다. 손이 뜨거워져 있었다. 그 순간 친구의 몸에 제지할 수 없는 흥분이 파도가 일 듯 가파른 상승곡선을 그리고 있음을 감지했다. 곧, 참기 힘든 돌진이 있을 것임을 예감하며 부옥은 그 짧은 순간의 긴장을 즐기고 있었다.

그 예감은 한 치의 오차도 없이 적중했다. 부옥이 남자 친구의 손을 이끌어 손등에 입술을 대는 순간 그 친구는 발정한 말처럼 광기의 몸짓으로 부옥을 쓰러뜨렸다. 그는 허겁지겁 부옥이 입고 있던 엷은 블라우스의 앞부분을 과감히 열어젖혔다. 몇 개의 단추가 일시에 우두둑 소리를 내며 긴장된 어둠 속으로 뿔뿔이 흩어져 갔다.

수줍고 소극적인 성격일수록 이런 순간의 행동은 정반대로 나타나기 마련이다. 남자 친구는 연이어 부옥의 바지 단추를 고속으로 여는 것과 동시에 있는 힘을 다해 아래로 벗겨 내렸다. 분홍색의 엷은 팬티는 얼마나 다급했는지 단 한 번에 찢겨져 내렸다. 야생마로 돌변한 친구는 이제 조금 전의 수줍음 따위는 생각나지도 않는 듯이 마치 천둥이 치듯 이미 달아오른 부옥의 몸을 향해 덮쳐왔다.

(문학수첩, 1997)

□ 신중선 「하드록 카페」

"지수, 다시 돌아갈 거니? 또 날 버리고 멀리 떠나갈 거야?"

계인이 슬픈 어조로 말한다. 지수는 말없이 그의 머리칼을 쓰다듬어준다.

아뇨, 이젠 헤어질 수 없을 것 같아요. 우린 어쩌다 이토록 서로를 사랑하게 됐을까요.

"미안해요. 내 탓이에요."

사랑하는 여자의 젖무덤에 얼굴을 묻고 있던 계인은 그녀의 가슴을 손바닥으로 부드럽게 어루만진다.

"너무…… 그리웠어."

그는 그림을 그리듯 손가락으로 지수의 눈, 코, 입술선을 따라 내려간다. 그러다 지수가 어디론가 사라지기라도 할 것처럼 성급하게 입술을 포갠다. 또 한 번의 서럽고도 아름다운 사랑의 행위가 끝난 뒤 두 사람은 나란히 누워 천장에 시선을 둔다. 계인은 담배 연기를 뿜어 올리고 있는 지수는 계인과 함께 있다는 사실이 믿기지 않아 팔뚝이라도 꼬집어보고 싶은 심정이다.

계인이 손을 뻗어 지수의 손가락에 깍지를 끼우자 두 사람의 은팔찌가 부딪치며 소리를 낸다.

(자유문학사, 1997)

□심훈 「상록수」

동혁은 술이 몹시 취한 사람처럼 앞을 가누지 못하더니 그 유착한 몸이 푹 엎어지자, 영신의 소담한 손등은 남자의 뜨거운 입김과 축축한 입술을 느꼈다.

영신은 온몸을 달팽이처럼 오므라뜨리고는 눈을 사르르 내리감고 있다가,

"참, 이 바닷가엔 왜 해당화가 없을까요?" 하고 딴전을 부리며 살그머니 손을 빼어들려고 든다. 그러나 그 손끝과 목소리는 함께 떨려 나왔다.

동혁은 두 팔로 영신의 어깨와 허리를 번쩍 끌어안으며

"해당화는 지금 이 가슴속에서 새빨갛게 피지 않았네요?" 하더니 불시의 포옹에 벅차서 말도 못하고 숨만 가쁘게 쉬느라고 들먹들먹하는 영신의 젖가슴에 한 아름이나 되는 얼굴을 폭 파묻었다….

영신은 생후 처음으로 경험하는 남자의 뜨거운 입술과 소름이 오싹오싹 끼치도록 근지러운 육체의 감촉에 아찔하게 소취되는 순간 잠시 제정신을 잃었다.

* * *

그러나 틈이 빠끔하게 나기만 하면 동혁의 환영에게 정신이 사로잡히는 것은 어찌할 수 없는 일이었다. 그 바닷가의 기울어 가는 달밤……모래 위에 그 육중한 몸뚱이를 몸부림치며 사랑을 고백하던 동혁이……온 몸뚱이가 액체로 녹을 듯이 힘차게 끌어안던 두 팔의 힘…… 숨이 턱턱 막히던 불같은 키스……

(범우사, 1990)

□안장환 「갈대꽃」

"빨리 돌아나가요. 무서워요."

그렇게 소리치면서도 그녀는 인영에게로 다가앉고 있었다.

"무섭긴 뭐가 무섭다고 그래요? 내가 있는데."

인영은 와락 달려들어 그녀를 껴안았다. 그녀는 반사적으로 인영에게 안겼다.

"어머, 왜 이래요?"

그녀는 곧 소리치며 뿌리쳤지만, 인영은 뜨겁게 흥분되어 오르는 감정을 억제하지 못했다. 그녀를 꼼짝 못하게 부둥켜안았다. 그녀는 별로 반항을 하지 않았다.

"이봐, 우리는 한 차를 탔다구. 그리고 함께 춤도 추었고, 이렇게 내 품으로 기어든 형씨를 그대로 둘 수가 없잖아. 우리는 젊다구. 기분을 억제할 필요는 없는 거야."

인영은 뜨거운 숨을 내쉬면서 그녀의 입술을 덮어 눌렀다.

"음, 이 사람 얌체야, 얌체……"

그러나 그녀는 더 말을 하지 못하고 신음했다. 인영의 억센 힘에 숨이 막혔기 때문이었다. 인영은 뜨거운 한쪽 손으로 그녀의 풍만한 육체를 마구 주물러댔다. 그녀는 온몸이 녹아내릴 것 같은 전율을 느끼며 마치 숨쉬지 못하는 인형처럼 육체를 내맡기는 것이었다. 그녀는 순한 양이었다. 그렇게 순할 수가 없었다.

이제 두 사람은 차안에서 거칠게, 그리고 뜨겁게 열기를 뿜어내기 시작했다. 강바람이 작은 나무들을 뒤흔들며 산기슭으로 기어 올라가고 있었다.

* * *

창선이 걸음을 멈추고 돌아서서 윤혜를 감싸안듯 하더니 갑자기 와락 껴안고 입술을 덮어 눌렀다. 이건 너무도 갑작스러운 일이었다. 윤혜는 당황했다.

"으음!"

두 팔로 창선의 가슴을 떠밀었다. 그러나 창선은 놓지 않았다. 그의 팔은 마치 무슨 기계처럼 점점 조여 와서 숨을 콱콱 막히게 했다. 뜨거웠다. 창선은 윤혜를 당장에 질식시켜 버리기라도 할 것처럼 억세고 뜨겁게 입맞춤을 퍼부어 대고 있었다. 윤혜는 나무토막처럼 쓰러져 내릴 것 같은 몸으로 창선에게 매달려 있었다. 뜨거운 순간이 물밀듯이 밀려가고 창선은 윤혜를 해방시켜 주었다.

* * *

조세윤은 잔뜩 열을 올리면서 지껄여대고 있었다.

"흥, 행복 좋아하시네."

진주가 콧방귀를 뀌면서 읽던 책을 집어던지고 일어나 앉았다.

"진주. 정말 이러기야? 요걸 그냥!"

조세윤은 갑자기 진주에게로 달려들어 꽉 껴안고는 입맞춤을 퍼부었다.

"음, 왜 이래……"

진주가 앙탈을 부렸지만 조세윤은 놓아주지 않았다. 그러자 진주도 고분고분하게 조세윤의 품속으로 달라붙으며 뜨거운 숨소리를 토해 냈다. 조세윤은 진주의 티셔츠를 위로 끌어올리며 한 손으로 그녀의 탄력 있는 유방을 주물러댔다.

"진주, 사랑해."

"나두야."

… (중략) …

한참동안 격정의 시간이 흘러갔다. 그들은 온통 땀에 젖은 몸으로 나란히 누워 있었다. 하얀 대낮이었다. 온통 그들은 둘러싸고 있는 공간은 하얗게만 보이는 것이었다.

* * *

강사장은 보영을 끌어안았다. 그녀를 품안에다 넣고는 뜨겁게 입맞춤을 퍼부었다. 보영은 어린애처럼 매달리며 강사장의 목을 껴안았다. 술 때문에 강사장의 흥분은 더욱 뜨겁게 솟구쳤다.

이제 두 사람은 말이 필요가 없었다. 강사장은 보영을 안고 텐트 속으로 들어갔다. 그리고 등을 껐다. 캄캄한 밤이었다. 어둠 속의 사나이는 무서운 짐승이었다.

이제 그들은 한 마리의 늙은 늑대와 또 한 마리의 여우였다. 거친 숨소리와 뜨거운 열기로 좁은 텐트는 터져나갈 것만 같았다.

(한라, 1989)

□ 안장환 「타인들」

사나이가 달려와서 영은의 손을 잡아끌어 일으켰다. 영은은 온통 물에 빠진 생쥐가 되어 있었다. 그 모습을 바라보고 있던 사나이의 눈에서 이상한 불이 켜지고 있는 것을 영은은 보았다. 순간 사나이가 달려들더니 영은을 우악스럽게 껴안았다. 그러나 그녀는 온몸이 사시나무 떨듯 떨려서 어떻게 하지를 못했다. 그녀는 빗속에서 사나이가 흐느끼는 소리를 들었다. 영은을 잔뜩 껴안고 있는 사나이는 울고 있었던 것이다. 뜨거운 입김이 연기처럼 쏟아져 나오며 사나이의 입술이 영은의 목덜미를 더듬었다.

(신원문화사, 1996)

□양귀자 「모순」

우리는 다시 덜덜거리는 고물차를 타고 달리기 시작했다. 가로등만이 고즈넉이 정렬해 있는 시골길은 지나치는 자동차도 드물었다. 창문으로 불어오는 바람에 머리칼을 날리며 김장우는 가끔씩 나를 돌아보았다.

"왜?"

"안진진이 혹시 술주정할까 해서."

씨익 웃는 김장우.

"잠깐 차 세워 봐요"

나는 황급히 외친다.

"차를? 왜?"

김장우는 놀라서 길가에 차를 세우고 브레이크를 밟은 채 나를 보았다. 나는 시트에 파묻었던 몸을 일으키며 천천히 말했다.

"술 주정하려구."

김장우의 눈이 둥그레졌다. 나는 그에게 다가가 먼저 둥그레진 눈에 입술을 대었다. 그의 몸이 굳어졌다. 다음에는 우뚝 솟아진 입술에서 외로운 그의 코에 내 입술을 머물게 했다. 그리고 놀라 벌어진 채의 그의 입술에 내 입술을 포갰다. 맥주 냄새가 조금 났고 내 옆구리쯤에서 엉거주춤하게 멈춰 있던 그의 두 팔은 놀랄 만큼 극심하게 떨고 있었다.

* * *

나영규는 자신의 계획이 이루어지는 이 근사한 삶이 진정으로 행복하다는 표정이었다. 나는 그의 어깨에 기대어 눈을 감았다. 자세는 여전히 불편했고 그 순간 감은 눈 속으로 하얀 종이 한 장이 펄럭이며 떠올랐다. 거기엔 단정한 글씨로 이렇게 적혀 있었다.

'8월 27일. 밤 10시 정도. 장소는 유리 천장이 있는 환상적 분위기의 카페로 정한다. 먼저 여자의 손을 잡는다. 별다른 저항이 없으면 십 분 후 청혼한다……'

그것은 나영규가 오래 전부터 치밀하게 작성해온 8월 26일자 인생계획서 중의 한 부분일 것이었다. 그의 청혼에는 놀라지 않았지만, 상상 속의 이 인생계획서는 나를 전율케 하고도 남음이 있었다. 그 전율이 채 사그라들기도 전에 나영규는 불현듯 고개를 숙여 방치된 내 입술에 자기 입술을 대었다. 실내의 조명이 어둡다고는 해도, 주변 사람들 모두 자기의 연인들에 몰두해서 다른 좌석에 신경을 쓰지 않는 조건이라 해도, 그 키스는 돌연했고, 돌연했으면서도 깊었다. 그리고 나는 또 보았다. 조금 전 상상 속에서 보았던 그의 인생계획표의 다음 구절을.

'성공적인 청혼 후에 기회를 봐서 기습적인 키스 강행. 서두르지 말고 자연스럽게 할 것.'

(살림, 1998)

□ 양귀자 「숨은 꽃」

새롭게 등장한 여자는 완전히 수줍음을 타고 있었다. 마치 아까 보여준 모습은 다 잊은 것처럼 믿겠다는 태도였다. 수줍어하면서 나를 방으로 안내하는 황녀의 뒤에서 김종구는 그것 보란 듯이 매우 당당했다.

그렇다고 황녀의 수줍음은 길게 가지는 않았다. 김종구가 그녀를 수줍어하게 내버려두지도 않았다. 황녀는 황녀다워야 한다는 것이 그의 지론이었고, 그녀는 얼마 지나지 않아 조신함을 걷어치운 채 거늘먹거리기 시작했다.

선술집에서 만나 그 밤으로 만리장성을 쌓고 단소 가락에 혼까지 앗기운 채 다음날로 데리고 나와 같은 이불 속에서 자기 시작했다는 황녀와의 인연에 대해서 김종구가 하는 말은 이런 것이었다.

난 저것의 야비함에 반했어요. 우리 황녀의 매력은 야만스럽고 교활하다는 것이지요. 그게 편해요. 난 베일로 얼굴을 가린 성처녀한테는 아무런 흥미도 없지요. 그 짓 할 때 베일을 벗기는 수고나 한 가지 더해질 뿐 무슨 의미가 있겠어요.

김종구는 황녀가 자기의 여자인 것을 단숨에 알아보았다고 했다.

정말 굉장한 여자였어요. 나는 저 여자를 보자마자 저 불룩한 가슴 밑에 내 갈빗대 한 짝이 들어 있다는 사실을 금방 눈치챘지요.

이건 행운이에요. 마침내 잃어버린 갈빗대를 찾은 거라구요. 말도 마세요. 그거 찾겠다고 밤마다 계집들 눕혀 놓고 맞춰 보느라 힘깨나 뺐지요. 당분간은 힘 좀 아껴도 되겠으니 행운이 아니고 뭐겠어요. 아, 왜 당분간이냐구요? 글쎄, 그놈의 갈빗대가 계속해서 맞으라는 보장이 어디 있겠습니까. 뼈다귀도 자꾸 자랄텐데. 그럼 다른 것을 찾아야지요. 얼마든지 또다른 행운이 기다리고 있을 테니까요.

이거 선생님 앞에서 별말을 다하는군요.

김종구는 그러나, 별말 다했다는 표정이 아니다. 그의 말은 고해투의 어조나 자기 변론의 투와는 정반대의 느낌을 준다. 그는 어떤 일이든 다 자신이 개입했고 통합했으며 조종하고 있다는 어투로 말하고 있다.

그런 자한테 해서는 안 될 별말이 있을 리가 없다. 별말을 하더라도 이미 조절이 끝난 뒤다. 그래서 나는 그가 만난 지 두 달 만에 황녀를 버리고 홀홀 떠나버렸다는 말을 할 때도 의아해하지 않았다.

(문학사상사, 1992)

□ 양귀자 「천년의 사랑 (상)」

그대, 오직 하나뿐인 그대여. 내가 지금 간다. 그대는 여전히 닫혀 있겠지만, 그리하여 우리의 운명적인 사랑을 그 닫힌 맘으로 외면하려 들겠지만, 그래도 나는 어찌할 수가 없어 나는 그대에게 간다.

차창을 스치는 겨울 들판의 메마른 풍경을 보면서 나는 수도 없이 그녀의 얼굴을 그리고 또 그렸었다.

그렇지만 병실에 들어서 잠든 그녀의 평온한 얼굴을 보았을 때, 들끓고 아우성치던 모든 두려움이 일시에 걷혀버리던 그 불가사의한 느낌을 어떻게 전달할 수 있을까. 나는 내 하나뿐인 사랑이 온전한 몸으로 잠들어 있는 것만으로도 하늘에 감사하고 싶은 심정이었다.

* * *

그녀의 얼굴에 흰 시트가 덮였을 때에도 나는 눈을 크게 뜨고 그것을 지켜보았다. 그녀의 차디찬 몸이 바퀴 달린 침상에 실려 영안실로 내려갈 때에도 나는 그녀에게 속삭였었다. 당신 옆에는 지금 내가 있어……

그래, 당신 옆에는 내가 있어. 당신이 저 깊은 물 속에 가라앉아 있다 하더라도 나는 그 곁에서 하늘거리는 가느다란 수초로 머무를 거야, 당신이 영원 속을 떠도는 한 점의 먼지라면 나는 당신을 영롱하게 빛내주는 한 줄기 햇빛으로 당신을 따라다닐 거야. 아, 당신이 저 하늘 어딘가에서 흰 옷자락을 날리며 떠도는 영혼으로 존재한다면 나는 그 옆에서 한 줌의 구름으로 당신을 바라보고 있을 거야……

나는 지금, 아무도 원망하지 않는다. 그녀가 내 곁을 떠날 것이라는 무서운 예감은 천 년 전부터 있었다. 그날 아침, 그녀가 노을 속으로 사라지는 작은 산새 한 마리를 보았다고 말했을 때부터 나는 이 시각이 오리라는 것을 알고 있었다. 알고 있었지만, 그럼에도 나는 또한 그것을 믿지 않으려고 애를 썼다.

(살림, 1996)

□ 염상섭 「삼대」

상훈이는 목도리 뒤를 추켜 주었다. 경애는 전신이 오싹하면서 뱃속에서 무엇이 찌르르 스며 내려가는 것 같은 느낌을 깨달았다. 머리 쪽지에는 어느 때까지 상훈이의 손이 닿는 감촉이 남아 있었다.

* * *

경애는 다소 안심이 되며 말 뒤를 기다리니까 별안간 손에 무엇이 와서 닿는다. 상훈이의 화끈한 손이다. 경애는 감전된 듯이 전신이 찌르르하여 하마터면 발부리가 채여 엎드러질 뻔하였다. 경애는 붙잡힌 손을 뿌리칠 수도 없이 놀란 비둘기는 소리는 차마 치런마는 숨을 죽이고 몇 발짝 따라가려니까 상훈이는 별안간 손이 으스러질 듯이 꽉 쥐었다가 탁 놓았다.

* * *

경애는 또다시 병화에게 입을 맞추는 형용을 한다. 형용만 하는 것이 아니라 참 정말 맞춘다. 병화도 싫다고 할 수 없고 좋다고 해야 할 수도 없으나 좋지 않을 것도 없다.

* * *

바커스 퀸의 우박 같은 키스, 아니 실상은 진눈깨비 같은 키스이었는지도 모르지만… 어쨌든 불의에 맛보는 그 키스는 불 같고도 촉촉한 쾌감이 자네의 전송을 방해하여서 그날은 정거장에 못 나간 걸세. 이것은 자랑이 아니요, 핑계도 아니라 나에게도 난생 처음 당하는 행복의 절정이었다는 것을 정직하게 고백 보고하는 것일 뿐이네.

(을유, 1948)

□ 염재만 「목마른 아침」

어느 날 황혼녘에 과수원 한 모퉁이의 무성한 풀을 최숙이 혼자 낑낑

대며 뽑고 있을 때 등 뒤에서 돌연 우악스러운 팔이 그녀의 허리를 꽉 안았다. 최숙은 단박에 힘줄이 불룩불룩 일어선 그 팔의 임자가 누구라는 걸 알고는 이러지 말라고 떼밀고 뿌리쳤다. 그렇지만 그 억센 사내는 더 힘주어 안아서 그녀를 들어 올린 뒤 기어이 풀 위에 눕히고 타눌렀다. 왜 이래 왜 이래 하며 사지를 버둥대면서도 최숙은 그 사내가 밉지가 않아 아주 결사반대는 안 하고 소리도 크게는 지르지 않았다. 사내의 우악스러운 손이 그녀의 속치마랑 팬티를 북 찢었다. 하체를 이리저리 틀던 그녀는 의외로 우람해진 것이 몸 안으로 밀고 들어오는 통에 그냥 힘주어 사내를 안고 말았다.

저절로 짐승스러운 신음이 터져 나오면서 자꾸자꾸 구름 위로 떠올라 둥둥 떠가는 듯한 느낌을 맛보았다. 생전 처음 겪는 별스럽고 희한한 기쁨이 전신을 휩싼 채 오래 오래 지속되다가 다시 또 소용돌이쳐 오르고 또 오르고 하여 그녀는 숫제 넋을 놓고 큰 소리로 울었다.

(세종, 1989)

□오상원 「황선지대」

양쪽으로 푸른색 엷은 커튼이 쳐져 있는 조그만 방, 희미한 등불 밑에 해사한 소녀의 갸름한 얼굴이 거기에 있었다.

갑자기 술기가 확 돌고 어떠한 욕정이 뭉클 밑에서 솟구치던 순간 묘한 긴장이 이상한 감각을 일으키며 벅차게 전신을 휩쓸었다. 그는 도톰한 소녀의 어깨를 쓸어 당겼다.

소녀는 몸을 가냘프게 떨며, 고개를 들어 청년을 살풋 마주보았다. 파랗게 질린 소녀의 조그만 입술이 오들오들 떨고 있었다. 싸늘히 식은 그녀의 눈동자, 그것은 숲 속에 덮인 샘물처럼 차가이 그늘져 있었다.

그는 쓸어 당겼던 소녀의 어깨를 놓았다. 지금껏 벅차게 솟구쳐 오던 욕정이 어디론가 점점 사라져가고 있었다.

그러나 소녀는 조용히 일어나 떨리는 입김으로 등불을 불어 껐다. 소녀는 옷깃을 풀었다.

점점 어둠 속에 드러나던 싸늘한 그녀의 육체, 그것은 마치 하늘 한 끝에 차가이 얼어붙은 별빛과도 같았다.

소녀는 눈을 꾹 내리감았다. 그녀는 죽은 듯이 자리에 누워 있었다. 그 살결은 얼음장보다도 더 차가웠다. 강한 경련과 함께 소녀의 전신이 하르르 떨렸다. 숨죽여 흐느끼는 소리와 함께 흘러나오던 그녀의 싸늘히 식은 입김, 꾹 지려 감은 두 눈에서는 차가이 그 무엇이 흐르고 있었다.

한순간이 지났다. 그것은 참으로 고통스러운 순간이었다. 그는 그녀의 살결처럼 삽시간에 식어버린 자기의 몸을 그녀로부터 비켰다. 소녀는 죽은 듯이 그대로 누워 있었다.

(어문각, 1975)

□오성찬 「종소리 울려 퍼져라」

나는 손을 뻗어 여인의 등에 손을 댔다. 여자가 흠칫 몸을 움직이더니 내게로 시선을 돌렸다.

"아아, 이제 깨셨군요. 목마르지요?"

그녀가 손을 뻗어 미리 갖고 들어왔던 병의 것을 마개를 따고 내게 손을 내밀었다. 나는 그것을 마시면서야 아랫도리가 약간 헛헛하면서도 무거운 짐을 올려놨을 때처럼 몸이 가뿐함을 느꼈다. 한참 달음박질 치고픈 몸의 가벼움, 내 몸에 무슨 변화가 있었음이 분명하다.

"어떻게 된거요?"

"어떻게 되긴요. 선생님도 나도 다 취해서 아무것도 몰라요."

그녀는 부끄러운 듯 나를 쓸어안아 버렸다.

"아무 말도 말기예요. 알았어요?"

그녀는 내게 다짐을 받으며 부드러운 손으로 나의 알몸을 구석구석 만지기 시작했다. 그녀는 능숙했으며, 나의 몸은 그녀의 손실이 닿은 부위마다 파랗게 되살아나서 탱탱 부풀어 오르기 시작했다. 가벼웠던 몸의 무게가 실리고 주체할 수 없는 힘이 내 안에서 발버둥치기 시작했다. 사향노루가 몸에서 향기가 난다고 했던가. 그녀의 몸에서도 야릇한 향기가 맡아졌다. 나는 콧방울을 부풀리고 킁킁 냄새를 맡았다. 나를 그녀에게 취하게 한 진범은 필시 이 놈이다라고 나는 단정했다.

그녀는 몸을 일으켜 나를 타고 앉았고, 격정적으로 몸부림치기 시작했다.

─그래. 라라에게 총 맞을 짓을 해서는 안 되지. 어떻게 해야 총을 안 맞게 되는 것일까.

나도 사지를 놀려 정성을 기울이기 시작했다.

* * *

그녀가 다시 고개를 끄덕이는 게 희끄무레한 속에 보였다. 나는 말없이 그녀의 손을 잡아끌며 일어났다. 새들처럼 우리도 둥지를 찾아 떠나야 할 시간이었다. 시가지의 불빛이 저만치 올려다 보이는 곳에 갖가지 색깔의 꽃처럼 피어나고 있었다. 그 불빛들을 향하여 걸어갈 때 사위는 이미 어두워 있었으므로 그녀는 내게 밀착해 서서 걸었다. 그녀가 내게 붙어 서서 걸을 때 살맛 좋은 그녀의 몸매가 그대로 실감되며 내 몸에도 생기를 전해왔다. 어디서 너도밤나무꽃 향기가 맡아졌다.

"이진숙 씨……"

내가 그녀의 허리에 팔을 둘러 감으며 나지막이 속삭였다.

* * *

그날 이후로 그녀와 나는 잘 지내고 있었다. 우리는 어떤 절차도 거치지 않았지만 서로 필요한 때 만났다. 그동안 우리는 서로의 상처를 알만큼 알고 있고, 우리가 만나는 동안 서로가 상대에게 해줘야 할 것은 그 상처를 치유하고, 아물게 해주는 일이라는 것도 거의 본능적으로 깨닫고 있다. 가끔은 말로도 하지만 서로 사랑하는 사람끼리야 일차적인 표현수단은 눈짓과 몸짓이지 않을까. 말로 대화하고, 목소리를 높이고, 심지어 서로의 주장을 하며 다투는 것은 한참 그 다음의 수단이라고 나는 생각한다. 그리고 우리는 이 나이에도 불구하고 아직은 대화의 전 단계이다. 우리를 지배하는 것은 명문화된 계율이라기보다는 그 이전의 불문율이다. 우리는 서로가 서로의 상처를 건드리지 않으려고 조심했으며, 되도록 서로가 서로를 위하려고 조심스럽게 틈을 엿보고 있다. 아직 나는 그녀의 얼굴, 그녀의 생기에 찬 실팍한 몸매만 떠올려도 내 몸에 생기가 돌아오는 걸 느낀다. 언제까지 이런 감동이 지속되기만을 은근히 염원할 도리밖에 없다.

(답게, 1999)

□ 오영수 「갯마을」

어느 날 밤, 해순이는 종일 미역바리를 하고 나무둥치같이 쓰러져 잠이 들었다. 얼마쯤이나 됐을까? 분명코 짐작이 있는 어떤 압박감에 언뜻 눈을 떴다. 이미 당한 일이었다…… 악! 소리를 지른다는 것이 숨결만 가빠지고 혀가 말을 듣지 않았다. 대신 사내의 옷자락을 휘감아 잡았다. 세상없어도 놓지 않을 작정하고.― 그러나 해순이의 몸뚱어리는 아리숭한 성구의 기억 속으로 자꾸만 녹여가고 있었다. 그렇게도 휘감아 잡았던 옷자락이 모르는 새 놓여졌다. ―아니, 내가 이게……

해순이는 제 자신에 새삼스레 놀랐다. 마치 꿈속에서 깨듯 바싹 정신이 들자 그만 사내의 상고머리를 가슴패기 위에 움켜쥐었다.

＊ ＊ ＊

이때 해순이 손등을 덮어 쥐는 억센 손이 있었다. 줄과 함께 검잡힌 손은 해순이 힘으로는 어쩔 수가 없었다. 내버려두었다. 후리꾼들의 호흡은 더욱 거칠고 빨라진다. 억센 손은 어느새 해순이의 허리를 감싸 안는다.

(집현전, 1953)

□오정희 「새」

그가 새장에 입을 갖다 대자 새는 부리로 그 입을 톡톡 쪼았다. 그의 두터운 입술이 간지럼타듯 움찔대는 모양이 우스워 내가 히힛 웃자 그는 내 귀를 잡아당기며 말했다. 이게 사랑이라는 거야.

(문학과지성사, 1996)

□오정희 「완구점 여인」

누가 먼저랄 것도 없이 입술을 맞대었다. 차지도 덥지도 않은, 그저 미적지근한 감촉이었다. 여인이 몹시 허덕거렸다. 나의 목을 끌어안으며 중얼거렸다.

(동아, 1995)

□오정희 「저녁의 게임」

딱딱한 손이 스웨터 소매로 파고들었다. 그는 떨고 있었다. 그리고 그 흥분을 부끄러워하듯 몹시 성급하게 서둘렀다. 두 개째의 스웨터 단추를 벗기는 데 실패하자 그는 빌어먹을 하며 스웨터를 걷어 올렸다. 나는 숨을 죽이고 있었지만 다리 안쪽에 오스스 소름이 돋았다. 겨드랑이까지 드러낸 맨살에 시멘트 바닥이 아프도록 차가워 등을 움츠렸다. 그가 작업복 윗도리를 벗어 등에 받쳤다. 뚫린 하늘에서 크고 맑은 별들이 눈 위로 내려와 앉았다. 밤의 어둠 속에서는 늘 마른 꽃 냄새가 났다. 안드로메다, 오리온, 카시오페이아, 큰곰. 너는 무슨 별자리니, 전갈좌, 당신은 벽이 두껍고 조그만 창문이 있는 주택을 갖게 되며 카섹스를 즐깁니다. 수줍고 내성적이어서 항상 로맨틱한 사랑을 꿈꿉니다. 꽃이 안 어울려요. 그래 꽃을 꽂기에는 너무 늙었어. 미친 여자나 정부가 아니면 머리에 꽃을 꽂지 않지.

(동아, 1995)

□ 원재길 「그 여자를 찾아가는 여행(상)」

그녀가 위에서 몸을 움직이는 사이에 침대 스프링이 삐걱거리는 소리를 귀담으며 눈을 뜨자 커튼 틈새로 얼핏 흰 구름 자락이 산을 넘어가는 게 보였다. 창문의 커튼 사이로 날아드는 석양빛이 땀에 흠뻑 젖은 두 사람의 몸뚱어리 위에 비쳐서 번들거렸다. 덩치에 비해 턱없이 작은 팬티 한 장 걸쳐서 풍성한 양쪽 엉덩이가 거의 드러났다. 움직일 때마다 커다란 우윳빛 젖가슴이 위아래로 출렁거렸다. 땀에 젖어 아무렇게나 헝클어진 머리칼과 입술 위로 넓게 번져나간 루즈 자국이 눈에 들어왔다. 중력에 모든 살점을 맡기고 좌우로 퍼진 젖가슴과 오르락내리락하는 갈빗대가 드러난 복부, 지금은 어디에서 살고 있는지 모르는 한 여자의 몸에서 떨어져 나온 흔적으로서의 배꼽, 그리고 사고를 당해 탈골한 것처럼 아무렇게나 벌어진 두 다리에 세로로 터진 상처를 내려다보았다.

* * *

내가 오른손으로 따뜻한 목덜미를 감아쥐자 거부하는 기색 없이 그녀가 나를 향해 상체를 기울였다. 윤정민이 눈을 감은 건 둘의 얼굴이 한 뼘 거리로 가까워졌을 때였다. 그 순간에 나도 스르르 눈을 감았다. 어둠 속에서 모든 감각을 오로지 입술의 감촉에 맡겼다. 말랑말랑한 그녀의 입술이 내 입술에 와 닿았다. 두 사람의 코가 옆으로 비스듬하게 닿았다. 고개를 오른쪽으로 더 기울었더니 입술이 만나는 각도가 수직이 되었다. 그녀의 입술과 내 입술이 가볍게 떨면서 십자가를 만들었다. 일찍이 맛

본 적이 없는 따뜻하고 부드러우면서 열에 들떠서 갈증이 심한 키스였다. 서로 상대의 입 속에 든 물기를 힘껏 빨아들였다. 숨소리가 거칠어졌다. 혀로 그녀의 입술 안쪽을 핥았다. 그녀의 이가 위아래로 순간 닫혔다가 이내 열렸다. 내가 동작을 멈추자 그녀가 좌우로 몸을 틀어서 나를 도왔다. 이윽고 그녀의 왼손이 자유롭게 풀려 나와서 내 오른쪽 허리 뒤쪽으로 돌아가 손바닥으로 등을 덮었다. 그녀는 우의를 벗은 얇은 원피스 차림이었다. 내 왼손은 공교롭게도 등 뒤에서 브래지어 끈 위를 덮고 있었다. 끈의 감촉이 느껴지지 않을 만큼 손목에서 힘을 뺐다. 오른손은 여전히 그녀의 뒷목을 감싼 채였다. 눈을 반쯤 감으며 그녀가 깊게 숨을 들이마셨다. 내가 얼굴이 가까이 들이댄 동시에 그녀의 얼굴이 앞으로 접근했다. 이번에는 좀더 길고 격렬하게 입맞춤을 나누었다. 둘 다 하체가 따로 놀면서 허리를 축으로 삼아 둥글게 꼬이듯이 몸 전체가 기울어졌다.

* * *

방으로 들어가자마자 우리는 한참동안 선 채로 키스를 하고 손으로 몸을 더듬었다. 상대의 상체를 만지다가 하체로 손이 내려갔다. 두 손바닥으로 그녀의 엉덩이를 감싸서 내 쪽으로 강하게 끌어안았다. 두 사람의 앞부분에 얼굴부터 가슴과 복부를 거쳐 발가락까지 밀착되었다.

(문학동네, 1994)

□ 원재길 「그 여자를 찾아가는 여행 (하)」

그가 갑자기 달려들었을 때, 한지원은 재차 깜짝 놀라서 비명을 지르며 그대로 뒤로 드러누웠다. 이명은은 어마어마한 완력을 과시했다. 누구도 상대하기 힘든 빠르고 거센 동작이었다. 지원은 딴에는 몸부림을 친다고 쳤지만 순식간에 옷이 벗겨지고 마구 찢겼다. 블라우스 단추가 다 떨어진 뒤에 가볍게 여러 동강이 났고 치마는 호크가 둑 소리를 내고 뜯어지면서 고스란히 밑으로 벗겨졌다. 이명은은 한지원의 팬티마저 벗기고 한 손으로 두 팔을 단단히 붙잡은 채로 다른 손을 움직여 자기 바지를 벗었다. 목걸이와 브래지어가 남아 있을 뿐, 아랫도리가 알몸이 된 한지원은 분노와 수치심으로 정신을 잃을 지경이었다. 수건에 입이 틀어막혀서 비명을 지를 수도 없었다.

* * *

그가 손가락 끝에 침을 잔뜩 바른 뒤에 밑으로 그 손을 내렸다. 사타구니를 더듬는 순간에 다시 젖 먹던 힘을 다해서 필사적으로 몸을 비틀었지만 소용없었다. 정확하게 그가 삽입해왔기 때문이다. 그녀가 흉기에 찔려 치명적인 상처를 입은 짐승처럼 무지막지한 통증을 맛보았다. 날카로운 칼이 살과 뼈를 뚫고 자기 몸을 그대로 관통한 듯한 고통이었다. 눈을 꼭 감자 어둠이 짙은 허공 속에서 자신의 몸이 빙빙 회전하는 느낌이 들었다.

* * *

그녀의 허리를 두 팔로 검어서 위로 들어 올리려다 제자리에 주저앉으면서 엉덩방아를 찧고 말았다. 그녀가 쑥스러워하는 미소를 머금으며 손가락으로 내 얼굴을 더듬었다. 윗눈썹과 코와 뺨, 귀와 입술을 차례로 만졌다. 내가 손바닥으로 그녀의 이마에 흘러내린 머리칼을 쓸었다. 서로 부둥켜안고 입을 맞추었다. 둘 다 호흡이 가빠졌다. 하마타면 아내와 거실 바닥에서 일을 벌일 뻔했다.

* * *

오종만이 화장실을 간 틈을 타서 내가 서재로 들어가 아내를 도와주었다. 아내가 슬며시 얼굴을 앞으로 내밀었다. 짧게 입을 맞추었다. 그만 돌아나가려 했으나 그녀가 목덜미를 끌어안았다. 따뜻하면서도 축축하게 젖은 혀가 내 입 속으로 들어왔다. 그때부터 서로의 겨드랑이를 간지럼 태우는 장난을 하면서 이불을 두어 바퀴 돌았다. 그녀가 내 셔츠를 거칠게 잡아당기는 순간에 두둑하고 뜯어지는 소리가 났다.

(문학동네, 1994)

□ 원재길 「모닥불을 밟아라」

콧노래를 흥얼거리며 어찌나 흥겹게 춤추며 기뻐하던지 나까지 괜히 어깨가 들썩거려졌다. 어떤 남녀는 혀를 쑥 내밀고 뜨겁게 입을 맞추었고 부둥켜안고 포옹하다가 중심을 잃고 쓰러지는 이들도 있었다. 일단 바닥에 쓰러진 이들은 곧바로 일어나지 않고 서로 끌어안은 채 모래 위를 떼굴떼굴 굴렀다.

* * *

자리에 돌아갔을 때 전혀 모르는 젊은 남녀가 우리 자리를 차지하고 앉아서 서로 불이 나게 뺨을 비벼대고 있었다. 실제로 뺨에서 연기가 피어오르면서 고기 타는 냄새가 났다. 이번에도 내가 붉은 장갑을 밀치고 앞으로 나서며 여자의 허벅지에 앉은 남자의 손을 잡아당겼다. … (중략)… 우리를 외면한 그들은 다시 서로 껴안고 뺨을 비벼서 고기 타는 냄새를 피우기 시작했다.

(문학동네, 1997)

□ 원재길 「오해」

이윽고 TV에서 마감뉴스를 시작하는 시그널이 울리는 것을 신호로 두 사람도 일주일을 마감하고자 각자 옷을 하나둘 벗기 시작했다. 토요일 밤에는 세상이 두 쪽 나는 한이 있어도 치러야 하는 누가 강제한 것도 아닌데 몇 년째 거행해온 의식이다. 그들은 신혼 초에도 전무했던 일이 하나 있었다. 그때는 시침질한 옷을 입어보러 온 손님을 대하는 양복재단사처럼 잠자리에서 매번 서로 상대의 옷을 공늘여 벗겨주었나. 옷을 벗으면서 맨살이 드러나는 자리마다 혓바닥으로 침을 묻히고 어떤 자리는 안 아플 만큼 깨무는 것만 재단사와 달랐다. 그러던 것이 결혼 생활 십사 년을 맞는 동안 모든 게 변해버렸다. 오늘도 기계적으로 각자 옷을 다 벗은 두 사람은 이불 속으로 들어갔다. 식순에 의해 입을 맞추었고 얼마 동안 상대의 입술과 혀를 빨았다. 물기가 느껴지지 않는 뻣뻣한 혀였다. 얼음과자를 다 먹은 뒤에 찝질한 나무 손잡이를 빠는 느낌이었다.

(민음사, 1996)

□유금호 「내 사랑 풍장」

피곤과 절망감, 불안 혼란의 환영 속에서 우리는 출구를 찾듯 거의 필사적으로 서로의 육체를 매달렸다. 그녀는 가끔 섹스를 하는 중에 죽었으면 좋겠다는 생각을 한다고 했다. 서너 끼씩 식사를 건너뛰며 그림에 빠져 있을 때도, 그 한순간으로 죽었으면 그런 생각이 든다는 거였다. 하지만 완벽한 성적 오르가즘 속에서 생을 뛰어넘을 수 있다면 그쪽이 훨씬 화려한 현세와의 이별이 아니겠느냐며 그녀는 내 겨드랑이를 파고들었다.

* * *

여자가 멈칫하며 두 손으로 밀려 내려가는 바지단을 잠시 붙잡았다가 남자의 두 손이 브래지어를 위로 밀어 올리자 여자는 두 손을 내려뜨린 채 움직이지를 않는다…… 입 속에 들어온 여자의 젖꼭지에서는 땀 때문에 짠맛이 난다. 짜다…… 진압대를 향해 돌을 던지듯 남자가 여자를 향해 급하게 공격을 해 들어간다.

* * *

한순간 사내의 눈에서 눈물방울이 여자의 얼굴 위로 떨어진다…… 여자는 처녀였다…… 여자의 두 손이 눈물을 닦고 나서 그의 목을 감싼다. 울지 말아요…… 남자도 그때야 처음으로 여자의 얼굴을 제대로 바라본다. 여자도 울고 있었다. 남자는 두 손으로 조심스럽게 여자의 얼굴을 감

싸면서 여자의 입술을 그때야 제 입술로 감싼다. 여자는 입술에도 최루
탄의 매운 냄새를 묻히고 있었다……

(개미, 1999)

□유만상 「바람의 끝」

기승을 떨던 한여름의 기세가 서서히 꺾이고 보다 하늘이 높아지고
있는 계절이 오고 있을 무렵의 어느 날 수진이가 면회를 왔다.

나보다 두 해가 아래였던 그녀는 이미 최고학년의 졸업반으로서 성숙
한 여자로 변모해 있었다. 나는 왠지 그런 그녀가 소원하게 느껴졌다.

내가 군에 입대하게 되었을 때 온통 슬픔으로 무너질 것만 같던 표정
으로 걷잡을 수 없는 눈물을 쏟아내며, 당분간의 별리에 절망으로 떨던
그녀를 보며 나는 평생 그 여자를 위해 모든 걸 희생하고 살리라고 굳게
다짐하던 결심을 떠올렸다.

둘은 황혼이 사위어가는 언덕에 앉아 오래도록 말을 잊고 있었다.

"졸업반이 되고 나니 집안에서 제 혼인 문제를 서두르느라 아주 극성
이에요"

이윽고 그녀는 강 같은 침묵을 걷어 내며, 마치 남의 얘기인 양 심드
렁하게, 그러나 나를 보지 않은 채 말했다.

그녀의 얼굴에 붉디붉은 낙조가 핏빛으로 타올랐다. 괜히 그 낙조가
내 마음을 어지럽게 했다. 어쩌면 수진이가 나를 떠날지도 모른다는 난
데없는 예감이 가슴을 후비고 지나갔다. 나는 괜히 안절부절이었고 까닭
모를 열패감이 걷잡을 수 없이 나를 포박했다. 이윽고 사위는 짙은 어둠
이 생성하기 시작하고 애절한 풀벌레 울음소리는 가을밤을 재촉하고 있
었다.

나는 객기를 행사하는 망나니처럼 순식간에 그녀를 눕혔다. 그녀는 의
외로 아무런 저항도 없이 안달스런 나를 받아들였다. 그리고 그녀는 조
용히 자신의 고통을 혼자 다스리고 있었다. 그런 그녀의 무저항과 그 거

짓말 같은 수렴은 차라리 나에겐 더 진한 고독감을 안겨 주었다. 곧이어 절망적인 허망감이 나를 무너뜨렸다. 그때 나는 한 여자를 차지했다는 희열에 앞서 참담한 공복감을 만났다. 나는 정말 공허하고도 슬펐다.

(문예, 1987)

□유익서 「키노의 전설 빅토르최」

"나도 그래 나는 늘 이 세상을 떠나고 싶어 나는 영원히 이 세상과 화해하지 못할 거야."

니나는 감격에 겨운 목소리로 그렇게 더듬거리며 말한 후 빅토르에게 마구 키스를 퍼부었다. 그들은 침대로 옮겨갔다.

빅토르의 가슴은 터질 듯 벅차올랐다. 그녀의 옷을 벗기자 드러나는 그녀의 하얀 복숭아빛 살결은 빅토르의 맥박을 급하게 박동시켰다.

그녀는 연체동물처럼 빅토르의 육신을 감고 또 휘어 감았고 그녀의 혀는 그의 온몸 구석구석을 정성스레 애무했다. 터질 듯 탄력 있는 그녀의 가슴이며 육감적인 엉덩이, 대리석처럼 미끈하게 뻗은 다리……빅토르는 넋을 잃을 지경이었다.

니나는 밤새도록 흡반처럼 빅토르를 끊임없이 빨아들였다. 그녀의 심연은 들어갈수록 깊고 황홀했으며 그날 밤의 잠은 죽음보다 한결 고혹적이었다.

(세훈, 1996)

□유재용 「태양 아래서」

철만은 진희의 뺨을 두 손으로 감싸 쥐고는 진희의 눈동자를 들여다보였다. 열이 떠올라 있었다. 지르르 윤기가 흘렀다. 정신의 지방질처럼 보였다. 신비가 잠겨 있는 듯 했다.

철만은 진희의 볼을 감싸 쥔 채 얼굴을, 눈을 천천히 접근시켰다. 아주 느린 속도로 조금씩 조금씩…… 베일이 쳐지듯 진희의 눈꺼풀이 스르르 감겨졌다. 신비가 베일 뒤에 숨어버렸다. 철만은 안타까워하며 신비에 이르는 통로를 찾아 헤맸다. 진희의 입술이 떨리듯 꼼지락거렸다. 그 자체가 생명을 지닌 듯 보였다. 철만은 조급해지며 그 위에 입술을 겹쳤다. 그것은 마치 암호이기나 한 것 같았다. 감추어진 신비에 이르는 통로의 어귀인 양 진희의 입술이 벙긋이 열렸다. 철만은 환희와 갈증을 느끼며 그 속으로 혀를 깊숙이 밀어 넣었다. 매끄럽게 끈적이는 해초가 있었고, 종류석 같은 기암이 있었다. 혀가 그 사이를 헤엄치듯 더듬었다. 혀 끝에 신경 전체가 집중되고 응결되어 있었다. 철만의 혀는 허기진 듯 꿀을 핥으며 진희의 신비 속을 헤매 다녔다. 하지만 기갈은 점점 심해갈 뿐이었다. 오랜만에 느끼는 기갈이었다. 철만은 환희에 떨며 진희의 얼굴에서 손을 풀고 동체를 포옹했다. 혀가 한계를 느꼈을 때, 신비의 정수를 품고 있는 동굴 깊숙이 도저히 혀가 닿을 수 없음을 느꼈을 때, 그리하여 혀가 기갈을 충족시킬 수 없음을 깨달았을 때, 기갈은 정복욕으로 변형되어 맹렬히 불타올랐다. 철만은 난폭해져서 진희 베일을 벗기기 시작했다.

"서두르지 마. 뜸은 천천히 들여야 하는 거야."

진희가 침착한 음성으로 말했다. 철만은 무서운 속도로 달아오르는 욕정에 제동을 걸었다. 속도를 줄여 상처날까 두려운 듯 천천히 베일을 벗겨갔다. 더할 수 없이 부드럽게 더할 수 없이 섬세하게. 진희는 이윽고 철만에게 온통 위임해 왔다. 이제 진희는 철만의 소유였다. 정복의 발길에 짓밟힌 땅이었다. 철만의 손은 정복자의 희열과 오만과 무자비성을 지니고 진희의 구석구석을 헤쳤다. 철만의 입술은 정복자의 집념과 열과 야심을 지니고 진희의 신비 위에 무수한 파괴의 발자국을 찍었다.

(작은책, 1990)

□ 유현종 「달은 지다」

도원은 다시 그녀를 끌어안았다. 지영은 무너지듯 도원의 가슴에 안겼다. 우산을 받쳤을 텐데도 머리부터 온몸이 젖어 있었다. 추워서 인지 부푼 두 개의 가슴은 차가웠다. 도원의 입술이 그녀의 입술을 찾아 헤매자 역시 차갑던 입술이 잡히며 솜사탕처럼 녹아들었다.

* * *

그녀가 두 팔을 벌리고 감겨드는 바람에 도원은 소파에 앉은 채 껴안았다. 입안으로 들어온 그녀의 혀끝은 따뜻하고 부드러웠다.

(샘터, 1996)

□ 유현종 「대조영」

부드럽고 달콤하기 이를 데 없는 애무였다. 계집은 서두르지 않고 꺼져 가는 불을 다시 일으키고 있었다. 쏘시개를 더 넣고 작은 나뭇가지를 던져 넣으면 강한 화력을 내도록 정성을 들였다. 탁탁 소리를 내며 불길은 거세게 또 타올랐다.

(태성, 1990)

□ 유현종 「유리성의 포로」

지옥의 감은 눈 속에서 속눈썹이 하르르 떨리고 있었다. 장우는 매끄러운 입술이 아랫입술에 닿았다. 장우는 서서히 오랫동안 입술을 비비며 키스를 계속 했다. 성감과는 다른 이해의 교감에서 오는 짜릿한 전율이 머물고 있었다. 발짝 소리가 들린다. 장우는 재빠르게 입술을 떼었다. 밤이라고 하지만 여기는 공원인데다가 앞에는 길이 나 있었던 것이었다. 아쉽고 초조한지 장우는 지옥의 어깨를 끌어안았다가 놓고 다시 끌어안으며 한숨을 쉬었다. 뜨거운 열기가 귓부리를 스치고 있었다. 소주를 마셔서만 숨결이 뜨거워진 건 아닌 듯했다.

* * *

조금 전보다 장우는 유쾌해져 있었다. 두 사람은 유리잔에 얼음도 없이 가득 술을 부은 다음 불그스름한 조명 빛 아래 드러나 있는 얼굴을 마주보았다. 상냥하게 사랑해 달라는 엘비스 프레슬리의 노래가 경련하듯 흐르고 있었다. 차탁이 비좁아서인지 앞으로 머리를 구부리면 얼굴이 마주 닿을 정도였다. 장우가 허리를 굽히며 자옥의 시선을 빨아들였다. 촉촉한 입술에 가볍게 키스했다.

(신원문화사, 1987)

□윤대녕 「달의 지평선」

여자는 자연스럽고 용의주도한 동작으로 내 가슴을 쓸어내리며 불규칙하게 뛰는 맥박이 가라앉기를 기다렸다. 길고 마른 손이었다. 피부는 감촉만으로 나는 그녀가 남자 경험이 별로 없는, 그러나 이미 서른이 넘은 여자라는 걸 알 수 있었다. 그 손은 열에 들떠 있었으나 남의 물건을 훔치려 들 때처럼 잔뜩 긴장해 있었다. 수고비를 받기 위해 들어온 직업여성이 아니라는 느낌이 든 것도 바로 그때였다. 그래, 이런 식으로는 치료받고 싶지 않다는 것이다.

여자의 손이 집요하게 내 몸을 더듬고 있는 사이 먼데서 예의 남녀가 흐느끼는 소리가 들려왔다. 접속불량처럼 끊어졌다 이어지곤 하는 그 소리를 들으며 나는 여자가 하는 대로 맡겨두고 있을 밖에 없었다. 여자는 숨소리를 죽인 채 내 이마와 귀와 목덜미를 서툴게 쓸어내리며 서서히 손을 아래로 가져갔다. 하지만 이런 상태로는 관계가 불가능하다는 것을 알고 있을 텐데.

이윽고 여자기 침대로 올라와 내게로 몸을 돌려 누웠다. 그와 동시에 아, 하고 여자가 찰나 참았던 숨을 토해냈다. 뒤미처 여자의 긴 팔이 힘없이 내 가슴에 감겨왔다. 그녀의 메마른 젖가슴이 오른쪽 어깨를 스쳐 물렁하게 턱에 와 닿았다. 나는 주파수란 말을 떠올리며 그녀의 몸을 기억해 두기 위해 온 신경을 곤두세웠다. 여자는 다리를 들어 내 아랫도리에 슬그머니 겹쳐 놓으며 부르르 진저리를 쳤다. 누군가 여자의 허벅지를 두고 봄볕 운운하는 소리를 들었지만 그렇다면 그녀는 퇴락하는 가을의 저녁 빛이었다. 마음 고생을 많이 한 여자의 몸이었다.

목덜미로 쏟아져 오는 머리칼의 감촉, 단발머리, 163cm쯤 되는 키에 몸무게는 45kg쯤, 피부는 탄력을 잃은 지 이미 오래였고 몸에선 마른 수건처럼 생동감이 전혀 느껴지지 않았다. 여자가 힘겹게 내 위로 기어 올라오며 다시 신음을 내뱉었다. 나는 그 목청의 꺼끌한 울림과 반향도 기억에 담아두었다. 그런 다음 여자는 내 몸을 부둥켜안고 미동 없이 한참을 그대로 있었다.

(해냄사, 1998)

□윤대녕 「사막의 거리, 바다의 거리」

잠든 그대의 모습은 새벽에 차려놓은 정갈한 음식처럼 보였다. 혹은 고등학교를 졸업하고 내일 대학에 들어가는 여학생처럼 보였다. 새로 한 시. 담배를 피우며 물끄러미 그대의 잠든 모습을 내려다보고 있었다. 얼마 후, 나는 조용히 문을 열고 밖으로 빠져나왔다. 그러나 그때 그대가 깨어 있다는 것을 알고 있었다.

그후로 다시 그대를 만났던가? 아니었던가? 기억이 분명치 않다. 어쩌다 만났다 하더라도 마음의 문을 닫아걸고 있었으니.

아무리 기억하려 해도 도무지 기억나지 않는 일… 그러나 당시엔 분명히 존재했던 그런 종류의 일이 있다는 것을 요즘에 알게 되었다. 또한 그게 무엇일까 하고 골똘히 생각하는 버릇이 내게도 생겨 있었다.

(열림원, 1997)

□ 윤대녕 「은어낚시통신」

문득, 그녀의 손이 내 어깨 위로 슬그머니 올라왔다. 마치 뜻밖의 손님이 찾아와 창문을 두드리듯이.

그녀와 나는 서툴고 기묘한 몸짓으로, 서로를 차단하고 있는 투명한 공간을 서먹하게 거역하면서, 마침내 상대의 차가운 입술에 지친 듯 입술을 갖다댔다. 그때 나는, 때로는 그리움이 정욕을 부른다는 사실을 깨달았고 그녀가 모르게 가만히 진저리를 치고 있었다. 그 기이한 깨달음의 짧은 순간이 지나기가 무섭게 그녀가 필사적으로 내 몸 위로 기어 올라왔다. 돌연한 일이라서 나는 잠시 멍한 상태에서 가만히 몸을 풀고 숨을 가다듬었다. 어떻게 해야 할지 모르겠어서였다. 그러는 사이 그녀가 내 목을 힘주어 끌어안고 그냥, 여기서…… 하면서 맹렬하게 몸을 떨기 시작했다.

유채꽃의 바다에서 그녀와 나는 아무 뉘우침도 약속도 없이 급기야는 하나가 되어 달빛이 끄는 대로 조수처럼 떠내려갔다.

(문학동네, 1994)

□ 윤대녕 「지나가는 자의 초상」

그녀는 처녀였고 나도 그게 처음인 여자와의 관계였다. 그래서 그런지 아주 사소한 것까지 선명하게 뇌리에 남아 있다. 그녀의 얼굴에 나있는 솜털 하나하나, 우윳빛 따뜻한 목덜미, 오른쪽 어깨의 우두 자국, 홍당무처럼 붉어져 있던 손가락, 지금 너와 내가 하나인 것을 두 눈처럼 똑바로 증거하고 있던 젖가슴―유두, 아픔 혹은 극도의 흥분 때문에 틀어지곤 하던 잘록한 허리, 그녀가 벗어놓았던 속옷의 색깔과 무늬, 내 귀밑에 와 닿던 뜨겁고 까끌까끌한 혀의 질감, 어느 순간엔가 울음인지 뭔지 모르게 혹! 하고 떨던 목소리의 기묘한 울림, 그리고 내 목덜미를 끌어안을 때의 놀라운 팔의 완력……

(중앙일보사, 1996)

□ 윤대녕 「천지간」

어쩔 수 없이 떨리고 서먹한 가운데 나는 여자 옆에 비스듬히 누워 그녀의 손부터 더듬어 잡았다. 여자는 가만히 있다가 얼마 후에야 떨면서, 가까스로, 응답해왔다. 나는 몸을 돌려 왼팔로 여자의 목을 껴안고 다른 한 손으로 젖은 머리를 쓰다듬으면서 내 입술을 그녀의 얼굴에 갖다 댔다. 그때 여자의 숨이 잠깐 멎은 듯 했고 몸이 조금 꿈틀했다. 내 손은 어느새 여자의 가슴께로 옮겨가 있었다. 나는 밑으로 내려가 여자의 가슴에 입술을 갖다 댔다. 여자가 내 머리를 두 손으로 감싸며 이윽고 나직한 신음을 토해냈다. 내 입과 손의 움직임에 따라 여자의 아래께가 서서히 비틀리며 풀어졌다. 나는 가슴을 쓰다듬고 있던 손을 아래로 가져갔다. 그리고 배꼽 근처에 이르렀을 때 갑자기 여자가 굉장한 힘으로 내 손을 덥석 몰아 쥐더니 제 다리 사이로 냉큼 끌어당겼다. 여자의 거웃은 벌써 푹 젖어 있었고 그때부터는 여자가 마구 서두르기 시작했다. 몸을 틀어 내 허리를 바싹 욱죄며 입술로 내 가슴을 사납게 더듬었다. 여자의 머리칼이 내 몸을 슬쩍 스치는 통에 나는 더이상 참을 수가 없어 맥없이 들려 있는 여자의 다리 사이로 허겁지겁 쳐들어갔다.

(문학사상사, 1996)

□ 윤정모 「딴나라 여인」

그녀는 슬며시 화지와 연필을 꺼내 그의 측면을 그리기 시작했고 어느 순간 연필이 딱 멈추었을 때 그녀 입에서는 더운 입김이 훅 밀려 나왔다. 그를 만지고 싶다는 욕구, 누드를 그리는 것도 아닌데 직접 만져보고싶다는 욕구가 왜 그렇게 강하게 일어났는지 알 수도 없는데 다음 순간 그녀는 벌써 그에게 다가가 그 어깨를 안고 있었다.

* * *

그때 그녀는 몸이 뜨거워지는 것을 느꼈다. 몸이 아닌 손, 그의 손이었다. 그는 그녀의 손을 잡아 쥐고 쥐어짜듯 비벼댔고 그 손바닥에서는 축축한 땀이 흘렀으며 그 땀이 그녀의 핏속으로 스며들어 온몸을 달구면서 더운 숨결을 아랫배로 몰아가는 것이었다. 그녀는 혼자 삼키는 교성처럼 중얼거렸다.

사람은 손으로도 섹스를 하는구나, 사랑하는 사람끼린 손이나 피부 접촉만으로도 성관계를 하는구나……

* * *

그의 방은 어두웠고 복도의 불빛에 잠깐 드러난 그의 입술은 오래 기다린 흔적인지 콩깍지처럼 쩍쩍 일어나 있었다. 그녀는 얼른 안으로 들어갔고 그는 방문을 잠그며 말했다.

"미안해, 불을 켜고 맞아야 하는데 말이지……, 이 방은 빈방으로 되어 있어서……."

그녀는 재빨리 그를 끌어안고 그의 입술을 덮었다. 상관없어. 난 이런 밤도 없이 그냥 떠나게 될까봐 그것만 걱정했어……

그날 밤 그녀는 잠도 자지 않고 쉼 없이 속삭였다. 그간 하지 못한 이야기, 가슴속에서만 발효되던 그 언어들을 낱낱이 쏟아 부었고 또 쉼 없이 입을 맞추었다.

(열림원, 1999)

□ 윤후명 「누란의 사랑」

만났을, 사랑을, 행복을 생각하며 가슴 가득한 열락에 들떠서 깊은 해연을 응시하는 눈길이었을 것이다.

이것이……

사랑이라는 말이 머리에 맴돌자 공연히 눈시울이 뜨거워졌다. 바닷가의 모래알처럼 많은 사람들 가운데 어찌하여 유독 그녀와 만나게 된 것일까. 숙명이니 섭리니 하는 낱말들은 정말 그럴듯했다. 나는 숨이 가쁘고 가슴이 답답해서 오히려 막막한 외로움에 휩싸인 느낌이기도 했다. 푸른 바다는 심연에서부터 설레는 사랑의 표상이었다. 드디어 사랑을 배우는가.

(문학사상사, 1995)

□ 윤흥길 「묵시의 바다」

더운 입김이 얼굴을 휘덮어 왔다. 거친 숨소리가 풀무질하듯이 여자의 여자다운 구석을 그녀로부터 삽시에 날려 버렸다. 곧이어 아무 순서도 절차도 없는 엄청난 중압이 뼈마디가 온통 욱신거리도록 전신을 타누르기 시작했다. 길수의 몸에서는 몹시 거역스러울 만큼 비린내가 펑펑 풍기고 있었다. 얇디얇은 눈꺼풀 하나를 사이에 두고 그것이 이쪽과 저쪽 세계는 너무나도 모습이 판이했다. 질끈 감아 붙인 눈꺼풀에 그려지는 모든 것은 숫제 먹빛 일색이었으며, 먹빛의 하늘이 찍어 누르는 장단에 맞추어 연신 위아래로 오르내리며 한바탕 멀미를 하다가는 어느 순간에 한쪽서부터 차근차근 녹아서 흘러내리기 시작했다. 가진 것 전부를 개방해 버린 늘 편한 자세로 온몸을 사뭇 떨게 만드는 희열을 예비하는 그런 아픔도, 여자만이 갖는 그런 수치심도 도무지 따르지 않는 행위 한복판에 몸뚱이를 고스란히 내맡긴 채로 금순내는 돌덩이처럼 움직일 줄을 몰랐다. 다만 똑바로 누워 있으면서 죽음피 같은 진액이 되어 아랫도리로 끈적끈적 스며 내리는 먹빛 하늘의 한 방울 한 방울만을 바지락에 캐서 구럭에 담던 솜씨로 셈해 놀 따름이었다. 눈꺼풀 저쪽에서는 시방 황소 같던 사내가 촛농이 떨어지듯이 방울방울 녹아 흘러내리고 있을 것이었다. 숨소리의 진행으로 사내의 몸뚱이가 점차 오므라들기 시작해서 이윽고 강아지만큼 되었다가 마침내 쥐새끼만 해지는 모양을 역력히 느낄 수 있었다. 사내의 몸에서는 여전히 생선 비린내가 풍기고 있었다. 펑펑 비린내가 풍기고 있었다…….

(문학사상사, 1978)

□은희경 「그녀의 세 번째 남자」

처음 그와 여관에 갔던 날, 오래 전 일이라 자세히 기억나진 않았다. 술에 취한 그들은 손을 잡고 골목을 한없이 헤매다가 불쑥 어떤 문을 열고 들어갔었다. 마치 술래의 눈을 피해 이리저리 돌아다니는 숨바꼭질하는 아이들 같았다. 남자아이는 숨어 있기 좋은 장소를 발견하자 여자아이 손목을 잡아당겨 덤불 속으로 들어갔다. 남자아이가 이끄는 대로 덤불 속으로 몸을 구겨 넣으며 여자아이는 술래를 따돌렸다는 쾌감 때문에 흥분해 있었다. 그러나 남자아이의 몸이 너무 밀착돼 여자아이는 가북해지기 시작했고 차라리 술래가 그녀가 믿고 의지해 온 바깥세상의 눈길이 빨리 그들을 발견해 주기를 바랐다. 아무래도 그들은 너무 깊이 숨은 거였다. 술래는 그들을 찾다가 엄마가 부르는 소리를 듣자 그대로 저녁밥을 먹으러 간 모양이다. 밤이 되었고, 덤불 속에 웅크린 채 여자아이는 곰곰이 생각했다. 이렇게 돼버렸으니 난 이제 이 남자아이와 결혼하지 않으면 안 될 거야. 그러다가 깜빡 잠이 들었다. 다음날 아침술이 깬 여자아이는 어른이 되어 있었다. 사과를 따먹은 이브처럼 부끄러움을 알게 되었으므로 눈을 뜨자마자 고민이 시작되었다. 그녀는 얼굴을 들고 여관 문을 나갈 자신이 없었다.

* * *

영신은 그만 일어나야겠다고 생각한다. 그녀는 슬리퍼 속에 깊숙이 발을 집어넣는다. 그때였다. 검은 덩어리처럼 웅크리고 앉아 있던 남자의 어딘가에서 갑자기 팔이 뻗어 나오더니 영신의 스웨터 속으로 빨려들어가듯 사라진다. 남자의 손은 붙덩이처럼 뜨겁다. 뜨거운 뱀이 있다면 바로 그런 느낌일 것이다. 뜨거운 뱀은 영신의 배를 더듬어 올라가더니 젖가슴에 이르자 그것을 허겁지겁 움켜잡는다. 그러고는 머리가 영신의 어깨 쪽으로 기울어지는가 싶더니 마침내 '헉' 소리를 내며 그대로 가슴팍에 기대버리는 것이었다. 머리를 영신의 가슴에 기댄 채 남자는 불덩이 같은 손으로 젖가슴을 마치 제 것처럼 당연하게 움켜쥐고 그대로 있다. 나뭇가지 사이로 다시 바람이 갈퀴처럼 스며들자 검은 잎들이 스르륵 소리를 내며 몸을 튼다.

(문학동네, 1996)

□은희경 「마지막 춤을 나와 함께」

현석이 불을 끈다. 주위를 감싸고 있던 낯선 배경은 모두 사라진다. 창도 없는 방이다. 어둠 속에는 현석과 나의 몸이라는 것 외에는 아무것도 없다. 방안의 다른 것들은 어떤 변두리 복덕방의 벽에 붙은 조잡한 평면도일 뿐이다. 그나마 불이 꺼져 윤곽도 보이지 않는다. 우리의 몸만이 살아서 천천히 서로에게 다가간다. 옷이 하나씩 벗겨져 침대 아래로 던져지는 소리 아직 물기가 남아있는 그의 머리카락이 차갑게 내 이마에 닿는 느낌, 뜨겁고 축축한 입술, 몸을 파는 여자들은 때로 의무적인 일을 빨리 끝내기 위해 일부러 소리를 크게 지른다. 소리에 흥분하는 것은 남자뿐 아니라 여자도 마찬가지일 것이다. 그러나 섹스의 깊이는 계속 소리만 질러대는 단조로운 고음부 코러스에 있지 않다. 무반주 첼로 연주처럼 힘 있고 유장하면서도 견딜 수 없도록 고독한 데 있다. 만약 섹스가 터질 듯한 환희의 코러스일 뿐이라면 인간은 쉽게 섹스의 바닥까지 도달해버릴 것이며 그 일을 평생 되풀이하고 싶어할 리도 없다. 가장 가깝게 합해지는 순간 가장 고독하게 분리되는 어떤 부조리한 동반— 섹스의 순간에는 인간이라는 존재에 대해 알 것 같은 기분이 든다.

* * *

다급하게 내 블라우스를 벗겨 등 뒤로 던지며 현석이 속삭인다.

"알아? 오늘이 우리의 첫날밤이야."

"그럼 지금까지는?"

"그건 다 추억이고. 오늘밤은 우리의 축제야."

내 몸 군데군데 불을 놓듯이 현석의 뜨거운 입술이 내 입술과 가슴과 다리에 닿는다. 나는 굵은 참나무 장작처럼 불이 붙어서 빠지직 소리를 내며 현석 쪽으로 오그라든다. 우리가 서로 얽히자 하얀 침대시트 위로 불꽃이 탁탁 튕겨져 나온다.

현석이 귓불을 깨문다. 귓바퀴 안을 더듬는 혀가 촉촉하고 부드럽다. 그는 긴 입맞춤이 끝나면 으레 손을 들어 입간에 묻은 침을 닦아주곤 한다. 그는 섹스마저도 최후의 자의식을 남겨놓고 치렀다. 내 자의식은 그것을 알았고 똑같이 응수했다. 그러나 섹스의 첫 째 가는 기교란 자연스러워질 수 있는 능력인 모양이다. 그의 몸이 내 몸 속에 들어왔을 때 나는 배를 쓰다듬어 그 아이에게 말을 건다. 그 아이는 자신이 사랑으로 잉태되었다고 생각하고 안심할 것이다. 부모가 좋은 사람임에 틀림없다고 믿어줄지도 모른다. 결정에 이르렀을 때 현석의 신음소리를 들었다. 지금까지 그는 마지막 순간까지 호흡을 조절하여 소리를 내뱉은 적이 없었다. 나는 그가 사정한 순간을 처음으로 알았다. 그것은 갑작스런 뇌우처럼 순간 나의 눈과 귀를 찢어놓았다.

* * *

나는 옆으로 고개를 돌려 현석을 바라본다. 현석도 나를 보고 있다. 갑자기 그가 두 팔을 뻗어 내 어깨를 거세게 끌어당긴다. 내 몸이 조수석 쪽으로 넘어지면서 그의 품속으로 들어간다.

그가 몸을 한껏 앞으로 기울여 내 양쪽 겨드랑이에 팔을 집어넣는다. 나는 현석이 이끄는 대로 변속기 레버를 타넘어서 조수석으로 건너간다. 팔꿈치가 혼 스위치를 눌렀는지 짧게 빽 소리를 낸다. 폭이 넓은 랩스커트의 한쪽 끝이 사이드 브레이크에 비죽이 걸쳐져 있다.

마주보고 현석의 무릎 위에 다리를 벌리고 앉아서 나는 그의 머리를 감싸 안는다. 현석이 내 스웨터를 올리고 드러난 젖가슴에 얼굴을 묻는다. 가로등 불빛이 차창에 쌓인 흰 눈을 뚫고 들어와 차안에는 희미한 오렌지 빛이 감돈다. 그 위에 두 사람의 가쁜 숨소리가 허연 입김을 만들어 드라이아이스처럼 흩어질 뿐 사방은 조용하다. 레버를 누르자 시트가 완전히 뒤로 젖혀지면서 내 몸이 현석의 위로 포개진다.

* * *

내 두 팔은 현석이 머리 가슴에 꼭 껴안고, 현석의 두 손은 내 엉덩이를 받친 채 우리는 폭풍우와 격랑 속에 버려진 작은 배처럼 필사적으로 노를 젓는다. 나는 그의 머리카락을 움켜쥐고는 그는 내 가슴을 깨문다. 그러나 아닐지도 모른다. 우리의 몸은 하나였다. 내 젖가슴을 깨무는 감촉이 내 입술에도 느껴졌으며, 우리의 얼굴이 서로 엉켜 있어서 내가 잡아당기는 것이 누구의 머리카락인지 구별할 수 없었다. 현석이 숨가쁘게 중얼거린다. 이건, 저주야.

(문학동네, 1998)

□ 은희경 「빈처」

갑자기 그녀가 뒤척인다. 식탁 불의 불빛이 눈을 찌르는지 한쪽 소매로 눈을 가리는데 그 소매 끝이 허옇게 닳아 있다. 얼굴을 가까이 대보니 어깻죽지에서 아들 녀석의 젖 토한 냄새가 비릿하게 스친다. 불현듯 그녀가 안쓰럽고 소중한 것이 가슴에 품고 싶어진다. 그녀의 잠옷 아랫도리를 벗겼다. 그녀가 눈을 뜬다. 그대로 나는 그녀의 속으로 들어갔다.

(문학사상사, 1996)

□ 은희경 「새의 선물」

불 끄지 마.

그가 마른 목소리로 말한다. 전등 스위치를 누르려던 나는 몸을 돌려 침대에 누워 있는 그를 돌아본다. 천천히 일으켜 내 쪽으로 다가오더니 그는 이번에는 내 몸을 감싼 바스타월을 휙 나꿔채서 걷어내 버린다.

불현듯 옆으로 시선을 돌려본다. 줄곧 나를 쳐다보고 있었던지 곧바로 그의 눈이 마주쳐온다. 그가 천천히 손을 뻗어 내 입술에 묻은 맥주 거품을 닦아준다. 손끝에 온기가 있다. 나는 그의 눈 속을 한참동안 쳐다본다.

(문학동네, 1996)

□은희경 「아내의 상자」

단단히 웅크린 그녀의 입구를 찾지 못해 진땀을 흘리던 밤들이 떠오른다. 우리는 부부야. 이건 자연스럽고 즐거운 일이라고, 하고 내가 말하면 그녀는 내 뺨에 입술을 갖다 대며 정말이야, 당신한테 잘 해주고 싶어, 라고 속삭이면서도 몸은 여전히 차가웠다. 그녀의 마른 몸에 물기가 돌게 하기 위해서는 언제나 그녀의 몸 한가운데 박혀 있는 입술산처럼 조그만 버튼을 참을성을 가지고 조심스럽게 만져 줘야 했다. 그런 다음 가까스로 열린 그녀의 몸속에 들어가면 아내는 내 어깨를 꼭 당겨 안으며 당신을 사랑해, 라고 기운 없이 중얼거린다.

* * *

그날 밤 침대에서 아내는 내 잠옷 속으로 손을 집어넣었다. 아내의 손은 배를 스쳐 올라오더니 젖꼭지를 만지작거리기 시작했다. 내 몸이 뜨거워졌다. 젖꼭지가 꼿꼿해지는 동시에 다리 사이가 묵직하게 일어났다. 나는 보고 있던 시사 주간지를 가볍게 침대 아래로 던졌다. 늘 그렇듯이 아내의 몸은 차가웠다. 내 목을 감고 있는 팔에는 힘이 들어가 있었지만 아랫도리는 마치 자기의 것이 아닌 듯 부자연스러웠다. 내 손이 아랫도리에 닿자마자 그녀는 다급하게 속삭였다. 사랑해요, 여보. 그녀는 눈을 감고 있었다. 그녀의 젖은 속눈썹은 몇 올씩 엉긴 채로 움찔거렸다. 그녀는 계속 눈을 감고는 들어와요 어서, 라고 말했다. 아내의 피부는 부드러웠지만 갑옷을 입은 것처럼 열기가 힘들었다. 그날은 입술산 같은 작은 버튼조차도 그녀의 깊은 샘물을 길어 올리지 못했다. 그녀는 고통을 참으며 나를 받아들여야 했다. 그렇지만 막상 들어가 보면 그녀의 몸은 아주 따뜻했다. 내가 만족하는 것을 보고 그녀는 행복하다고 말했다.

(문학사상사, 1998)

□이경자 「혼자 눈뜨는 아침」

얼마나 시간이 흘렀던가. 잿빛 구름을 덮고 있는 하늘은 부드럽고 바다는 아늑하고, 다함없이 너그럽지 않던가. 그는 무게도 없이 다가드는 호준의 입술과 혀에 자신을 놓아버렸다. 바다와 하나가 되고 하늘과도 하나가 되는 느낌. 그가 남자고 자신이 여자라는 걸 잊은 시간. 사람의 냄새와 타인의 살이 부드럽고 달착지근하게 감각되는 순간…

* * *

태경은 호준의 팔과 다리, 얼굴과 가슴, 배와 사타구니… 그의 전체를 자신의 혼으로 씻어 내렸다. 그의 뼈는 흩어지는가 하면 제자리에 찾아들었고 물과 흙처럼 두 사람의 살이 서로에게 스며들었다. 실뿌리는 흙의 허공이 이파리와 가지. 꽃과 열매에게 인사할 수 있었다.

* * *

호준이 문을 닫아걸 때, 태경은 아득한 곳에서 들리는 듯한, 쇠붙이가 경쾌하게 얽히는 소리를 들었다. 그 소리는 태경의 긴장을 풀어 주었다. 태경의 긴장을 푸는 것은 잠기는 자신의 머리와 얼굴, 목과 어깨에 뜨거운 숨결로 닿는 호준의 그리움… 그리고 태경의 그런 것… 이제 따뜻하고 부드럽고 달짝지근한 그들의 입이 서로를 확인하고 두 사람의 몸이 서로의 몸에서 그리움을 열기 시작했다. 어두운 아래층은 그저 어둡고, 태경은 공간이 낯설었지만 아무런 걱정도 없었다. 그들은 어두운 공간에

서 저 홀로 흐르는 시간과 움직이는 공기처럼, 그렇게 스스로의 생명이
흐르도록 내버려두었다.

* * *

　태경은 자신의 몸이 타는 걸 보았다. 타서 공기가 되어 날아가는 걸
웃으면서 지켜보았다. 자신의 공기가 어두운 하늘, 먼 구름에 닿고 달에
닿고 별들과 만나는 걸 보았다. 별과 별 사이의 부드럽고 따뜻한 길 위
에 태경은 몸을 풀었다. 공기가 된 태경의 생명이 다시 살이 되었고 그
살은 한 남자를 덮었다. 깃털처럼 무게가 없는 한 남자의 몸. 태경은 그
와 자신의 온 생이 한꺼번에 하나로 뭉치는 걸, 어둠 속에서 눈을 감고
느꼈다. 이렇게 편하고 이렇게 만족스런 시간을 가져도 되는지, 태경은
그가 만난 구름과 달과 별에게 묻고 싶었다.

* * *

　호준이 따뜻하고 너그럽게 들리는 목소리로 속삭였다. 그래도 태경은
괜찮지가 않았다. 딴전을 피울 것 같더니 자기를 다 꿰뚫고 있는 이 남
자가 얄밉고 겁나고 좋았다. 도망치는 꿩처럼 머리만 그의 가슴패기에
틀어박았다. 호준이 그런 태경을 으스러지게 안았다. 태경은 숨 쉴 수가
없었다. 그러나 기뻤다. 그들은 손을 잡았다. 나란히 걸었다. 열 발자국도
걷지 않아, 호준이 자신의 책상의자에 앉고, 태경이 그의 무릎에 앉았다.
호준은 등받이에 몸을 기대고 태경은 그의 어깨에 몸을 실었다. 두 사람
은 서로의 숨소리를 들었다.

* * *

　호준이 태경의 윗옷섶을 헤치려 했다. 태경이 손쉽게 단추를 끌렀다.
부드럽고 따뜻하고 잘 삭은 태경의 가슴살이 호준의 얼굴을 덮었다.
　태경의 젖은 슬프고 기쁜 호준의 고향이었다. 그 여자의 질 깊숙이 자
신의 남근을 넣었다. 마치 자궁 속 같은 낙원을 느꼈듯이…… 대경온 지
신의 '여성'을 열었다. 크고 작은 문, 깊고 가파른 골짜기, 사소한 틈까지

도 남김없이…… 소리도 냄새도 버거움도 없이 그런 것을 열었다. 그가 한 남자의 아내가 되던 그날 밤, 예물처럼 바쳐진 그의 '순결'을 남편이 '소유'할 때, 태경은 자기의 성이 무엇인지 깨달을 수 없었다. 그는 단지 자기가 '처녀'라는 것만 믿고 있었으므로, 남편의 소유가 만족스러우리라고, 관습 같은 생각을 했었다.

태경은 기뻤다. 그가 자신의 여성을 스스로, 스스로의 힘으로 남성을 향해 열었을 때, 그 열림 사이로 벅차게 들어오는 기쁨을, 태경은 생명처럼 호흡했다. 그는 호준의 입술을 핥고, 그의 얼굴을 어루만지고 그의 불끈 선 남근을 기쁘게 만졌다.

* * *

그들은 서로의 옷을 벗겨 주고 함께 욕조로 들어갔다. 호준이 태경의 몸에 비누칠을 해주었다. 태경이도 그가 하듯이, 그에게 그렇게 했다. 설악산의 물은 그들의 살갗을 더없이 매끄럽게 해주었다. 살갗만이 아니라 머리털에도 윤기를 주었다. 그들의 잠자리는 편안하고 아늑했다. 서로의 맨살이 몸에 닿자, 호준의 성기가 태경의 젖어서 녹은 듯이 열린 성기로 미끄러져 들어갔다. 따뜻하고 미끄럽게 부드러우며 모든 것을 잊게 하는 쾌감 속에, 그들은 주저 없이 닿았다. 태경의 입술이 호준의 어깨 안쪽에 닿았다. 호준의 따뜻한 혀가 태경의 입술 사이로 스며들고, 그들의 몸은 아무것도 기억할 수 없고 생각할 수 없는 상태에 젖어들었다. 아주 오랫동안, 잠깐씩 서로의 존재를 확인하려는 듯 눈을 뜨면서.

태경은 이런 황홀감이 눈물겹도록 좋았다. 오랫동안, 수치와 모욕의 상자에 갇혀 있던 그 여자의 성욕이 마침내 당당한 알몸으로 볕에 나선 것과 같았다. 그 여자는 자기 속으로 드나드는 한 남자의 성기를 기쁨의 눈길로 바라보았으며, 자기와 다른 체형의 사람인 남자의 뼈와 살을 아무런 편견이나 선입견 없이, 주저함 없이 만지고 살피고 느꼈다.

* * *

그러자 태경의 몸 위로 호준의 몸이 올라왔고 태경의 어깨는 기왓장처럼 그의 어깨 속에 맞물렸으며 또한 그들의 몸 한가운데서 두 사람의 힘이 세차게 솟구치고 어우르며 다시 치솟기를 되풀이했다.

태경의 질 속에선 수많은 즐거움들이 은하수처럼 반짝거리며 눈을 떴다. 즐거움은 저희들끼리 물방울처럼 부딪치고 민들레 꽃씨같이 흩어졌다. 태경은 반짝이는 즐거움의 무리를 보고 싶어 눈을 크게 떴다. 물방울의 부딪침과 민들레 꽃씨의 흩어짐을 감촉하기 위해 자신의 뼈를 옥죄었다. 그리고 호준의, 느낌조차 허락되지 않던 성기가 질 속에서 마침내 자유와 해방의 공간을 찾아냈을 때, 태경은 자신의 자궁이 시간을 삼키는 작용—섬광을 똑똑히 보았다. 시간이 자궁에서 녹아, 그 존재가 없어지는 것이었다.

* * *

태경은 왼손을 호준의 등에 대었다. 그의 손은 천천히 남의 살이라고 느껴지지 않는 한 남자의 맨살을 더듬기 시작했다. 무수한 땀구멍과 부드러운 털이 태경의 손가락 지문 사이에 감촉되고, 지문과 땀구멍과 솜털이 거리낌 없이 친교의 느낌으로 부딪치고 헤어졌다. 등뼈의 마디마디를 지나 이윽고 안식과 화해의 마지막 형태일 둥근 선으로 그의 손길이 다가갔다. 사람의 엉덩이 선이 이렇게 부드럽고 포근하며 믿음직스러운 형태를 가졌다는 게 태경은 사뭇 놀랍고 반가웠다.

태경의 손이 잠시 반가움과 만나고 있을 때, 또다른 손—볼이 넓고 마디가 굵은 손이 태경의 손을 잡았다.

* * *

소리와 소리 사이, 그 텅 빈 고요 속에서 그들은 시트를 걷어냈다. 태경은 천천히 자신의 몸을 호준의 긴 다리에 얹고, 그의 손은 호준의 허리에서 뱃살로 흔처럼 더듬어오기 시작했다. 살며시 들어간 배꼽이며 겹친 아랫배와 까실거리고 수북하게 손바닥 안으로 타오르는 거웃, 순하게 가라앉은 성기와 믿음직스런 껍질에 싸인 불알… 태경의 손은 그림을 그리듯 어쩌면 사람의 모습을 빚는 조각가처럼 살아 있는 호준의 몸을 세포 한 조각 빠뜨리지 않고 만져나갔다. 그리고 드디어 그는 두터운 두 개의 기둥 사이에 자신의 몸을 빠뜨리고, 호준의 성기에 입을 대었다. 그의 혀가 세례처럼 그것에 닿았을 때 그리고 그것이 여자의 타액으로 축축하게 젖기 시작하자 그것은 마치 푸성귀처럼 푸릇푸릇 살아나기 시작했다.

* * *

호준은 한 손으로 태경의 흘러내린 머리칼을 쓸어 올렸다. 그리고 그 손이 이마에서 콧등으로 천천히 더듬어 내리기 시작했다. 이윽고 인중에 닿은 손가락 하나는 더듬이처럼 태경의 입술에서 머물렀다. 태경은 언제부턴가 눈을 감고 있었다. 그는 립스틱의 질감을 헐겁게 벗겨내고 살갗을 뚫고 들어오는 손가락의 감촉에 질린 것 같았다. 손가락 더듬이는 입술의 가장자리에서 안쪽으로 다시 끝으로, 위와 아래로 움직였고, 태경은 닫혔으되 자기 것이 아닌 것 같은 입술 속에서 이빨을 앙 다물었다 놓기를 되풀이했다.

* * *

태경은 뜨거운 하나의 덩어리가 자신의 몸으로 덮쳐온다는 아득하고도 선명한 듯한 느낌에 사로잡히기 시작했다. 자꾸만 정신이 몽롱해져서, 어쩌면 이러다가 아주 쓰러질지도 모른다는 생각도 했다. 호준은 자신의 입술로 태경의 오래도록 떨리던 붉은 입술을 열었다. 그는 자신의 혀로 태경의 이빨과 잇몸과 구석구석을 확인했다. 태경의 혀는 어딘가에 죄인처럼 숨어 있을 것이었다. 그러나 호준은 곧, 그 얼뜬 죄인도 해방시켰다. 호준의 손이 태경의 웃옷 속에서 맨살을 찾아 헤맸다. 태경의 살이 문득문득 진저리를 쳤다. 호준이 태경을 아기처럼 자신의 무릎에 누이고 그의 젖무덤을 어루만지려 할 때, 태경의 감은 누이 고통스럽게 찡그려졌다.

(푸른숲, 1993)

□이광복 「이혼시대 1」

산세도 수려한 어느 별장지대였다. 고급 승용차 한 대가 그림처럼 아름다운 별장 앞에 멈추어 섰다.

알록달록한 별장은 한 폭의 그림 같았다. 승용차에서 젊고 잘생긴 신사가 내렸다. 이층 발코니에서 가운을 입은 미녀가 손을 흔들고 있었다. 신사는 마주보고 손을 흔들다가 재빨리 이층으로 올라갔다. 출입문을 열면서 미녀가 반겨 주었다. 실내는 초호화판으로 꾸며져 있었다. 벽은 온통 실크로 장식되어 있었고, 고급 침대가 놓여 있었다. 신사는 실내로 들어서자마자 곧 가운으로 옷을 갈아입었다. 신사는 미녀를 포옹했다. 미녀 역시 신사의 목을 감아쥐고 매달렸다. 미녀의 발꿈치가 약간 위로 들려 있었다.

그들의 키스는 실로 길었다. 그들은 마치 키스에 굶주려 죽을 뻔한 사람들 같았다. 이윽고 신사가 가운을 벗어 던지며 욕실로 들어갔다. 그러자 미녀도 가운을 벗어 던지고 신사의 뒤를 따라 욕실로 들어갔다. 알몸의 남녀가 나란히 서서 샤워를 하고 있었다. 신사의 그것은 경찰봉과 비슷한 모양을 하고 있었다. 경찰봉 주위로 무성한 숲이 우거져 있었다. 미녀의 몸매는 잘 다듬어져 있었다. 어느 곳에서도 군살 한 점 찾아볼 수가 없었다.

그녀의 앞가슴에는 크고 잘 익은 자몽 두 개가 나란히 출렁거렸다. 그리고 두 개의 자몽에는 각기 포도알이 한 개씩 달려 있었다. 예쁜 배꼽 아래 알맞게 볼록한 아랫배가 있었고, 그 밑에 거뭇거뭇한 오아시스가 있었다. 오아시스의 옹달샘은 보일락 말락 하였다. 그런 오아시스를 끼고 미끈한 두 다리가 버티고 서 있었다.

* * *

신사는 물줄기를 뒤집어쓴 채 미녀를 포옹했다. 그리고는 또다시 키스의 소나기를 퍼부었다. 엉겨 붙은 두 사람 머리 위로 물줄기가 좌악좌악 쏟아지고 있었다. 물을 잠그고, 미녀가 신사의 경찰봉에 비누질을 하였다. 비누거품을 뒤집어쓴 경찰봉은 사납게 벌떡거리고 있었다. 이번에는 신사가 미녀의 자몽과 오아시스에 비누칠을 하였다. 그러자 그녀는 몸을 비틀며 어쩔 줄을 모르고 있었다. 비누거품이 묻은 그녀의 자몽과 오아시스는 더욱 신비롭기만 하였다. 뜨거운 애무가 계속되고 있었다. 그러다가 그들은 다시 물을 뒤집어썼는데, 비눗물이 그들의 몸에서 줄줄 흘러 내렸다.

물기를 닦고, 신사는 미녀를 불끈 안아 침대에 눕혔다. 신사는 다시 미녀의 입술과 목 그리고 전신을 핥기 시작하였다. 신사의 입술은 양쪽 자몽을 탐했다. 자몽에서는 새콤달콤한 꿀이 흐르고 있었다. 신사가 입술 세례를 퍼붓는 동안 미녀는 다리를 꼬거나 몸을 비틀면서 괴로워하고 있었다.

드디어 신사의 입술은 오아시스를 향해 다가가고 있었다. 그리고 그의 입술은, 아니 혀끝은 오아시스의 옹달샘을 여지없이 찾아내고야 말았다. 옹달샘에서도 꿀물이 흐르고 있었다. 그 옹달샘은 샘이 아니라 차라리 꿀이 넘쳐나는 도가니였다.

신사는 프로레슬러가 비행접시를 돌리듯 자기 몸을 빙그르르 돌렸다. 그러자 그의 경찰봉이 미녀의 입술에 걸쳐졌다. 신사는 꿀의 도가니를, 그리고 미녀는 경찰봉을 마음껏 탐하고 있었다. 어느 사이엔가 신사는 입에 거품을 물고 있었고, 미녀의 입 속 가득히 경찰봉이 들락거리고 있었다. 광야에 바람이 불고 있었다. 푸른 나무와 풀들이 일제히 바람에 흔들리고 있었다. 새들이 하늘을 가득 메운 채 이상한 울음소리를 내며 어디론가 날아가고 있었다.

드넓은 초원 위로 얼룩말과 들소들이 힘차게 뛰어가고 있었다.

* * *

디젤 기관차가 어느 해안선을 달리고 있었다. 그림처럼 아름다운 해변 풍경이 줄기차게 펼쳐지고 있었다. 기관차 앞에는 철길이 끝간데 없이 굽이굽이 이어져 있었다. 이윽고 기관차가 어느 산자락 밑을 돌아다니고 있었다. 산기슭을 따라 알록달록한 별장들이 지어져 있었다. 바위와 나무들이 기묘한 형상을 이루어 별장지대는 마치 환상의 나라 같았다. 가파른 고갯길이 나타나면서 고갯마루에 터널이 보였다. 기관차가 경적을 울리자 그 소리가 골짜기마다 메아리쳤다.

그 힘센 기관차도 고갯마루에 이를 때쯤에는 헐떡거리고 있었다. 기관차가 느릿느릿 고갯마루를 오르면서 거의 그로기 상태가 되고 있었다. 그러다가 터널을 유연하게 빠져나가고 있었다.

신사는 미녀의 몸에서 자신의 몸을 분리시켰다. 그는 지칠 대로 지쳐 헐떡거리고 있었는데, 그의 몸뚱이는 온통 땀으로 번들거리고 있었다. 그가 침대 한 켠으로 벌렁 나가떨어지자 미녀는 그대로 늘어지는 것이었다. 그녀는 완전히 녹초가 되어 거의 실신한 상태로 누워 있었다. 광야에 바람은 멎고, 새들이 사뿐히 내려앉고 있었다. 초원을 달리던 얼룩말과 들소들도 한가로이 풀을 뜯고 있었다. 기관차는 어느 평야지대를 달려가고 있었는데, 해가 중천을 벗어나 대지를 비추고 있었다.

* * *

어느 해변이었다. 아름드리 야자수들이 해풍에 흔들리고 있었다. 이 무더운 여름, 드넓은 바다와 야자수 그늘은 보기만 해도 시원하게 느껴졌다. 해수욕을 즐기는 사람들이 여기저기 흩어져 수영을 하거나 모래찜질을 하고 있었다.

알록달록한 비치파라솔이 바람에 펄럭이고 있었다. 탈의실 곁에 욕실이 있었다. 탈의실에서 비키니 수영복만을 걸친 늘씬한 여자가 나오고 있었다. 여자는 방갈로로 들어가고 있었다. 여자는 절세가인이었다. 용모도 빼어난 미인이었을 뿐만 아니라 몸매가 여간 아름답지 않았다. 바람이 불어와 머리카락이 말갈기처럼 휘날리고 있었다.

방갈로 위에 야자수 그늘이 드리워져 있었다. 백사장 위를 걷는 여자의 발바닥에 묻어난 모래알들이 발자국을 떼어놓을 때마다 뒤로 몇 점씩 흩어지고 있었다. 실내에는 건강한 청년이 알몸인 채로 기다리고 있었다. 청년의 그것은 마치 몽둥이를 방불케 하고 있었다. 청년은 여인이 들어서자마자 그녀를 덥석 껴안았다.

청년은, 그녀의 뺨에 뜨거운 키스를 퍼부었다. 여자는 청년의 목을 껴안으면서 몸을 청년에게 한껏 밀착시켰다. 여자의 힘은 적당히 풍만하였고, 두 다리는 미끈하였다. 청년은 여자의 입술에 자신의 입술을 가져갔다. 그리고는 소나기 같은 키스를 퍼부었다. 여자는 아픈 신음을 토해내고 있었다. 근육이 툭 불거진 청년의 팔이 여자의 목을 부여안고 있었다.

여자는 청년의 가장 중요한 부분을 더듬었는데, 청년의 몽둥이는 아까보다 훨씬 더 솟구치고 있었다. 다리와 다리 사이에 어쩌면 저렇게 어마어마한 몽둥이가 달려 있는지 모를 일이었다. 여자의 손길이 미치자 몽둥이는 벌떡벌떡하였다. 무릎을 꿇고, 여자는 혓바닥으로 몽둥이를 여기저기 핥기 시작했다. 여자가 그 짓을 하는 동안 청년은 여자의 머리카락을 열심히 쓰다듬고 있었다.

* * *

얼마나 지났을까. 이번에는 청년이 여자를 불끈 안아 올려 대나무 침대 위에 눕혔다. 여자는 너무 흥분한 나머지 죽어 가는 곤충처럼 버적거리고 있었다. 청년은 여자의 브래지어를 벗겼다. 그러자 터질 듯한 부푼 젖가슴이 나타났다. 젖가슴은 마치 팽팽한 고무풍선 같았다. 청년은 여자의 팬티를 벗겼다. 다리와 다리 사이에서 거무튀튀한, 그러나 앙증스러울 정도로 예쁜 섬이 나타나고 있었다. 그 섬에는 숲이 적당하게 우거져 있었다.

* * *

청년의 손가락이 섬 쪽으로 다가가고 있었다. 허공에 뜬 두 다리 사이로 섬 속의 동굴 속으로 들어가는 것이었다. 아뿔싸, 그런데 이게 웬일일까. 청년의 손가락이 동굴 속으로 들어가는 것이었다. 은아는 문득 언젠가 시골로 농활을 나갔을 때, 산기슭에서 보았던 뱀을 연상했다. 뱀은 언덕의 뱀구멍으로 긴 꼬리를 이끌고 들어갔었다. 징그러운 장면이었다.

청년의 손가락은 마치 그 뱀처럼 섬 속의 동굴을 헤집고 들어갔다. 그리고 손가락이 동굴 속을 들락거릴라치면 여자는 몸을 비틀거리면서 두 다리를 더욱 세차게 휘젓는 것이었다. 얼마나 지났을까, 이번에는 청년의 몽둥이가 동굴을 노크하고 있었다. 그러자 동굴은 몽둥이를 단숨에 빨아들이는 것이었다. 그리고 청년은 여자의 상체를 힘껏 끌어안고 있었는데, 그의 팔뚝에는 근육이 울퉁불퉁 불거져 있었다. 은아는 문득 수희가 하던 말이 떠올랐다. 그녀가 말하기를, 사람은 인간이기 이전에 동물이라는 것이었다. 아니나 다를까, 그들은 인간이기 이전에 동물과 전혀 다를 바 없었다. 아니, 그들은 어떻게 보면 동물들보다 더 노골적이었다. 짐승이야 종족을 보존하기 위해 암컷이 발정을 일으킬 때에만 짝짓기를 한다고 하지만, 그들의 행위는 종족 보존의 본능과는 거리가 먼, 이를테면 순전히 동물적 쾌락을 위한 것이었다. 은아는, 낯이 뜨거워짐을 느끼면서도 다른 한편으로는 지금까지 경험하지 못한 또다른 쾌락을 맛보고 있었다. 그 장면을 보고 있는 동안 괜히 몸뚱이가 움찔움찔해지는 것이었다.

청년의 앞가슴이 여자의 고무풍선을 사정없이 짓이기고 있었다. 은아는 그 장면을 보면서 저러다 여자의 갈비뼈가 으스러지지나 않을까 은근히 걱정될 지경이었다. 푸르른 하늘 높이 오색 고무풍선이 날아오르고 있었다. 풍선은 이리저리 어지럽게 난무하면서 창공을 향해 끝없이 치솟아 오르고 있었다. 그 뒤를 이어 두 개의 대형 고무풍선이 두둥실 떠오르고 있었나.

하늘을 향해 날아오르던 두 개의 풍선은 그러나 어느 순간에 픽, 하고 터져버리는 것이었다. 그 순간, 은아는 자기도 모르게 엉덩이를 들썩하였다.

(자유문학사, 1995)

□이광복 「이혼시대 2」

섬에 도착하던 첫날밤, 태훈은 드디어 늑대처럼 슬금슬금 작전을 개시했다. 그런데 은아는 의외로 비싸게 나왔다. 그녀는 태훈이의 요구를 애써 뿌리치고 있었다.

그렇다고 태훈이 쉽게 물러설 수는 없었다. 이미 짐승이 되기를 작정한 터에 호락호락 물러선다는 것은 말도 안 되는 소리였다. 적어도 난다 긴다 하는 외국 바이어들을 구워삶아 수출품을 팔고 있는 그의 입장에서 여자 한 사람, 그것도 결혼까지 약속한 은아 한 사람 홀짝 마셔버리지 못한다는 것은 상상도 못할 일이었다.

밤이 되었을 때, 태훈은 은아의 방으로 놀러갔다. 그리고 그는 시간을 끌기 위해 이런저런 이야기를 너절하게 늘어놓았다. 밤이 깊어가고 있었다. 은아가 말했다.

"이제 그만 돌아가 주세요."

"알았어."

태훈은 호시탐탐 기회만 엿보고 있었다. 그러다가 그는 얼만큼 분위기가 무르익었다고 느낀 순간에 은아를 살포시 껴안았다. 입술은 그전에 이미 정복한 터였다. 아니나 다를까, 그녀는 순순히 입술을 내주었다. 여전히 그녀의 입술에서는 꿀맛이 용솟음치고 있었다.

태훈은 그녀의 하체를 더듬었다. 은아가 그 짓만은 참아달라고 애원을 했지만, 태훈은 순순히 물러설 수가 없었다. 어느 사이엔가 그의 몸은 용광로처럼 후끈 달아오르고 있었다.

그는 일부러 손을 부들부들 떨었다. 여자 하나 홀짝 마셔버리는 일이야 쥐도 새도 모르게 감쪽같이 끝내줄 수 있었지만, 앞으로의 결혼을 생각하여 그는 의도적으로 수전증 환자처럼 손을 달달 떨었다.

자신의 여성 편력을 숨기기 위한 고도의 전술이었다. 여자에 대하여 숫보기인 듯, 경험이 전혀 없는 숫총각인 것처럼 위장하기 위하여 그는 덜덜 떠는 시늉을 해보였던 것이다.

태훈은 양파껍질을 벗기듯이 은아의 몸에 걸친 옷가지들을 차례차례 벗겨나갔다. 먼저 티셔츠를 벗겼다. 그러자 브래지어가 나타났다. 그는 여전히 손을 떠는 척하면서 브래지어를 풀어냈다.

아, 태훈은 그때 하마터면 정신착란을 일으킬 뻔하였다. 이 세상에서 보았던 그 어떤 앞가슴보다도 은아의 앞가슴은 아름다웠다. 호롱불 아래 드러난 그녀의 앞가슴은 예술 그 자체였다.

태훈은 그녀의 앞가슴에 얼굴을 묻고 입술로 그곳을 샅샅이 탐했다. 몽실몽실한 언덕 위에 망울망울 터질 듯한 두 개의 포도알… 그녀의 앞가슴에서도 역시 꿀이 용솟음치고 있었다. 정말이지 그렇게 황홀한 밤은 처음이었다. 태훈은 흡족해 했다. 은아는 외모만 빼어난 것이 아니라 몸매도 그렇게 빼어날 수가 없었다. 서차장이 말했듯, 그녀는 키만 조금 더 컸더라면 미스코리아 선발대회에 나가도 좋을 그런 몸매를 가지고 있었다.

이처럼 좋은 아가씨를 장차 아내로 맞아 영원히 살아갈 것을 생각하자 말할 수 없는 전율이 솟구치는 것이었다. 정말이지 그녀는 꿀로 다져진, 그리하여 몸 전체가 꿀 덩어리로 되어 있었다.

태훈은 사우나에 갔을 때 서차장이 놀려댔던 몽당비의 위력이 어떤 것인가를 유감없이 보여 주었다.

몽당비는 역시 무서웠다. 그의 장담대로 몽당비는 그녀의 속살 구석구석을 남김없이 파고들었다. 더욱이 성난 몽당비는 여간해서 수그러들 기미를 보이지 않고 있었다.

은아가 금방이라도 죽을 듯이 아픔을 호소해 왔다. 그러나 태휸우 그녀가 아픔을 호소하면 호소할수록 더욱 힘이 치솟는 것을 느꼈다. 작은 고추가 매운 것처럼 몽당비는 그녀의 속살을 사정없이 휘젓고 있었다.

"아, 아……"

은아는 연신 신음을 토해내고 있었다. 태훈은 그녀의 가슴을 으깨어지도록 압박하면서 젖 먹던 때의 그 힘까지 털어 부었다. 모름지기 벼르고 벼르던 끝에 찾아온 기회였으므로 태훈은 사나운 짐승이 되어 더욱 기를 쓰고 덤볐다.

* * *

애란의 눈동자는 불타고 있었다. 그녀는 자신을 마셔달라고 애원하는 것 같았다.

… (중략) …

애란도 연신 신음을 토하고 있었다. 태훈은 온몸에 흐르는 전류를 감당할 길이 없었다. 그날, 서해안에 놀러가서 겪었던 일들이 비디오 테이프가 돌아가듯 선명하게 떠올랐다.

몸이 한껏 뜨거워졌을 때, 태훈은 애란을 번쩍 들어 침대에 눕혔다. 그와 함께 태훈은 곧 애란의 옷을 벗겼다. 몇 년의 세월이 흘렀지만, 그녀의 육체는 아직도 오동포동하였다.

그녀의 속살이 손끝에 닿는 순간 태훈은 거의 미칠 것만 같았다. 그녀의 앞가슴은 여전히 탄력이 넘치고 있었다. 손으로 만질 때마다 그녀의 앞가슴은 금방이라도 터질 것만 같았다.

태훈은 그녀의 바지를 벗겼다. 그리고 나서 분홍색 팬티를 벗기자 드디어 애란의 다리와 다리 사이에서 은밀하고 신비한 옹달샘이 나타났다.

태훈은 그녀의 몸에 자신의 몸을 올려놓았다. 그러잖아도 여자 때문에 얼마나 괴로워했던가. 그는 다른 사람도 아닌 애란을 만나 이번에야말로 그간의 갈등을 전부 풀어버릴 작정이었다.

서서히 모닥불이 타오르고 있었다. 모닥불은 점점 사나운 불길로 변해가고 있었다. 화려한 불꽃이 혓바닥처럼 널름거리고 있었다.

그는 모닥불에 기름을 부었다. 이제 불길은 걷잡을 수 없이 타오르고 있었다. 불길은 하늘 높이 치솟으면서 뜨거운 열기를 확확 내뿜고 있었다.

불길은 어느 유전(油田)으로 옮겨 붙고 있었다. 기름으로 얼룩진 유전지대는 순식간에 불바다로 변해버렸다. 끝없이 펼쳐진 사막에서 불길이 치솟고 있었다.

태훈의 몽당비는 역시 건재했다. 은아하고 그 짓을 할 때는 아무런 의욕도 없었으므로 솜사탕에 지나지 않았지만 그러나 이제는 사정이 달라져 있었다. 몽당비는 바로 사막의 유전지대를 완전히 폐허로 만들고 있었다.

애란은 거의 실신상태에 이르고 있었다. 그러나 태훈의 몽당비는 더 무서운 위력을 보여주고 있었다.

애란의 몸에서는 그전에 그전에 그랬던 것처럼 꿀이 흐르고 있었다. 애란은 꿀 중에 꿀이었다. 이렇게 좋은 꿀을 놓쳐버리고 몇 년을 엉뚱한 곳에서 헤매다니…… 태훈은 마지막 한 방울까지 꿀을 탐했다.

* * *

그가 샤워를 하고 있을 때, 애란도 욕실에 들어섰다. 그들은 나란히 서서 찬물을 뒤집어썼다. 태훈의 몽당비는 벌쭉이 서서 벌떡거리고 있었다.

애란이 무릎을 꿇었다. 그녀는 이내 태훈의 몽당비를 자신의 혀끝으로 여기저기 공략하기 시작하였다. 그러다가 그녀는 바나나를 물어뜯을 때처럼 태훈의 몽당비를 입 속으로 빨아들였다.

그동안 여러 남자들을 거쳤다고는 하지만, 애란도 사랑에 굶주릴 만큼 굶주린 모양이었다. 그녀는 태훈의 몽당비를 입에 문 채 욕정에 괴로워 몸을 꿈틀대고 있었다.

태훈은 그런 애란의 머리와 어깨 그리고 등과 앞가슴을 부드럽게 애무했다. 허리를 굽히면 그녀의 엉덩이에도 손실이 닿았다. 태훈은 그녀의 온몸을 애무하면서 애란을 책임지지 못한 죄책감으로 괴로워하였다.

이윽고 애란이 태훈의 몽당비를 놓아주면서 무릎을 펴고 일어났다. 태훈은 이때를 기다렸다는 듯이 애란을 번쩍 들어올렸다. 그리고는 욕실에서 나와 프로레슬링 선수가 상대방 선수를 비행접시 태우듯 빙그르르 돌렸다가 침대 위에 사뿐히 집어던졌다.

* * *

태훈은 애란의 옷을 벗겼다. 오동포동한 그녀의 속살이 손끝에 닿는 순간, 태훈은 움찔움찔하였다. 금방이라도 정신착란을 일으킬 것만 같은 그런 순간이었다.

그녀의 앞가슴이 드러나고 있었다. 그녀의 앞가슴은 잘 익은 백도처럼 희고 고왔다. 태훈은, 애란의 그런 앞가슴을 확 물어뜯고 싶은 충동을 느꼈다.

그는 곧 그녀의 앞가슴으로 입술을 가져갔다. 역시 그곳에서도 꿀물이 철철 넘치고 있었다. 싱싱한 여자, 반반한 여자, 미끈한 여자, 교양미 넘치는 여자, 센스 있는 여자…… 그런 여자의 육체는 어느 누구를 막론하고 꿀을 뿜어내는 모양이었다.

태훈은 곧 애란의 아랫도리를 더듬었다. 그러자 그녀는 몸을 꼬면서, 가녀린 신음과 함께 연신 용트림을 하는 것이다.

드디어 그녀의 가장 비밀스런 부분이 드러났다. 그녀의 그곳은 숲이 가뭇가뭇하였고, 마치 전복 같은 모양의 옹달샘이 그 숲 속에 은밀히 숨어 있었다.

태훈은 입술로 옹달샘을 탐했다. 옹달샘에서도 꿀물이 흐르고 있었다. 그는 아래턱이 뻐근해질 때까지 그 짓을 멈추지 않았다.

이윽고 그는 애란의 몸 위에 자신의 몸을 올려놓았는데, 그와 동시에 몽당비의 위력이 나타나기 시작했다. 몽당비는 옹달샘, 아니 전복을 향하여 무섭게 돌진하였다.

애란이 으악, 하고 비명을 질렀다. 태훈은 그 비명이 밖으로 새어나가지 않을까 걱정했는데, 다행히도 천둥소리가 냉큼 그것을 삼켜버렸다.

애란은 줄곧 아픔을 호소했다. 몽당비가 어찌나 구석구석을 쓸어댔던지 전복은 필사적으로 움츠러들고 있었다. 그러나 태훈은 인정사정 돌보지 않았다. 그는 애란의 몸을 짓깔아 뭉개면서 무자비하게 몽당비를 휘둘렀다. 태훈은 정신없이 그녀에게로 함몰했다.

물 고인 옹달샘에 비가 내리고 있었다. 옹달샘 주위가 물기에 젖어 질척거리고 있었다.

비는 마침내 소나기로 변하고 있었다. 장대 같은 빗줄기가 억수같이 쏟아져 내렸다.

계곡에서 사나운 물줄기가 콸콸 흘러내리고 있었다. 물은 저수지로 흘러들고 있었다. 저수지 위에도 장대 같은 소나기가 쏟아지고 있었다.

저수지의 물이 부쩍부쩍 늘어나고 있었다. 물은 제방 정상까지 넘보고 있었다. 금방이라도 제방이 무너질 것만 같았다. 댐에도 폭우가 쏟아지고 있었다. 물이 부쩍부쩍 늘어나고 있었다. 담수가 댐을 위협하고 있었다.

물이 바다처럼 벙벙하였다. 그때쯤 해서 태훈은 구슬 같은 땀을 흘리고 있었다. 폭우가 내리면서 대지의 열기가 식었고, 실내온도 또한 서늘한 편이었지만, 그는 땀으로 멱을 감고 있었다.

몽당비는 역시 대단한 위력을 가지고 있었다. 과거 서차장이 자기의 그것을 잡아늘이며 자랑삼아 이야기한 적이 있었지만, 그따위 싸리비 정도는 도저히 비교의 대상이 될 수가 없었다.

성난 몽당비는 크루즈 미사일보다도 더 막강한 폭발력과 파괴력을 가지고 있었다. 오죽하면 몽당비의 공격을 받은 전복이 흐물흐물하다 못해 으깨질 지경이었다.

전복은 거의 곤죽이 되어 가고 있었다. 한데 전복은 곤죽이 되면 될수록 더 짜릿한 꿀맛을 내주는 것이었다. 몽당비는 그런 전복을 향해 더욱 공격의 고삐를 갑이체고 있었다.

정말이지 태훈은, 아니 몽당비는 지칠 줄 모르고 있었다. 전복이 움츠러들면 움츠러들수록 그의 몽당비는 더욱 난폭해지고 있었다.

서울로 돌아온 뒤에도 태훈은 애란을 자주 만나곤 하였다. 그 천부적인 꿀맛을 도저히 잊을 수가 없기 때문이다.

* * *

애란은 태훈의 몽당비를 만지고 있었다. 그녀의 부드러운 손길에 태훈의 몸은 불덩이처럼 달아오르고 있었다. 애란은 연신 태훈의 몽당비를 매만지고 있었는데, 태훈도 그녀의 옹달샘으로 손길을 가져갔다.

몸은 점점 더 뜨거워지고 있었다. 태훈은 다시 그녀의 입술에 자신의 입술을 가져갔다. 그녀의 입술에서는 꿀과 젖이 철철 넘쳐흐르고 있었다.

그는 애란의 앞가슴으로 입술을 가져갔다. 그녀의 앞가슴은 포도송이 같았고, 그녀의 콧김은 사과 냄새 같았다. 포도송이는 몽실몽실하면서도 달콤하였다.

* * *

얼마나 지났을까, 이번에는 애란이 다시 자세를 바꾸었다. 그녀는 태훈의 아랫배를 깔고 앉아 자신의 옹달샘에 태훈의 몽당비를 끌어들였다. 하늘로 뻗친 몽당비는 이내 그녀의 옹달샘으로 빨려 들어갔다.

태훈은 두 팔을 뻗어 그녀의 앞가슴을 어루만졌다. 그녀의 앞가슴은 이만저만 부드러운 것이 아니었다. 갓난아이 살결이 이러할까. 아, 아…… 태훈은 손바닥에 미치는 그 감촉으로 말미암아 거의 미칠 지경이었다.

방아를 찧듯이 은아는 온몸을 들썩거렸다. 그 와중에서도 태훈은 문득 '천안삼거리'라는 민요를 생각했다. 능수버들 휘늘어진 천안삼거리, 태훈과 애란의 삼거리.

즉 아랫배와 두 다리 사이에는 능수버들이 휘늘어져 있었고, 애란은 그 민요의 박자와 비슷한 율동으로 방아를 찧고 있었다.

천안 삼거리 흥
능수야 버들은 흥
제멋에 겨워서 흥
축 늘어졌구나 흥
에루화 좋구나 흥
성화가 났구나 흥.

애란의 율동은 그렇게 유연할 수가 없었다. 그녀의 허리는 능수버들만큼이나 유연했다.

그들의 '천안삼거리'는 끝이 없었다.

* * *

능수버들이 덩실덩실 춤을 추고 있었다. 삼단 같은 머리카락처럼 휘늘어진 능수버들은 바람이 거칠어지자 사납게 요동치고 있었다. 버들가지들이 이리저리 뒤엉키고 있었다.

이윽고 비가 내리기 시작했다. 버드나무 숲에도 비가 내리고 있었다. 비는 마침내 소나기로 변해 장대 같은 빗줄기가 좌악좌악 쏟아져 내렸다. 시원했다. 폭염으로 달구어진 대지가 한꺼번에 식고 있었다. 조금 전까지만 해도 눅진눅진했던 공기가 대번 서늘해지고 있었다.

번개.

그리고 천둥.

번개가 번쩍, 하고 지나가면 뒤이어 천둥이 대지를 흔들었다. 우르르 쾅쾅, 콰과광 쾅.

도랑물이 흐르고 있었다. 사납게 불어난 도랑물에 풀잎들이 일제히 드러눕고 있었다. 도랑가에 자라난 잡초들이 도랑물에 휩쓸리고 있었다.

원두막 주위에도 비바람이 휘몰아치고 있었다. 미루나무들이 바람에 뽑힐 듯 흔들렸다. 원두막의 차양 한 자락이 바람에 떨어져나가 수박밭 모퉁이로 날아가고 있었다.

번개.

그리고 다시 천둥.

여기저기 번개가 난무하였고, 천둥의 꼬리를 물고 이어졌다. 쾅, 쾅, 우르르 쾅쾅. 태훈과 은아는 그야말로 무아지경에 이르러 있었다.

태훈은 번쩍 상체를 일으키며 애란을 부둥켜안았다. 얼마나 오래 시간을 끌며 힘을 들였던지 두 사람은 땀으로 흠뻑 젖어 있었다. 온몸이 미끈거렸다.

(자유문학사, 1995)

□ 이광수 「무정」

선형은 가만히 앉았는 부처와 같다 하면, 영채는 구름 위에서 춤을 추고 노래하는 선녀와 같다 하였다. 선형의 얼굴과 태도는 그린 듯 하고, 영채의 얼굴과 태도는 움직이는 듯하다 하였다. 영채의 얼굴은 잠시도 한 모양이 아니요, 마치 엷은 안개가 그 앞으로 휙휙 지나가는 모양으로 얼굴의 빛과 눈찌가 늘 변하였다. 그러면서 그 변하는 모양이 말할 수 없이 아름답고 얌전하였다.

그의 말소리도 정이 자우침을 따라 높았다 낮았다, 굵었다가 가늘었다, 마치 무슨 미묘한 음악을 듣는 듯하였다. 실로 형식과 노파가 그렇게 슬퍼하고 눈물을 흘린 것은 영채의 불쌍한 경력보다도 그 경력을 말하는 아름다운 말솜씨였다.

형식은 아까 품었던 영채에게 대한 불쾌한 감정을 다 잊어버리고, 눈앞에 보이는 영채의 모양을 대하여 한참 황홀하였다.

형식의 눈앞에 보이는 영채가, "형식씨, 저는 세상에 오직 당신을 믿을 뿐이외다. 형식씨 저를 사랑하여 주십시오 저는 이 외로운 몸을 당신의 품속에 던집니다." 하고 눈물 고인 눈으로 형식을 쳐다보는 듯 하였다.

형식은 마음속으로, "영채씨, 아름다운 영채씨, 박 선생의 따님인 영채씨, 나는 영채씨를 사랑합니다. 이렇게 사랑합니다." 하고 두 팔을 벌리고 있는 시늉을 하였다.

형식의 생각에 영채의 따뜻한 뺨과 자기의 뺨에 와 스치고 입김이 자기의 입에 와 닿는 듯하였다. 형식의 가슴은 자주 뛰고 숨소리는 높아졌다. 옳다, 사랑하는 영채는 내 아내로다, 회당에서 즐겁게 혼인 예식을 행하고 아들 낳고 딸 낳고 즐거운 가정을 이루리라 하였다.

(우신사, 1997)

□ 이광수 「유정」

　　"저를 한 번만 안아주셔요. 아버지가 어린 딸을 안 듯이 한 번만 안아주셔요."

하고 내 앞으로 가까이 와 서오.

　　나는 팔을 벌려 주었소. 정임은 내 가슴을 향하여 몸을 던졌소. 그리고 제 이 뺨 저 뺨을 내 가슴에 대고 비볐소. 나는 두 팔을 정임의 어깨 위에 가벼이 놓았소.

　　이러한 지 몇 분이 지났소. 아마 일 분도 다 못되었는지 모르오.

　　정임을 내 가슴에서 고개를 들어 나를 뚫어지게 우러러보더니, 다시 내 가슴에 낯을 대더니—아마 내 심장이 무섭게 뛰는 소리를 정임은 들었을 것이오—정임은 다시 고개를 들고,

　　"어디를 가시든지 편지나 주셔요."

하고 굵은 눈물을 떨구고는 내게서 물러서서 또 한 번 절하고,

　　"안녕히 가셔요. 만주든지 아령이든지 조선 사람 많이 사는 곳에 가셔서 일하고 사셔요. 돌아가실 생각은 마셔요. 제가, 아버지 말씀대로 혼자 떨어져 있으니 아버지도 제 말씀대로 돌아가실 생각은 마셔요, 네. 그런다고 대답하셔요!"

하고는 또 한 번 내 가슴에 몸을 기대오.

(문학과현실사, 1994)

□이광수 「재생」

봉구는 경주의 불덩어리 같은 몸이 자기의 가슴에 닿음을 깨달을 때 부지불각에 두 팔로 경주를 껴안아 주었다. 경주는 눈을 감고 얼굴은 술 취한 사람 모양으로 붉었다. 그리고 그의 좀 두껍다 할 만한 입술은 반쯤 열린 대로 봉구의 눈앞에서 불같은 김을 토하고 있다.

봉구는 마침내 불쌍한 거지에게 물건을 던져주는 듯한, 또는 병신 아이에게 불쌍히 여기는 귀염을 주는 듯한 태도로 경주의 열린 입술에 입을 대었다.

(우리문학사, 1996)

□이규희 「속솔이뜸의 댕이」

검은 그림자가 그녀를 알아보자, 와락 거칠게 끌어안아 버렸다. 뜨겁고 거센 압박을 느끼며, 그녀는 비좁고 어두운 굴속으로 빨려 들어가는 것 같은 제 몸을 내맡기었다. 죽을 것만 같이 죄어드는 숨막힘 속에서 그녀는 꿀꿀이를 좋아하는 제 마음을 알았다. 어머니의 말 때문이 아니라, 벌써 그 이전에 꿀꿀이를 무척 그리워하고 있었던 저 자신을 그녀는 깨달았다. 댕이는 높고 편편한 꿀꿀이의 어깨너머로 얼굴을 빼고 숨을 쉬었다. 어둠을 마시며 한들거리는 검은 나무잎새들로 별무리들이 또록또록 눈짓을 보냈다. 이 순간을 위해 새로 돌아온 별들인 것같이 그녀는 황홀하게 바라보았다.

(법원사, 1985)

□이규희 「천단」

안방에 들어와서 얇은 이불을 깔고 부부는 누웠다. 은희는 초저녁에 심하게 보채다가 깊은 잠에 빠져들었는지 아무런 기척도 없이 자고 있었다.

"과수원에 제법 사과가 열렸더군."

남편은 바로 돌아누우며 뒤적뒤적 담배를 말아서 불을 붙였다. 미제 지프라이터 불빛이 어둠에 반짝거렸다. 옥진은 알 수 없는 어떤 뜨거운 욕망 같은 것이 가슴속에서 치밀어 올라왔다. 남편 김준철과 오랜만에 단둘이서 누웠다는 생각이 그녀의 작은 가슴을 잔잔히 흔들어 놓았는지 도 모른다.

옥진은 담배를 깊게 빨아 길게 내뿜는 남편의 모습을 물끄러미 쳐다 보다가 너무 멋있다는 생각이 들었다. 순간 자신도 모르게 얼굴에 빨 갛게 홍조가 피는 것을 애써 참으며 화제를 다른 곳으로 돌렸다.

"당신이 출근하시고 나면 집이 너무 커서 허전할 것 같아요."

"그래 맞아! 아무래도 집안 일을 돌봐줄 사람이 있어야겠어……"

남편이 길게 연기를 내뿜었다. 밤도 점점 깊어 가는지 풀벌레들의 소 리는 더욱더 극성을 부리며 아련하게 옥진의 귓가를 간지럽히며 길게 혹은 짧게 들려왔다. 준철은 잠자는 듯이 가만히 눈을 감고 있는 아내 를 보는 순간 강한 충동이 일어났다. 남자로서 주체할 수 없는 사랑이 가슴속 끝에서 말초신경을 자극하며 천천히 꿈틀거렸다. 준철은 피던 담배를 끄고 조용히 그녀를 감싸 안았다. 옥진은 따뜻하고 포근한 남자 의 싱그러운 냄새를 느끼며 남편의 가슴을 파고들었다. 풀벌레들의 소 리를 뒤로 하고 두 사람은 깊고 깊은 입맞춤을 했다. 달님은 수줍은 듯 구름 사이로 숨었고 서로의 깊은 애정을 확인하듯 행복한 밤은 점점 깊 어만 갔다.

* * *

부영이는 술상을 밀어놓고 준철의 가슴을 손으로 더듬어갔다. 마음속 에서 항상 그리던 남자의 품에 안긴 부영이는 행복하기만 했다. 그녀의 손에는 어떤 뜨거운 유혹의 마력이 있는지 손이 닿을 때마다 자신이 점 점 흥분하고 있다는 것을 느낄 수 있었다. 준철의 머릿속은 알코올로 생각이 흐려져 부영이의 유혹만이 뜨거운 가슴을 불타게 하였다. 부영이는 노련했다. 하나하나씩 허물을 벗기듯이 준철의 옷을 벗긴 그녀는 남자의 말초신경을 잘 알고 있는지 머리에서 발끝까지 부드러운 손으로 때로는 햄의 혓바닥처럼 촉촉한 입술로 준철의 벌거벗은 몸을 더듬어 갔다. 때론 길고 때로는 짧게……

준철은 정신이 점점 더 몽롱해졌고 그녀의 동작에 빠져버린 몸은 뜨겁게 달아올랐다. 기차가 소리 없이 터널 안으로 들어가듯이 준철의 몸의 일부가 부영의 손에 의해 그녀의 몸 속 깊이 들어갔을 때 부영은 절규하듯 흐느낌의 소리를 내뱉었다. 준철 역시 황홀경 속으로 빠져들었고 그의 입에서도 '아……' 짧은 신음소리가 흘러나왔다.

* * *

화실이는 눈물을 흘리면서 옥진의 치마를 부여잡았다. 옥진은 순간 덜컥 내려앉는 가슴을 진정시키며 심상찮은 예감이 집 주위를 맴돌고 있다는 걸 알았다. 은희를 화실에게 맡기고 들어가지 말라는 듯 치마를 부여잡은 손을 뿌리치며 소리 없이 현관문을 열었다.

"아~ 아~ 아……"

여자의 교태 섞인 행복한 신음 소리가 안방문 틈으로 흘러나오고 있었다. 옥진은 순간 하늘이 아득해져오며 노래지는 것을 느꼈다. '아니야 잘못 들은 소리야. 아니야.' 옥진은 귓전을 맴도는 신음 소리를 스스로 부정하고 싶었다. 조용히 다가가던 옥진은 안방으로 통해 있는 유리창으로 방안을 두리번거리며 살펴보았다.

옥진은 스스로 눈을 감고 말았다. 갑자기 눈물이 흘러내렸고, 모든 것이 무너지고 있었다.

방안에는 남편 준철과 그 밑에 발가벗은 여인 화자의 행복에 젖은 얼굴이 눈에 들어왔다. 옥진은 온몸의 맥이 풀리면서 무슨 일을 어떻게 해야 될지를 몰랐다. 그녀의 슬픈 가슴속으로 화자의 교태 섞인 신음 소리가 길게 울려 퍼졌다. 그 뒤에 가끔 들려오는 남편의 신음소리와 함께……

(대흥, 1989)

□ 이균영 「나뭇잎들은 그리운 불빛을 만든다」

그녀의 손이 석우의 소매 속 팔 위를 더듬거리며 올라왔다. 석우는 아무 말도 할 수 없었다. 이대로 좋았다. 가난, 무지도 좋았다. 옥순과 함께 있을 수 있다면 모두 좋았다.

* * *

격렬한 입맞춤과 애무, 박석우가 그녀를 눕혔을 때 옥순은 조심성 없이 소리를 내지르며 그를 재촉했다. 석우는 서둘러 바지를 벗었으며 건넌방에서 이쪽에 두 귀를 모으고 있을 행상 부부를 생각했지만 상관없었다. 터널이 나타나면 혹 끝나지 않을 것 같은 어둠에 공포를 느끼지만 터널을 지나면 길어야 5분 진입 이전보다 훨씬 맑아진 하늘, 눈부신 구름, 정다운 나무들을 만날 수 있다.

그러나 옥순의 가슴을 애무하던 손과 혀를 아래로 움직여가던 박석우는 어느 순간 이상한 기미에 움직임을 멈추었다. 그를 받아 뜨겁게 열리려던 옥순의 몸이 조금씩 굳어지고 있었다. 석우는 그녀의 몸 위에서 엉거주춤 구부린 자세로 그녀를 위로했다.

* * *

으레 그랬지만 그날 밤의 정사는 석우에게 특별히 잊히지 않은 것이었다. 비밀스럽고 오랜 소망, 안타까움, 가슴 졸인 기다림이 망울을 터뜨리며 푸른 하늘, 바람과 풀벌레, 너그러운 땅에 완전히 그것을 노출하듯 아진은 그랬다. 슬픔과 기쁨을 가를 수 없는 그녀의 눈물은 역시 슬픔과 기쁨을 가를 수 없는 신음 소리와 함께 문살에 새벽빛이 들도록 그치지 않았다.

* * *

정미의 손은 따뜻하였고 내 주머니 속에서 만난 그립던 두 손은 떨어질 줄 모르고 끝없이 애무하였다. 나는 때로 큰 소리로 우리의 정세, 이 민족의 운명을 열변으로 토로하고 때로는 그녀의 숨결을 느끼기 위하여 끝없이 고요히 하얗으며 가슴에 불이 끓어오를 제는 이제 숨김없이 그녀의 입술에 키스를 퍼붓고 가슴마저 애무하였다. 그녀의 입술과 가슴보다 이제 더이상 나를 거부하지도 않고 어쩌면 나보다 열렬히 나를 원하였음을 느끼고 제일 기뻤다.

* * *

명신이 그의 벗은 몸을 손으로 쓸다 어깻죽지 흉터에 손이 닿으며 움찔하였고 오른쪽 옆구리에서 아랫배 쪽으로 길게 찢어졌다 아문 생채기에 손이 닿으면 또 움찔했다. 스물한 살 때 압곡 경찰서에서 오금필에게 당한 고문의 흔적이었다. 잠자리에서 열이 오르면 오명신은 유독 남편의 아랫배 쪽 흉터를 조심스레 오래오래 핥았다. 그러면 두 사람 사이엔 곧 이상한 흥분이 왔다. 증오와 고통과 종교나 윤리 그 무엇으로 감당할 수 없는 화해가 그 행위 속에 들어 있었다. 젊은 시절 흉터 자국을 애무하는 잠자리의 젊은 아내의 모습을 떠올리며 박용태는 한 손으로 셔츠 아래 흉터를 가만히 쓸어보았다.

(민음사, 1997)

□ 이무영 「농민」

눈을 딱 부릅뜨고 팔을 낚아채니 계집아이의 상체가 앙가슴에 와서 턱 들어 안긴다. 그때는 벌써 승지의 긴 팔이 낙지처럼 음전이의 상체를 휘어감았었다.

(동아, 1995)

□ 이문구 「장한몽」

그녀 손목을 살금살금 잡아본 것은 서대문 네거리 화양극장에서 〈목포의 눈물〉을 볼 때, 그녀가 너무 자주 울어 달래느라 어루만지는 시늉으로였으며, 그 눈오던 날 경복궁 어느 구석인가에 아직도 있을 화양나무 밑에서, 입을 처음 맞댄 찝찌름한 감촉에 이어, 그녀의 잔등을 두 손으로 쓸어봐서야 브래지어 없이 스웨터만 입었음을 안 탓으로 문득 아랫도리의 무게가 느껴져 냉큼 두 손으로 토실토실하고도 팽팽한 엉덩이를 한아름 감싸안고, 자기 허리 아래의 위치에 맞춰 눈치껏 접선을 해보기도 한 터였다.

(양우당, 1993)

□ 이병주 「마술사」

이 욕망의 바람이 인레의 젊은 육체에 전달되었음인지 인레의 숨소리는 신음하듯 가빴다. 눈을 감은 채 있는 얼굴, 그 긴 눈썹이 만월의 빛을 받아 화사한 얼굴 위에 섬세한 그림자를 엮었다. 우주의 만상이 일제 그 소리를 죽인 것 같았다. 송인규는 자기 가슴속에서 울려나오는 심장소리를 거대한 망치로써 성벽을 치는 소리처럼 들었다. 그는 인레의 뜨거운 입술에 자기의 볼을 비볐다. 분류하는 욕망은 출구를 찾아야만 했다. 송인규는 인레의 육체, 그 깊은 속으로 스스로를 함몰시킬 행동으로 옮기고 있었다. 인레는 온몸으로 열병을 앓는 사람처럼 뜨거웠다. 그리고 떨었다. 그의 욕망의 첨단이 깊은 속에서 저항에 부딪치는 것 같았을 때 송인규는 비로소 인레의 깊은 곳에 스스로 묻었다. 인레의 육체는 환희를 고통하고 환희는 반복 속에서 움직였다. 급격한 높이에 이른 욕망이 가라앉자 송인규는 주위를 살폈다. 만월은 피를 머금은 것처럼 보였다. 주위의 신용이 심엄한 힐객처럼 다가섰다.

(삼성출판사, 1972)

□이상문 「계단 없는 도시」

그의 볼기를 탁탁 두들기면서 그녀가 말했다. 그녀는 타월을 들고 자신의 얼굴이며 가슴께로 흐르고 있는 땀을 닦아냈다.

기철은 그녀를 침대 위로 넘어뜨렸다. 문득 여선생님의 엉덩이에 배어 있던 꽃분홍색 생리혈이 눈앞에 스쳤다. 그는 성급하게 그녀의 유두에 입을 가져갔다.

너를 오늘 녹초로 만들어주마! 방금 남자 선생님에게 뺨을 얻어맞고 나동그라지기라도 한 것처럼 그는 씩씩거리며 덤벼들었다. 그의 입술이 유두를 물어뜯듯 하자 여자가 몸을 뒤틀면서 뚝뚝 끊어지게 감창을 토해내기 시작했다. 한껏 몸이 부풀고 있었다. 여자가 제 손으로 팬티를 벗어버렸다. 그의 입술이 그녀의 몸을 훑어 내렸다. 가슴에서 허리로 허리에서 허벅지로 자맥질하듯 했다. 그러다가 다시 거꾸로 치솟는 물줄기처럼 귓불까지 치켜올라가기도 했다.

그토록 진지하고 적극적으로 여자를 대해본 적이 지금껏 없었던 것 같았다.

(동서문학사, 1991)

□이순원 「독약 같은 사랑」

그리고 우리는 그런 격정적인 섹스를 했다. 내가 그녀를 안았을 때 그녀는 몸부터 씻고 오겠다고 했지만, 그녀 몸 아래의 석탄처럼 빛나던 검은 숲에 가장 먼저 가 닿았던 것도 내 얼굴과 내 입술이었다. 내가 거칠게 밀어붙일 때마다 그녀의 몸은 활처럼 휘었고, 가슴 위에 문신처럼 찍은 붉은 점은 파도처럼 흔들렸으며, 차라리 비명이라고 해도 좋을 우리의 신음소리는 창문을 깰 듯 했다. 내 귀가 그것을 기억하고, 내 눈이 그것을 기억하고 내 입술이 그녀의 모든 것을 기억하게 했다. 그러면서도 나는 끝없이 끝없이 그것을 물었다. 지금 내 몸이 어디 있느냐고, 지금 내 몸이 네 몸 안에 있는 것이 맞느냐고.

그녀가 나무였던 것이 아니라 내가 그녀 몸 안의 나무였던 것이다. 우리의 격정적인 섹스가 끝났을 때, 창문 너머로 우리를 지켜보던 7월의 폭양 아래 땀으로 젖은 네 몸은 유릿가루를 뿌린 듯 빛났어. 햇빛이 뚫고 와 머문 마지막 자리도 그 햇빛 아래 석탄처럼 검게 빛나던 네 몸 아래의 숲이었고……

(『현대문학』, 1998. 2)

□이은성 「동의보감 (상)」

비록 육례를 갖추지 못한 채 명색뿐인 초례상 앞에서 구일서를 집사 삼아 교배례와 진찬만으로 생략한 혼인절차였으나 그 신랑을 맞아주는 다희의 가슴은 따뜻했다. 분첩처럼 부드럽고 섬세한 그녀의 살결들이 허준의 거센 숨결 앞에서 때때로 경련했다. 어디선가 꽃망울이 터지는 소리가 들리듯이 조용히 봄밤은 깊어갔다.

(창작과비평사, 1990)

□이혜경 「노래하는 여자 노래하지 않는 여자」

잠결에 누군가 들어서는 바람에 내 심장은 금방이라도 떨어져나갈 듯이 거세게 뛰었다. 그게 남편이라는 걸 알고 난 뒤에 고동은 더 커졌다. 남편은 옷을 벗어던지고 있었다. 옷을 벗는다기보다는 답답한 가죽을 쥐어뜯는 동작이었다. 거칠어진 날숨이 술 냄새를 풍기고 있었다. 옷을 벗은 남편은 내 가슴살을 우악스럽게 쥐었다. 남편의 몸이 내 몸 위에 실렸다.

(민음사, 1998)

□ 이호철 「소시민」

나도 그 재미있게 웃는 소리에 와들와들 떨려 오는 기분을 다소 누그러뜨리며 돌아누웠다. 주인 마누라는 어느새 나를 꼬옥 껴안았다. 그저 그렇게 입은 채로의 나를 껴안기만 했다. 내 수줍은, 계집애처럼 순진한 두 눈을 들여다보고 들여다보고 하였다. 내 두 귀를 잡고 자꾸 내 표정을 보고싶어 하기도 하였다.

* * *

바로 그때, 갑자기 그녀는 기운을 쓰며 달려드는 것이 아닌가. 나는 얼결에 어느새 그녀를 끌어안고 있었다. 먼 바다 불빛 하나가 부풀면서 가까이 다가오고 우리는 엉뚱한 일을 저지르고 있었다. 그녀는 예상했던 대로 이런 일에 꽤 익숙해 있었으나 나는 처음이었다. 처음의 일로는 너무나 싱거운 것이라고 생각했을 때는 이미 늦어 있는 것이었다.

* * *

어두운 남부민동 골목으로 접어들자, 우리는 또 포옹을 하였다. 사람이 없을 만하면 호젓한 담 모퉁이에 기대어 서서 악착스럽게 입을 빨아대고는 하였다. 그녀는 안간힘을 쓰면서 여자치고는 무지막스럽게 내 두 볼을 비틀어 쥐고는 하였다. 우리는 이런 일이 또 서로 우스워져서 끼들끼들 웃다가 또 입을 빨다가 하였다. 이러다가도 멀리 지나가는 자동차의 헤드라이트 불빛이 어른거리거나 사람 기척이 들리면 오누이처럼 얌전하게 손을 잡고 송도 쪽으로 걷고는 하였다.

* * *

그러나 어차피 주인 마누라의 탐욕적인 눈초리와 높아지는 숨소리는 나로 하여금 가만히 있도록 내버려두지는 않아서 어느새 주인 마누라와 나는 세상에도 해괴한 일을 치르고 있었다. 이렇게 도망갈 구멍이 추호도 없이 사방이 콱콱 막혔으니, 이것도 내 탓은 아닐 것이라고 체념 섞어 생각해 버렸다.

* * *

그녀는 하늘을 한번 올려다보고 다시 한숨을 쉬었다. 그것은 입으로 쉬는 한숨이 아니라 그녀의 어깨를 잡은 팔을 통해서 느껴지는 그런 깊은 한숨이었다. 우리는 잠시 말이 없었다. 그러자 문득 그녀의 어깨를 잡은 팔이 어색하게 느껴져 왔다. 어떻게 자연스럽게 팔을 풀어야 할지 망설여졌다. 순간 그녀가 목을 비틀어 나를 돌아보았다. 그러자 갑자기 도회지 여자의 엷은 웃음을 흘리며 입을 뽀족이 내 쪽으로 내미는 것이 아닌가. 너무나 자연스럽고, 너무도 당연한 몸짓이어서 선뜻 피할 수가 없었다. 나는 내가 생각해도 내 눈길이 따뜻할 것이라고 생각하며, 한 손가락으로 그녀의 입 끝을 세로로 가볍게 눌렀다.

(동아출판사, 1995)

□ 이효석 「메밀꽃 필 무렵」

"달밤이었으나 어떻게 해서 그렇게 됐는지 지금 생각해도 도무지 알 수 없어."

허생원은 오늘밤도 또 그 이야기를 끄집어내려는 것이다. 조선달은 친구가 된 이래 귀에 못이 박히도록 들어왔다. 그렇다고 싫증을 낼 수도 없었으나 허생원은 시치미를 떼고 되풀이할 대로는 되풀이하고야 말았다. … (중략) …

"장선 꼭 이런 날 밤이었네. 객줏집 토방이란 무더워서 잠이 들어야지. 밤중은 돼서 혼자 일어나 개울가에 목욕하러 나갔지. 봉평은 지금이나 그제나 마찬가지지. 보이는 곳마다 메밀밭이어서 개울가가 어디 없이 하얀 꽃이야. 돌밭에 벗어도 좋을 것을, 달이 너무나 밝은 까닭에 옷을 벗으러 물방앗간에 들어가지 않았나. 이상한 일도 많지. 거기서 난데없는 성서방네 처녀와 마주쳤단 말이네. 봉평서야 제일 가는 일색이었지……

팔자에 있었나부지."

아무럼 하고 응답하면서 말머리를 아끼는 듯이 한참이나 담배를 빨 뿐이었다. 구수한 자줏빛 연기가 밤기운 속에 흘러서는 녹았다.

"날 기다린 것은 아니었으나 그렇다고 달리 기다리는 놈팽이가 있는 것두 아니었네. 처녀는 울고 있단 말야. 짐작은 대고 있으나 성서방네는 한창 어려워서 들고날 판인 때였지. 한집안 일이니 딸에겐들 걱정이 없을 리 있겠나? 좋은 데만 있으면 시집도 보내련만 시집은 죽어도 싫다지…… 그러나 처녀란 울 때같이 정을 끄는 때가 있을까. 처음에는 놀라기도 한 눈치였으나 걱정 있을 때는 누그러지기도 쉬운 듯해서 이럭저럭 이야기가 되었네…… 생각하면 무섭고도 기막힌 밤이었어."

(금성출판사, 1992)

□이효석 「분녀」

불 하나를 끄니 가게 안은 어둑스레하다.

만갑이는 마루에 걸터앉아 강희의 팔을 잡아끈다. 뿌리치고 빼다가 전봇대 모서리에서 붙들렸다.

"손가락 겨냥 좀 해볼까."

우격으로 끌리운다.

마루에 이르기 전에 만갑이는 날쌔게 남은 등불을 마저 죽여버렸다.

어둠 속에서 분녀는 씨름꾼같이 왈칵 쓰러졌다. 더운 날숨이 목덜미를 엄습한다. 굵은 바로 얽어 매인 것같이 몸이 가쁘다.

'미친 것.'

즐거서 들어온 것은 아니나 굳이 거역할 것이 없는 것은 몸이 떨리기는 하나 거듭하는 동안에 마음이 한결 유하여진 것이다. 무엇보다도 어둠에는 눈이 없는 까닭에 부끄러운 생각이 덜하다.

(동아출판사, 1995)

□이효석 「오리온과임금」

순간, 책상모서리에 부딪힌 초상화판의 유리가 바싹 부서지고 같은 순간에 화판 밑에 깔린 촛불이 쓰러지며 방안은 어둠 속에 잠겨버렸다.

"에그머니!"

돌연히 놀란 나오미는 반사적으로 나에게 붙었다.

'그에게 대하여 공연히 불손한 언사를 희롱한 것을 노여워함이 아닌가.'

돌연한 변에 뜨끔하여서 이렇게 직감적으로 느끼며 어찌할 바를 몰라 잠시 잠자코 있던 나는 그러나 더 놀라운 것을 당하였다. 별안간 목덜미와 얼굴 위에 의외의 따뜻하고 부드러운 촉감을 받았던 것이다. 피의 향기가 나의 전신을 후끈하게 둘러쌌다.

다음 순간 목덜미의 부드럽던 촉감은 든든한 압박감으로 변하고 얼굴에는 전면 뜨거운 피를 끼얹는 듯한 화끈한 김과 향기가 숨차게 흘러오고, 입술에는 타는 입술이 와서 맞닿았다.

그리고 물론 동시에 다음과 같은 떨리는 나오미의 애원하는 목소리가 후둑이는 그의 염통의 고동과 함께 구절구절 찢기면서 나의 귀를 스쳤던 것이다.

"안아주세요! 저를 힘껏 안아주세요."

(동아출판사, 1995)

□장용학 「비인 탄생」

사내의 가슴에 얼굴을 부비면서 흐느끼는 것이었다. 사내는 여자의 입술을 찾았다.

'유희와 결혼해도 좋아!'

'싫이! 싫이!'

입술로 지호의 말을 막아버리는 것이었다.

이른 봉오리가 내일 모레면 부끄러움을 열려 하는 목련화의 무위(無爲) 밑에서 두 남녀의 정열은 그렇게 화석(化石)이 되었다. 그것은 서로 헤어지지 못해하는 화석이었다.

(어문각, 1975)

□ 장용학 「원형의 전설」

숨을 조금 크게 쉬어도 몸이 서로 닿을 듯한 사이를 두고 두 남녀는 대결하고 있는 것입니다.

"공연할 생각이 없으면 손가락 끝으로 내 가슴을 밀어내요. 그러면 나는 물러갈 것이오."

"……."

빤히 쳐다보던 지야의 손가락이 이장의 가슴으로 뻗어올라갔습니다. 이장의 마른입이 지야의 젖은 입술에 닿았습니다. 가슴에서 주춤했던 지야의 팔은 기다리고 있었던 것처럼 사내의 목에 감기는 것입니다.

"놔요……."

꿈에서 깨어난 듯 몸을 빼낸 지야는 이장의 시선을 휘감으면서 침대에 가 몸을 던지는 것이었습니다. 누출되고 싶어하는 풍요한 욕정, 이제는 부끄러움도 벗어 던지고, 성의 흐느낌에 육신이 겨운 것이었습니다.

(동아출판사, 1995)

□ 전경린 「내 생에 꼭 하나뿐일 특별한 날」

얼마간은 침대에 나란히 앉은 채 손끝으로 살갗을 쓰다듬기만 했다. 아주 고요했고 숨을 쉴 때마다 부드러운 암시나 최면처럼 그의 냄새가 천천히 나의 목구멍으로 넘어왔다. 내 몸에 그의 냄새가 가득 찼다고 느끼는 순간 마침내 그가 나를 끌어안았다. 낯선 몸이 처음 안을 때의 기분은 몹시 섬세하고 자극적이어서 신경이 곤두섰다. 그의 몸도 나처럼 차가웠고 몸의 잔털이 바르르 서 있었다. 그는 나를 꽉 끌어안은 상태에서 손을 돌려 등의 브래지어 호크를 풀었다. 그리고 성급하게 눈으로 보려 하지 않고 가슴으로 나의 가슴을 누른 채 가만히 느끼기만 했다. 그것은 자연스럽고 매력적인 방법이었다. 잠시 뒤에 그는 나를 일으켜 세우고 약간 간격을 띄웠다. 그리고 나의 마지막 속옷을 벗겼다. 그리고 재빨리 간격을 메워 가까이 다가섰다. 그러자 맨몸이 되었는데도 전혀 어색한 느낌이 들지 않았다. 잔털이 먼저 스치고, 긴장된 피부가 건드러지고 내 키가 그이 목께에 닿는 것을 느꼈다. 두 사람의 목이 이쪽과 저쪽으로 감기고 부딪치며 가볍게 흥분하고 그리고 짧게 입술을 부딪치고 저절로 열리는 입술의 틈으로 입술들이 흡입하고, 그리고 체온과 맛이 다른 혀가 입 속으로 와락 넘어 들어오고, 그리고 말이 얽히고, 기우뚱 중심을 잃으며 서로의 팔 속으로 좀더 다가서고, 그리고……

(문학동네, 1999)

□ 정연희 「순결」

둘이나 있을 때면 광하는 타오르는 불길이었다. 입술을 허락하는 것이 그렇게 타오르는 광하의 전신에 기름을 끼얹는 일이라는 것을 나는 알고 있었다. 길들여진 감각 위에 무르익어 가는 여체가 발돋움하는 호기심을 나는 애써 감추어야 했다. 그러나 그날, 그는 야수였다. 나는 제우스에게 쫓기는 처녀 에우로페처럼 그를 피하여 달아나려고 했다.

* * *

방안의 불이 꺼지고 광하의 육체에서는 불길이 치솟았다. 남성의 육체 속에 담고 견뎠을까. 육욕은 불길이며 아우성이며 살의였다. 그는 마음껏 마음껏 몸을 살랐다. 그러다가 무엇을 느꼈는지 잠깐 얼어붙은 몸짓으로 물었다.

* * *

살이 살에게 스며들고 뼈가 뼈에게 녹아들었지만 그것은 건널 수 없는 영겁의 늪이었다. 지사에서 누릴 수 있는 모든 기쁨과 슬픔을 한꺼번에 끌어안아 녹일 수 있는 용광로가 되었지만 눈물의 강을 건널 길은 없었다. 상아빛의 명주 예복은 윤후와 내 육체의 사이에서 눈처럼 녹기 시작했지만 눈물의 강은 시간의 마법에 걸려 얼어붙기 시작했다. 몸부림은 얼음의 칼날이 되어 두 사람의 마음을 찔렀다. 몸부림은 깨어진 얼음 조각이 되어 두 사람의 영혼을 찔렀다. 그리고 함께 피를 흘리기 시작했다.

(문화마당, 1999)

□정을병 「피임사회」

간호원은 텅 빈 진찰실에 앉아서 수음을 즐기고 있었다. 클리토리스가 이상발육한 그니는 다리와 다리로써의 마찰이 상당한 쾌감을 불러일으켜 주었다. 그니는 한참 동작을 계속하다가 말고 아쉬운 듯이 자리에서 일어났다. 결정적인 순간에 방해물이 나타나서는 안 될 것이었다.

* * *

방과후 공원으로 끌려간 정연은 영숙에게서 처음으로 수음을 배웠다. 정말 이상한 기분이었다. 쾌락이라고는 할 수 없는 간지러움의 총합체 같은 느낌이었다. 전신의 피부가 제각기 간지럼을 타고 있는 듯 하는 느낌이었다.

(삼성출판사, 1974)

□조경란 「가족의 기원」

그는 맨종아리를 드러내놓은 채 사이다 캔 뚜껑을 따고 있었다. 나는 도로 누워버렸다. 아까부터 그는 줄곧 화가 나 있는 상태였다. 사정하기 바로 직전에 나는 그의 뒤통수를 잡아채며 몸을 빼내고 말았다. 싫어, 혼자 해. 티슈를 뽑아 밑을 닦았다. 그가 어처구니없다는 표정으로 내 팔을

잡아당겼다. 왜, 지금 괜찮을 때잖아. 나는 순간적으로 빽 소리쳤다. 싫
어, 싫다구. 혹시 잘못되기라도 하면…… 나는 애를 낳지 않을 꺼야. 그
는 눈썹을 치켜올리며 허공에 대고 팔을 휘저었다. 너, 꼭 그렇게까지 악
착을 떨어야겠니?

* * *

나는 노인의 입술에 내 혀를 밀어 넣었다. 쓰디쓴 한약 냄새와 달인
대추탕처럼 들큰한 맛이 혀끝에 묻어났다. 노인의 몸에 내 몸을 밀착시
켰다. 좀더 깊이 노인의 입술에 혀를 밀어 넣으면서 한 손을 사타구니
사이로 가져갔다. 노인이 다시 잠들 때까지, 나는 눈을 떼질 않았다.

* * *

당신 먼저 샤워할래? 찌그러진 캔들을 쓰레기봉투에 넣으면서 그가
물었다. 아니, 같이 해요. 나는 먼저 내 옷을 벗고 그의 셔츠와 반바지
를 벗겼다. 샤워 물줄기를 세게 틀어 그의 몸에 비누칠해 주고 그의
머리카락들을 샴푸질했다. 노르웨이 지도 같은 그의 옆구리의 상처와
엄지발가락보다 두 번째 발가락이 긴 발과 왼쪽 귓불 뒤에 숨은 사마
귀를 손끝에 각인시키려는 듯 오래오래 쓰다듬고 문질렀다. 나는 그의
가슴에 귀를 대고 내가 아직 듣지 못한 말들과 은하의 별보다도 수백
배는 더 많이 들어 있을 세포들의 움직임 소리에 귀를 모았다. 내 귓
속으로 물줄기가 흘러들었다. 그는 내게 몸을 맡긴 채 제 몸을 씻기는
나를 묵묵히 바라보고 있었다. 내 손에서 샤워기를 받아든 그가 이번
에는 내 몸을 씻기고 머리를 감겨 주었다. 눈알이 쓰려왔다. 느리고
긴 섹스를 하고 나서 그는 금방 잠이 들어버렸다.

(민음사, 1999)

□조경란 「식빵 굽는 시간」

이상한 밤이었다. 나는 줄곧 무어라 끊임없이 주절거리고 있었다. 어

쩌면 나도 모르게 그가 걸어가고 있는 불 속을 향해 한 발을 내딛고 있을지도 몰랐다. 나는 그런 내가 불안해졌다.

"……두려워. 내 머릿속에서 완전히 사라져버린 그 모든 것들이 두려워. 아무도 이해할 수 없을 거야."

그는 거칠게 내 앞섶을 헤치면서 다가왔다. 나는 내 가슴에 흐르고 있는 그의 눈물을 느끼고 있었다. 나는 몸부림치고 있는 작은 물고기 한 마리를 꽉 부둥켜안고 깊은 심연으로 떨어지고 있었다. 눈이 멀 것만 같은 새하얀 어둠이 닥쳐오기 시작했다. 다시는 뜨지 않을 것처럼 두 눈을 꾸욱 감아버렸다.

(문학동네, 1996)

□조세희 「풀밭에서」

영식은 걸음을 멈추고 보았다. 여름 풍경과 조화를 이루는 지금 텐트 앞쪽에 귀여운 꼬마등이 걸려 있었다. 출입구가 닫혀 있어 안은 들여다보이지 않았다. 그러니까 텐트의 창이 그가 아내의 승용차를 향해 가는 풀밭 한쪽을 막지 않았다면, 그리고 스포츠 레저 용품 생산 공장에서 두 조각 커튼으로 달아 놓은 얇은 천이 조금도 벌어져 있지 않았다면, 영식은 한낮의 텐트 속 아이들을 볼 수 없었을 것이다. 아직 애티 못 벗은 여자아이가 눈감고 누워 있었다. 여자아이의 웃옷은 희고 볼록한 가슴을 드러내며 턱 밑까지 올려졌고, 유난히 짧은 반바지는 내려져 한쪽 발목에 걸렸다. 남자아이는 눈을 감지 않았다. 영식의 심장이 굳어졌다. 그는 충격을 받았다. 텐트 내부가 궁금해 순간 눈 주었을 뿐인데 발육 계속할 나이의 아이들이 여름 낮 뜨거운 텐트 안에서 죄짓는 그 장면은 무서운 독화살처럼 날아와 영식의 망막에 박혔다.

(청아출판사, 1994)

□조정래 「아리랑」

그들은 방으로 들어서기 시작했다. 곧 알몸이 된 그들은 한 덩어리로 엉클어졌다. … (중략) … 박용화는 넘칠 듯 절정에 이른 고비에서 엉덩이를 뒤로 쏙 뺐다.

* * *

처녀의 소리가 막혔다. 사내가 입을 틀어막은 것이었다. 사내는 입만 막은 것이 아니라 다른 손으로는 허리를 바싹 끌어안고 있었다. 그러나 서로 맞바라보지만 않았을 뿐 처녀의 뒷몸과 사내의 앞몸이 완전히 맞붙어 있었다. … (중략) … 배필룡이 막혔다 터지는 것 같은 긴 숨을 토하는 순간 금에는 등에 얹힌 뜨거운 무게감이 걷히는 것과 동시에 아래가 허물어지는 것 같은 것을 느꼈다. 그건 시원한 것 같기도 하고 허전한 것 같기도 한 느낌이었다.

(해냄, 1998)

□조정래 「태백산맥」

소년은 그 마음을 선뜻 받아들여 주었고, 소년은 무당의 딸과 함께 아무런 스스럼없이 그 비파를 먹지 않았던가. 그 소년에게 자신은 자신의 처녀를 바치고 있는 것이다. 그건 은혜갚음이 아니었다. 빚갚음은 더구나 아니었다. 먼먼 세월의 굽이를 지나오면서도 잊혀지지 않고 변하지 않은 채 쏠려간 마음은 무엇이었을까. 그건 정처없이 불어간 한 줄기 바람이었다. 그건 방향도 모르고 떠나는 한 덩이 구름이었다. 그건 밤마다 피 토하며 울다 지쳐 제 피를 되마시며 우는 풀꾹새의 울음이었다.

* * *

그는 아랫목에 깔린 요 위에 앉아 그때까지 신고 있던 구두를 서둘러 벗었다. 그리고 웃저고리를 벗다가 아무 기척이 없는 수화 쪽으로 고개를 돌렸다. 그는 멈칫했다. 그녀는 겨울 바라보고 앉아 소리 없이 저고리를 벗어내고 있는 참이었다. 그 어둠 속의 몸짓은 그를 흡입하는 걷잡을 수 없는 마력이었다. 그의 전신의 피가 뜨거운 기름으로 변했다. 그 뜨거운 기름은 전신 마디마디에서 불꽃으로 타올랐다. 수천의 불꽃은 일시에 그녀를 향해 뜨거운 혀를 내밀었다. 그는 그녀를 뒤에서 끌어안았다. 그의 손에는 치마 속에 감추어진 그녀의 젖무덤이 크게 잡혔고, 그녀의 몸은 놀란 경련의 물결을 일으키며 순간적으로 움츠러들었다. 그녀의 귀언저리에 닿아 있는 그의 코에는 그녀의 채취가 가득했다. 그는 들꽃냄새를 거칠게 빨아들이며 그녀를 더 깊이 포옹했다. 그녀는 미약한 한 줄기 바람의 힘에 순종하며 떨어짐을 짓는 꽃잎처럼 요 위로 무너져 내렸다. 그의 허기진 손놀림에 따라 그녀의 껍질이 하나씩하나씩 그녀를 떠나갔다. 껍질을 다 잃어버린 그녀는 마침내 알몸이 되었고, 묽은 어둠이 그녀의 부끄러운 나신을 가리는 옷이 되었다. 그녀의 젖무덤에 얼굴을 묻은 그는 오로지 배고픈 넋일 뿐이었다. 그는 더 짙은 들꽃냄새에 혼미하게 취해 가는 한 마리 벌이었다. 어릿거리고 흔들리는 의식 속에서 그는 허물을 벗어던지는 듯 알몸이 되었다. 외로운 알몸은 그 외로움을 부릴 짝을 찾아 허둥거리는 몸짓을 지었다. 그녀는 그 누구에게서도 배운 바 없는 몸짓을 최초로 지으며 그의 편안한 자리가 되고자 하고 있었다. 그녀는 뜨거운 불덩이가 전신을 태워오는 현기증을 느꼈고, 그 현기증이 불똥으로 퉁겨지는 아픔을 어금니 사이에 물었다.

(한길사, 1986)

□ 조해일 「갈 수 없는 나라」

그리고 그는 그녀의 몸을 번쩍 안아 올려 침대 위로 운반했다. 그녀는 부끄러운 듯 가만히 그의 손길을 따랐다. 그녀를 침대 위에 내려놓고 그는 잠시 그녀로부터 떨어졌다. 그가 성급한 동작으로 옷을 벗고 있는 동작이 느껴졌다. 나영은 자신의 몸을 침대 시트 속에 감추었다. 그리고 시트로 자신의 몸을 돌돌 감쌌다.

곧 그의 손길이 뻗어왔다. 그리고 그녀로부터 시트를 벗겨내려고 했다. 그녀는 짐짓 더욱더 자신의 몸을 감싸려고 했다. 말없는 작은 실랑이가 벌어졌다. 그러나 마침내 시트는 그녀의 몸으로부터 벗겨져 나갔다.

곧 그의 살갗이 그녀의 살갗에 닿았다. 그리고 그녀는 마침내 그의 벌거벗은 두 팔 속에 갇히었다. 단단하고 넓은 가슴을 압박했다. 섬유의 감촉보다 그 감촉이 그녀에게는 더 좋았다.

* * *

그녀는 차츰 자신의 몸 안 깊숙한 곳에서 작은 불씨 같은 것이 조금씩 이동하는 듯한 느낌을 받았다. 그러나 그녀는 내처 미동도 하지 않았다. 그의 애무는 좀더 집요해졌다. 그녀의 가장 여린 살에까지 그의 애무는 와 닿았다. 그의 입술은 이제 뜨거워져 있었고 그녀의 살갗에 닿는 그의 몸도 뜨거워져 있었다.

그리고 그녀의 의지를 배반하여 그녀 몸 속의 불씨도 차츰 크기와 이동범위가 넓어졌다. 할 수 있다면 그녀는 이를 악물고 싶었다. 그러나 그것은 그를 더욱더 만족케 할 따름이었다. 마침내 그의 애무가 멈춰지고 그의 억센 몸의 일부가 그녀의 여린 몸 안으로 들어왔다. 순간 하마터면 그녀는 두 팔로 그의 어깨를 끌어안을 뻔했다.

용하게 그 위기를 넘겼다. 그러나 그녀의 인내는 결국 그렇게 오래 지탱하지 못했다. 이후 그러한 위기가 너무나 자주 그녀를 엄습했고 더욱 세차게 엄습했으며 마침내 그녀로 하여금 더이상 극기심을 발휘할 수 없도록 만들었던 것이다. 결국 그녀는 두 팔을 들어 그의 어깨를 끌어안고야 말았다. 그리고 그녀 스스로 그의 움직임을 돕게 되고야 말았다.

그때 그는 슬며시 동작을 멈추었다. 그리고 자신의 몸을 그녀로부터 빼려고 했다. 순간 그녀는 자신도 모르게 그의 어깨를 붙잡았다. 그리고 자기 쪽으로 힘껏 끌어당겼다.

* * *

그는 일어나서 전등스위치를 내렸다. 그리고 나서 그녀 옆에 다가앉아 그녀의 상체를 침대 위에 뉘었다. 동시에 그녀의 입술을 스스로의 입술로 더듬어 찾았다. 조금 저항하는 듯 했으나 그녀의 입술은 곧 열렸다. 그녀는 여전히 떨고 있었다. 그는 천천히 그녀가 입고 있는 것을 벗기기 시작했다. 상체를 보호하고 있는 것들이 벗겨져 나가고 하반신을 보호하고 있는 것들이 한 가지씩 벗겨져 나가고 있는 동안 그녀는 다소곳이 떨리는 몸을 내맡기고 있었다. 그는 빠른 동작으로 자신의 몸에 걸쳐진 것들을 벗었다. 그리고 그녀의 떨고 있는 몸을 안았다. 그녀의 몸은 탄력있고 뜨거웠다. 가엾게도 그녀의 몸은 열병을 앓고 있는 아이처럼 뜨거웠다.

그는 순간, 이 애가 아직 처녀가 아닌가 하는 의심이 들었다. 그리고 그러한 그 의심은 빗나가지 않았음이 곧 드러났다. 그가 그녀의 감추어진 문을 열기 시작했을 때 그녀는 흡사 심한 고문을 견디는 것과 같은, 고통에 찬 몸짓을 나타내기 시작했던 것이다. 그리고 마침내 그가 열기에 성공했을 때 그녀는 더이상 견디지 못하고 거의 울음소리에 가까운 고통에 찬 비명을 질러댔던 것이다. 한순간 그는 멈칫했으나 이미 자제할 수 없는 상태에 놓여 있었다. 그는 그녀의 고통에 눈감은 채 자신의 일을 마저 수행했다.

(고려원, 1982)

□ 조해일 「반연애론」

잠시 아무 소리도 들리지 않더니 그녀가 가만히 겉옷을 벗는 소리가 났다. 그것은 이쪽까지 소리가 오지 않도록 동작을 극히 제한해서 조심조심 벗는 소리임에 분명했다.

나는 그 순간 결코 고르다고 할 수 없는 내 숨소리가 저쪽에 전달되어 그녀로 하여금 경계심을 촉발하게 하는 전혀 바람직하지 않은 사태에 대비해서 숨소리를 최소한으로 자제했다.

그녀가 이부자리 속으로 다시 동작을 극히 제한해서 들어가는 소리가 가만히 났다. 그리고 이부자리를 조심조심 여미는 듯한 소리가 곧이어 들려왔다.

나는 기습을 감행할 만반의 태세를 갖추었다.

내 상징은 영웅처럼 부풀었다.

나는 전상석화처럼 기습했다.

나의 포로가 된 그녀는 이미 전의를 상실하고 있었다. 나는 곧 그녀와 나 사이의 방해물을 제거했다.

나는 그녀 위에 수용소장처럼 군림했다.

그리고 나의 포로를 포로로서 대우하기 시작했다.

그녀는 매우 양순한 포로였다.

나의 온갖 학대를 인내로써 받아들이고 나의 명령에 순종했다.

이부자리 속의 어둠과 나의 벌거벗은 몸뚱이가 행사하는 폭력에 휘감겨 있으면서도 그녀는 결코 탈출을 시도하려는 노력을 하지 않았으며 잠잠히 나의 학대에 시달렸다.

내가 그녀의 고통의 핵심부를 고문했을 때 그녀는 꼭 한 번 악문 이 사이로 짤막한 신음 소리를 내보냈다.

순간, 나는 그녀가 포로가 되어 보는 것이 혹 처음이 아닌가 의심했다. 기왕의 나의 포로였던 여자들은 결코 그와 같은 인내의 막다른 순간에만 내지를 수 있는 신음 소리를 내게 들려준 적이 없었던 것이다. 그녀들이 들려준 신음 소리는 한결같이 나의 고문 행위를 더욱더 자기들의 고통인 핵심부를 깊숙이 끌어들이려는 안타까운 호소에 불과했었다.

(동아출판사, 1995)

□ 주요섭 「사랑 손님과 어머니」

"옥희 눈은 아버지를 닮았다. 그 고운 코는 아마 어머니를 닮았지, 고 입하고! 응, 그러냐, 안 그러냐? 어머니도 옥희처럼 곱지, 응……?"

이렇게 여러 가지로 물을 적도 있었습니다. 그래서 나는,

"아저씨, 입때 우리 엄마 못 봤수?"

하고 물었더니 아저씨는 잠잠합니다. 그래 나는,

"우리 엄마 보러 들어갈까?"

하면서 아저씨 소매를 잡아당겼더니, 아저씨는 펄쩍 뛰면서,

"아니, 아니, 안 돼. 난 지금 분주해서."

하면서 나를 잡아끌었습니다. 그러나 정말로는 무슨 그리 분주하지도 않은 모양이었어요. 그러기 나더러 가란 말도 않고 그냥 나를 붙들고 앉아서 머리를 쓰다듬어 주고 뺨에 입도 맞추고 하면서,

"요 저고리 누가 해주지? ……밤에 엄마하고 한자리에서 자니?"

라는 등 쓸데없는 말을 자꾸만 물었지요.

그러나 웬일인지 나를 그렇게도 귀여워해 주던 아저씨도 아랫방에 외삼촌이 들어오면 갑자기 태도가 달라지지요. 이것저것 묻지도 않고 나를 꼭 껴안지도 않고 점잖게 앉아서 그림책이나 보여주고 그러지요. 아마 아저씨가 우리 외삼촌을 무서워하나 봐요.

* * *

예배당에 가서 찬미하고 기도하다가 기도하는 중간에 갑자기 나는, '혹시 아저씨두 예배당에 오지 않았나?' 하는 생각이 나서 눈을 뜨고 고개를 들어 남자석을 바라다보았습니다. 그랬더니 하, 바로 거기에 아저씨가 와 앉아 있겠지요. 그런데 아저씨는 어른이면서도 눈감고 기도하지 않고 우리 아이들처럼 눈을 번히 뜨고 여기저기 두리번두리번 바라봅니다. 나는 얼른 아저씨를 알아보았는데 아저씨는 나를 못 알아보았는지 내가 방그레 웃어 보여도 웃지도 않고 멀거니 보고만 있겠지요. 그래 나는 손을 흔들었지요. 그러니까 아저씨는 얼른 고개를 숙이고 말더군요. 그때에 어머니가 내가 팔 흔드는 것을 깨닫고 두 손으로 나를 붙들고 끌어당기더군요. 나는 어머니 귀에다 입을 대고,

"저기 아저씨두 왔어."

하고 속삭이니까 어머니는 흠칫하면서 내 입을 손으로 막고 막 끌어잡았

다가 앞에 앉히고 고개를 누르더군요. 보니까 어머니가 또 얼굴이 홍당무처럼 빨개졌군요.

그날 예배는 아주 젬병이었어요. 웬일인지 예배 다 끝날 때까지 어머니는 성이 나서 강대만 향하여 앞으로 바라보고 앉았고, 이전 모양으로 가끔 나를 내려다보고 웃는 일이 없었어요. 그리고 아저씨를 보려고 남자석을 바라다보아도 아저씨는 한 번도 바라다보아 주지 않고 성이 나서 앉아 있고, 어머니는 나를 보지도 않고 공연히 꽉꽉 잡아당기지요.

* * *

"응, 이 꽃! 저, 사랑 아저씨가 엄마 갖다주라고 줘." 하고 불쑥 말했습니다. 그런 거짓말이 어디서 그렇게 툭 튀어나왔는지 나도 모르지요. 꽃을 들고 냄새를 맡고 있던 어머니는 내 말이 끝나기가 무섭게 무엇에 몹시 놀란 사람처럼 화다닥 하였습니다. 그리고는, 금시에 어머니 얼굴이 그 꽃보다 더 빨갛게 되었습니다. 그 꽃을 든 어머니 손가락이 파르르 떠는 것을 나는 보았습니다. 어머니는 무슨 무서운 것을 생각하는 듯이 방안을 휘 한 번 둘러보시더니,

"옥희야, 그런 걸 받아오문 안 돼." 하고 말하는 목소리가 몹시 떨렸습니다. 나는 꽃을 그렇게도 좋아하는 어머니가, 이 꽃을 받고 그처럼 성을 낼 줄은 참으로 뜻밖이었습니다. 어머니가 그렇게 성을 내는 것을 보니까, 그 꽃을 내가 가져왔다고 그러지 않고, 아저씨가 주더라고 거짓말을 한 것이 참 잘되었다고 나는 속으로 생각하였습니다. 어머니가 성을 내는 까닭을 나는 모르지만, 하여튼 성을 낼 바에는 내게 내는 것보다 아저씨에게 내는 것이 내게는 나았기 때문입니다. 한참 있더니 어머니는 나를 방안에 데리고 들어와서,

"옥희야, 너 이 꽃 얘기 아무보구도 하지 말아라, 응." 하고 타일러 주었습니다.

나는, "응" 하고 대답하면서 고개를 여러 번 까닥까닥했습니다. 어머니가 그 꽃을 내버릴 줄로 나는 생각했습니다만, 내버리지 않고 꽃병에 꽂

아서 풍금 위에 놓아두었습니다. 아마 퍽 여러 밤 자도록 그 꽃은 거기 놓여 있어서 마지막에는 시들었습니다. 꽃이 다 시들자 어머니는 가위로 그 대를 잘라내 버리고, 꽃만은 찬송가 갈피에 곱게 끼워 두었습니다.

* * *

그날 밤 저녁밥을 먹고 나니까 어머니는 나를 불러 앉히고 머리를 새로 빗겨 주었습니다. 댕기도 새 댕기를 드려주고, 바지, 저고리, 치마 모두 새것을 꺼내 입혀 주었습니다.

"엄마, 어디 가?"

하고 물으니까,

"아니."

하고 웃음을 띄우면서 대답합니다. 그러더니 풍금 옆에서 새로 다린 하얀 손수건을 내리어 내 손에 쥐어 주면서,

"이 손수건, 저 사랑 아저씨 손수건인데, 이것 아저씨 갖다드리구 와, 응. 오래 있지 말구 손수건만 갖다드리구 이내 와, 응."

하고 말씀하셨습니다.

손수건을 들고 사랑으로 나가면서 나는 그 손수건 접이 속에 무슨 발각발각 하는 종이가 들어 있는 것처럼 생각되었습니다만 그것을 펴보지 않고 그냥 갖다가 아저씨에게 주었습니다.

아저씨는 방에 누워 있다가 벌떡 일어나서 손수건을 받는데, 웬일인지 아저씨는 이전처럼 나보고 빙그레 웃지도 않고 얼굴이 몹시 파래졌습니다. 그리고는 입술을 질근질근 깨물면서 말 한 마디 아니하고 그 수건을 받더군요.

나는 어찌 이상한 기분이 돌아서 아저씨 방에 들어가 앉지도 못하고 그냥 뒤돌아서 안방으로 들어왔지요. 어머니는 풍금 앞에 앉아서 무엇을 그리 생각하는지 가만히 있더군요. 나는 풍금 옆으로 가서 가만히 그 옆에 앉아 있었습니다. 이윽고 어머니는 조용조용히 풍금을 타십니다. 무슨 곡인지는 몰라도 어찌 구슬프고 고즈넉한 곡조야요.

밤이 늦도록 어머니는 풍금을 타셨습니다. 그 구슬프고 고즈넉한 곡조를 계속하고 또 계속하면서.

(어문각, 1973)

□ 최기인 「할단새의 겨울」

그는 승리산업을 찾아갔다. 영지가 눈에 띄지 않았다. 한 바퀴 휘젓고 둘러보아도 영지의 그림자는 보이지 않았다. 그는 영지가 일러준 휴대폰 번호를 생각해 냈다. 영지가 깜짝 반기며, 그렇잖아도 전화를 걸었다가 그냥 끊은 장본인이 자기라고 말했다. 그 사이 영지는 생명보험 설계사로 변신해 있었다. 그는 영지를 삼성동에 있는 카페에서 만나, 청약서 하나를 작성했다. 둘이는 군더더기 말을 더 필요로 하지 않았다. 호텔로 자리를 옮겨 지난번에 성취하지 못한 욕망을 나누기 위해 온몸을 던졌다. 이번에 이루어지지 않으면 지구의 종말을 맞는 각오로 공을 들여 열심히 열심히 부딪쳤다. 그러나 역시 욕망의 조종사는 그들의 편이 아니었다.

(남양문화사, 1998)

□ 최명희 「혼불 1」

햇살에 짓눌린 핏줄이 석류 벌어지듯 쩌억 소리를 낸다.

……강실아……

그는 자기도 모르게 손을 내밀었다.

밭둑머리 저쪽에서 연분홍 빛깔이 팔락 나부끼는 것이 보였다.

……강실아……

강모는 그게 강실이인 것을 금방 온몸으로 느낄 수가 있었다.

그의 마음이 잦아들게 간절하여 연분홍 옷자락을 불러냈는지 아니면 그네의 모습이 거기 먼저 보여 그가 불렸는지도 알 수가 없었다.

강실이는 오류골 작은집 사립문간의 검은 살구나무 둥치에 반쯤 가리어져 금방이라도 스러질 듯 보였다.

……강실아……

그러나 목소리가 되어 나오지 않았다.

강실이도 들리지 않는 모양이었다.

부를 수가 없으니 마음은 더 간절해져서 헛발을 딛는다.

아무리 발을 떼어도 제자리였다.

……이리 와. 강실아.

여전히 햇살은 두꺼운 장벽처럼 흔들리지 않고, 강실이의 연분홍 옷자락은 그만한 자리에서 보일 듯 말 듯 나부끼고만 있다.

……나 좀 보아.

어쩌면 그것은 강실이가 아닐는지도 몰랐다.

그런데도 강모는, 어찌할 길 없는 마음이 뒤엉키어 삼치면서 핏줄이 땡기는 것 같은 아픔을 느꼈다.

그는 두 손을 내밀어 팔을 뻗어본다.

그러나 무거운 햇살이 가로막을 뿐, 손이 닿기에는 너무나도 아득한 자리에 강실이는 서 있었다.

……나 좀 보아.

목소리가 터지면서 마음놓아 부를 수나 있었으면 얼마나 좋을까.

그러나 투명한 물 밑바닥에 가라앉은 것처럼 허우적거리기만 할 뿐, 강모는 한 발자국도 더는 나아갈 수가 없었다.

햇살이 물엿처럼 녹는다.

그대로 숨이 멎어 버릴 것만 같았다.

다리와 가슴과 머리 위를 채우고 그보다 더 아득한 공중까지 넘치는 간절함이 강모의 목을 누른다.

……나 좀 보아.

순간, 강실이는 강모가 부르는 소리를 듣기라도 한 듯이 살구나무 저쪽에 홀연 고개를 이쪽으로 돌렸다.

그러자 강실이의 모습이 선연하게 눈에 들어왔다.

그대가 다가온 것도 아니었는데, 그렇게 아주 가까이서처럼 보이는 것이었다.

* * *

그러나 그럴수록 얼굴이 꽃빛으로 물들며 고개를 외로 돌리던 모습과 그 목 언저리 둥글고 어여쁜 어깨가 숨막히게 떠오르곤 하였다.

그것은 누구에게도 말할 수 없는 심정이었다.

때로는 그 심정 때문에 그대로 오그라져 버릴 것도 같았고, 어쩌면 터져 버릴 것도 같았다.

그래서 어느 날은 참지 못하고 대문까지 내려왔다가, 작은집의 검은 살구나무 둥치에 마음이 부딪치면서 덜컥, 자물쇠통 잠기는 소리가 나더는 못 가고 그대로 돌아서곤 하였다.

* * *

지난 시월, 대실에서 혼례를 마치고 매안으로 돌아왔을 때.

그토록이나 마음 무겁고, 선뜻 동구 안으로 발을 들여놓기 어려웠을 때. 마치 달걀의 흰자위처럼 우무질로 투명하게 엉겨 있는 것같이 느껴지던 마을은, 이상하게도 강모를 혀끝으로 밀어내고 있었다.

(⋯⋯강실이를 어찌 볼꼬⋯⋯)

강모는 얼굴이 후끈 달아올랐었다.

어쩌면 강실이는, 그 우무질의 속속 깊숙이 감추어지고 숨겨져 버려서 다시는 얼굴마저도 볼 수 없을 것만 같았다.

왜 그렇게도 마을은 낯설고 어색하였던가.

아아.

강모는 고개를 들어 하늘을 보았다. 그리고 구로정의 둔덕에 서서 강실이의 집, 살구나무를 내려다보았다.

* * *

그날 밤, 시부는 병풍 뒤에 홑이불을 덮고 누워 있는 망처 한씨부인 곁에 홀로 앉아 밤을 새웠다.

그는, 그래서는 안 되는 일이었지만, 홑이불을 벗기고, 이미 풀솜으로 코가 막혀 있고, 충이로 하얗게 귀가 막혀 있는 한씨를 하염없이 내려다 보았다.

망실 한씨는 머릿결도 보이지 않게 검은 헝겊으로 감아서 싸놓았는데, 골무만한 낙발 주머니가 그 옆에 있었다.

……내 언제, 한 번이라도 이 머리를 생전에 다정하게 쓸어 준 일이 있었던가.

아침저녁마다 참빗으로 물기를 발라서 빗어 내리던 이 머릿결은, 지나가는 손길로라도 어루만져본 기억이 그에게는 떠오르지 않았다.

……이제는 ……머리를 빗을 일도 없으리라.

시부는, 망실의 낙발 주머니를 어루만져 보았다.

밤톨만한 주머니는 그러나 헐렁하였다.

그것이 또한 시부의 마음을 내려앉게 하였다.

두 손도 벌써, 검은 헝겊 악수로 싸버려 그 모양을 볼 수 없게 되었다. 손은 그저 뭉실한 주머니에 싸인 것처럼 보였다.

그 손 옆에 힘없이 놓인 오낭, 손톱발톱을 깎아 넣은 작은 주머니를 보는 순간, 시부는, 이 여인이, 박씨로 착각되었다.

가슴이 싸늘하게 식어 내리며 찬 기운이 한복판에 얼음처럼 섬뜩하게 끼쳐들었다.

시부는 그 자리에 앉은 채, 미동도 하지 않았다.

곡을 하지도 않았다.

다만 그렇게 나무토막처럼 우두커니 앉아서 밤을 새울 뿐이었다.

그리고는, 한씨부인 영위 앞에 조석으로 상식을 올릴 때, 살아 있는 사람에게 하듯이, 진설된 찬수마다 일일이 젓가락을 대 주었다.

* * *

강모는 깔깔한 혀끝으로 입술을 축여 본다.

혀끝과 입술이 까칠하게 말라붙는다.

강실아…….

그는 자신의 심정을 억누르기라도 하려는 듯 숨을 죽이며, 캄캄한 밤 하늘을 올려다본다. 그 무거운 어둠에 가슴이 잦아드는 것도 같고, 그대로 터져 나가 버릴 것도 같다.

그러나 내가 어이하랴.

내가 너를 어이할 수 있으리야.

강모가 토해 내지 못한 채 참고 있는 한숨은, 연기처럼 매웁고 자욱하게 살 속으로 저미어 든다.

(한길사, 1996)

□ 최수철 「내 정신의 그믐」

놀랍게도 그녀가 한 손을 시트 밑으로 집어넣어 그의 하의를 더듬더니 바지춤으로 그 손을 쑥 집어넣었던 것이다. 물론 그는 순간 너무도 당황하지 않을 수 없었다. 하지만 여전히 꼼짝도 할 수 없었던 것에는 변함이 없었다. 그녀의 손은 생각했던 것보다는 따뜻했고 조금 크게 느껴졌다. 잠깐 그의 방광 위쪽에 머물러 있던 그녀의 손은 사타구니 쪽으로 미끄러지더니 그의 고환을 손바닥 안에 넣어 부드럽게 쓰다듬듯 하다가 가볍게 움켜쥐었다. 그는 그 은밀하고도 섬뜩한 감촉에 가슴이 움츠러들면서도 한편으로는 자신도 모르게 거의 자발적으로 그 놀람을 온몸을 싸안으면서 그녀의 손 속으로 잦아드는 듯한 느낌에 사로잡혔다.

(문학과지성사, 1995)

□ 최인식 「아름다운 나의 귀신」

그녀는 내 얼굴의 털을 쓰다듬었다. 내가 니 마음속을 들여다보는 걸까? 참 부드럽구나. 이털, 나는 윗도리의 단추를 몇 개 풀었다. 가슴 전체가 털로 뒤덮여 있었다. 그녀가 그 털을 매만졌다. 어머, 언제부터 이렇게 됐어? 나는 태어났을 때부터라고, 눈으로 대답했다. 넌……

정말 솔개인가 보다. 착한 솔개, 나도 그녀의 가슴에 손을 넣고 싶었다. 그러나 나는 알고 있었다. 그럴 수 없다는 것, 그래서는 안 된다는 것을.

(문학동네, 1999)

□ **최인훈** 「광장」

그녀의 손가락을 하나씩 꺾어서 소리를 내본다. 다섯 손가락을 다 마치고, 다른 손을 끌어다 또 그렇게 한다. 그녀는 아랫입술을 깨물면서, 그의 장난을 보고 있다. 명준은, 처음 짐작과는 달리, 사랑하는 사람들끼리 마주앉았을 때 시간을 메우는 흉내를 쉽사리 해내고 있는 일에 놀랐다. 아주 어려운 것이 없다. 그녀의 열 손가락 마디가 모조리 끝나자, 이번에는 그 손가락을 입술로 가져가서 하나하나 애무했다. 손톱이 깨끗이 손질이 된 손가락을 이빨 끝으로 딱 물어 끊고 싶다. 바다에서는 아직도 그 자리에서 갈매기가 날고 있다.

* * *

그는 입술을 떼고 그의 뺨에, 이마에, 입술에 입술을 댄다. 다음에는 목을 애무한다. 원피스가 패어진 틈으로 가슴을 더듬는다. 그녀는 또 한 번 꿈틀한다. 그는 힘있게 그녀를 한 번 가슴에 품었다가, 놓아줬다. 자리를 옮겨 앉으면서, 흩어진 머리를 만지는 그녀는 아주 가까워진 사람 같다. 사람이 몸을 가졌다는 게 새삼 신기하다. 사랑의 고백도 없이 이루어진 일인데, 어떤 대목을 빼먹었다는 뉘우침은 없다. 대목이라고 하면 그녀를 처음 만나서 지금까지, 반년이란 시간은 되고도 남을 세월이다. 손을 반쯤 내밀었다간 도로 움츠리는 한, 병신스러운 반년. 맑고 가득 찬 기쁨이 있다. 명준은 윤애의 손을 잡았다가 두 손바닥으로 다독거린다. 손톱 모양이 고운 기름한 손가락이, 그의 손을 얽어 온다. 아까 입을 맞춰왔을 때처럼 그 움직임은 그녀의 마음을 옮기고 있다.

* * *

명준은 거칠게 그녀를 껴안았다. 그의 품속에서 그녀는 눈을 감았다. 이 여자가 인민을 위한 '예술 일꾼'이며, 인류의 역사를 뜯어고치는 거창한 대열에 발맞추어 나가는 '여성투사'라 좋다. 그러면서도 그녀는 은혜다. 내 꺼다. 그밖에 그녀가 되고 싶어하는 여러 것일 수 있다. 그는 그녀의 뺨에 자기의 그것을 비볐다. 도톰한 입술을 깨물어 열고 부드러운 혀를 씹었다. 어느새 해가 지고 방안은 어두웠다. 그는 한 팔로 그녀를 바쳐 안고, 다른 손으로 그녀의 턱을 만져본다. 목을 더듬었다. 가슴과 허리를 짚어내려갔다. 벅찬 깨달음을 준 다리를 쓸었다. 몸의 마디마디 그 자리를 틀림없이 알고 싶었다. 움직일 수 없이 자기에게 기대는 따뜻한 벽을 손으로 어루만져, 벽돌 하나하나를 다짐해 보고 싶었다. 손이 떨어지면 그것들은 자기한테서 떠날 것만 같았다. 순례자가 일생에 몇 번이고 성지를 찾아 의심을 죽이고 믿음을 다짐하듯이, 손에 닿고 만져지는 참에만 진리를 미더웠다. 남자가 정말 믿을 수 있는 진리는, 한 여자의 몸뚱어리가 차지하는 부피쯤에 있는 것인가. 모든 우상은 보이지 않는 걸 믿지 못하는 사람의 약함 때문에 태어난 것. 보이지 않는 것은 나도 믿지 못해.

* * *

눈을 뜨고 은혜를 들여다본다. 그녀도 눈을 뜨고 남자의 눈길을 맞는다. 서로, 부모 미 생전 먼 옛날에 잃어버렸던 자기의 반쪽이라는 걸 분명히 몸으로 안다. 자기 몸이 아니고서야 이렇게 사랑스러울 리 없다. 그는 말을 둘러 그녀의 허리를 죄었다. 뉘우치지 않는다. 내가 잘나지 못할 줄은 벌써 배웠다. 그런 어마어마한 이름일랑 비켜 가겠다. 이 여자를 죽도록 사랑하는 수컷이면 그만이다. 이 햇빛. 저 여름풀. 뜨거운 땅. 네 개의 다리와 네 개의 팔이 굳세게 꼬아진, 원시의 작은 광장에, 여름 한낮의 햇빛이 숨가쁘게 헐떡이고 있었다.

* * *

이 희고 반드르르한, 풍성한 거짓말. 그녀의 목에 팔을 걸고 힘껏 끌어당겼다. 어디서 새우는 소리가 들렸다. 멍하도록 하릴없는 가락이었다. 바로 뒤에 잇닿은 산에서 난다. 그녀는 죽은 사람처럼 그의 가슴에 안겼다. 두 팔로 안은 그녀는 따뜻했다. 가슴과 둥그런 배가 예전에 안기던 그녀의 부피를 그대로 옮겼다. 그때 또 새 우는 소리가 들렸다. 그녀를 안은 채 마루에 뒹굴었다. 목과 가슴에 입술을 댔다. 새 울음이 갈매기 울음처럼 들렸다. 인천 교외, 그 분지의 모래바닥이다. 그 갈매기들이 눈에 보인다. 배들이 돛을 번쩍이며 바다로 나아간다. 뚜뚜 뱃고동 소리.

* * *

명준은 일어나 앉아 여자의 배를 내려다봤다. 깊이 패인 배꼽 가득 땀이 괴어 있었다. 입술을 가져간다. 짭사한 바닷물 맛이다. "나 딸을 낳아요." 은혜는 징그럽게 기름진 배를 가진 여자였다. 날씬하고 탄탄하게 죄어진 무대 위의 모습을 보는 눈에는, 그녀의 벗은 몸은 늘 숨이 막혔다. 그 기름진 두께에 이 짭사한 물의 바다가 있고, 거기서, 그들의 딸이라고 불릴 물고기 한 마리가 뿌리를 내렸다고 한다. 여자는, 남자의 어깨를 붙들어 자기 가슴으로 넘어뜨리면서, 남자의 뿌리를 잡아 자기의 하얀 기름진 기둥 사이의 우거진 수풀 밑에 숨겨진, 깊은, 바다로 통하는 굴속으로 밀어넣었다.

(문학과지성사, 1976)

□**최일남 「하얀 손」**

정 의장이 주 마담의 손을 잡는 데 걸린 기간이 석 달 열흘쯤이라면 알쪼 아닌가. 외식집에서 잡는 손을 두고 일컫는 게 아니다. 거기서는 하루에 열 번도 잡을 수 있다. 단둘이 있을 때를 말할 나위 없다. 여럿이 어울린 좌중에서도 거리낌이 없다. 음식값이 프리미엄으로 의당 포함돼 있기 때문이다. 그것 말고, 예를 들면 날 저문 정릉 골짜기에서 홍뚱항뚱 걸음을 되작이며 잡은 손을 이름이다. 뭇사내들의 숨결이 스쳐간 자국을 기억하고자 애쓰는 건 쑥이다. 산수를 그려 붙인 덧종이가 너풀너풀 떨어져 나가고 앙상한 부챗살만 남은 듯한 남자의 손안에 들어온 여자의 손은 미지근했다. 남녀가 서로의 살을 파먹는 역사의 첫 단계가 손이라는 걸 떠올릴 때, 나이에 관계없이 '손 짓기'의 감각은 늘 새롭다. 그것을 못 느끼면 산송장이나 다름없다.

(문학사상사, 1994)

□하병무 「남자의 향기 2」

여자는 약간의 빈혈기를 느꼈다.

보물상자를 열듯 남자가 자신의 가슴을 열고 있었다.

천장에 매달린 목련꽃 닮은 샹들리에가 조금 흔들리거나 어른거려 보였다.

남자가 보물상자 속의 보물을 들여다보듯 가슴을 들여다보고 있었다.

슬며시 눈을 감고 말았다.

여자는 아득한 현기증 속에서 자신의 가슴이 미운 모양으로 쳐져 있지는 않을까 하고 걱정했다.

그때 다시 남자의 움직임이 느껴졌다.

떨리는 손이 팬티에 닿고 있었다.

여자는 남자가 하기 쉽도록 조금 엉덩이를 들어주었다.

남자의 입술이 여자의 입술 위로 떨어졌다.

둥글게 혀를 말아 남자는 여자의 입술 사이로 밀어 넣었다.

여자도 입술을 열었다.

꽃잎 같은 입술을 꽃잎처럼 열어 남자의 부드러운 혀를 받아들였다.

남자의 팔이 여자의 겨드랑이 속으로 미끄러져 들어갔다.

저절로 두 팔이 열린 여자도 슬며시 남자의 허리를 껴안았다.

남자가 격렬히 포옹을 했다.

남자가 격렬히 여자 속으로 들어왔다.

그리고 남자는 15년 동안 자신과 여자 사이에 가로놓여 있던 울타리를 치워버렸다.

(밝은세상, 1995)

□하병무「들국화 1」

이젠 기억조차 가물가물하군.

너무 오래되어 그때가 언제인지조차 기억나질 않아.

아무튼 그렇게 오래된 어느날, 녀석은 한 여자를 알았어.

상대는 오랜 전통을 지닌 어느 부족의 추장 딸이었는데, 녀석 역시 이름을 대면 누구라도 알 수 있는 부족의 추장 아들이었어.

여자는 열여섯, 녀석도 열여섯, 한창 꽃다운 나이들이었지. 두 사람의 만남은 여자가 녀석의 부족으로 거처를 옮긴 후부터 시작되었다.

여자를 보고 녀석은 첫눈에 반했는데, 그건 여자도 마찬가지였을 거야. 자신을 바라보는 여자의 눈빛이 불처럼 타오르는 걸 녀석은 매번 느꼈지.

얼굴이 예쁘고 몸매가 예뻤지만 특히 젖가슴이 예쁜 여자였어. 여자가 움직일 때마다, 그래서 젖가슴이 흔들릴 때마다 녀석의 얼굴은 화끈거렸고 가슴은 두근거렸어.

그런데 어느 깊은 밤이었어. 머리끝에 둥근 달이 떠있던 교교한 달빛 투성이의 벌판에서였지.

잠결에 오줌이 마려워 녀석은 밖으로 나왔는데, 알 수 없는 일이었어. 모두가 깊이 잠든 밤, 잠들지 않은 여자가 벌판 한가운데에 외로이 서 있는 게 아니겠어.

졸음이 가시지 않은 눈을 비비고 다시 보았지만 분명히 그 여자였어.

달빛을 받으며 여자가 외로이, 외로이 서 있는 나무 한 그루에 기대고 서 있는 것이었어.

녀석은 두근거리는 가슴을 진정하고 여자를 바라보기만 했지. 마음속으로는 무수히 뛰어가야 한다고 소리쳤지만 얼어붙은 녀석의 몸은 옴짝달싹하지 못했어.

녀석은 몇 번인가 여자에게 다가갔다가 물러섰다 했어. 그러다가 마음속 깊은 곳에서 소리치는 대로 여자를 향해 녀석은 단숨에 뛰어갔어.

마침내 여자가 달려오는 녀석을 보았고 하늘을 보았고 땅을 보더니 그 달빛 젖은 초원에 살며시 몸을 눕히는 거였어.

여자 앞에 다다른 녀석은 하늘을 보았고 여자를 보았고, 달빛에 젖은 여자 앞에 무릎을 꿇었어, 그리고 여자의 목을 끌어당겨 자연스럽게 입을 맞추었지.

수염이 돋기 시작한 녀석의 코밑에 여자의 부드러운 입김과 숨결이 느껴졌어.

첫 키스라서 많이 걱정을 했지만 아주 쉬웠어. 길고도 부드러운 키스였지. 활짝 여자가 두 팔을 열어주었고 입술을 열어주었고 마침내 몸까지 열어주었어.

첫경험이라 녀석은 많이 걱정을 했지만 아주 쉬웠어.

여자 속에 녀석이 깊숙이 들어갔을 때, 여자는 짧은 신음을 터뜨리며 어머니가 자식에게 하듯 녀석의 두 뺨과 목과 등을 어루만져 주었어.

녀석은 굉장히 달아올랐을 거야. 많이 걱정을 했지만 아주 쉬웠어. 그리고 아주 황홀했지. 인간이 인간을 통해, 인간의 육체가 다른 인간의 육체를 통해 그렇듯 짜릿한 황홀함을 느낄 수 있다는 걸 녀석은 처음 알았어

하지만 아주 짧은, 번개가 스쳐 지나듯 짧은 순간이었어.

하지만 그 짧은 순간의 격정과 황홀함은 한동안 녀석을 지배했어.

그 황홀함을 다시 맛보려고 녀석은 얼마나 애썼는지 몰라. 다시 맛보려고 녀석은 얼마나 방황했는지 몰라.

(밝은세상, 1997)

□ 하일지 「경마장 가는 길」

이렇게 말하고 그녀는 다소 고집스런 표정을 하고 소파에 버티고 앉아 있었다. 그러한 그녀를 침대까지 불러와 벌렁 나자빠뜨리게 하는 데는 오랜 시간이 걸렸고 많은 말과 인내가 필요했다. R은 그녀가 자신을 너무나 피곤하게 한다고 느꼈을 것이고 또 때로는 수치스러움을 느끼기까지 했을 것이다. 그렇기는 하지만 어쨌든 그녀는 침대로 와 걸터앉았고 그리고 벌렁 나자빠뜨려졌다. R은 우선 그녀의 젖가슴에 얼굴을 부벼댔다. 물론 처음에는 블루진 속에 받쳐입은 티셔츠 위였다. 그리고 한참 후 티셔츠를 걷어올리고 브래지어 위에 얼굴을 부벼댔다. 그리고 한참 후에는 브래지어가 걷어올려진 젖통 위였다. 이와 같이 사정이 바뀔 때마다 그녀는 완강히 저항했고 오랜 실랑이를 해야 했다. 그리고 또다시 오랜 실랑이를 하는 뒤에서야 R의 오른손은 그녀의 블루진 하의의 자크를 열고 그 사이로 그녀의 팬티 속을 헤집고 들어가기를 이르렀다. 그러나 그의 오른손은 그녀의 블루진 바지의 자크 위에 붙어있는 단추를 벗기지는 못했다. 왜냐하면 그녀는 너무나 완강하게 저항했기 때문이다. 그녀는 사타구니를 필사적으로 오그리고 있었다. 그렇기는 하지만 R의 오른손 가운데손가락은 그녀의 사타구니 사이의 살을 헤집고 들어가 그녀의 음부를 만졌다. 그의 오른손 가운데손가락에 의해 촉진되는 그녀의 음부는 이미 열려 있었고, 터럭들은 젖어 있었다. R은 입으로는 그녀의 젖꼭지를 세차게 빨아대면서 오른손 가운데손가락으로는 그녀의 음부의 가장자리를 만졌다. 그러나 그녀는 끝내 사타구니를 벌리지 않았다. R은 적어도 삼 분 가까이 입으로는 그녀의 젖꼭지를 빨고 오른손으로는 그녀의 닫혀 있는 사타구니 사이의 음부를 주무르기를 계속했다. 그녀의 입 속에서는 신음 소리가 새어나오고 있었다. 그때쯤 해서 R은 그의 왼손을 아래로 내려 보내어 그의 오른손과 함께 그녀의 블루진 바지 단추를 벗기려고 했다.

* * *

그리고는 브래지어를 걷어 올리고 다시 티셔츠를 걷어 올렸다. 이제 R은 그녀의 드러난 젖꼭지를 위에다 그의 눈을 갖다 대고 부벼대기 시작했다. 그때 그녀의 가슴에서는 역한 땀 냄새가 푹 풍겼다. R의 눈두덩에 의하여 마찰되고 있는 그녀의 두 젖꼭지는 이내 툭 불거져 올랐다. 그때 J의 입가에서는 가느다란 한숨소리가 흘러나왔고, 그녀의 두 손은 그와 동시에 R의 머리통을 끌어당겼다. 그리고 그녀는 R이 자신의 젖가슴에다 보다 잘 얼굴을 부벼댈 수 있도록 가슴을 앞으로 쑥 내밀었다. 그 순간 R은 그녀의 젖꼭지 위에 자신의 눈두덩을 부벼 대면서 피식 경멸에 찬 웃음을 혼자 웃었다. 물론 J는 그것을 볼 수 없었다.

약 삼 분 가까이 J의 젖꼭지를 자신의 눈언저리에다 대고 부벼 대던 R은 이제 그것을 입으로 빨기 시작했다. 그리고 눈으로는 그녀의 젖무덤 위에 난, 브래지어에 눌려서 생겼을 금들을 바라보고 있었다. 그러나 그 때 J가 두 손으로 그의 머리통을 세게 끌어안았기 때문에 R은 더이상 그녀의 젖무덤 위에 패여 있는 선들을 바라볼 수 없었을 뿐만 아니라 코가 막히어 숨을 쉴 수도 없었다. 그래서 그는 머리를 약간 옆으로 틀어 숨을 쉴 수 있도록 해보려고 해야 했다. 그의 콧구멍이 그녀의 살더미에서 약간 빠져나올 때마다 시큼한 땀 냄새가 콧구멍 가득히 밀려들어왔다. 그래서 R은 코로 숨쉬는 대신에 젖꼭지를 물고 있는 입의 한쪽 가장자리를 열고 공기를 빨아들이지 않으면 안 되었다. J는 여전히 가벼운 신음 소리를 내며 온 힘을 다하여 R의 머리통을 끌어당겨 그의 입과 코와 이마를 자신의 젖통 위에다 밀착시켰다. R은 J의 ㅗ 신음 소리를 들으면서 그녀의 가슴에 얼굴을 처박힌 채로 입을 일그려 다시 한 번 피식 경멸에 찬웃음을 웃었다.

* * *

몇 모금 담배를 빨고 난 R은 꽁초를 창문 밖으로 던지고는 다시 J쪽으로 몸을 돌렸다. 그리고는 왼손으로는 그녀의 등 뒤를 받치고 오른손은 그녀의 티셔츠 속으로 넣어 걷어 올려져 있는 브래지어 밑으로 튀어나와 있는 왼쪽 젖꼭지를 손바닥으로 마찰시켰다. J는 상체를 엉거주춤 R 앞으로 내민 채 움직이지 않고 가만히 있었다. R의 오른손 손바닥에 의해 부벼지고 있는 그녀의 왼쪽 젖꼭지는 툭 불거져 있었다. R은 왼손으로 가볍게 그녀를 끌어당겨 그녀의 입술 가까이로 자신의 입술을 가져갔다. J는 대단히 진지한 표정으로 눈을 스르르 감았다. R은 무표정한 낯으로 그녀의 입술에 자신의 입술을 갖다 대고 밀착시켰다. 그리고 오른손으로는 그녀의 유방을 마구 주물러대기 시작했다.

* * *

그밖에도 J는 많은 말을 했다. 그러나 R은 거의 듣고 있지 않는 것 같았다. 그는 그녀의 말에 대답을 하는 대신 두 팔로 그녀를 등으로부터 껴안았다. 그리고 손으로는 그녀의 젖가슴을 어루만지기 시작했다. 그러자 의외로 J는 양순해졌다. R은 택시를 기다리는 삼십 미터 가량의 줄이 다 줄어들 때까지 천천히 그녀의 두 젖통을 쓰다듬었다. 그녀의 젖꼭지는 그녀의 입고 있는 흰 블라우스 위로 볼록 솟아올랐다. R은 그 솟아오른 젖꼭지를 손가락 끝으로 만지작거렸다. 또, 때로는 그녀의 목덜미에다 코를 박고 뜨거운 숨을 뿜기도 했다. 처음에 그녀는 간지러운 듯 어깨를 웅크리기도 했지만 두세 번 되풀이했을 때 그녀는 곧 모가지를 약간 옆으로 기울여 R이 그의 코를 더욱 잘 목덜미 구석구석으로 밀어 넣을 수 있도록 했다. 그녀는 이제 더이상 아무 말 하지 않았다. R은 쉬지 않고 그녀의 목덜미에다 뜨거운 숨을 뿜어대는 한편 두 손으로는 부드럽게 그녀의 젖무덤과 젖꼭지를 어루만졌다.

* * *

R이 이불 속으로 들어간 뒤에도 J는 한사코 R과 자신 사이에 이불을 구겨 넣었다. R은 그것을 빼내기 위해서 애를 썼고 J는 그것을 더욱 끼워 넣기 위해서 애를 썼다. 그리하여 약 오 분쯤 지난 뒤에서야 R의 몸은 J의 몸과 완전히 맞닿을 수 있었다. R의 몸에 의해 촉진되어 있는 그녀의 몸은 더웠다. 두 사람의 몸이 그 두껍고 무거운 솜이불 속에서 포개어졌을 때 R은 J의 목덜미에다 코를 박은 채 씩씩거리며 두 손으로는 그녀의 가랑이를 벌리려고 애썼다. 그러나 J는 가랑이를 한껏 오그린 채 두 손으로는 R의 머리 위로 이불을 덮어씌우려고 애쓰고 있었다. 약 오 분쯤 지났을 때서야 R은 그녀의 가랑이를 벌리고 그 사이에 자신의 아랫도리를 옮겨 넣기에 이르렀다. 그러나 R의 페니스는 전혀 발기되어 있지 않았다. R은 자신의 축 늘어진 페니스를 그녀의 음모 위에 헛되이 부벼대면서 두꺼운 이불 속에서 땀을 흘렸다.

* * *

R은 누웠다. J는 누워 있는 R의 허리춤 위로 걸터앉았다. 그녀가 그의 허리춤에 올라앉을 때 창문을 통하여 들어오고 있는 빛에 역광으로 보이는 그녀의 가랑이는 완전히 일직선을 이루고 있었다. 그녀는 한쪽 손으로는 R의 페니스를 잡아 그녀의 일직선을 이르고 있는 가랑이의 한가운데다 맞추고 앉았다. 이때 그녀는 자신이 하고 있는 동작이 약간 부끄러운 듯 하얀 이빨을 드러내고 웃었다. 처음에 그녀는 대단히 느린 속도로 조심스럽게 몸을 굴러댔다. 그녀가 가랑이를 들었다 내렸다 할 때마다 그녀의 그 일직선을 이루고 있는 가랑이와 R의 허리춤 사이에 창문으로 들어오고 있는 빛에 의하여 약 십 센티 폭의 하얀 공간이 생겼다 없어졌다 했다. 그러나 그녀의 가랑이 한가운데 세워져 있는 R의 페니스는 언제나 같은 위치에 꼿꼿하게 서 있었다. R은 베개를 세워 베고 누운 채 두 손으로는 그의 허리춤에 걸터앉아 천천히 몸을 올렸다 내렸다 하고

있는 그녀의 허벅다리 안쪽을 천천히 어루만지며 거슬러 올라갔다. 그리고 지금 자신의 페니스가 박혀 있는 그녀의 자궁 주변을 만졌다. 그러자 그녀의 상하운동은 갑자기 대단히 빨라지기 시작했고 그와 함께 그녀의 머리를 뒤로 젖힌 채 '억억' 소리를 내면서 몹시 거친 숨을 몰아쉬었다. R은 그의 손을 그녀의 사타구니에서부터 빼내어 지금 그의 허리춤에 걸터앉아 마구 몸을 굴러대고 있는 그녀의 손을 잡아 주었다. 그러나 그녀의 몸 구르기의 속도를 감소시킬 수는 이미 없었다. 약 일 분 동안 미친 듯이 고개를 내저으며 R의 허리춤 위에서 몸을 굴러대고 있던 그녀는 이윽고 거친 숨소리를 내면서 R의 가슴패기 위로 쓰러졌다. 두 사람은 이제 침대 위를 구르기 시작했다. 그 후로도 그들은 약 삼십 분 동안 엉겨 붙은 채 침대 위를 뒹굴었다. 삼십 분쯤 뒤에서야 R은 '아—!' 하고 소리를 지르며 그녀 위에 풀쑥 쓰러졌다. 그리고 다시 약 오 분쯤 뒤에 그들은 떨어져 누웠다.

(민음사, 1990)

□ 하일지 「경마장에서 생긴 일」

그녀는 이렇게 말하며 몹시 애교스런 미소를 지으며 그 절름발이 남자의 빰을 쓰다듬어주었다. 그리고는 그의 손을 끌어당겨 자신의 가슴에다 갖다댔다. 푸른 제복을 입은 절름발이 남자는 그제서야 어느 정도 의심이 풀린 듯한 표정이 되더니 갑자기 히히 웃었다. 그리고는 두 팔로 그녀의 허리를 감았다. K는 어안이 벙벙해진 눈으로 그러한 그를 멍하니 바라보고 있었다.

* * *

그리고 그녀는 주먹으로 K의 어깨를 톡톡톡 때려갔다. K의 미소가 다분히 장난스럽다는 것을 확인하고서야 그녀는 이제 안심이 되는지 K를 향하여 눈을 하얗게 흘기며 말했다.

"뭐가 그럴 수 있다는 말이에요? 그게 정말이에요?"

그리고 그녀는 주먹으로 K의 어깨를 톡톡톡 때려댔다. K의 어깨를 두들기는 그녀의 얼굴에도 이제 장난스런 미소가 가득했다.

"대답하세요. 대답하지 않으면 막 아프게 때릴 거예요."

그리고 그녀는 주먹으로 K의 어깨를 때려대며 애교에 찬 목소리로 말했다. K는 자신의 어깨를 때리는 그녀의 주먹을 저지하기 위하여 그녀의 두 손을 움켜잡으며 여전히 그 장난스런 표정과 짓궂은 목소리로 말했다.

"부인처럼 예쁜 여자를 보고 누구라서 그런 마음이 들지 않겠어요? 저는 화단에 뛰어들어 마구 꽃을 짓밟아 버릴 수도 있는 위험한 멧돼지 같아요. 그러니 저를 조심하셔야 해요, 부인."

"어머, 말도 안 돼! 어머, 말도 안 돼! 알고 보니 선생님은 순 장난꾸러기군요. 어디 한번 혼나보세요."

그녀는 K의 손에 의해 붙잡혀 있는 자신의 두 손을 빼내려고 애를 쓰며 이렇게 말했다. 대합실 밖에 서 있는 늙은 해송나무 가지에는 건조한 바람 소리가 응응 나고 있었다.

"다시 한 번 그런 말을 해 보세요. 다신 한 번. 선생님은 알고 보니 선머슴 아이같이 귀여운 장난꾸러기지요? 그렇지요, 선생님?"

그녀는 이제 K에게서 빼어낸 한 손으로 K의 가슴패기를 콕콕 쥐어박으며 이렇게 말했다. K는 그녀가 자신의 가슴패기를 쥐어박을 때마다 몹시 간지러운지 히히히 웃어댔다.

"어디 용서해 주나 보세요, 빨리 취소하세요."

그녀는 이제 완전히 자유로워진 두 손으로 K의 가슴패기를 콕콕콕 쥐어박으며 말했다. K는 자신의 가슴패기로 파고드는 그녀의 두 손을 저지하기 위하여 이리저리 몸을 피하다가 급기야는 두 팔로 그녀를 덥석 껴안기에 이르렀다. K의 두 팔에 의하여 부둥켜안기는 순간 그녀는 갑자기 꼼짝하지 않았다. K도 잠시 꼼짝하지 않았다. 그녀는 하얀 이마는 K의 코끝에 닿아 있었고 그녀의 상기된 눈두덩은 K의 입술에 닿아 있었다. K의 팔에 안겨있는 그녀의 몸에서는 온통 향기가 가득했다.

(민음사, 1993)

□ 하일지 「경마장의 오리나무」

잠시 동안 나의 가슴을 쓸어내리던 그녀는 이제 이불 속으로 머리를 넣고 기어들어가 나의 파자마를 내리고 나의 사타구니에 얼굴을 처박았다. 나의 페니스는 좀처럼 발기하지 않았다. 아주 오랜 뒤에서야 그것은 발기했다. 이불 속에 들어가 나의 사타구니에 얼굴을 처박은 채 엎드려 있던 그녀는 이제 벌떡 상체를 일으키고 일어나 앉았다. 그녀는 우선 자신의 손목시계를 탁 소리가 나도록 풀어 던졌다. 그리고는 자신의 팬티를 벗어 던진 뒤 다급하게 나의 허리춤에 올라앉았다. 잠시 동안 나의 허리춤 위에서 상체를 상하로 굴러대던 그녀는 이윽고 자신의 잠옷과 브래지어를 스스로 벗어 던졌다. 그녀는 몸을 굴러대면서 나의 두 손을 자신의 젖통 위로 끌어당겨 갔다. 그녀는 잠시 동안 나의 허리춤에 걸터앉은 채 몸을 굴러대다가 이내 나의 가슴패기에 코를 박으며 꼬꾸라졌다. 약 일 분쯤 뒤에 그녀는 일어나 경대 위의 납작한 휴지상자에서 파르스름한 휴지를 뽑아내어 자신의 사타구니를 닦아냈다. 그리고 또 두서너 장의 휴지를 더 뽑아내어 나의 페니스를 닦아주었다. 그리고 그녀는 나의 옆에 누워 가쁜 숨을 몰아 쉬었다.

* * *

영화가 한창 진행되고 있을 때 나는 한 손을 들어 그녀의 젖가슴을 움켜잡았다. 그녀는 아무 저항하지 않고 가만히 있었다. 나는 계속해서 그녀의 젖가슴을 다소 거칠게 어루만지다가 그녀의 윗도리 단추를 풀고 손을 브래지어 속으로 밀어 넣었다. 그녀의 무릎 뒤에 얹혀 있던 핸드백과 책이 바닥으로 떨어졌다. 그녀는 그것을 주워 올리려 들지도 않고 내가 하는 대로 자신의 가슴을 맡긴 채 가만히 있었다. 나는 그녀의 젖꼭지를 손바닥에다 대고 천천히 마찰시켰다. 그녀의 몸은 움찔움찔 진동을 일으켰다. 나는 브래지어에 싸인 그녀의 젖꼭지를 꺼낸 뒤 고개를 숙여 거기다 입술을 갖다 댔다. '하!' 하는 짧고 가느다란 탄식의 소리가 그녀의 입에서 새어나왔다. 잠시 후 우리는 극장을 나왔다.

(민음사, 1992)

□하일지 「새」

어찌해야 할지를 몰라 하던 A는 마침내, 반바지 밑으로 하얗게 드러내고 있는 여자의 넓적다리를 애무하기 시작했다. 그리고 그때서야 여자는 약간의 반응을 나타냈다. A의 손길이 자신의 넓적다리 안쪽에 와 닿는 순간 여자는 움찔 몸에 진동을 일으켰고, 그와 함께 울음소리도 약간 작아지는 것 같았다. 그러자 A는 좀더 대범해졌다. 그는 웅크리고 앉아 있는 여자의 목덜미에 키스를 퍼부어대는 한편 손으로는 여자의 반바지 속으로 거슬러 올라가기 시작했다. 그렇게 되자 여자는 처음 한동안 포로로 잡힌 것처럼 꼼짝하지 않았다.

* * *

이렇게 말하는 그녀의 모습이 얼마나 귀엽고 사랑스러웠던지 A는 자신도 모르는 사이에 손을 뻗어 보드라운 그녀의 두 뺨을 어루만졌다. 그 순간 그녀는 격정에 찬 표정과 동작으로 A의 손에 입 맞추기 시작했다. 자신의 손등에 마구 입 맞추고 있는 그녀의 모습이 얼마나 애절하게 보였던지 A는 견딜 수 없는 어떤 감동을 느끼며 그녀를 일으켜 세웠다. 그러자 그녀는 격정에 찬 동작으로 와락 A의 목덜미를 휘어 감았다. 그와 때를 같이하여 A는 와락 그녀를 껴안았고, 그와 동시에 두 사람은 미친 듯이 입 맞추기 시작했다 긴 이별 끝에 만난 애절한 부부처럼.

하늘색 한복을 곱게 차려입은 젊은 부인을 껴안은 채 마구 키스를 퍼부어 대고 있던 A는 마침내 그녀의 몸을 더듬어대기 시작했다. 옷고름이 풀어지고 저고리가 벗겨지자 그녀의 하얀 어깨가 고스란히 드러났고, 이어 그녀의 치마가 방바닥으로 흘러내렸다.

* * *

"아— 악!"

부인의 섬섬옥수가 A의 음경을 잡아주는 순간 마침내 A는 그녀의 비밀스런 곳을 깊이 뚫고 들어갔고, 그와 동시에 여인은 찢어지는 듯한 비명을 질렀다.

그러나 일단 한번 시작된 A의 공격은 멈출 수가 없었다. A는 낯선 여인의 사타구니 사이, 그 깊은 비밀의 성을 거칠게 공략했고, 무자비한 A의 공격에 고스란히 노출된 여인은 헛되이 온몸을 바둥거리고 있었다.

* * *

아이가 잠든 것을 확인하자 여인은 은밀한 목소리로 속삭였다. 그리고 그녀는 쌔근쌔근 잠들어 있는 아이의 손에서 조심스레 자신의 젖을 빼내더니 A쪽으로 돌아누웠다. 자신을 향하여 돌아눕는 그녀를 A는 너무나 오랫동안 기다렸다는 듯이 와락 껴안았다.

다리를 깍지 낀 채 한 덩어리로 엉겨 붙은 두 사람은 처음 한동안 뜨겁게 입을 맞추고 있을 뿐 꼼짝하지 않았다. 이제 막 잠이 든 아이가 다시 깰까봐 염려가 되어서 그런 것 같았다. 그러나 잠시 후 두 사람은 엎치락뒤치락 침대 위를 뒹굴기 시작했고, 마침내 A는 다시 그녀를 자빠뜨린 채 그 위에 올라탔다. 여인은 활짝 가랑이를 벌려 A를 맞이했고, A는 이제 익숙한 동작으로 그녀를 공략하기 시작했다.

A가 매끌매끌한 그녀의 속을 육중하게 들락거리며 그녀를 공략할 때마다 여인은 신음 소리를 내지 않기 위하여 이를 악문 채 온몸을 뒤척거리고 있었다. 그런 그녀의 표정이 얼마나 진지하고 사랑스러워 보였던지 A는 더욱 육중한 공격을 퍼부어대는 한편, 손을 뻗어 그녀의 뺨을 쓰다

듬어 주었다. 그러자 그녀는 와락 손을 잡아 거기다 입 맞추었고, 그와 동시에 그녀의 눈에서는 뜨거운 눈물이 주르르 흘러내리고 있었다. 그녀의 눈물을 보는 순간 A는 걷잡을 수 없는 심정이 되었고, 그리하여 그는 더없이 격렬한 공격을 그녀에게 퍼부어대기 시작했다.

'오! 오호! 오호!'

마침내 여인은 억누르고 있던 신음 소리와 함께 울음을 터뜨리기 시작했다.

그런 그녀의 젖은 얼굴에 A는 마구 입맞추었고, 바로 그 순간 그의 몸 속에서는 뜨거운 기운이 한꺼번에 분출하여 그녀의 몸 속으로 빨려들기 시작했다.

'아악!'

바로 그 순간 여인은 필사적으로 A의 목덜미에 엉겨붙으며 소리쳤다. 그리고 그때 A는 '아하!' 하고 깊은 탄식을 발하며 그녀의 모가지에 코를 박고 고꾸라졌다. 그런 그를 으스러지게 껴안으며 여인은 울고 있었다.

(민음사, 1999)

□ 하재봉 「블루스 하우스」

나는 손에 조금 힘을 주면서 그녀의 어깨를 내 쪽으로 잡아당겼다. 그녀의 몸이 빈 저울 그릇처럼 내게 기울었다. 두 손으로 그녀의 상체를 안고서 이마에 가볍게 입술을 댔다. 그녀의 두 눈은 감겨 있었다.

나는 그녀의 목덜미와 머리카락 경계선 부근을 오르락거리며 천천히 뜨거운 숨을 불어넣는다. 그녀의 고개를 위로 젖히면서 몸을 비틀었다. 무성영화 속의 등장인물처럼 우리는 아무 소리 없이 그러나 점점 뜨거워지는 서로의 몸을 서서히 밀착시켜 나갔다. 전원스위치를 올리면 작동되는 인형처럼 이제 그녀의 피는 붉게 타오를 것이다.

(세계사, 1993)

□하재봉 「영화」

　벨을 누르는 소리가 들리자 침대 위에 알몸으로 엎드려 있던 그녀는 욕실로 달려가고, 내가 가운을 걸치고 문을 열었다. 종업원이 카트를 밀고 들어와 침대 옆에 놓고, 그릇을 덮고 있던 터무니없이 커다란 뚜껑을 여는 동안 욕실에서는 샤워하는 소리가 났다. 카트 위에는 그녀와 내가 주문한 에그프라이와 햄치즈와 토스트 샌드위치와 커피가 놓여 있었다. 커피 잔에서는 따뜻한 김이 하얗게 허공으로 올라가고 있었다. 팁을 받은 종업원이 나가면서 문을 닫자, 나는 다시 가운을 벗고 욕실로 들어갔다.

　욕실은 뜨거운 수증기로 덮여 있었다. 흰색 비닐 샤워커튼을 젖히자 젖가슴을 비누로 문지르고 있던 그녀가 깜짝 놀라는 시늉을 했다. 나는 욕조 안으로 들어가 다시 샤워커튼을 치고 등 뒤에서 그녀를 껴안았다. 샤워꼭지에서 시원하게 쏟아지는 물줄기가 살갗의 세포를 하나씩 두드려 다시 깨우기 시작했다. 이미 아침에 눈뜨자마자 질펀하게 섹스를 했었지만, 내 페니스는 다시 쇠망치처럼 단단해졌고 나는 그녀를 벽 쪽으로 밀어붙인 채 손가락을 머리카락 속으로 집어넣고 키스를 했다. 우리들의 얼굴 위로 물줄기가 쏟아져 내렸다. 포개진 입술 속으로 물이 흘러들어왔다. 나는 다시 그녀의 젖꼭지를 빨면서 오른손으로 그녀의 왼쪽 다리를 들어 욕조 바닥을 딛고 다른 한쪽 다리는 욕조 난간에 걸치고 내 페니스가 삽입되기 쉽게 발끝 자세로 몸을 올렸다.

* * *

　나는 내 모든 기교를 다하여, 내 모든 영혼을 다하여 정성껏 그를 애무해 주었다. 놀랍게도 그의 페니스는 희미하지만 다시 반응을 보이는 것이었다. 나는 강사장이 나에게 약속한 것을 다시는 번복할 마음이 안 생기도록 그를 쾌락의 늪 속으로 끌고 들어갔다. 그는 숨이 넘어갈 정도로 몸을 바르르 떨면서 내 몸 속에 사정을 하고 내 배 위에 엎드려 그대로 잠이 들었다. 나는 무거운 그의 몸을 슬쩍 옆으로 눕혀놓고 욕실로 가서 그가 흘린 더러운 땀을 구석구석 씻어냈다.

* * *

우리는 불을 꺼놓고 루이 암스트롱의 CD를 올려놓은 뒤 음악을 들었다. 첫 곡이 다 돌아갈 때까지 전화는 오지 않았다. 다음 곡은 〈왓어 원더풀 월드〉였다. 나는 일어나서 김여주의 손을 잡아당겼으며 우리는 조용히 부둥켜안고 춤을 추었다. 느리게 움직이는 끈적끈적한 재즈의 선율을 타고 우리의 피가 하나로 이어져서 급류를 타기 시작했다. 나는 그녀의 목덜미에 키스를 했으며 그녀는 내 어깨를 움켜쥐었다. 나는 벽에 그녀를 밀어놓고 입술 속으로 혀를 집어넣었다.

(이레, 1999)

□하재봉 「쿨재즈 1」

마일스 데이비스의 차가운 트럼펫 연주 〈투투〉가 물결치는 동안, 다다의 입술과 강유선의 입술은 서로가 서로를 빨아들인다. 트럼펫과 색소폰 소리는 각각 두 사람의 귓바퀴를 열고 안으로 들어가 하나로 겹쳐진 입술 속에서 만난다.

지금까지 만난 여자들 중에서 강유선의 입술만큼 완벽하게 다다의 입술과 하나가 된 것은 없었다. 부드럽다는 느낌만을 가지고 얘기하는 것이 아니다. 그녀의 입술은 입천장에 착 달라붙는 순간 흡반을 통해 맹렬하게 상대를 빨아들이는 산 오징어처럼, 그의 입술과 붙는 순간 하나가 되어버린다. 입술을 통해 온몸이 빨려 들어가는 것 같다. 처음부터 그랬다.

* * *

다다는 수건을 벗어 던지고 강유선을 등 뒤에서 껴안는다. 블라인드 틈으로 밖의 불빛이 언뜻 비친다. 그는 두 손으로 그녀의 젖가슴을 움켜쥔 채 목과 등을 천천히 입술로 덮혀 간다. 그녀의 봄이 조금씩 비틀리기 시작하고 고양이 울음소리 같은 야릇한 소리가 새어나온다. 네온시계와 모니터에서 쏟아지는 푸른 불빛으로 그들의 몸은 파랗게 변한다. TV 모니터 속에서는 몸에 꽉 달라붙은 얇은 의상을 입은 남녀가 서서히 손을 비틀며 움직인다.

그의 입술은 이제 그녀의 등덜미를 타고 내려와 허리를 지나서 엉덩이 밑으로 내려간다. 그녀는 두 손을 뻗어 벽을 짚는다. 그러나 벽은 없다. 얇은 천으로 된 블라인드와 차가운 유리가 있을 뿐이다. 검정색 블라인드가 구겨진다. 벽의 양쪽에 있는 끈을 잡아당기면, 세로로 길게 홈이 파인 블라인드는 천천히 걷혀지고 그들의 알몸은 창밖으로 드러날 것이다. 그러나 지금은 새벽 1시가 넘었다. 지나가는 사람들은 거의 없다. 빠른 속도로 달려가는 차안에서 15층 높이의 창을 바라볼 수는 없다.

블라인드는 이제 서서히 흔들리기 시작한다. 그는 이대로 그녀를 세워놓고 등 뒤에서 섹스를 하고 싶은 충동을 느낀다.

(해남출판사, 1995)

□ 하재봉 「쿨재즈 2」

이제 두 사람은 함께 움직인다. 몸을 감싼 몇 밀리미터 두께의 옷만이 그들을 가로막고 있을 뿐이었다. 그는 고개를 숙여 그녀의 머리에 코를 박는다. 기분 좋은 향기가 코끝을 타고 흘러 들어와 퍼진다.

이제는 그녀의 귓바퀴에 그의 숨결이 닿는다. 그녀는 몸을 움츠린다. 온몸의 모세혈관 끝까지 미세한 흔들림이 말 타고 달려간다. 그의 숨결은 점점 뜨거워져 간다. 그녀의 몸은 부들부들 떨린다. 그의 혀가 그녀의 귓바퀴에 닿는다. 불에 데인 것처럼 그녀는 깜짝 놀라지만 더 큰 쾌감이 그녀를 사로잡는다. 자신의 의지를 따르지 않는 그녀의 몸은 이제 다른 사람의 것처럼 느껴진다. 자신이 다른 사람의 몸을 뒤집어쓰고 있는 것 같다.

(해남출판사, 1995)

□하재봉 「황금동굴」

처음에는 두 입술이 가볍게 닿기만 했다. 축축이 젖은 그의 입술은 갓 구워낸 빵처럼 말랑말랑하고 따뜻했다. 그의 아랫입술은 그녀의 입술 사이로 들어가서, 그녀의 윗입술은 그의 아랫입술과 윗입술 사이에 포개지게 되었다. 목구멍에서 뜨거운 침이 올라오려는 그 순간, 그러나 그는 입술을 떼었다. 그리고 그녀의 눈을 바라보았다. 그 다음 그는 양손으로 그녀의 뺨을 잡고 고개를 15도 정도 기울여서 다시 그녀의 입술에 자신의 입술을 가져갔다. 조금 전보다 더 강한 힘으로 그녀의 입술을 빨기 시작했으며 그녀는 거의 호흡이 곤란할 정도로 숨이 막히는 것을 경험해야 했다. 입안의 침이 다 말라버려서 목구멍 속이 타들어가는 듯한 느낌이 들었을 때, 그의 혀가 그녀의 입술 속으로 들어왔다. 그의 혀는 서두르지 않고 그녀의 혀를 빙빙 돌며 입천장과 혀의 아랫부분을 간지럽혔다. 어두운 밤하늘을 탐조등이 여기저기 비추듯이 그는 혀끝에 온 감각을 모아서 그녀를 탐색하고 있었다. 참을 수 없는 갈증으로 그녀는 그의 혀를 빨기 시작했다. 그의 혀를 그대로 삼켜버리겠다는 듯이 그녀는 맹렬하게 그의 혀를 빨아들였다. 혀끝이 갈라지는 통증이 찾아왔을 때에야 비로소 그들은 빨던 것을 멈추고, 다시 처음처럼 서로의 입술을 부드럽게 물고 잇몸의 구석구석을 훑어주었다.

(이레, 1999)

□한말숙 「아름다운영가」

늦어서 귀가할 때는 언제나 기철이 바래다주었으나, 그 날은 말없는 기철의 전신에서 풍기는 분위기가 유진을 압박해오고 있었다. 골목 중간쯤에서 갑자기 기철이 그녀를 껴안았다. 유진도 그의 겨드랑 밑으로 두 팔을 돌려서 그를 껴안았다. 둘이 다 20대의 청춘 시절이었다. 그들은 뺨을 맞부볐다. 기철의 뺨은 뜨거웠다. 그리고 유진은 기철의 하복부가 유난히 뜨거운 것을 느꼈었다. 그 부분이 남성의 성기임을 그녀는 미처 몰랐었다.

성 지식 백지 상태의 유진에게는 초가을 밤에 원피스 하나로 조금 싸늘했던 체온에 기철의 몸이 따뜻한 것은 나쁘지 않았다. 유진의 몸은 기철의 큰 가슴에 싸여진 것 같았다. '이 사람을 나는 사랑하는구나' 하고 그녀는 생각했다. 그의 입술이 유진의 입술에 닿으려 할 때에, 골목길에 사람들이 너댓 명이 몰려 들어왔다. 그들은 얼른 포옹을 풀었다.

(인문당, 1981)

□ 한말숙 「행복」

그때, 머리맡의 유리창을 소나기가 깨뜨릴 듯이 거세게 후려치며 흘러내리고 있었다. 그들은 여장을 풀 겨를도 없이 방에 들어서자 바로 샤워로 더위를 씻었다. 그리고……

그의 농밀한 피부의 감각이 지금도 그녀의 감각에 감미롭게 저려온다. 그녀도 한껏 그를 사랑했었다. 살아서 사랑하는 사람을 사랑할 수 있다는 것에 그녀는 살아 있는 육체의 환희를 느꼈었다.

그리고 그녀는 담배에 불을 붙였었다. 새벽 태양이 어두운 방안을 신비로운 보랏빛으로 물들이는 속을 푸른 담배 연기는 환상처럼 천천히 사라져 갔다.

* * *

이제 잠만 자면 그만이다. 이렇게 머릿속이 텅 비게 될 때면 진영은 언제나 사랑이라는 것이 그리워지는 것이다. 나는 누구를 사랑하고 있지 않을까? 경일을 사랑하는 것이 아닐까? 진영은 '경일이' 하고 입 속으로 속삭여 본다. 나의 애인, 그리운, 그리운 사람하고 생각해 본다. 그러니까, 정말 그리워지는 것 같다. 그리워 못 견딜 것 같다. 그립다, 그립다. 그 그리움이 그립다. 아. "키스할까?" 진영은 요 밑에 엎드린 채 중얼거린다.

* * *

사랑, 사랑…… 진영은 그 말의 감각을 느껴보려 했으나, 그 추상명사가 마치 숫자처럼 그녀의 머릿속에서 나열된 따름이다. 사랑이라는 말은 필요치 않았다. 다만, 진영은 지금 경일을 포옹하고 싶을 뿐이었다. 그래서 진영은 '경일씨 어서 오세요. 보고 싶어요'라고 편지의 끝을 맺었다.

* * *

새댁은 온 몸으로 태식의 몸을 포근히 쌌다. 꽁꽁 얼은 어깨와 팔꿈치와 무릎은 겨드랑과 오금으로 싸주었다. 새댁은 태식의 새파란 입술에 입술을 갖다대었다. 태식의 입술은 어름같이 차다. 태식은 눈을 감은 채 인사불성이었다. 태식의 입에 입을 대고 있노라니까 그의 인중이 뻣뻣이 굳어 가는 것을 새댁은 느꼈다. 새댁은 깜짝 놀랐다. 사람이 죽을 때에는 인중이 굳어진다는 말을 들은 적이 있기 때문이다. 새댁은 남편의 인중이 굳지 않도록 인중과 콧날을 빨기 시작했다. 그리고 한편, 손으로 남편의 몸을 쓸었다. 그녀는 그녀의 몸 외에는 남편을 위한 다른 아무런 수단이 없다. 약도 없고 불도 없고 이불도 없었다. 도움을 청할 이웃도 없었다.

* * *

태식은 밥상을 들어서 툇마루에 내놓고, 일어서려는 새댁의 치마를 불끈 잡고 끈다. 새댁의 그 젖은 듯한 검은 눈이 활활 타며 태식의 눈에 감기고 입술에 감긴다. 태식은 숨이 턱 막히는 것 같다.

(풀잎, 1999)

□한수산 「모래 위의 집」

어둠의 동체가 움직였다. 사내의 팔이 나와 경미의 어깨에 얹혀졌다.

경미는 미동도 없이 앉아 있었다. 사내의 손이 경미의 목덜미를 어루만졌다. 사내의 또다른 손이 나와 블라우스 앞자락을 헤집으러 젖가슴을 움켜잡았다.

(동아출판사, 1995)

□한수산 「부초」

지혜가 손수건을 꺼내어 하명의 가슴팍을 문질렀지만 이미 굳어가고 있는 자국은 지워지지 않았다. 강바람이 그녀의 머리칼을 날려 하명의 얼굴을 스쳤다. 고개를 숙인 조그마한 어깨가 바로 가슴 앞에 있었다. 바람 때문은 아니었다. 하명의 목소리가 흔들리고 있었다. "지혜야." 고개를 드는 지혜의 얼굴이, 물에 잠긴 모래바닥처럼 어둠 속에서 하얗게 떠올라왔다. 하명의 손이 그녀의 손을 더듬어 잡았다. 잡힌 손을 그의 가슴에 묻은 채 지혜는 미동도 없이 그를 쳐다보고 있었다. 그 고개가 꺾이는가 하자, 하명은 그녀의 어깨를 돌려 안았다.

* * *

지혜는 하명의 가슴에 머리를 묻었다. 하명의 떨리는 손길이 허리가 휘도록 그녀를 안는다. 환희인가. 살 깊이 깊이에서 터져나올 것만 같은 고통스런 기쁨이 두 사람을 감싼다. 지혜의 몸이 그의 팔에 안겨 눕혀지고 지혜는 눈을 감는다. 귀밑에 와 닿는 그의 숨결이 뜨겁다. 하명의 손이 지혜의 몸을 더듬어 내려간다. 불에 단 인두처럼 그의 손이 가 닿는 곳마다 지혜는 뜨거움을 느낀다. 지혜가 몸을 뒤치며 몇 번이고 했던 말을 되풀이했다. "이, 이런 데서는 싫어." 아쉬움 때문에, 몸이 굳어질 정도로 갈증을 느끼면서도 하명은 잘 참았다. 돌아오는 밤길을 그녀를 업고 걸었다. 지혜의 몸은 나비처럼 가벼웠다. 등허리에 닿는 그녀의 젖가슴을 느끼면서 컴컴하게 어두운 길을 걸었다. 멀리 주택가의 불빛이 하나둘 꺼져갔다. 왜 우리는 환하게 불켠 방 하나도 없는가 하는 생각에 잠시 가슴에 모래가 흩뿌려져서 하명은 그 생각을 쫓느라 지혜의 궁둥이를 철썩 갈기며 껄껄 웃었다.

* * *

오래 목마른 사람처럼 동일의 몸이 덮쳐들었다. 흙먼지가 이는 마른 땅, 갈라진 틈 사이로 물이 스며들 듯이 몸이 더워 가고, 두 사람은 서로를 확인하고 또 확인했다. 감미롭게 물결은 차올라 두 사람은 작은 목선인 양 떠 있었다. 얼마나 지났을까. 동일의 가슴에 땀이 흘러내리고 있었다. 석이네는 찬물수건을 집어 그 가슴을 닦아주었다. 그런 석이네의 몸을 동일이 당겨 안는데 그녀의 등에도 땀이 흐르고 있었다. 동일은 석이네 손에서 수건을 받아 그녀의 등을 닦아주었다. 그의 팔을 베고 누워 석이네는 홑이불을 당겨 벗은 앞가슴을 가렸다. 비도 그쳤는지, 열어 놓은 창으로 서늘한 바람이 들어온다.

(동아, 1995)

□한수산 「사랑의 이름으로」

한 남자와 여자가, 어디서부터 어떻게 시작한다는 것을 내가 알 리 없었다. 내 몸의 모든 것은 이미 무엇인가에 타오르고 있었기 때문에 그녀의 몸이 나는 아주 차가운 얼음처럼 느껴졌다. 내 모든 것은 이미 터질 듯 커져 있었고, 목마른 사람처럼 무엇인가를 애타게 찾고 있었다.

그녀의 젖가슴은, 아, 나는 이제까지 그렇게 부드러운 것을 만난 적이 없다. 그것은 깊게 부드러웠고, 넓게 부드러웠으며, 그러면서도 어딘가 무너질 수 없는 모습을 가지고 있었기 때문에, 나는 다만 울고 싶었다.

그 모양을, 마치 잘 익은 복숭아를 생각나게 하는 그 형태를 나는 어둠 속에서 다만 손으로 느꼈을 뿐이었다.

그녀의 다리는 왜 그렇게 견고하고 힘차게 느껴졌던가. 그것은 마치 대리석의 기둥 같았다. 나는 그녀를 세워놓고 그 다리 아래 무릎을 꿇고 싶다는 생각을 했을 정도였다. 그녀를 아주 멀리 세워놓고, 아랫배는 단단하고 매끄러웠다.

그리고 나는 그녀의 엉덩이를 참담할 정도의 마음으로, 그렇다, 가슴이 타 들어가는 것 같아져서 두 손으로 껴안듯 매만졌다. 그것은 얼마나 풍성하고 넉넉하고 완벽했던가.

(문학사상사, 1996)

□한승원 「사랑」

그녀는 그가 그렇게 하기를 기다리고 있던 터였으므로 등줄기 위에 접어 얹은 반투명 날개 두 짝을 양옆으로 젖히고 아랫몸의 치부를 드러내주었다. 아랫몸의 표현에는 짚으로 엮은 달걀꾸러미 같은 무늬가 새겨져 있었고, 그 무늬 사이사이에 기공들이 뚫려 있었는데, 그것들이 흥분으로 말미암아 달구어진 몸을 식히기 위해 빠른 속도로 벌씸거리면서 공기를 들이켜기도 하고 뱉어내기도 했다. 그녀의 성기는 그 아랫몸 끝에서 땅 쪽을 행한 채 노출되어 있었다.

그는 그녀의 몸에 상처를 낼세라, 포크레인 같은 앞발 둘을 조심스럽게 옆으로 젖혔다. 그녀의 성기에다 그의 성기를 완벽하게 접합시키기 위해서 아랫몸을 낚시 바늘 끝 부분처럼 꼬부렸다. 가느다란 네 다리로 덩치 큰 그녀의 아랫배 양옆을 끌어안고 가느다란 허리와 아랫배와 꽁무니를 한껏 꼬부리면서 성기를 접합시켜 사정을 해야 하는 그 혼례의식은 사력을 다하지 않으면 안 되는 힘든 노역이었다. 그렇지만 그는 하필 자기에게 그 성스러운 의식에 참여할 수 있도록 기회를 준 그녀에게 고마워하고 있었다. 그 일을 치르는 동안은 그의 평생 중 가장 황홀한 시간이었고, 그는 사실 그 시간을 위해 존재해 온 것이었으므로 그 의식을 위해 유년시절부터 응집해 온 힘까지를 다 쓰고 있었다.

* * *

달려온 덩치 큰 황소는 두 앞발을 그 처녀암소의 등허리에 걸쳤다. 아랫배에서 선홍빛의 말뚝버섯 같은 것이 솟구쳐 나왔다. 암소의 달걀 모양새로 둥그스름한 엉덩이를 짓눌렀다. 처녀암소의 허리가 휘어졌다. 암소는 황소의 몸무게가 버거워 비틀거렸다. 깊은 교접은 순식간에 이루어졌는데, 이때 처녀암소는 온몸을 움츠리면서 진저리를 쳤다.

(문이당, 2000)

□한승원 「새끼무당」

어느 날 장보고 장군신이 치성드리는 보성댁 앞에 나타났다. 보성댁은 장보고 장군신이 나타나자 곧 실신했고, 장군신은 보성댁과 몸을 섞었다. 장군신과 몸을 섞는 것을 큰무당 달순이는 내내 후들거리면서 지켜보았었다. 사람의 모양새로 몸을 나토신 장군신은 강건했다. 그 장군신은 장엄하고 헌걸차게 사람들이 하는 것과 똑같이 그 일을 치렀던 것이다. 큰무당 달순이는 스무 해가 지난 이적까지도 그 때의 어지럽고 가슴 저릿저릿하고 두려운 일을 잊을 수 없었다. 그녀 자신이 그 장군신과 그렇게 장엄한 몸 깊이 섞기를 하였던 듯싶었다.

(『문예중앙』 봄호, 1994)

□한승원 「새터말 사람들 2」

재 아래쪽의 소나무 숲 속에서 거무스레한 것 하나가 불쑥 일어섰다. 직감적으로 그녀는 그것이 아까 그녀를 앞장서서 간 그 남자라고 생각했다. 이제 그 남자가 무엇을 그녀에게 요구하고 나설 것이라는 것, 그걸 그녀로서는 어떻게 피할 수가 없을 것이라는 것을 그녀는 절망적으로 느끼고 있었다. 그가 다가와서 그녀의 손목을 잡았을 때 그녀는 짚검부지기에 닿자마자 꺼져 버리는 물거품처럼 의식이 꺼져 버렸다 눈을 감고 마른풀 서걱거리는 소리를 들으면서 그녀는 친정어머니가 그녀를 시집

보내면서 해주던 말들을 생각했다.

(문학사상사, 1993)

□한승원 「포구의 달」

바짓가랑이로 이슬을 쓸면서 보고 온 별들이 자꾸 머리에 어렸다. 해숙이 생각났다. 비좁은 섬과 섬 사이를 흐르는 바닷물이 썰물 때도 울고 밀물 때도 울듯 늘 신음하며 울곤 하던 해숙의 앙바틈하고 실팍한 몸이 살갗에서 살아나곤 했다. 엎치락뒤치락하는데, 수각에서 물 퍼나르는 소리가 났다. 얼마쯤 후에는 공양간 뒤란에서 물 끼얹는 소리가 났다. 고기비늘 같은 물방울들이 송알송알 엉기어 있는 여자의 맨살이 눈앞에 보이는 듯 했다. 그는 배를 깔고 엎드리면서 눈을 힘주어 감았다. 혀끝을 깨물고 머리 깎은 것을 후회했다. 모로 누우며 새우처럼 몸을 웅크렸다. 비몽사몽간에 그는 해숙도 해미도 공양주 보살도 아닌 여자를 범했고, 그러면서 공허한 사정을 했다.

(계몽사, 1995)

□허근욱 「내가 설 땅은 어디냐」

나의 머리칼을 매만지며 나직이 말하던 그는 불현듯 힘있게 나를 안았다.

"사랑해요."

나는 그의 가슴에 머리를 틀어박고 소곤대듯 말했다.

묵묵히 서 있는 수목 사이로 사랑의 속삭임이 퍼져 가고 어둠은 우리를 삼킨 채 점점 짙어갔다. 이미 우리에게는 공포도 불안도 없었다. 눈앞에 활짝 벌어진 허공, 초롱초롱 빛나는 별들을 바라보며 뜨거운 정열에 마음을 태웠다.

(인문당, 1992)

□ 현진건 「무영탑」

"내일은 일찌거니 길을 떠나실 텐데 정말 어서 주무세요."

하고 아사녀는 깔아놓은 이부자리를 다시금 매만지다가 갸웃이 남편을 바라봤다. 방안은 덥지도 않은데 그 오목한 코끝에는 땀방울이 송송 솟아났다. 슬픔을 누르느라고 마음속으로 무한 힘을 쓰는 까닭이었다.

… (중략) …

아사달은 더 참을 수 없었다. 돌아누우려는 아내를 끌어당기자 그 가냘픈 몸을 으스러지도록 껴안았다.

이런 때에도 수줍은 아내는 고개를 숙여 남편의 가슴팍에 제 얼굴을 파묻는다. 그 언저리가 뜨겁고 축축해지는 것을 아내도 인제야 소리 없이 우는 탓이리라.

한참만에야 하나로 녹아드는 듯 하던 두 몸은 떨어졌다.

아내는 먼 길 가는 남편에게 끝끝내 요사한 눈물을 보이지 않으려고 어느 결엔지 눈을 닦고 또 닦은 모양이었으나 아무리 해도 젖은 속눈썹은 옥가루를 뿌린 듯 번쩍이고 발그스름해진 콧등이 더욱 안타까웠다.

(박문서관, 1939)

□ 현진건 「빈처」

'어느 때라도 제 은공을 갚아줄 날이 있겠지!'

나는 마음을 좀 너그러이 먹고 이런 생각을 하며 아내를 보았다.

"나도 어서 출세를 하여 비단신 한 켤레쯤은 사주게 되었으면 좋으련만……"

아내가 이런 말을 듣기는 참 처음이다.

"네에?"

아내는 제 귀를 못 미더워하는 듯이 의아한 눈으로 나를 보더니 얼굴에 살짝 열기가 오르며,

"얼마 안 되어 그렇게 될 것이야요!"
라고 힘있게 말하였다.

"정말 그럴 것 같소?"

나는 약간 흥분하여 반문하였다.

"그러문요, 그렇고 말고요."

아직 아무도 인정해주지 않은 무명작가인 나를 저 하나가 깊이 깊이 인정해준다.

그러길래 그 강한 물질에 대한 본능적 욕구도 참아가며 오늘날까지 몹시 눈살을 찌푸리지 아니하고 나를 도와준 것이다.

'아, 아 나에게 위안을 주고 원조를 주는 천사여!'

마음속으로 이렇게 부르짖으며 두 팔로 덥석 아내의 허리를 잡아 내 가슴에 바싹 안았다. 그 다음 순간에는 뜨거운 두 입술이……

그의 눈에도 나의 눈에도 그렁그렁한 눈물이 물 끓듯 넘쳐흐른다.

(어문각, 1970)

□홍성암 「가족」

순자가 그렇게 말하며 방씨의 어깨를 주무르느라 몸을 바짝 굽히고 있는 때에 방씨의 손이 그녀의 등을 안으며 빙글 몸을 돌렸다. 그녀의 몸이 눕혀지는 것과 더불어 그녀의 치맛자락이 엉덩이 위로 치켜졌다. 속옷을 입지 않은 그녀의 속살이 그냥 드러났다. 병신, 이게 보여. 순자는 방씨가 골방에서 앓고 있을 때 그렇게 자신의 속살을 보이며 그를 놀렸었다. 그런 속살이 그냥 드러났다. 방씨의 머리가 그 속살을 향해서 다가왔다. 순자는 작은 방씨와 숱하게 놀아난 터여서 그리 당황해하지는 않았다.

* * *

순자가 작은 방씨의 배를 타고 앉았다.

작은 방씨가 몸을 비틀자 순자가 방씨의 몸 아래로 짓눌렸다.

잠옷자락이 부챗살처럼 활짝 벌어졌다. 장난처럼 작은 방씨의 손이 순자의 목을 거머잡았다.

* * *

필서는 그렇게 투덜거렸다. 경숙은 입을 악물고 고통을 견디어야 했다. 그것은 사랑의 행위가 아니었다. 남자는 여자를 고문하고 있었다. 남자 자신도 고문행위가 즐거운 것은 아닌 모양이었다. 온 힘으로 짓누르면서도 즐거워 보이지는 않았다. 고통스런 신음과 긴 헐떡임, 그리고 남편은 짚단처럼 무너져 내렸다. 괴로운 열풍이었다.

* * *

그러나 그는 누구에게도 누나를 만난 이야기를 한 적이 없었다. 젊은 날의 그 끈끈한 욕망과 누나와의 관계 때문이었다. 그것은 꿈결에 꿈같이 시작되었다. 날씨가 몹시도 무더웠다. 지하실 방이라 통풍이 전혀 되지 않은데다가 눅눅한 습기까지 곁들여서 견딜 수 없게 했다. 누나는 술에 취해 있었고 자꾸만 울었다. 그 새끼가 말야. 그렇게 날 배반할 수 없다구. 그래서 그는 누나를 위로한답시고 4홉 소주 두 병을 사왔고 그것을 나누어 마셨다. 누나가 그의 목을 껴안고 꺼이꺼이 울었다. 이 세상에 우리밖에 더 있냐? 믿을 놈들은 아무도 없어. 우린 모질게 살아야 돼. 이 넓은 세상에 우리 둘만이 외톨이라구. 누나는 그렇게 훌쩍훌쩍 울다가 잠들어 버렸다. 필서도 남은 술병의 술을 병나발로 비워버리고 그 옆에 누웠다. 깊은 어둠과 더위와 술의 혼몽함. 누가 먼저 손을 내밀었는지는 모른다. 아마도 외로움을 견디려고, 또는 위로해주려고, 또는 위로받으려고, 이것도 저것도 아니라면 그저 습관적으로 손을 내밀었던 모양이다. 그들은 물 속 깊이로 가라앉고 있는 동물의 상대방보다 먼저 수면으로 숨가쁘게 기어 나오려고 서로를 물속으로 처넣으려는 것 같은 동작으로 발버둥치면서 사투를 벌였다. 꿈이었는지, 환상이었는지, 아무튼 하나로 묶여지기 위해서 허우적거리며 컥컥 숨이 막혔고 구슬땀을 흘렸다.

* * *

경숙은 미음 한 그릇을 모두 비우고 깊은 잠에 빠졌다. 그녀가 잠이 깨었을 때는 깊은 밤이었다. 경숙은 그녀의 젖가슴을 더듬는 사내의 손길을 느꼈다. 그도 그녀가 잠깬 것을 느꼈는지 그녀의 가슴을 으스러지게 안았다.

(새로운 사람들, 1999)

□홍성암 「어떤 귀향」

밤이 되어도 더위는 조금도 수그러들지 않았다.

많은 사람들이 더위를 피해서 호수공원으로 몰려들었다. 분수대의 물줄기가 조명등의 빛을 받아서 무지개를 만들고 있었다. 호반 둘레로 고정시켜 놓은 벤치에는 아베크족들이 쌍쌍이 앉아서 사랑을 나누고 있었다. 여자들은 남자의 가슴에 머리를 기대고, 남자는 여자의 치마 밑으로 손을 넣고 있었다. 숲 속 으슥한 쪽 의자에 앉은 패들은 옆으로 사람이 바짝 스쳐 지나가도 포옹을 풀지 않았다.

(새로운사람들, 1997)

□황순원 「나무들 비탈에 서다」

호텔 한 호젓한 방에서 함박눈 내리는 하룻밤을 새우다시피 하며 그네와의 오래 입맞춤 끝에 코끝과 콧날개 언저리를 입술로 문지르고 한 이튿날 아침이었다.

* * *

해운대 호텔 조용한 방에서 동호는 자리 속에 들어있는 그네의 얼굴을 두 손으로 싸쥐고 있었다. 아이 뜨거. 그네가 그의 손 위에 자기 손을 가져다 얹었다. 입술을 마주 대었다. 그 촉감이 식물처럼 싸늘했다. 그저 입김만이 열기를 띠고 있었다. 이 열기에 단 입김을 서로 주고받는 동안에 그네의 입술이 타고 뺨과 손바닥이 달아올랐다. 아이 숨맥혀. 그네가 고개를 한 옆으로 비키면서 속삭였다. 뜨거운 입김이 그의 귓전을 간지럽혔다. 동호는 달아오른 열기를 그네의 몸 다른 한 부분으로 옮기고 싶은 충동을 받았다. 손으로 그네의 가슴을 더듬었다. 그러나 어느새 가슴이 덮인 이불을 그네가 꼭 눌러 쥐고 있었다. 그리고 애원하듯이, 이 이상은 말기루 해요. 이 이상은요. 동호도 안타까이 잠깐만, 잠깐만.

* * *

그네에게로 가 사뿐히 눈에다 입술을 대었다. 촉촉이 젖은 속눈썹이 호르르 떨렸다. 그는 속눈썹의 물기를 가만가만 빨아 삼켰다. 다른 한쪽 눈도 그렇게 했다. 그리고는 물기가 뺨으로 흘러내린 자국을 더듬어 입술로 내려갔다. 입술만은 보송보송했다. 입술로 입술 속을 헤쳤다. 거기에 어느 때보다도 뜨거운 그리고 물기에 찬 속살이 감촉됐다. 그 속에 그는 자기의 입술을 묻었다.

* * *

그는 한 손으로 그네의 목을 쓰다듬어 내려갔다. 이불 밑 그네의 옷 속으로 손바닥을 미끌어 쳐넣었다. 그네는 양팔을 이불 위에 아무렇게나 내던진 채 그의 손을 막아내려고도 하지 않았다. 그처럼 아무 저항을 받지 않으면서도 그는 마치 저항을 받고 있는 것처럼 조금씩 조금씩 손가락 끝을 안으로 비집어 넣었다. 까칠까칠한 피부가 손바닥에 느껴질 뿐 살 냄새 같은 것은 풍기지 않았다. 그래도 양쪽에 솟은 유방이 감지되는 가슴골까지 손바닥을 밀고 들어갔다.

* * *

그리고 그네의 몸을 전전히 어루만지기 시작했다. 그렇게 함으로써 자기 남성이 도발할 수 있는 시간의 여유를 가지려고 했다. 그의 손바닥 밑에서 그네는 마냥 자기 항아리였다. 어루만지던 손이 유방에 가 멎었다. 손바닥에 찰싹 밀착되는 피부 밑에서 뭉글거리면서도 속으로 알이 져 있는 덩어리. 그것을 입에 넣을 수 있는 데까지를 물고 이빨을 세웠다.

(문학사상사, 1999)

□ 황순원 「별」

　열네 살의 소년이 된 아이는 뒷집 계집애보다 더 이쁜 소녀와 알게 되었다. 검고 맑고 깊은 눈이며, 신선하고 건강한 볼, 그리고 약간 붉은 듯한 머리카락에서 풍기는 숱한 향기, 아이는 소녀와 함께 있으면서 그 맑은 눈과 건강한 볼과 머리카락 향기에 온전히 홀린 마음으로 그네를 바라보기만 하면 그만이었다. 그러나 소녀 편에서는 차차 말없이 자기를 쳐다보기만 하는 아이에게 마음 한구석에 어떤 부족감을 느끼는 듯 했다. 하루는 아이와 소녀는 모란봉 뒤 한 언덕에 대동강을 등지고 나란히 앉아 있었다. 언덕 앞 연보랏빛 하늘에는 희고 깨끗한 구름이 빛나며 떠가고 있었다. 아이가 구름에 주었던 눈을 소녀에게로 돌렸다. 그리고는 소녀의 얼굴을 언제까지나 들여다보기 시작했다. 소녀의 맑은 눈에도 연보랏빛 하늘이 가득 차 있었다. 이제 구름도 피어나리라. 그러나 이때 소녀는 또 자기만 뜻 없이 바라보고 있는 아이에게 느껴지는 어느 부족감을 못 참겠다는 듯한 기색을 떠올렸는가 하면, 아이의 어깨를 끌어당기면서 어느새 자기의 입술을 사내애의 입에다 갖다 대고 부비었다. 아이는 저도 모르게 피하는 자세를 취하였으나, 서로 입술을 부비고 난 뒤에야 소녀에게서 물러났다.

(『인문평론』 2월, 1941)

□ 황순원 「소나기」

　비안개 속에 원두막이 보였다. 그리로 가 비를 그을 수밖에.

그러나 원두막은 기둥이 기울고 지붕도 갈래갈래 찢어져 있었다. 그런 대로 비가 덜 새는 곳을 가려 소녀를 들어서게 했다. 소녀는 입술이 파랗게 질려 있었다. 어깨를 자꾸 떨었다.

무명 겹저고리를 벗어 소녀의 어깨를 싸주었다. 소녀는 비에 젖은 눈을 들어 한 번 쳐다보았을 뿐, 소년이 하는 대로 잠자코 있었다. 그러면서 안고 온 꽃묶음 속에서 가지가 꺾이고 꽃이 일그러진 송이를 골라 발밑에 버린다.

소녀가 들어선 곳도 비가 새기 시작했다. 더 거기서 비를 그을 수 없었다.

밖을 내다보던 소년이 무엇을 생각했는지 수수밭 쪽으로 달려간다. 세워놓은 수숫단 속을 비집어 보더니 옆의 수숫단을 날라다 덧세운다. 다시 속을 비집어 본다. 그리고는 소녀 쪽을 향해 손짓을 한다.

수숫단 속은 비는 안 새었다. 그저 어둡고 좁은 게 안됐다. 앞에 나앉은 소년은 그냥 비를 맞아야만 했다. 그런 소년의 어깨에서 김이 올랐다.

소녀가 속삭이듯이, 이리 들어와 앉으라고 했다. 괜찮다고 했다. 소녀가 다시 들어와 앉으라고 했다. 할 수 없이 뒷걸음질을 쳤다. 그 바람에 소녀가 안고 있는 꽃묶음이 우그러들었다. 그러나 소녀는 상관없다고 생각했다. 비에 젖은 소년의 몸 내음새가 확 코에 끼얹어졌다. 그러나 고개를 돌리지 않았다. 도리어 소년의 몸 기운으로 해서 떨리던 몸이 적이 누그러지는 느낌이었다.

소란하던 수숫잎 소리가 뚝 그쳤다. 밖이 멀개졌다.

수숫단 속을 벗어나왔다. 멀지 않은 앞쪽에 햇빛이 눈부시게 내리붓고 있었다.

도랑 있는 곳까지 와보니, 엄청나게 물이 불어 있었다. 빛마저 제법 붉은 흙탕물이었다. 뛰어 건널 수가 없었다.

소년이 등을 돌려댔다. 소녀가 순순히 업히었다. 걷어 올린 소녀의 잠방이까지 물이 올라왔다. 소녀는, 어머나 소리를 지르며 소년의 몸을 그러안았다.

개울가에 다다르기 전에 가을 하늘은 언제 그랬는가 싶게 구름 한 점 없이 쪽빛으로 개어 있었다.

(문학과지성사, 1994)

□ 황순원 「일월」

정강이에 와 사뿐히 위아래로 문지르는 살결이 있었다. 살갗에 묻은 모래가 간지러웠다. 인철은 상반신을 일으켰다. 나미는 어둠 속에 꼼짝 않고 누워 있었다. 가쁘던 숨결도 이제는 고르어 있었다. 인철은 자기 입술로 그네의 입술을 찾아 포개었다. 야들하고 차가왔다. 그네는 아무런 반응도 없이 누워있었다. 입술을 떼었다. 바닷물의 소금기 맛이 입술에 묻어 났다. 갑자기 나미의 팔이 인철의 목을 와 감았다. 그리고는 매달리듯 한 자세로 이쪽의 입술을 찾아 비볐다. 인철은 끌어당기는 무게가 바라는 대로 입술을 포갠 채 온몸을 숙였다. 뜨겁고 탄력성 있는 살이 그의 입안으로 들어왔는가 하자 나미가 고개를 한쪽으로 비키면서 이쪽의 가슴을 떠다밀었다.

* * *

인철이 나미에게로 다가갔다. 왜 그래야만 했는지 그 자신도 몰랐다. 나미의 뺨을 양손에 감싸 쥐고 고개를 뒤로 젖히며 입술을 포갰다. 그네의 입술이 다물어져 있지 않아 이가 서로 부딪쳤다. 입술을 오므리며 그네의 팔이 그의 허리를 와 감았다. 그러나 인철이 뺨을 싸쥐었던 손을 등으로 미끄러져 내려 팔에 힘을 주자 그네가 그의 가슴을 밀어냈다.

* * *

인철은 한 팔을 나미의 등으로 돌려 그네의 팔꿈께를 잡고 한 손으로는 그네의 턱을 받쳐 돌리며 입술을 포갰다. 두 사람이 다같이 서로의 피부에 와 닿는 살결과 입술이 차다고 느꼈다.

* * *

인철은 나미 쪽으로 돌아서 그네를 자기 앞으로 돌려 세웠다. 그네의
눈을 유리창살 그림자가 가렸다. 인철이 자기 품안으로 끌어당겨 입술을
포갰다. 창살 그림자에서 벗어난 그네의 눈이 바로 눈앞에 크게 떠져 있
었다. 인철은 달빛 속 그네의 눈동자를 들여다보았다. 그네의 눈동자가
미동도 하지 않고 인철의 눈에 박힌 채로 있었다.

(학원출판공사, 1992)

□황순원 「잃어버린 사람들」

손목을 잡았다. 잡힌 손이 가늘게 떨며 따뜻한 피가 만져졌다. 손목을
잡아끌었다. 뿌리칠 듯 하면서도 말없이 따랐다. 뒷등성이 상수리나무숲
으로 올라갔다. 서로의 가슴이 가빴다. 밝은 달이 싫었다. 어서 그늘진
데로 들어가고만 싶었다.

(일신, 1993)

□황순원 「카인의 후예」

그리고 오작녀는 훈의 얼굴에 생채기를 빨기 시작했다. 목줄기의 생채
기도 빨아주었다. 손등이며 팔목의 생채기도 빨아주었다. 나중에는 혀로
핥기 시작했다. 이마며 어깨며 가슴이며 모조리 돌아가며 핥아주는 것이
었다. 부끄러웠다. 그러면서도 오작녀가 하는 대로 내맡겨두었다. 그게
어쩐지 흐뭇하기까지 했다. 그러다보니, 오작녀가 들고 있는 담풋불이
지나치게 화안히 켜져 있는 것이었다. 그건 오작녀가 타는 듯한 그 눈
때문에 더한지도 몰랐다.

(삼중당, 1990)

여성 묘사편

□강신재 「절벽」

청남빛 다스터 코트의 쌀락거리는 차가운 감촉 너머에 부드러운 경아의 육체가 있었다. 호흡하고 있는 그 따뜻한 물체는 회색의 낙인이 찍힌 것 치고는 너무나도 향기롭고 아름다웠다.

(계몽사, 1995)

□계용묵 「마부」

동네 사람들이 밤마다 모여서 시시덕거리는 걸 그저 놀기 좋아 그러거니 했더니 후에 알고 보니 고년의 애교에 모두들 반하였던 것이다. 열 번 찍어 안 넘어가는 나무가 없다. 근덕시니 요년은 휘어져서 자기를 돌려따던 것이다. 그러면서 없는 정을 있는 체, 속으로는 딴전을 펴는 그것은 그 여자의 밴밴한 데 숨어있는 요염이 시키는 짓이라 하여 저 여자가 이쁘다 하고 눈에 띄는 여자면 그는 장래 아내로서의 대상을 삼자는 데는 마음에도 두지 않았던 것이다.

(어문각, 1970)

□계용묵 「신기루」

지독히 여윈 얼굴이다. 한참 나이를 자랑할 연지 뺨에 청춘의 물이 시들시들 날았다. 그래도 그 고르게 정리된 윤곽이 아직도 사람의 눈을 끌기는 하는 것이나, 그것도 화장의 힘이 아니라면 속이지를 못할 것 같다. 단발에 아이롱질을 한 더벅머리는 오히려 여윈 얼굴을 초라하게 만드는 것이었으나, 그래야 손님의 비위에는 맞는다.

(어문각, 1970)

□공지영 「더이상 아름다운 방황은 없다」

여자가 춤을 추고 있다. 현란한 사이키 조명이 반라의 황색 살덩이 위에서 또 춤을 추고 있다. 한여름 쇼윈도에 전시된 수영복 입은 마네킹처럼, 혹은 지섭이 수없이 걸어갔던 그 싸구려 유곽의 여자처럼 여자의 다리는 쉽게 벌려지고 들어 올려지고 꼬이면서 뒤틀렸다.

(풀빛, 1994)

□구인환 「별이 보이는데요」

그러면서 숙이엄마가 어떤 여자인지 궁금증이 더해갔다. 아홉 살 먹은 조카애의 신이 내려 무당이 됐다는 여인, 그 숙이엄마는 세 가지 모습으로 생활을 한다는 것이다. 때로는 강신한 어린애와 같은 옷을 입고 천진난만한 모습을 하고, 또는 그 아이가 컸을 때의 여대생과 같이 청바지를 입고 발랄하게 살기도 하고, 제 나이인 삼십을 갓 넘은 여인으로서 살고도 있어, 가는 때마다 다른 숙이엄마를 본다는 것이다.

(한샘, 1987)

□구혜영 「칸나의 뜰」

일순, 나를 쳐다보는 아기씨의 얼굴과 정면으로 마주치자, 나는 그녀가 그토록 매력에 넘친 눈과 코와 입과 뺨의 소유자였음에 다시 한 번 놀라지 않을 수 없었다.

결코 잘 짜인 골격은 아닌데 그 얼굴이, 특히 그 눈, 눈 속에 담겨진 눈동자는 나를 완연히 매료해 버릴 만한 힘이 있었다.

그것은 충격적인 눈동자였다. 충격의 눈이며, 코며, 입술이었다.

별로 희지도 않은 가무스레한 피부 또한 내게는 충격적이었다.

그러나 그 무엇보다도 그 입술 사이에서 새어나오는 목소리는 더욱
그랬다.

* * *

문득 나는 미리사의 진주빛으로 빛나는 얼굴을 생각했다. 반달 모양으
로 유연한 선을 그린 눈썹이며, 고귀하게 뻗은 코, 루즈를 칠하지 않아도
연한 앵두빛이 선명한 입술 등이 떠올랐다.

… (중략) … 미리사는 마치 화폭 속의 여인처럼, 내게는 현실미가 희
박하다.

* * *

미리사는 깨끗한 한 포기의 연꽃처럼 살포시 앉아 나를 기다리고 있
었다.

상체는 몸의 곡선을 뚜렷이 그려내도록 꽉 조였다가 허리께서부터 풍
성한 주름을 꽃봉오리처럼 부풀린 분홍색 옷을 입고 있었기 때문인지도
모른다.

* * *

그녀는 입심과 뱃심이 좋은데다가 인물도 좋고, 그야말로 학벌도 좋은
편이다. 동시에 벌써 3년째 고정 프로를 담당하고 있는 TV의 사회자이기
도 하다. 그녀의 활동 범위는 넓고도 넓어서, 아침 8시 방송 출연부터 하
루의 일과가 시작됨과 동시에 각종 여성 모임에는 약방의 감초처럼 안
끼는 데가 거의 없다.

* * *

나는 여지껏 그렇게 남의 심혼을 뒤흔드는 미인을 본 적이 없다. 그녀

를 보는 순간 '숙명'이란 단어가 내 머릿속에 떠올랐고, 나는 공연히 말 못할 충격으로 떨었다.

고혹적이면서도 범할 길 없는 품격의 여인……

상아빛을 닮은 피부에 조화된 이목구비, 그 가운데서 무엇보다도 인상 적인 것은 그 부인의 눈이다. 우수에 흠뻑 그늘진 눈이 마치 전설의 늪 처럼, 속 모르는 호수처럼 짙은 속눈썹에 에워싸여 있었다.

* * *

안개 낀 봄 저녁의 달빛처럼 우수에 깊이 젖어 있는 백여사에게서는 그렇기 때문에 더욱 신비스럽고 오묘한 기운이 스며 나오는 것일까? 노리끼리한 상아빛 피부에 화장기마저 없는 탓인지, 이 세상 사람이 아닌 것처럼 유현한 분위기마저 감돈다. 여사의 섬세한 손길이 내 피 부에 닿는 순간, 나는 내 사랑하는 여자를 키워낸 모태 속으로 깊이깊 이 침잠해 들어가는 듯한 황홀한 감동을 맛보고 있었다. 나는 기옥이 의 어머니에 의한, 그녀의 손길 속에서 기옥이와 굳은 인연의 끄나풀 로 굳게굳게 다시 맺어지는 것을 느꼈던 것이다. 아, 그것은 참으로 애 달프고도 달콤한, 그러면서도 거센 실감의 회오리였다.

(카나리아, 1988)

□**구효서「마디」**

그녀는 대개 맨발이었다. 비에 젖은 머리카락은 두 뺨과 이마에 엉겨 붙어 있었으나 그녀의 오똑한 콧날은 그녀가 만만찮은 미모의 소유자라 는 사실을 쉽게 깨닫게 하는 것이었다. 그녀가 걸치고 있는 비에 젖은 여름옷은 살갗에 찰싹 붙어서 그녀의 비교적 균형 잡힌 몸매를 그대로 드러내고 있었다.

(좋은느낌, 2000)

□ 김동리 「당고개 무당」

당고개 무당에게 딸 둘 있었다. 큰딸을 보름이라 부르고 작은딸을 반달이라 불렀다. 둘이 다 눈썹이 새까맣고 허리가 날씬해서 어느 여염집 딸보다도 아름다웠다. 동네 아낙네들은,

"그렇지만 무당 딸을 누가 데려가누?" 하고, 걱정 아닌 걱정을 했다.

그러나 얼마가지 않아 이러한 걱정은 소용없이 되었다. 그것은 당고개 무당이 딸아이 둘을 다 읍내에 있는 기생집으로 보냈기 때문이었다. 기생집으로 간 보름과 반달은 얼마 지나자 동기가 되어 머리를 뒤로 늘어뜨린 채 저희 엄마(당고개 무당)한테도 다니러 오곤 하였다.

집에 있을 때보다도 훨씬 더 아름다워져 있었다. 그러나 그녀들은 오래 머물지 않고 이내 읍내로 돌아가곤 하였다.

(1959)

□ 김동리 「사반의 십자가」

사반은 이 처녀가 바보거나 그렇지 않으면 끝없이 자존심이 강하고 거만한 여자일 것이라고 생각했다. 그 어느 쪽인가를 알아보기라도 하려는 듯이 그는 실바아와 수건 쓴 얼굴에다 횃불을 디밀었다. 실바아의 수건 쓴 얼굴에다 횃불을 디밀었다. 실바아는 걸음을 멈추고 사반을 쳐다보았다. 큰 바위를 깨고 그 속에서 캐어낸 보석인 듯한 그녀의 두 눈은, 그것을 바라보는 사반의 패기와 야망이 가득 찬, 핏대 선 굵은 두 눈과는 너무나 대조적이었다. 사반은 이 여자가 바보일 수는 없다고 생각했다. 그러나 거만한 여자가 아닐는지 그것은 알 수 없었다. 사반은 횃불을 껐다.

* * *

사반은 여자를 돌 위에 세웠다. 달빛이 그녀의 전신을 한꺼번에 비췄다. 기름이 흐르는 듯한 검은 머리에 달빛 그것과 같이 창백한 얼굴빛,

그리고 정한에 겨운 듯한 굵은 두 눈이었다. 여자는 입가에 떨떠름한 웃음까지 띤 채 사반을 바라보았다. 시선이 마주치는 순간 사반은 분명히 어디선가 한 번 보아왔던 여자라는 생각이 들었다. 그러나 언제 어디서 본 것인지는 통 기억이 나지 않았다. 사반이 이렇게 혼자 속으로 기억을 더듬고 있을 때, "나는 어쩌자고 여기다 세워 두세요?" 하고 여자의 입가에 웃음을 띤 채 도전하듯 물었다. 조금 전, 바다 위에서 듣던 비파소리와도 같은 가슴에 스며드는 듯한 정겨운 목소리였다. "알고 싶어서." 사반의 목소리는 처음보다 딴 사람같이 부드러웠다. 이렇게 완전히 부드러워진 때의 사반의 그 잠긴 듯한 정겨운 목소리는 어딘지 이 여자의 그것과도 흡사한 데가 있다고 느껴졌다. 특히 제삼자인 야일의 귀에는 그렇게 들렸다.

* * *

마리아의 고혹적이며 열정적인 체온과 이십대의 난숙한 육체미는 실바아의 그 싸늘한 샘물을 마시는 듯한 맑은 목소리와 신비한 보석 같은 두 눈의 아름다움과 대비되어 양자가 서로 더욱 빛나는 듯 했다. 그러나 그녀와 더불어 이런 말을 할 수는 없었다. 본디 이와 같이 미묘한 것을 즐겨하지 않는 그의 성격이었지만 당분간은 이대로 덮어두고 나가볼 수밖에는 별 도리가 없었던 것이다.

(민음사, 1995)

□김동리 「실존무」

나이 한 스물예닐곱밖에 더 나 뵈지 않는 허리가 날씬하고 목덜미가 새하얀 여자가 얼굴을 돌려 사과를 했을 때도 김진억은 그저 고개를 끄덕끄덕하여 답례를 했을 뿐, 괜찮다거니, 〈천만의 말씀〉이라거니 하는 대꾸조차 부질없다는 듯이 여자의 옆얼굴만 멍하니 바라보고 있었다. 이런 일을 일일이 개의하다가 응대하려다가는 장사할 시간도 없다는 듯한 얼굴이었다.

여자는 지나갔다. 만년필 장사는 여자의 뒷모습을 한 번 더 홀깃 바라보았다.

어딘지 깨끗한 여자라는 생각이 들었다. 그와 동시에 아까의 〈아이, 미안합니다〉 하던 그녀의 맑은 목소리가 자글자글 뇌리에 스며드는 듯함을 느꼈다.

* * *

이날의 김진억에게 그날의 허리가 날씬한 목덜미가 새하얀 여자라서 따로 기억에 사무쳤을 리도 물론 없었다.

그런 지 한 달포 지난 뒤 〈황도신보〉에 있는 친구가 와서 바로 요 곁에 좋은 밀크 홀을 하나 발견했으니 토스트를 먹으러 가자고 하여 같이 따라간 것이 그가 만년필을 팔고 있는 자리에서 불과 사십 미터 남짓밖에 되지 않는 시장 안의 밀크홀 〈갈매기〉였다. 주인인 듯한 나이 한 스물예닐곱밖에 되어 보이지 않는 젊은 여자는 회색 양복바지에 감색(블루 블랙) 스웨터를 입고 있었으나 어딘지 안면이 있는 듯한 얼굴이었다.

날씬한 허리, 새하얀 목덜미, 좀 기름한 얼굴에 이지적인 두 눈과 쪽 곧은 콧대는 결코 녹록치 않은 〈현대적 여성〉이라는 인상이었다. 게다가 그 도톰하고 아담한 입술에 여유 있게 떠도는 미소는, 자기의 날씬한 체격이나 〈현대적인 미모〉에 대한 충분한 자신도 가지는 듯한 그러한 표정이었다.

(민음사, 1995)

□ 김성종 「가을의 유서」

엉덩이가 탐스럽게 부풀어 있었기 때문에 손바닥만한 삼각팬티는 찢어진 것처럼 중요한 부분만 아슬아슬하게 가려 주었다. 브래지어도 손수건처럼 얇고 보드라운 것으로 골라 젖가슴을 받쳤다. 그녀의 젖가슴은 샴페인 잔에 넘칠 정도로 알맞게 부풀어 있었다. 지도는 그 부분을 제일 좋아하는 것 같았다.

＊ ＊ ＊

지도는 어머니를 가만히 바라보았다. 초라한 방안의 모습과는 달리 그녀는 언제나 정갈한 모습을 보여주고 있었다. 중간에서 가르마를 탄 머리는 깨끗하게 빗질되어 있었고, 그렇게 해서 뒤로 모아진 머리에는 언제나 은비녀가 찔러져 있었다. 몇 년 전까지만 해도 그런 어머니의 머리는 마치 흑단처럼 까만 빛을 띠고 있었다. 그러나 지금의 머리는 윤기를 잃고 있었고 흰머리도 많이 섞여 있었다. 지도는 걱정스런 눈으로 어머니를 바라보았다.

＊ ＊ ＊

그녀는 걱정하는 눈길로 동생을 쳐다보았지만 지도는 지도대로 누나를 측은하게 생각하고 있었다. 눈처럼 희고 아름답던 얼굴은 자취도 없이 사라지고 거기에는 인내와 고통, 고독으로 얼룩진 초라한 모습만 있을 뿐이었다. 단 한 군데 아름다움이 남아 있는 곳이라고는 크고 젖은 듯한 두 눈뿐이었다. 그러나 맑기만 하던 그 눈에도 슬픈 빛이 서려 있었다. 춘미가 지도의 손에서 벗어나 엄마 쪽으로 움직이자 그녀는 손을 뻗어 딸아이를 품에 안았다. 아이를 안고 있는 그녀의 두 손에 지도의 시선이 한동안 머물렀다. 처녀 때의 섬세하던 손은 갈퀴처럼 변해 있었다. 그녀는 민망해하면서 두 손을 슬그머니 감췄다.

(해난터, 1996)

□김원일 「마당 깊은 집」

그들은 대체로 한창 피어나는 아리따운 젊은 여자들이어서 옷을 찾아가려 함빡 웃음을 물고 와서, 서둘러 새 옷을 입고 치수와 모양새를 보기 위해 입고 있던 치마저고리를 서슴없이 활활 벗었다. 그럴 적이면 치마말기 속에 가려진 뽀얀 젖가슴을 들킬세라 선머슴인 내 눈치부터 살피게 마련이었다.

(문학과지성사, 1998)

□ 김원일 「박명」

자주색 털실로 성기게 짠 목도리로 머리와 목을 감싼 계집에는 아직 스물도 채 되어 보이지 않았다. … (중략) … 부황이 들린 듯 얼굴은 퉁퉁 부어 있었고 눈 아래에는 지우다 만 눈물자국이 찌저그레 묻어 있었다.

(삼중당, 1995)

□ 김유정 「가을」

이 말에 놈이 경풍을 하도록 반색하며 애꾸눈을 바싹 들여대고 끔벅거린다. 그리고 우는 소리가 잃어버린 돈이 아까운 게 아니라 그런 계집을 다시 만나기가 어려워서 그런다, 번히 홀애비의 몸으로 얼굴 똑똑한 안해를 맞이다가 술장사를 시켜보자고 벼르는 중이었다. 그래 이번에 해보니까 장사도 잘할 뿐더러 안해로서 훌륭한 계집이다. 참이지 며칠 살아봤지만 남편에게 그렇게 착착 부닐고 정이 붙는 계집은 여지껏 내 보지 못했다.

(학원출판공사, 1990)

□ 김인숙 「핏줄」

나만 보면 헤픈 웃음을 선사하던 종미…… 그앤 어떨까? 키가 너무 작고 얼굴도 예쁘지가 않아. 남보다 못한 구석이 하나도 없는 대신에 남보다 잘난 데도 한 군데 없다는 것은 정말 매력 없는 일이다.

* * *

미림은 여름을 닮은 여자였다. 그녀의 피부 위에는 언제나 여름이 송글송글 맺혀 있었다. 그녀의 여름은 늘 싱그러웠다.

* * *

사실 미림은 폭탄 같은 여자였다. 그녀는 은근히 다가와서는 어느 순간에 가장 강력히 터져나갈 그런 여자였다.

* * *

느그 어무이는 막 피어나는 연꽃 같았데이. 느그 어무이가 한번 웃으면 시상이 다 환한기라. 그래 고븐 여자가 또 어디 있노. 느그 어무이는 천사였는기라. 하모, 하강한 천사였는기라.

(문학, 1983)

□김주영 「야정 3」

오색 주렴이 드리워진 문 앞에는 능수버들 같은 머리채에 햇미나리처럼 물이 올라 도화진 두 계집이 까닭 없이 해죽거리며 서 있었다. 노란색 바지에 무릎까지 덮이는 긴 저고리를 입었는데 꽃과 나비가 수놓은 것이었다. 강의 들꽃이 꽂혀 있는 머리에선 울금유(鬱金油) 냄새가 은근하였고 얼굴과 목덜미에는 용소분(龍消粉)을 가볍게 바른 이목구비가 뚜렷한 이파의 계집들이었다. 담뱃대를 꼬나든 갑두와 두 사람을 전실(前室)로 모셨는데, 두 계집은 유객(遊客)들을 맞이하려던 창기(娼妓)라는 것을 두 사람은 모르고 있었다.

* * *

아니나다를까. 울화통을 터뜨리던 그들이 조용해졌다는 귀뜸을 받은 태이는 서둘러 화장을 고쳤다.

머리 치장은 그들 만족의 풍속에 따라 두 가닥 머리로 땋았고, 납작하고 큰 옥비녀에 진붉은 머리꽂이를 겹으로 머리채에 끼웠다. 왼쪽의 비취 비녀에는 세 개의 큰 바늘과 방천극(方天戟)이 달려 있었고 오른쪽 비녀에는 난꽃(蘭花)을 꽂았다. 그러나 기두(旗頭)라고 부르는 부채모양의 모자는 쓰지 않았다. 속옷은 모두 벗어던지고 발목을 덮는 비단 장포 한 가지만 입었다. 공력을 들여 치장한 태이가 쟁반에 촛불을 받쳐들고 주렴 밖으로부터 나타났을 때 벌써 일색은 다해서 완전히 어두워진 뒤였다.

촛불에 비치는 배젊은 계집의 자용은 요염하고도 청초하게 보였고 불빛의 흔들림을 따라 흐느적거리는 듯한 비단 옷자락은 그대로 농염한 미술(媚術)로 손색이 없었던지라, 갑두를 제외한 세 현리들은 음낭이 저절로 뻐근해오는 것이었다. 고자들이 아닌 이상 그런 미술에 혹하지 않을 사내가 있을 수 없었다. 시선을 빼앗긴 사내들이 침묵으로 지켜보는 가운데 촛불 접시를 탁자 위로 내려놓은 태이는 머리를 조아려 초인사를 올리는 것이었다.

"빈객을 맞이하여 이토록 오래 기다리게 한 저를 용서하십시오. 넓으신 도량으로 해량하시니 더욱 송구할 뿐입니다."

태이가 눈짓하자 탁자 위의 다구들은 잽싸게 치워지고 청색 나는 꽃자기에 담겨진 음식과 자기 술 주전자가 들어왔다.

(문학과지성사, 1996)

□ 김지원 「꽃을 든 남자 1」

생머리를 길게 푼 여자가 엉덩이에는 보자기만한 헝겊을 치마로 두르고 가슴은 띠 같은 헝겊으로 가리고 납작한 냄비에 불을 담아 들고 추는 춤은 매혹적이었다. 마을의 여자가 저녁을 짓는 모습을 연상시켰다. 여자의 초콜릿빛 몸은 날씬하고 근육질이었고 야생의 사슴 같았다. 불이 타고 있는 쇠냄비를 오른쪽 옆구리에 대었다가 왼쪽 옆구리에 대었다 하며 여자는 마틸다 노래에 맞추어 간단해 보이는 동작들을 우아하게 반복하였다. 여자는 쉽고 자연스럽게 몸을 움직이었다. 남양의 꽃

같이 신선하면서도 농밀하였다. 나는 그 여자에게 가서 여자가 되는 법이 무엇이냐고 물어보고 싶을 지경이었다.

* * *

짙은 무대화장 탓으로 순이는 오늘밤 성숙한 여자같이 보인다. 보통 때의 빈약하던 인상이 없다. 굽이치는 긴 머리를 허리까지 늘이고 두 개나 붙인 길다란 속눈썹은 눈을 깜빡일 때마다 무겁게 움직인다. 입술은 빨갛고도 빨간 색이다. 요염하고 보는 이의 눈을 부시게 하는 화려함을 뿜는다.

(세계사, 1989)

□김지원 「내 노래가 꽃이라면」

안방 창가에 '아내'가 앉아있다. 두 팔을 의자 팔걸이에 얹고 눈길은 뜰에 두고 있다. 자세히 볼수록 '아내'는 아름다운 여자임을 알게 된다. 희고 투명한 피부, 고전적인 이마, 둥근 눈썹, 반듯한 코, 상큼한 목, 머리털은 포도단 같고, 의자 위에 맥없이 놓인 두 팔조차 어깨로부터 그린 듯 내려 뻗었다. 진주빛 에나멜이 칠해져 있는 발은 깨끗하고 상냥하다.

(동아, 1988)

□김지원 「소금의 시간」

오늘밤 그녀는 옆이 길게 터진 까만 투피스를 입고 귓밥이 찢어질 것 같이 커다란 이어링을 단 게 섹시하고도 우아했다. 움직일 때마다 스커트 사이로 그녀의 길고 날씬한 다리가 엿보였다.

(문학동네, 1996)

□ 김채원 「고요 속으로의 질주」

등교시간. 학교 앞 거리를 걷고 있노라면 어느새 앞에도 뒤에도 여대생들이 가득가득 발걸음 소리만 진동하는 그 시간이 희한하게 여겨지는 순간이 있다. 나도 여대생이면서 나는 없어지고 여대생들만 천지에 가득하다고 느껴지던 것이다. 이제하의 시 속에 '그 침울한 월경의 거리'라는 구절은 등교 길의 바로 그런 분위기를 묘사한 것인지?

(열림원, 1997)

□ 김채원 「달의 몰락」

그 여자는 너무도 작은 사람이었습니다. 난쟁이도 아니면서 그렇게 인형처럼 작은 사람을 본 적이 없지요. 머리를 길게 생머리로 늘였는데 앞단발의 스타일이었어요. 일본 고유의 인형 같았지요. 한번은 차에서 내려 화장실을 향해 가다가 도로 들어왔어요. 왜 그러는가 물었더니 자신이 작기 때문에 누군가 담짝 안아들고 가버릴까 봐 무서웠다고 말했습니다.

* * *

이라크의 하트라 축제 때 우리는 한 아름다운 어린 소녀를 보았습니다. 그 소녀는 아직 팔구 세 정도일 것 같은데 벌써 여인다운 풍미를 자아내고 있었지요. 길게 퍼머한 머리를 한없이 부풀려 늘어뜨리고(아니면 타고난 곱슬머리인지요) 까무스름한 피부에 속눈썹은 깃털처럼 달려 있었습니다. 화장도 하지 않았는데 짙은 아이섀도와 짙은 루즈를 바른 것 같은 인상이었지요.

* * *

"저기 서 여사 상당히 매력 있다. 〈이웃집 여인〉에 나오는 여자 같다."
A가 말한 여자는 조금 큰 키에 눌러놓은 카키색조의 옷차림을 하고

있었다. 커다란 머플러를 가지고 있다가 허리에 두르든가 어깨에 두르든가 때로 별이 뜨거울 때 머리에 두르기도 했다. 그녀의 표정에는 인생을 아는 듯한 우수와 우아함이 있었다.

누군가가 그렇게 점찍어 놓자 그 여자가 단연 부각되기 시작했다.

* * *

그녀는 예쁘고 청순하였는데 내부에는 어떤 열정을 품고 있는 듯했다. 그녀는 매우 공부를 잘하고 영어는 유창하였으며 시를 쓰고 있다고 했다. 그녀는 크고 맑은 눈으로 B를 사로잡는 것 같았다.

* * *

D는 어디선가 낯선 거리를 걸었다. 카페와 상점가의 불빛이 비치는 거리이다. 불빛은 그대로 거리로 흘러내렸다. 분홍색 구두를 신은 여인이 장님처럼 더듬거리며 걸어오고 있었다. 장님이 아니나 불빛 탓인가 D는 장님으로 착각하였다. 그 여자는 어떤 리얼한 사진작가의 사진 속에서 걸어나온 사람 같았다. 분홍의 구두는 진홍의 빛을 발하고 그녀는 두 팔을 앞으로 나란히 하듯이 뻗친 채 그 자세 그대로 걸어오고 있었다.

(청아출판, 1995)

□ 김채원 「밤인사」

하루나는 카운터 뒤에 앉아 새빨간 매니큐어를 바른 손끝에 손수건을 감아가지고 루즈를 지우고 있다. 핏빛 나는, 언제나 젖어 있는 듯한 매니큐어를 하루나가 바른 것은 손톱을 짧게 깎은 탓인지 의외로 청순한 느낌마저 준다. 지운 입술 위에 새빨간 루즈를 다시 칠하고 콤팩트의 거울을 좀 멀게 하여 보고는 만족한 듯 미소 지으며 담배를 피워 무는 하루나를 아자는 고개만 돌린 채 바라다보았다.

(청아출판, 1995)

□ 김채원 「봄날에 찍은 사진」

소녀들은 봉긋한 가슴을 가슴속에 감추고 입을 부드럽게 벌리고 노래 부른다. 눈물 같은 것이 스며 나와 있는 것도 같다. 아니 웃음기 장난기를 애써 감추고 있는 표정들이기도 하다.

흰 칼라 위에 얼굴들이 꽃처럼 피어나 있다. 그 얼굴들 속에 맏이의 애인 모습도 보인다.

그 소녀가 노래 부르고 있다. 며느리는 이남의 강당에서도 이북의 강당에서도 소녀들의 모습 속에서 이상하게 맏이의 애인 모습을 보았다. 그 모습은 어딘가 영원과 결부되어 있는 듯이 보였다. 소녀들이 영원을 향하여 노래 부르고 있다고 느꼈다.

(청아출판, 1995)

□ 김채원 「자전거를 타고」

하자는 걸핏하면 내 팔소매를 잡아채며 골을 내는데 골을 내는 내용은 언제나 하찮은 것이었다. 꼭 국민학교 때의 친구처럼 골을 잘 내고, 커진 후 골내기 귀찮아서 웃고 마는 감정 같은 것을 용납하려들지 않는 하자는, 지금도 골이 난 듯이 입을 꼭 다물고 내게 옆모습만 보이며 걸어가지만 지금은 골이 난 게 아니라는 것을 나는 알 수 있다.

(동아출판사, 1995)

□ 김채원 「애천」

흰 칼라를 빳빳이 풀 먹여 입은 단정한 여학생들을 따라 걸었다. 그들의 운동화가 깨끗하고 걸음걸이가 얌전한 것, 가방을 쥔 손에 손수건까지 들려 있는 모습을 자세히 살폈다. 여학생들은 간혹 서로 마주보며 손으로 입을 가리고, 단발머리를 흔들며 왠지 얼굴을 붉혔다.

(청아출판, 1995)

□김채원 「초록빛 모자」

언니는 아주 빼어난 아름다운 용모를 가진 여자로 죽을 때까지 순결했다. 어렸을 때는 쌍둥이라고 불릴 만큼 한 살 차이인 언니와 내가 비슷하게 생겼다. 앞에서도 말했지만 어렸을 때의 나는 동네에서 이쁜애로 통했다. 그런데 언제부터인가 나누이기 시작했다. 언니는 이를 갈 때 치아도 가지런히 났고 야구공을 맞지도 않았고 눈이 나빠지지도 않았다. 더구나 키도 훨씬 크게 발레리나처럼 목이 가슴속에서 빠져나왔고, 열병 같은 것을 알아서 목소리가 변하지도 않았다. 성장한다는 것은 바로 그래야 하지 않을까 싶게 언니는 날이 갈수록 아름답게 자랐다. 언니의 그 들여다볼수록 무슨 흰 그림자가 그늘져 있는 듯한 피부를 보면 나는 아름다움에의 신비에 소름 같은 것이 돋곤 했다.

(청아출판, 1995)

□김홍신 「갈증, 그리고 또 갈증」

그녀는 뜨겁게 입술을 내밀었다. 이 지칠 줄 모르는 정열이 도대체 어디서 솟아나는지 그는 알 수가 없었다. 여인네는 그래서 편리하게 만들어진 몸을 가지고 있는지 모른다. 여인네의 몸은 언제라도 남자를 향유할 수 있지만 남자는 지치는 몸과 기다려야 하는 몸을 가진 것 같았다.

영민이는 지금 그런 기억을 되살리고 있었다. 그녀는 분명히 후회하지 말라고 했다. 그런데도 영민이는 우습게 여기기만 했었다. 많은 여자를 다루어본 자신의 실력을 그녀가 우습게 평가한다고 생각했었다.

그녀에게 한번 빠지면 쉽게 그녀의 주위에서 빠져나오기가 어렵다는 것을 영민이는 짐작하고 있었다. 그녀는 그가 아는 어떤 여자보다도 뛰어난 몸을 지니고 있었다. 그녀와의 밤은 언제나 지치고 견딜 수 없게 나른했지만 다시 밤이 되면 그녀에게 달려가고 싶은 욕망이 생기게 마련이었다.

그 나이에 어디서 그런 솜씨를 배웠는지 알 수가 없었다. 아니 그녀의 샘솟는 욕정은 선천적으로 타고났을 것이다. 만지기만 해도 터져 버릴 것 같으면서도 질기게 남자의 몸을 떨어지지 않게 하는, 지쳐서 쓰러질 때까지 그녀에게 매달리게 하는 마물의 몸을 지니고 있었다. 그녀의 예견대로 그녀는 세상을 흔드는 남자를 손아귀에 넣을지도 모르겠다고 생각을 하게 되었다.

그녀는 시간이 갈수록 남자를 제 손아귀에 옭아 넣는 신비함을 지닌 여자이기도 했다. 여자의 마력이 몸 안에 있으면 그 여자의 일생이 기구해진다는 말도 있었다.

* * *

어떤 사람은 여자가 진정 아름다울 때는 교양미와 지성미라고 떠들기도 했다. 그러나 영민이는 그런 소리를 지껄이는 사내들을 지적 허영에 찬 무리라고 매도해 버리곤 하였다. 정말 아름다운 여자가 어떤 것인가를 경험해 보지 못한 지식인 냄새를 풍기는 사내들의 헛소리라고 영민이는 생각하였다.

여자를 아는 사내라면 정말 아름다운 여자는 백치미를 가진 여자라는 게 영민이의 생각이었다. 여자는 머리와 가슴이 비어 있을수록 아름다운 것이다. 여자가 가슴과 머리가 차 있을 때는 이미 남자를 괴롭히는 하나의 분명한 인간이기 때문에 귀찮은 존재가 되어 버리는 것이었다.

영민이가 결혼상대자로 예림이를 선택한 것은 그녀가 가슴과 머리가 차있는 데다가 그녀의 용모 또한 뛰어났기 때문이었다. 영민이는 태어나게 될 자식의 용모나 두뇌까지도 계산에 넣고 있었다. 예림이라면 충분히 그런 자식을 낳아 줄 수 있다고 믿었던 것이다. 데리고 사는 것과 데리고 노는 것은 분명히 다른 것, 데리고 살 여자를 데리고 노는 사내는 차라리 행복하지만 데리고 놀던 여자를 데리고 사는 것은 정말 불행한 일이 아닐 수 없는 것이었다. 백치미를 가진 여자를 데리고 사는 사내는 일시적으로, 또는 때때로 행복할 수 있을지 모르지만 그 자식과 함께 불행해지는 것이라고 영민이는 믿었다.

··· (중략) ···

영민이가 요구하는 것은 반듯한 용모에 지성적인 얼굴이었다. 선정적이고 매력이 지나치게 발산되며 가만히 있어도 성적 충동을 일으키는 계집애가 제 자식이라는 것은 생각하기도 싫었다.

이름난 술집에 가면 쌔고 쌘 것이 그런 계집애들이었다. 그런 헐렁한 계집애들이란 늘 사내한테 시달림을 받는 인생이 된다고, 그렇게 생긴 계집애들은 어쩌면 점지 받기를 시달리는 팔자로 점지 받았다고 생각했다.

여자 팔자는 뒤웅박 팔자라는 말도 있다. 엎어지면 다르고 뒤집어지면 또다른 팔자가 된다는 뜻이리라. 그 얘기는 여자 팔자는 어떤 남자의 선택을 받는가에 따라 수시로 변한다는 뜻이겠지. 영민이가 예림이를 선택하며 몇 차례나 고민한 것도 사실이었다. 사회적 기준치로 볼 때 신분의 격차가 있는 집안의 여자였기 때문이었다. 적어도 경제력이 대등한 집의 규수였거나 권세를 가진 집안의 딸이 아니면 명예를 가진 사람의 딸이기를 바랐던 것이다. 영민이가 특히 신경썼던 부분은 세도가의 딸이었다. 그래서 세도 당당한 아무개의 사위가 되고 그 덕에 재벌도 되며 기회가 닿으면 권세도 향유하리라는 포부가 있었다.

(문학사, 1987)

□김홍신 「누가 천사를 쏘았는가」

젖망울이 그녀의 얇은 옷자락 사이에 살포시 솟았다. 그녀는 일회용 반창고 따위를 붙이지 않아도 그만일 만큼 봉긋하고 탄력있는 가슴의 소유자였다. 새까만 모직 미니스커트 자락 아래로 미끈한 다리가 도드라져 보였다. 무릎 아래로 걸치는 검정 스타킹은 그녀의 허벅지를 빛나게 해주기에 충분하고도 남았다.

* * *

그녀는 오직 불타는 육체를 주체할 길이 없다는 것을 알려주기 위해 먼길을 달려온 여인이었을 뿐이다. 아니 그녀는 먹이를 놓치지 않으려는 한 마리의 짐승 같았다. 그 순간엔 그것이 덫이라도 좋았고 그것이 죽음의 늪이라도 좋았다.

* * *

물만 끼얹었는지 계집애는 금세 욕실을 나왔다. 아직도 물기 먹은 몸이었다. 아까보다 훨씬 탄력 있는 몸매처럼 보였다.

(청맥, 1990)

□ 남정현 「경고구역」

참말이지 숙이가 걷는 모습은 그대로가 화려한 쇼였다. 내외지간이라고 해서 뭐 숙이를 추켜세우는 말이 아니다. 먼로의 엉덩짝이 제아무리 멋들어지고 잘 흔들린다지만 그건 등잔 밑이 어둡다는 고래의 격언을 모르고 하는 잠꼬대다. 숙을 아는 이는 다들 안다. 뭣보다도 숙의 그 잘록 오므라지고 말았는가 하다가 활짝 파라솔처럼 시원스럽게 열린 둔부의 곡선이 말이다. 그것이 걷노라면 왜 그런지 가만히 안 있는 것이었다. 그러니까 숙이가 걸어서 어디를 간다는 것은 아무개들 모양 그냥 가는 것이 아니라 거리의 군데군데에서 아주 난숙한 연기를 공개하는 것으로 알면 된다.

* * *

아직도 선명한 입술의 루주가 환한 등대처럼 비치고 있었다. 후반기를 보도하는 등대. 그 밑으로 약삭빠르게 솟아오른 두 개의 유방이 이불깃을 헤치고 빤히 종수를 내다보고 있었다.

* * *

여자의 엉덩짝이 어떻게나 성대하게 진폭하는지 한 발자국 떼는 데마다 남자의 허벅지에 붙었다 떨어졌다 하는 폼에 '히얏' 아니면 뭐냐.

(삼성출판사, 1987)

□ 마광수 「광마일기」

그때였다. 새끼 암사슴처럼 날렵한 몸매를 가진 여인이 거실로 걸어나왔다. 나이는 스물이 갓 넘을까 말까해 보이는데, 아름답고 섹시하기가 이를 데 없었다. 날씬한 몸매는 버들가지처럼 부드러웠고, 호수처럼 맑은 눈동자와 오똑하게 솟아있는 코, 조용히 다물어져 있는 붉은 입술이 오밀조밀 어울려, 전체적으로 상큼한 관능미를 느끼게 해주는 여자였다.

* * *

입술에 립스틱을 안 칠해도 마치 진하게 립스틱을 바른 것처럼 선명한 붉은 빛이 돌고, 눈썹에 아무것도 칠하지 않고 다듬지도 않았는데도 눈썹 모양이나 색깔이 꼭 그림을 그려놓은 것처럼 또렷한 여자……게다가 그 눈썹 밑에선 칠흑같이 검은 눈동자가 커다란 눈망울 속에서 초롱초롱 빛나고 있었다.…… S는 정말 말로만 듣던 진정 '그림 같은' 미인이었다. 그녀의 얼굴 피부 빛깔을 뭐라고 표현할까… 흔하디 흔한 비유대로 우윳빛이라고 표현할 수밖에 없겠다, 마치 어린아이의 피부처럼 야들야들하고 속이 비쳐보이리 만치 투명했다.

* * *

그때였다. 흰 옷을 입은 여인이 갑자기 내 방으로 들어왔다. 여인은 내 뼈가 흐물흐물 다 녹아버릴 정도로 고혹적인 자태를 하고 있었다. 그녀는 휘늘어진 나신이 그대로 다 드러나 보이는 흰 망사 옷을 입고 길게 늘어진 머리카락 사이로 금속성 귀걸이 여러 개를, 그 무게 때문에 귓불이 척 늘어질 정도로 주렁주렁 달고 있었다. 커다란 눈망울 위에는 푸른색 아이라인을 칠하고, 그 위에 황금빛 아이섀도를 넓게 펴 바르고 있었다.

오똑한 콧날 아래로는 고양이 입술같이 요사스러워 보이면서도 신축성 있어 뵈는 입술이 앙증맞게 열려 있어 나를 어쩔하게 했다. 그리고 무엇보다도 그녀의 열 손가락 끝에 매달려 있는 적어도 10센티미터는 되어 보이는, 멋지게 안으로 휘어들어간 길디긴 손톱들이 장관이었다. 나는 내 오관 속으로 파고들어오는 심한 충격 때문에 넋을 잃을 뻔했다.

* * *

신부는 그날 평범한 웨딩드레스를 입지 않았다. 그렇다고 값비싸고 호화스러운 웨딩드레스를 유명 의상실에서 색다른 디자인으로 맞춰 입은 것도 아니었다. 신부는 야한 센스가 상당히 발달된 아가씨임이 분명했다. 그녀는 스판덱스로 된 얇은 상아색의 민소매 원피스를 입고 있었는데, 치마길이가 지독히도 짧은데다가 가슴과 등을 깊게 파 관능적인 몸매를 한결 강조되고 있었다. 그리고 미끈하게 뻗은 다리가 맨발이 드러나는 샌들형으로 된 분홍색 뾰족구두와 무척이나 어울려, 마치 깜찍한 요정을 보고 있는 듯한 착각을 불러일으켰다.

신부의 발톱마다에는 형광톤으로 된 연두색 매니큐어가 칠해져 있었다. 어깨를 덮으며 흘러내려오는 긴 머리카락은 퍼머를 하지 않았기 때문에 더욱 청초하면서도 요염한 멋을 풍겼다. 보통의 웨딩드레스와 비슷한 부분이 있다면, 신부의 머리 위에 얹혀있는 아주 작고 단순한 모양의 흰 면사포가 전부였다. 액세서리를 전혀 하고 있지 않아 신부의 긴 손톱에 칠해진 매니큐어가 화려한 결혼식에 걸맞는 느낌을 주는 유일한 치장이라면 치장이었다.

* * *

어머니가 미인인지라 얼굴 모습과 피부색은 어머니 쪽을 닮고 있어서, 화장을 안 하는 나이임에도 불구하고 아주 화려한 용모가 보는 사람마다 감탄을 금치 못하게 했다. 거기에 아버지의 외모가 조금 가세하여, 차가운 지성적인 아름다움뿐인 어머니와는 달리 정열적인 야성미와 청순한 우아함을 함께 지니고 있었다. 키는 고등학교 1학년인데도 벌써 170센티미터나 되었다. 요즘 아이들의 영양상태가 양호해져서, 예전 아이들에 비해 발육이 훨씬 빨라지고 있는 것과도 관련이 있을 것이다.

지인이 직장일로 바빠 집에 있는 시간이 별로 없었기 때문에, 지나는 완전히 야생마처럼 자라고 있었다. 어머니의 우아한 품위와는 멀게 철저한 말괄량이요, 자유주의자였다.

* * *

지나는 우선 옷맵시부터 달라져 있었다. 단지 요란하게 야한 복장이나 히피풍의 구질구질한 차림새가 아니라, 맵시 나게 야하면서도 왠지 우아하고, 우아하면서도 지독하나 관능적인 옷차림이었다. 도저히 필설로는 표현할 수 없으리 만치 뇌쇄적이면서도 요요한 분위기가 지나의 온몸을 감싸고 있었다.

지나는 올이 가늘디가는 옷감으로 만들어져 온몸이 척척 늘어지며 들러붙는 연노랑색 원피스를 입고 있었는데, 치마끝이 치렁치렁 내려오는 디자인이 마치 인도 여인들이 입고 있는 '사리'를 연상시켰다. 속이 환히 들여다보일 만큼이나 얇고 섬세하게 직조된, 마치 잠자리의 날개를 연상시켜 주는 옷감이었다. 관능적인 떨림으로 흐느적거리며 물결치는 옷이 그녀의 날씬한 몸매를 칭칭 휘감으며 조여들어, 마치 동화 속의 아라비아 공주를 연상케 했다.

그녀의 발에는 옷 색깔에 맞춰 금빛 샌들이 신겨져 있었고, 뒷굽의 높이가 엄청나게 높았다. 여러 개의 크고 작은 반지들이 나무젓가락처럼 희고 가느다란 손가락들과 어울려 나태로운 관능미를 연출해 내고 있다. 긴 손톱에는 연두색, 노란색, 분홍색 등 가지각색의 매니큐어가 발라져 있었다. 귀에는… 정말로 구멍이 세 개씩이나 뚫려 있었고 구멍마다 두껍고 투박한 금속으로 된 귀걸이들이 묵직한 양감으로 출렁거리고 있다.

세련된 화장술로 한층 그윽해 보이는 그녀의 얼굴 주위에는, 섬세한 웨이브로 퍼머해서 한껏 소담스럽게 나풀거리는 지푸라기 빛깔의 머리카락이, 하늘하늘 물결치며 어깨를 덮으며 허리까지 내려오고 있었다.

* * *

은근한 취기와 함께 숙나의 얼굴이 내 머릿속에 또렷한 이미지로 따라왔다. 그녀는 이집트식 단발머리, 소위 클레오파트라 머리라고 불리는 헤어스타일을 하고 있었다. 앞머리를 눈썹 언저리까지 덮이도록 내리고, 곱게 뻗어 내린 옆머리로 얼굴 좌우의 뺨을 가린 형태였는데, 칠흑같이 검은 머리빛깔이 무척이나 강한 인상을 주었다. 스트레이트 퍼머라는 걸 했는지 안 했는지 모르겠으나, 비단결같이 고운 머리카락이 턱 정도까지 내려와 있었다.

화장은 별로 진하지 않았던 것 같다. 얼굴의 피부색이 아주 고운 순백색이어서 나는 투명한 대리석 같다고 느꼈는데, 그래서인지 엷게 바른 핑크색 립스틱과 갈색 아이섀도가 더욱 도드라져 보였던 것 같다. 귀에는 귀걸이를 달지 않았고 목에도 목걸이를 두르지 않아, 그녀의 상큼한 얼굴 윤곽과 가녀린 목선을 더욱 돋보이게 만들어 주고 있었다. 오똑한 콧날과 기다란 속눈썹이 흡사 한국인과 서양인의 사이에서 태어난 혼혈아 같은 느낌을 주었다.

눈이 얼마나 컸는지 잘 모르겠다. 그녀는 계속 눈을 감고 있었으니까. 하지만 극장에서 그녀를 처음 보았을 때 내 머릿속 스크린에 생생하게 투영되었던, 감은 듯 만 듯 게슴츠레 열려 있던 그녀의 눈동자가 아직도 내 가슴을 비수처럼 할퀴며 지나가고 있었다. 꿈꾸듯 몽롱한 빛을 뿜어 내던 그녀의 눈초리엔 퇴폐적이면서도 애잔한 우수의 그림자가 드리워져 있었기 때문이었다.

그녀의 손가락은 내 손가락만큼이나 길었고, 손톱을 한 1센티미터쯤 기르고 있었는데 매니큐어를 칠하지 않은 손톱이 무척이나 깔끔하고 정갈한 인상을 주었다.

그녀가 입고 있던 옷은… 어깨에 패드를 넣어 헐렁하고 풍성한 느낌을 주는, 발목까지 내려오는 카키색으로 만들어져 허리띠로 묶도록 되어 있었는데, 허리띠가 풀어져 있어 안에 입은 옷이 그대로 드러나 보였다. 그녀는 코트 속에 베이지색 실크 블라우스를 입고 있었다. 아래엔 빨간색 미니스커트를 입고 있었기 때문에, 맥시 코트의 열려진 틈 사이로 미끈하게 뻗어 내린 다리가 선명하게 드러나고 있었다.

그녀가 신고 있던 구두는… 아마 꽤 높은 굽의 하이힐이었던 것 같다. 흔히 볼 수 있는 가죽으로 만들어진 것이 아니라 분홍색 공단으로 만들어진 펌프스 스타일의 하이힐에서 유달리 깊은 인상을 받았던 것이 생각이 난다. 키는… 정확히 몇 센티미터쯤 되는지는 잘 모르겠지만, 아무튼 굉장히 늘씬한 체격이었다.

* * *

여인은 마치 상아를 깎아 만든 듯한 희고 반들반들한 얼굴에 과연 귀신답게 그로데스크한 화장을 하고 있었다. 아마 보통 사람이 봤다면 무섭다고 기절초풍했을 테지만 나로서는 하나도 무섭지가 않았다. 눈썹을 밀어버린 눈두덩에 금속성 느낌이 나는 은청색 아이섀도가 드넓게 발라져 있었다. 속눈썹의 길이가 족히 5센티미터는 됨직 했고, 빚은 듯이 오똑한 콧망울엔 팔찌만큼 커다란 금빛 코걸이가 꿰어져 있었다. 그 아래 얇게 가로퍼져 있는 입술은 형광색 연분홍 립스틱으로 반짝이고 있었다. 게다가 섬뜩한 느낌이 들 만큼 길게 휘어들어간 손톱에는 갖가지 매니큐어가 칠해져 있었다.

(사회평론, 1998)

□마광수 「불안」

첫 번째 여자의 몸엔 자잘한 입술들이 수백 개 그려져 있다. 입술 모양이 다 제각각이다. 어떤 입술은 웃고 있고 어떤 입술은 다물고 있고 어떤 입술은 살며시 벌어져 이빨을 드러내고 있다. 또 어떤 입술은 혓바닥이 삐죽 나와 있다.

두 번째 여자의 몸에서는 뱀이 수십 마리 꿈틀대고 있다. 가장 굵은 뱀 한 마리가 여자의 목을 휘돌아 그녀의 뺨에 입을 벌리고 길고 날카로운 혀를 날름거리고 있다. 혀끝이 여자의 눈 가장자리를 지난다.

세 번째 여자의 몸에는 꽃이 그려져 있다. 지구에 뿌리를 내리고서 위로 자라 올라간 꽃나무 줄기가 배꼽을 지나면서 양쪽으로 갈라져, 양쪽 가슴 위에 새빨간 튤립 두 송이를 꽃 피우고 있다.

네 번째 여자의 몸에는 크고 작은 눈동자가 수십 개 그려져 있고, 다섯 번째 여자의 몸에는 팬티와 넥타이가 그려져 있다. 정말로 맨몸에 팬티와 넥타이만 걸치고 있는 것 같다.

(리뷰앤리뷰, 1998)

□민병삼 「화도 (상)」

옷차림으로 보아 분명 하녀는 아니었다. 음전한 자태도 그러려니와 미색이 주위의 꽃을 무색케 할 정도였다.

* * *

얼굴이 꼭 그린 것처럼 아름다웠다. 백옥같이 눈부신 피부에 이마가 반듯하고 새카만 눈동자는 마치 구슬이 들어앉은 것처럼 초롱초롱 빛이 나고 오똑한 코는 꼭 조각한 것처럼 보였다. 게다가 짧고 선이 또렷한 인중 아래로 굳게 다문 입술은 마치 붉은 꽃잎을 물고 있는 것 같았다.

(아세아미디어, 1997)

□박경리 「가을에 온 여인」

세면대 앞에서 손을 씻다 말고 영희는 바로 눈앞에 있는 거울을 보았다. 그 거울 속에는 단정한 자기 얼굴 이외에 한 여인의 옆모습이 비쳐 있었다. 푸르스름한 불빛 아래 스테이지 드레스를 입은 여자는 다른 거울 앞에 비스듬히 놓인 의자에 다리를 포개 얹고 앉아 있었다. 그는 하염없이 담배를 피우면서 무슨 생각엔지 잠겨 있었다. 영희가 거울을 통해 바라보고 있는 것도 모르고 여자는 한숨처럼 담배 연기를 내어 뿜었다. 순백색의 스테이지 드레스에 푸른 불빛이 은은한 음영을 던져주는데, 오욕과 순결의 교차점 같은 분위기를 여자는 발산하고 있었다.

(나남출판사, 1994)

□박경리 「김약국의 딸들」

용숙은 아망스럽게 소매 속에서 흰 모시수건을 꺼내어 손을 닦는다. 날씬한 손가락에 푸른 비취 가락지가 시원하다. 동백기름을 발라서 미끈하게 틀어 올린 쪽에는 비녀, 귀이개가 꽂혀 있는데 모두 비취였다. 작년에 그는 남편의 상을 벗었다. 차림새나 거동을 봐서 어디 나가도 꿀릴 데가 없는 귀부인이다. 그 모습에는 미망인의 애수란 없었다. 도리어 삶에 대한 강한 의욕이 다문 얄팍한 입술에 느껴진다.

(나남출판사, 1993)

□박경리 「노을진들녘」

아무도 없는 극장 앞을 지나서 합승은 머물렀다. 검은 타이트스커트에 흰 블라우스를 입은, 여대생 같기도 하고 교사 같기도 한 키가 큰 여자가 합승을 기다리고 있었다. 여자는 합승에 올랐다. 이마가 넓었다. 살이 엷은 얼굴은 얼핏 보기에는 삼각형으로 느껴진다. 화장기가 없는 피부는 투명하리 만큼 희었고 까만 눈은 크고 맑았다. 입술은 해사하였다. 아침처럼, 흐르는 개울물처럼 청초한 인상이다. 여자는 중간자리에 앉아 창밖을 내다본다. 영재의 눈은 여자의 옆얼굴에 머물렀다. 폭삭한 머리칼이 볼 위에서 가볍게 흔들리고 있었다. 흰 뽀쁘링 칼라는 빳빳하게 풀을 먹여 먼지가 미끄러질 것만 같이 깨끗하고 상쾌하였다. 그 칼라 끝에 가느다란 레이스가 붙어있을 뿐 아무런 액세서리도 없었다.

(지식산업사, 1979)

□박경리 「토지 Ⅲ」

서울댁은 거울 속의 제 얼굴을 들여다본다. 얼굴 생김새는 제법인데 살결이 엉망이다. 닭살같이 거친데다 연독(鉛毒)이 올랐는가 온통 푸릇푸릇하다. 서른네 살, 아직 늙지 않았다면 늙지 않았다 할 수도 있는 나이지만 쭈글쭈글한 주름은 초겨울 날씨처럼 음산하고 사십이 넘은, 이미 가랑잎이다.

* * *

서희 옆에 앉은 여인의 얼굴은 실상 넓은 편이었으나 양켠 귀밑으로 부터 턱 끝에 이르는 선이 가늘게 좁혀졌고 이마도 귀밑에서부터 가르마를 향해 솔밋이 좁혀져 있고 올라갔으므로 마치 은행알 같은 모양이라고나 할까. 언뜻 보기에 얼굴은 갸름한 것 같았다. 숱이 짙은 눈썹은 그린 듯 둥글었다. 크게 쌍꺼풀이 진 눈은, 눈동자의 빛깔이 연한데다 눈시울이 길어서 졸고 있는 것 같고, 오똑한 코는 모양이 좋았고 잔주름이 모인 입술은 작고 분홍빛인데 젖냄새라도 풍겨올 듯 연하다. 몸은 늘씬하게 컸다. 염주를 만지작거리는 손가락은 길고 가늘었다. 살결은 희뿌옇고 머리칼은 살짝 곱슬머리, 미색 순인 치마, 깨끼적삼 속에는 눈이 부시게 희고 아름다운 육체가 아른거린다. 목덜미에는 부드러운 잔털이 한 방향으로 가지런히 누워 있었다. 알맞은 크기의 쪽머리를 감은 검자주빛 감사댕기, 비취의 봉채(鳳釵)비녀, 말뚝 잠, 귀이개, 매화 잠을 꽂고 있었는데 이 값진 패물은 송병문 씨가 맏며느리 될 규수를 위해 솜씨 좋은 국자감의 패물장이에게 각별히 부탁하여 만들어서 예물로 보내온 것이다. 그러니끼 이 여인은 송영환이 아니요, 송장환의 형수 되는 사람, 올해 스물여덟 살이며 아들 하나를 두었고 집안에서는 다음 태기를 고대하고 있는 형편이다.

(지식산업사, 1979)

□박경리 「파시」

순이가 참외를 깎아 내오자 마침 여자도 옷을 갈아입고 사랑에서 돌아 나온다. 순이는 접시를 받쳐든 채 여자를 멍하니 바라본다. 여자는 새 사람이 된 것 같았다. 구김살이 펴지지는 않았지만 흰 모시적삼에 보랏빛 나일론 치마를 입은 모습이 귀부인은 못 돼도 결코 촌뜨기 같지는 않다. 엷게 화장까지 한 얼굴에 굵게 꺼풀진 눈이 아름다웠다. 코 언저리의 기미도 엷어지고. 얄팍한 어린애 같은 입술을 오므리며 웃는다. 명화는 참외를 먹으라고 권한다. 여자는 사양하지 않고 참외를 먹는다. 먹는 표정이 단순하고 행복해 보인다. 희고 살결이 부드러운 손은 험한 일을 하고 산 것 같지는 않다. 여자는 입술연지가 묻어날까봐 조심을 하는데 값이 싼 입술연지는 입가에 번져 나온다.

(지식산업사, 1979)

□박상우 「돌아오지 않는 시인을 위한 심야의 허밍코러스」

그러자 그녀는 가림질한 머리카락들이 앞으로 휘몰려들어 반 이상 가려진 얼굴을 갑작스럽게 쳐들어 뒤로 세차게 젖히면서 아주 잠깐 동안 나를 쳐다보았다.

(중앙일보사, 1996)

□박양호 「슬픈 새들의 사회」

여자는 시큰둥한 얼굴이었다. 평후는 담배를 꺼내어서 입에 물었다. 무슨 일이 있을까? 그런 생각을 하면서 다시 여자의 얼굴을 찬찬히 쳐다보았다. 그렇게 이쁘다고는 할 수 없는 얼굴이었다.

(동아, 1991)

□박일문 「살아 남은 자의 슬픔」

그녀는 만지면 부서질 것같이 한없이 연약해 보였다. 그녀는 프로스 펙스 운동화, 물이 약간 날아간 청바지에 고동색 통가죽 벨트, 온통 빨 간 바탕에 시몬느 베이유의 얼굴이 까맣게 찍힌 티를 입고 있었다.

* * *

그녀가 몸을 조금씩 움직임에 따라 강물이 일렁거리면서 달빛을 받아 사금파리처럼 반짝거렸다. 또한 그녀의 젖은 머리카락에 월광이 쏟아져 삼단 같은 머릿발이 빛을 내뿜으며 나를 신성한 감동 속으로 몰입하게 했다.

* * *

그녀는 화려했다. 화려하다기보다는 야한 쪽이었다. 라라의 입술에는 붉은 루즈가 칠해져 있었고 그녀의 몸에는 귀걸이, 짙은 화장, 강한 향 수, 눈에 강렬하게 띄는 옷…… 라라는 많이 달라져 있었다.

(민음사, 1992)

□박태순 「낯선 거리」

미용사라는 그 여자는 호리호리하고 메마른 이십대 후반에서 삼십대 초반의 여성이라는 인상일 뿐, 전혀 이렇다할 특징이 없는 용모였다. 그 런데 그와 함께 있는 여자는 나이가 많아 보았자 열 대여섯 살쯤 되었을 까, 자그마하고 전체적인 윤곽이 동글동글한 소녀였는데 반편처럼 게실 게실 웃어대고 있는 것이 어딘가 이상하였다. 심술이 많은 어린애의 짓 궂은 손장난에 고장이 나버리고만 장난감인형 같다고나 할까, 그는 그러한 것은 연상하였다.

(나남, 1989)

□배수아 「프린세스 안나」

여자들을 위한 잡지에 남자에 대한 기사를 쓰고 있으면, 여자들은 절대로 남자를 변화시킬 수 없고 남자의 양말색에 관한 기호조차도 진정으로 원하는 대로 할 수 없으리란 것에 대해서 말하고 싶어진다. 모든 트러블이란 것은 이기심 때문이지 그 남자는 애초에 애정도 없고, 사디스틱한 성향 때문에 당신에게 장난을 치고 있는 것이 아니다. 그냥 당신이 싫기 때문이다. 이것을 받아들여야 한다. 당신은 그 남자가 그런 것을 처음부터 알고 있었으면서, 마지막에는 연극으로 울부짖는다. 당신은 은연중에 자기의 인생이 연극조로 되어가는 것을, 당신이 비련의 주인공이 되는 것을 즐기고 있다. 그 남자가 사디스트가 아니라 당신이 마조히스트인 것이다. 아기를 낳고 버림받았다, 고 호소하면 누구나 동정해 주고 성적으로 약한 당신이 어쩔 수 없었다는 것을 인정한다. 그건 당신에게 도덕적인 우위를 인정해줄 수는 있겠지만 진정으로 당신이 원하는 바는 아니다. 말을 타고 중국의 황야를 달리는 젊은 날의 강청의 것처럼 거침없는 생은, 영원히 당신에게 오지 않는다.

(문학과지성사, 1996)

□서기원 「박명기」

그녀의 얼굴은 분명히 이쪽을 향해 누워 있었다. 나는 그녀의 손가락을 살며시 짚어 보았다.

가운데손가락은 사내처럼 마디지고 그 끄트머리는 까칠까칠했다. 여자의 손이라고 하기엔 딱한 촉감이었다.

그렇지만 그 메마른 감촉은 나를 한결 위로해 줄 수가 있었다. 왜냐하면 행여 그녀의 손길이 상상 속에서 그리는 부드러움을 지녔더라면, 아마도 나는 심술궂은 심사로 울적해졌을 터이니까.

(삼중당, 1979)

□서기원 「이 성숙한 밤의 포옹」

그녀의 이마는 머리와의 경계선이 선명치 못한 좁은 삼각형이었다. 몸뚱이는 짧고 피둥피둥 살이 얹혔으나 엉덩이가 유난스레 옆으로 퍼진 탓인지 허리는 깊숙이 패어져 가늘었으며, 목으로부터 어깨를 씌운 두툼한 살은 가축의 지방층을 연상시켰다.

* * *

젊은 여자들은 한복이나 양장 할 것 없이 모두가 속이 훤히 비쳐 보이는 옷을 걸치고 파라솔의 원색에 제각기 얼굴을 염색하면서 더위를 모르는 서늘한 눈매로 거리를 독점하고 있었다.

(삼중당, 1979)

□안장환 「산그늘」

선우는 누워 있는 여자를 내려다보았다. 죽은 듯이 눈을 감고 있는 그녀의 얼굴은 납처럼 핏기가 없이 핼쑥했다. 선우는 그녀의 손목의 맥을 짚어보았다. 맥박이 힘없이 뛰고 있었다.

* * *

입으로 약물이 흘러들어가고 있었지만, 그녀는 움직이지 않고 죽은 듯이 누워 있었다. 선우와 사나이는 그녀의 몸을 이리저리 살펴보았지만, 다친 데는 별로 없고 팔 몇 군데에 타박상 같은 것이 있었다.

(신원문화사, 1996)

□ 양귀자 「모순」

주리는 발을 쭉 뻗으며 벽에 등을 기댔다. 짧은 치마 밑으로 그 애의 맨 종아리는 하얗고 날씬했다. 쇼핑의 피곤함이 삶에서 겪어야 했던 가장 큰 피로였을 그 애의 작고 연약한 발가락과 분홍색으로 물든 동그란 발뒤꿈치, 유리 조각처럼 섬세하게 튀어나온 복숭아뼈는 또 어쩌면 그리도 어여쁜지, 나는 무심코 마당의 빨랫줄에 걸려 있는 양말 두 짝을 바라보았다.

(살림, 1998)

□ 오정희 「옛우물」

다산의 축복을 받은 농경민의 마지막 후예인 그녀에게 아이를 낳는 것은, 밤송이가 벌어 저절로 알밤이 툭툭 떨어지는 것, 봉숭아 여문 씨들이 바람에 화르르 흐트러지는 것처럼 자연스럽고 범상한 일이었을 것이다.

* * *

파머리를 봉두난발로 불불이 세우고 두터운 겨울 코트를 입은 한 여자가 입에 불붙이지 않은 담배를 서너 개비 한꺼번에 물고 길 가운데 서서 두 팔을 내두르며 교통정리를 하고 있었다.

(문학과지성사, 1995)

□ 오정희 「완구점 여인」

햇빛이 밝은 날, 그녀의 모습은 괴괴한 느낌을 주곤 하지만 지금의 그녀는 청결감 마저 풍기고 있었다. 갖가지 장난감들이 빈틈없이 채워진 가게 안에서 여인은 한 개의 커다란 인형처럼 보이기도 한다. 여인은 언제부터인가 입기 시작한 앞이 막힌 잿빛 스웨터를 입었고 그녀의 아주 빈약한 가슴이 나타나는 부분에는 모슬렘 여인이 새겨진 펜던트를 정물처럼 붙이고 있었다. … (중략) … 여인이 빙긋이 웃었다. 그럴 때의 그녀는 열일곱 살이나 열여덟 살에서 이십 년쯤 거르고 갑자기 마흔 살이 되어버린 듯한 얼굴이 된다.

(동아출판사, 1995)

□ 오정희 「직녀(織女)」

치마주름을 잡고 허리를 단다. 그리고 입고 있던 옷을 벗는다. 먼저 저고리를 벗고 치마의 허리를 끄른다. 치마가 맥없이 흘러내렸다. 조그만 여자의 알몸이 거울에 비친다. 가슴이 잘 익은 과일처럼 둥글고 단단하게 달려 있다.

문의 좁은 칸살이마다 촘촘히 박혀 있는 당신의 눈을 의식하며 나는 아주 천천히 알몸 위에 새로 지은 치마를 두른다. 거울 속의 여자는 볼이 붉다. 계집의 연지볼이 붉으면 팔자가 세다는데…… 설풋이 잠이 들어 쓰러진 베개를 고여 주며 청상(靑孀)의 어머니는 한숨을 쉬었다.

나는 고개를 세게 저으며 가슴 위로 치마허리를 한껏 누른다. 벗어 놓은 저고리의 동정을 북북 뜯고 치마허리를 뜯어 한데 뭉쳐서 구석으로 밀어 놓는다. 거울에 흰 옷 입은 여자가 비친다.

(동아출판사, 1995)

□ 유익서 「마지막 영웅 빅토르최」

사를로따 이바노브나, 마흔 살의 미혼녀인 사를로따 선생은 다리며 팔이며 허리가 바람을 넣은 풍선처럼 뚱뚱했다. 그녀가 걸어갈 때면 금방이라도 넘어질 것 같아 보는 이로 하여금 조바심나게 하였다.

(예음, 1973)

□ 유익서 「키노의 전설 빅토르최」

올가경위는 요즘 다이어트에 광적으로 열중해 버터와 소금과 돼지고기를 보면 기겁을 하여 도망치고 맹물에 목을 축이며 홀레쁘와 감자만을 몇 조각씩 겨우 삼키는 데도 허리가 나날이 굵어진다며 금방 자살이라도 할 것 같은 시늉을 한다.

* * *

그녀는 눈부시게 하얀 블라우스와 치마를 입고 있었다. 손에는 분홍색 작은 손가방을 들고 있었다. 날씬하게 뻗어 내린 다리의 곡선이 매혹적이었다. 그녀는 여름 햇빛을 함뿍 받고 웃고 있는 주홍의 한려화를 연상시켰다.

(세훈, 1993)

□ 유현종 「유리성의 포로」

경숙이란 여자의 얼굴도 화장기가 없었다. 금방 세숫비누로 씻어낸 듯 보숭보숭하고 눈화장으로 자국이 난 눈 가장자리만 엷은 밤색으로 멍이 들어 있었다. 나이는 스물 대여섯 나 보인다. 값비싼 코트를 입고 있었고 머플러를 하지 않아서 약간은 빈약한 가슴 윗부분이 모였다. 시계도 차고 있지 않았고 손에는 아무런 장식품 반지도 끼지 않고 있었다.

(신원문화사, 1987)

□ 윤대녕 「사막의 거리, 바다의 거리」

그대와 나는 〈BOOK〉이란 카페에서 두 번째 만났다. 그대가 번역한 원고를 들고 녹색갤러리 근처에 있는 어느 출판사를 함께 찾아가는 길이었다. 커피를 마시는 그대의 얼굴엔 봄날의 나른한 기운이 어둡게 무늬져 있었다. 무슨 생각을 하고 있었는지 그대의 손끝에서 타들어 가고 있던 담배가 무심코 바닥으로 떨어져 내리기도 했다. 벽에 모로 기대어 있는 그대는 공기가 다 빠져나간 고무공처럼 보였다. 혹은 물기가 마른 화분처럼 보였다.

(열림원, 1997)

□ 윤대녕 「은어낚시통신」

그녀는 산란중인 은어처럼 입을 벌리고 무섭게 몸을 떨고 있었다. 그녀는 그런 자세로 물끄러미 나를 바라보고 있다가 마침내 벽에 모로 기대어 천천히 흐느끼기 시작했다.

(문학동네, 1994)

□ 윤대녕 「지나가는 자의 초상」

김은애…… 이렇게 말해놓고 나니 어쩐지 새삼스럽다. 훗날 나는 이 여자에 대해 아주 각별한 감정을 품게 된다. 그때 내 어찌 그런 것을 짐작인들 했으랴. 나보다 한 살이 많은 여자였다. 노처녀라곤 할 수 없었지만 왠지 그녀의 주변엔 사람이 없어 보였다. 쌍둥이 자매로 태어나 다른 한쪽에 자신의 반을 빼앗기고 사는 여자 같았다. 그것이 외아들인 나와 어딘가 모르게 비슷하면서도 한편으론 완전히 다르게 느껴지는 점이었다.

그녀의 눈빛은 얼마간 권태로워 보였고 왠지 지친 듯한 표정을 하고 있었다. 옷차림새는 언제나 깔끔했으나 매일 이것저것 바꿔 입는 스타일은 아니었다. 그것도 남의 눈에 띄기 쉬운 밝은 계통의 단색은 피해 입었다. 안 그래도 식당에 가는 일이 있으면 그녀는 메뉴판을 보는 시늉조차 하지 않고 매번 설렁탕요, 김치찌개요, 하고 귀찮은 듯 내뱉곤 했다. 노숙한 섯인시, 그녀는 나이보다 몇 살이나 더 많이 들어 보였다. 어떤 땐 남몰래 애까지 낳고 사는 여자는 아닌가 하는 의구심마저 불러일으켰다. 무슨 일에 싫증을 내거나 직접적으로 불만을 표시하는 경우는 없었으나 그 이면에는 벌써부터 사람에게 흥미를 잃어버린 권태로움이 굳은 살처럼 박혀 있었다. 그녀를 보고 있으면 벽에 걸려 있는 철지난 달력이 생겨나곤 했다. 하지만 그녀는 그런 자신을 완벽하리 만치 철저하게 숨기고 있었다. 나이 때문에 눈가에 어쩔 수 없이 생긴 잔주름(하지만 화장으로 얼마든지 감출 수 있는)을 감안하더라도 잘 뜯어보면 확실히 미인에 속하는 여자라는 걸 무엇보다도 자신이 잘 알고 있었을 텐데 말이다. 여자에게 있어서 외모야말로 나이를 상쇄시킬 수 있는 유일한 무기가 아닌가.

* * *

히뜩, 고개를 들다말고 나는 대출창구의 유리창에 얼비치고 있는 옷자락부터 훔쳐보고 있었다. 여자였다. 듬성듬성 피에로 무늬가 화려하게 박혀 있는 아이보리색 코트였다. 코트는 반 뼘쯤의 사이를 두고 좌우로 열려 있었으며 코트 안으로는 붉은 빛 스웨터가 들여다보였다. 나는 코트자락의 미세한 흔들림을 바라보며 조용히 숨을 가다듬고 있었다. 반달형의 대출창구 안으로 화장품 냄새가 진하게 스며들고 있었다. 머리맡에서 다시 노크 소리가 들려왔다. 딱, 딱!

* * *

서하숙. 나는 그녀와 그렇게 두 번째 만나게 된다. 전에도 그랬지만 어이없는 만남이었다. 그녀는 갑자기 졸부를 만나 결혼한 어린 처자 같은 행색을 하고 있었다. 암만 봐도 어울리지 않는 차림새였다. 미장원에 막 다녀왔는지 머리도 잔뜩 부풀려져 가발을 쓰고 있는 듯했다. 게다가 한껏 멋을 부린다고 요란스럽게 찍어 바른 얼굴의 화장도 남들이 보면 민망할 정도의 수준이었다. 무대를 잘못 찾아온 피에로 꼴이었다. 맙소사, 라고 입에서 튀어나오는 것을 간신히 참으며 나는 학생들 몇이 꾸벅꾸벅 졸고 앉아 있는 휴게실로 그녀를 데리고 갔다. 그녀가 신고 있는 부츠 밑바닥에서도 요란한 소리가 나고 있었다.

(중앙일보사, 1996)

□ 은희경 「명백히 부도덕한 사랑」

그의 차는 내가 사는 오피스텔의 지하 주차장에 세워져 있었다. 우리는 특급호텔을 나와 오피스텔 쪽으로 천천히 걸어갔다. 걸음 사이로 아랫도리에서 뭔가 물컹 빠져나갔다. 간호사가 말했었다. 이제 오늘 날씨를 첫 생리일로 잡으시면 돼요. 열다섯 살의 초경 이후 언제나 월말이었던 생리일이 이제부터는 중순이 됐다는 뜻이었다. 내 몸은 태생의 규칙을 버리고 그와의 관계에서 파생한 새로운 규칙에 맞춰졌다. 여자의 몸은 과거를 쉽게 잊지 못하도록 되어 있다.

(문학과비평사, 1999)

□ 은희경 「새의 선물」

할머니에게 하는 말을 들으니 아줌마는 친정에 가서도 남의 집 같아서 잠도 제대로 자지 못했다고 한다. 그것은 미래에 대한 불안으로서, 다른 삶을 시작하려는 사람의 공통적인 정서이련만 아줌마는 내 집이 아니라서 그런 거라고 해석하고는 자기는 집을 떠나서 살 수 없는 존재였다고 자기의 가출을 거의 후회하고 있었다.

"첫날에는 그렇게 홀가분하고 살 것 같더라구요. 근데 하룻밤 자고 나니까 가게도 걱정되고 또 집안꼴이 어떨지…… 재성이 때문에……"

아줌마는 목이 메어 말을 잇지 못하고 잠든 재성이의 머리를 한 번 쓰다듬었다.

"아무튼 별일이대요. 내가 자란 친정집에 아무 일 안 하고 가만히 누워 있는데도 온몸이 안 이픈 데가 없고, 또 마음은 왜 그리 불안한지."

"여자가 어릴 때 자란 집은 제 집이 아니라는 말도 있으니까."

"혹시 재성이 아빠한테 전화가 오면 딱 잡아떼라고 신신당부를 해놨거든요. 근데 정말 밤까지 저 찾는 전화가 안 오는 거예요. 그때부터는 나 없이도 잘 사는 건가 싶어서 서운한 마음도 들고 아무튼 잠이 안 오대요."

사흘이 지나자 아저씨가 영영 자기를 찾으러 오지 않으면 어쩌나 하는 생각마저 들게 되었다고 한다. 그러자 자기 자신이 아저씨가 데리러 오기를 애타게 기다리는 것처럼 생각되었고 그것을 의식한 순간부터 실제로도 아저씨를 기다리게 되었다는 것이다. 그날 저녁 아저씨가 친정집 삽짝으로 들어서자 아줌마의 마음속에 생겨났던 반가움은 바로 그런 풍화과정을 거쳐 생겨났던 모양이다. 새 삶에 대한 아줌마의 용기는 풍화작용으로 이미 모서리가 다 깎여서 자갈돌처럼 하찮게 발밑을 굴러다니고 있었다.

"거기 가서 재성이 아빠가 한바탕 안 했어? 불뚝 성질이 있는 사람이라 걱정도 좀 되더구먼."

"막상 재성이 아빠 보니까 가슴이 덜컥하긴 했죠. 다짜고짜 욕을 퍼붓고 막 머리채를 휘어잡고 그럴 것 같아서요. 근데 안 그랬어요. 사정조로 저를 달래더라구요. 근데 진희 할머니, 참 사람 마음 우스워요. 제가 속으로 무슨 생각 했는지 아세요?"

"따라나설 마음이 들던가?"

"아니요. 그보다는 그냥, 저 사람이 아침나절에 집에서 나섰을 텐데 점심은 먹었나 하는 생각이 들더라구요. 앞뒤야 어찌 됐건 모처럼 사위가 왔는데 내다보지도 않는 친정엄마가 괜히 야속하고…… 하여튼 여자는 할 수 없나 봐요. 다 제 허물이지, 못난 딸년 키워서 시집보낸 친정엄마가 무슨 잘못이라고……"

아줌마는 그 부분에서 쓸쓸하게 웃었다.

아저씨를 마당에 세워둔 채 아줌마가 방으로 들어가 버리자 그제서야 아줌마의 친정어머니가 나와 아저씨에게 일장연설을 늘어놓았다. 그것을 문틈으로 내다보면서 아줌마는 저러다가 행여 아저씨 성미나 돋우는 게 아닌가 조마조마했다며 또 한 번 "여자는 할 수 없나봐요" 라고 쓴웃음을 지었다.

* * *

나는 방안에 혼자 누워 아줌마의 인생에 대해 곰곰 생각하기 시작했다.

그렇게 열심히 살아가건만 아줌마는 자기 인생에 주인 행세를 하지 못하고 있었다. 주어진 인생에 충실할 뿐 제 인생을 스스로 결정한다는 일은 엄두조차 내지 못하는 것이다.

대부분의 어른들은 모험심이 부족하다. 진정한 자기의 삶이 무엇인지 알아내고 찾아보려 하기보다는 그냥 지금이 삶을 벗어날 수 없는 자기의 삶이라고 믿고 견디는 쪽을 택한다. 특히 여자의 경우 자기에게 삶이라고 믿고 견디는 쪽을 택한다. 특히 여자의 경우 자기에게 주어진 삶을 그대로 받아들이도록 만드는 배후에는 '팔자소관'이라는 체념관이 강하게 작용한다. 불합리함에도 불구하고 그 체념은 여자의 삶을 불행하게 만드는 데 결정적인 영향을 끼친다. 우연히 닥쳐온 불행을 이겨내지 않고 받아들이도록 만듦으로써 더 많은 불행을 번식시키기 때문이다.

강제로 처녀를 잃었을 때 아줌마는 자기에게 닥친 우연한 불행을 이겨냈어야 했다. 옷매무새를 수습할 수 있게 되자마자 바로 뺨을 올려붙이거나 아니면 침을 뱉고 돌아서서 깡그리 잊어버려야 했다. 하지만 아줌마는 그렇게 하지 않았다. 이제 자기 인생이 결정돼버렸다고 체념했으므로 죽자 사자 아저씨한테 매달렸다. 도저히 견디지 못하고 도망을 쳤을 때까지도 아줌마는 아저씨가 자기 둘의 돌이킬 수 없는 운명, 즉 자신이 아줌마 육체의 주인이란 것을 깨닫게 하자 아저씨의 테두리 속으로 돌아올 수밖에 없었던 것이다.

그렇다. 많은 여자들의 결혼은 첫 경험에 의해 결성된나. 첫 키스를 하거나 처음으로 몸을 섞은 사람에게 여자들은 각별한 의미를 부여하며 어릴 때부터 강요된 금기라는 장치에 의해서 그것을 운명적으로 받아들이도록 길들여져 있다. 단지 첫 남자라는 이유만으로 그와 함께 할 삶을 받아들이며 평생 바꿀 생각조차 하지 않는다.

문제는 그런 첫 경험이 우연히 이루어지는 일이 많다는 사실이다. 내 주변에서 듣고 본 것만 해도 그렇다. 꼭 자기가 사랑하는 남자와만 첫 키스를 하고 처음 옷고름을 풀게 되는 건 결코 아니다.

그러므로 성은 자기 자신의 것이다. 남편의 것도 아니며 처음 문을 연 남자의 것은 더더욱 아니다.

처녀성을 가져간 사람이 내 주인이라는 생각, 우연에 지나지 않는 그 사건에 운명적 의미를 두는 것, 그 모두가 내게는 어리석게만 생각된다. 이모가 경자 이모에게 빌려왔던 소설책들의 작가 토마스 하디와 모파상도 그것을 말하려고 『테스』나 『여자의 일생』을 썼을 것이다.

내 생각은 세 가지로 요약된다. 첫째, 첫 경험이란 운명이 아니라 우연이다. 둘째, 여자들이 그것을 체념적으로 받아들이게 된 것은 어릴 때부터 성에 대한 금기를 강요받기 때문이다. 셋째, 나는 극기 훈련을 통해 '이성의 성기에 관심을 가져서는 안 된다'라는 금기에서 벗어났으므로 '첫 경험'이라는 금기도 얼마든지 깨뜨릴 수 있다.

나는 기회만 닿으면 언제라도 '첫 경험'의 금기를 깨뜨릴 준비가 되어 있다. 그 기회가 어른들이 생각하는 적당한 나이보다 조금 빨리 주어져도 상관없었다. 하지만 그 기회가 그처럼 빨리 올 줄은 몰랐다. 삶이 다 그렇듯이 그 기회는 우연히 찾아왔다.

(문학동네, 1995)

□ 은희경 「이중주」

"엄마, 34년 전 오늘, 나 낳고 나서 좋아하셨어요?"

"좋아하기는. 너는 쳐다도 안 보고 이불 뒤집어쓰고 울었지."

"왜?"

"딸이라서."

딸이라서 정순은 처음에 인혜를 안아보지도 않았다. 아니 안고 싶어도 시어머니 눈치가 보여서 살갑게 안아줄 수가 없었다. 시어머니는 딸을 낳았다고 해서 음력 11월 혹한에 산모 방에 불도 넣어주지 않았다. 자기의 몸조리는 둘째 치고, 겨우 손가락을 꼬물락거리는 조그만 아기가 잇몸을 덜덜 부딪치며 떠는 소리에 정순은 말 그대로 맨살을 저미는 듯한 고통을 느꼈다. 솜이불로 인혜를 둘둘 감아 가슴에 꼭 껴안고 누워서 정순은 차가운 갓난애의 뺨에 그보다 더 차가운 자기의 얼굴을 부비며 이렇게 중얼거리기도 했다. 이렇게 태어나면서부터 서러움 견디는 방법부터 배워야 하는 게 딸이란다.

* * *

어쩌면 현석의 거친 말투 속에 깃든 파탄적 예감 같은 것이 시원했기 때문일지도 모른다. 자신은 너무 오랫동안 틀 속에 갇혀 틀지기 노릇을 해왔다. 그러느라 밖으로 뻗어나가려고 하는 자신의 소중한 부분을 마구 잘라냈다. 그녀 혼자서 사지를 벌려 네모반듯한 가정이란 공간을 만들어내고 그 안에 가족이라는 것을 키워갔다. 가족, 결혼…… 그것을 지키기 위해 매일매일 자기 자신은 닳아 없어져간다. 원래 그 공간은 부부라는 두 쪽의 지붕이 맞닿아 안정된 구도로 이루어져야 하는 공간이 아닌가. 그런데 왜 그녀 혼자만 풍상에 시달리며 사지가 찢기도록 그 공간을 지키느라 안간힘이었던가.

그렇게 해서 만든 그 공간은 또 하나의 틀이 될 뿐이다. 어머니가 내게 그랬듯, 내 딸을 '나'라는 틀 속에서 키워 또다시 하나의 틀로 만드는 것이, 그런 체념적인 담보가 여자들의 삶인가. 인혜는 취했다. 취했으므로 지금 전혀 자기답지 않은 것에 매력을 느낀다. 자기답지 않은 방임, 자기답지 않은 과장, 그리고 자기 연민.

(문학동네, 1998)

□이문구 「다가오는 소리」

이왕 용모란 말이 나왔으니 마무리삼아 보태는 말이지만, 부영이 육덕 있고 듬직한 몸매를 가진 것만은 자신하며 밝힐 수 있다. 천상 사내 허우대였고, 몸 전체를 통해 가뭄 탄 부분이라곤 없는, 몸뚱이 전체가 재산이랄 수도 있는 생김새인 것이다.

(삼중당, 1995)

□이문열 「타오르는 추억」

생각보다 그녀의 몸매는 아름다웠다. 그러나 이십여 년 전의 기억에는 전혀 없는 낯선 여인의 몸이었다. 거기다가 출산으로 터진 배의 흉터나 주름이 잡히기 시작하는 목덜미께는 이상한 역겨움까지 일으켰다. 욕정과는 거의 무관한 나상이었다.

(한겨레, 1988)

□이 상 「날개」

18가구에 각기 별러들은 송이송이 꽃들 가운데서도 내 아내는 특히 아름다운 한 떨기의 꽃으로 함석지붕 밑 볕 안 드는 지역에서 어디까지든지 찬란하였다.

(삼중당, 1979)

□이 상 「봉별기」

천하의 여성은 다소간 매춘부의 요소를 품었느니라고 나 혼자는 굳이 신념한다. 그 대신 내가 매춘부에게 은화를 지불하면서는 한 번도 그네들을 매춘부라고 생각한 일이 없다. 이것은 내 금홍이와의 생활에서 얻은 체험만으로는 성립되지 않는 이론같이 생각되나 기실 내 진담이다.

(동아출판사, 1995)

□이순원 「어떤 봄날의 헌화가」

난 예전에 그 여자를 만날 때마다 그 여자가 하도 투명해 보여 이 여자도 밤에 불을 끄고 잠을 잘까, 하는 생각까지 했을 정도였으니까. 그러니까 헤어진 다음엔 또 그 여자가 더 그렇게 생각되는 거겠지. 정말 평생 화장실도 안 가는 여자처럼 생각되는 거지. 실제로 나는 그 여자가 중국집에서 자장면을 먹는 모습도 보지 못했으니까. 함께 식사를 해도 마치 밥알을 세듯 그렇게 조금씩 조금씩 젓가락 끝에 묻혀 입안으로 가져가곤 했으니까.

(하늘연못, 1997)

□이외수 「언젠가는 다시 만나리」

보는 사람의 세포까지 환각제가 스며든 듯 나른해져서, 차츰 그 여자를 한 번만 가만히 안아보고 싶다는 충동에 사로잡히게 만드는 그 여자의 이상한 분위기.

(한겨레, 1994)

□이청준 「겨울광장」

이후부터 여왕봉에서는 매일 밤 10시가 지나면 홀 안의 모든 아가씨들 얼굴이 한결같이 으스스한 가면으로 변해 갔다. 여왕봉의 술손들은 처음 이 해괴하고 갑작스런 여인들의 장난에 정신이 어리둥절해질 수밖에 없었다. 홀 안이 온통 도깨비굴처럼 이상스런 요기가 느껴져 올 지경이었다. 하지만 술손들도 그걸 그리 싫어하진 않았다.

(한겨레, 1980)

□ 이청준 「치자꽃향기」

그는 공연히 눈물겨운 심경이 되어 그의 집 쪽을 향해 조급하게 발길을 서둘러 가기 시작했다. 그리고 저만큼 그의 집 울타리가 다가들기 시작하면서부터는 서서히 발소리를 죽여 가며 그림자처럼 조심조심 뒤켠 우물 쪽 울타리 아래로 몸을 숨어 들어갔다.

아내는 과연 약속했던 대로 벌써부터 밤 목욕을 시작하고 있었다. 고즈넉한 달빛에 젖고 있는 교외의 밤 정적 속으로 이따금 아내의 물 끼얹는 소리가 무슨 여인의 흐느낌 소리처럼 조심스럽게 울타리를 넘어오고 있었다. 지욱은 뱃속까지 숨을 한 번 잔뜩 들이마시고 나서 나지막한 자세로 울타리 너머 아내를 찾기 시작했다.

아내는 역시 실오라기 하나 걸치지 않은 알몸으로 우물결 치자꽃나무 아래에 뽀얀 달빛을 받고 서 있었다. 달빛에 젖은 아내의 알몸은 짐작했던 대로 그 색감이나 곡선이 훨씬 더 부드럽고 유연해 보였다. 물을 끼얹을 때마다 잠시 달빛에 번들거리는 어깻죽지는 근처를 제외하고 나면 그녀의 몸은 이상스럽도록 강한 흡인력을 가지고 몸 전체로 그 달빛을 재빨리 빨아들였다간 형광물처럼 그것을 서서히 다시 피부로 쏟아내고 있는 것처럼 보였다. 그녀는 별로 물을 자주 끼얹는 것도 아니었다. 물도 끼얹지 않으면서 그녀는 그냥 온몸으로 달빛을 빨아들이면서 입상처럼 무연한 자세로 환한 밤 치자꽃을 향해 서 있을 뿐이었다. 그러다가 생각이 난 듯 이따금 한 번씩 그 번쩍거리는 달빛을 향수처럼 어깨에서 조용히 씻어내리곤 할 뿐이었다.

(문학과지성사, 1977)

□ 이혜경 「길 위의 집」

한때 비옥했을 배는 살가죽의 주름 몇 겹으로 남았고, 젊은 날 풍성했을 거웃은 몇 오라기의 회색 털로 남아, 불가해한 느낌이었다. 출산할 때마다 무너질 듯 뒤틀렸을 골반은 그 윤곽을 적나라하게 드러냈다. 살이 없어 삭정이 같은 느낌을 주는 무릎은 은용이 세워놓자마자 피그르, 맥없이 무너졌다. 한평생을 버텨온 묵은 뼈들이, 이제 더이상 지탱하지 못하겠노라고 시위하듯이.

* * *

윤씨는 현희의 수그린 정수리를 보았다. 제법 조신하게 방바닥만 내려다보고 있지만, 오똑한 콧대가 아무리 봐도 녹록지 않아 보인다. 아무리 대학생이라지만 공부하는 학생인데, 감추려해도 드러나는 긴 손톱이며 화장이 먹어든 얼굴, 칠한 입술, 꼬불꼬불 지진 머리. 한국 사람이 서양 사람 흉내 내느라 머리까지 지져 붙인다던 길중씨가 보면 이 또한 책잡힐 것이다.

* * *

역전 다방에 들어섰을 때, 길중 씨는 찾아온 사람을 한눈에 알아볼 수 있었다. 눈이 크고, 골격이 큼직한 여자였다. 쉰 살이 채 못 되었을까. 손가락마다 낀 반지며 은은히 풍기는 향냄새가 예사롭지 않았다. … (중략) …

여자의 태도며 말투에는, 늘 보는 이를 의식하고, 자기의 행동을 보는 눈의 시선으로 가다듬은 여자의 은은한 교태가 배어 있었다. 여염집 여자는 아니로구나. 핸드백에서 손수건을 꺼내 얼굴을 꾹꾹 누르는 손놀림에 실린 교태를 알아보면서 길중 씨는 짚었다.

(민음사, 1995)

□ 이혜경 「그 집 앞」

기다란 전신거울 속에 한 여자가 서 있다. 거울은 한 사람의 몸피를 겨우 담을 수 있을 만큼 좁아서, 여자는 거울 속에 갇힌 것처럼 보였다. 어찌 보면 거울이 여자 주위를 압박하며 좁혀 들어오는 것처럼 느껴진다. 하얀 레이스로 가장자리를 두른 개더스커트와 흰 티셔츠, 그 위에 걸친 하늘색 가디건이 여자를 얼핏 소녀처럼 보이게 한다. 하지만 좀더 자세히 보면 티셔츠 너머로 비어진 어깨선의 뭉실함이며 굵지 않은 목을 두껍게 보이도록 하는 목주름, 분이 제대로 먹지 않아 거칠하게 들뜬 얼굴의 살결이 눈에 띈다. 여자가 옷차림이 상정하는 나이로부터 한참 더 묵은, 그렇다. 더 먹은 게 아니라 묵은 것이다. 나이임이 드러난다. 게다가 스커트의 레이스가 조금 해진 것까지 눈에 들어오면 여자의 누추함은 안쓰럽게 여겨질 지경이다.

(민음사, 1998)

□이혜경 「노래하는 여자 노래하지 않는 여자」

경미 언니, 척척 늘어지는 충청도 말씨에 걸핏하면 〈오죽하면 여북하겠어〉라며 제 품을 다 내어주는 것처럼 굴지만, 결코 만만치 않은 여자다. 늦가을 씨받이 옥수수알처럼 영근 저 옥니에, 파마가 잘 나와서 위층 미장원 영혜의 사랑을 받는 반곱슬머리만 보아도 알 수 있다. 성만 최가라면 끝날 뻔했다. 억양 세기로 유명한 마산으로 시집가서 7년을 살았는데도 경상도 억양이라고는 콩가루만큼도 묻어나지 않고 태생 그대로인 말투도 대단하거니와, 손끝에 박박 힘주어 마사지하면서 노래는 늘쩍지근하게 한다는 게 보통 머리로는 되는 일인지, 내 말이 믿기지 않는다면 한 번 해보라. 내기라도 걸 수 있다.

* * *

막 다녀온 하와이의 따사로운 별 아래 놓인 것처럼 마사지 받는 근육이 부드럽게 풀려 있다. 그은 피부에 오일을 발라 살갗이 청동처럼 빛난다. 저녁 준비는 일하는 사람에게 맡기고 다 저녁 때 와서 마사지 받는 그 윤기가, 서방 잘 만나 남부러울 것 없는 여자임을 과시하는 것 같아 은근히 속이 뒤틀리는데 거기다 무슨 큰 부조 할 일 났다고 알로하 오에람.

□장용학 「역성서설」

엷은 사(紗)로 그리움을 감춘 살결의 무료(無聊)…….

그 하얀 순결을 지키듯, 거기 물가에 우뚝 서 있는 화강의 기암(奇岩).
흙으로 된 인간이 슬퍼서 프로메테우스가 '인간다운 인간'을 바위로 새겨
내려가다 끝내 주신(主神)에게 들킨 바가 되어, 그대로 비바람 속에 방치
해 버린 명동(鳴動)이라고 할까.

여기는 세계와 단절된 괄호 안이었다. 물 건너에 병풍을 두른 것처럼
솟아 선 절벽의 창연(蒼然)한 음영. 비취의 신운(神韻)이 나부끼는 그 수연
속에 그 연인은 피어 있는 것이었다. 피어 있는 것이 아니라 맺혀 있는
봉오리였다.

곰실거리는 생의 동녘. 공기의 냄새도 모르면서, 자연의 힘은 어찌 막
을 수 없어 살결을 흐르는 부끄러움에 부풀어 오른 젖가슴의 화사한 우
수(憂愁). 그 우수를 가리면서 어깨로 해서 가슴으로 흘러내린 머리카락.
그리고 죽음보다 말라버린 까만 눈동자. 이마에는 청동시대(靑銅時代)의
차가움이 있었다.

(『사상계』, 1958. 3)

□장용학 「원형의 전설」

벌써부터 윤희에게 마음이 사로잡혀 있었던 이장이었습니다. 언제나
황톳빛 치마저고리를 되는대로 걸쳤는데도, 그 육체에 흐르고 있는 관능
에는 향수 같은 것까지 느끼고 있었던 것입니다. 염주의 절벽이 아니었
다면 쏟아져 가는 그리움은 막을 길이 없었을 것입니다

* * *

이름을 안지야라고 하는 마담 버터플라이는 정말 그렇게 간단히 잠이 들 수 있는 것인지, 창 밖에서 울어대는 벌레 소리의 가장자리에 기어들 듯 쌕쌕 벌써 코를 고는 것입니다. 몸을 저쪽으로 뒤치락이는 바람에 한쪽 옷자락이 흩어져서 옆 가슴과 다리 하나가 통으로 드러나게 된 것도 모르는 것입니다.

가슴에서 허리로 허리에서 다리로 팽팽하게 이어진 능선……

그것은 풍속을 짓밟고 오만하게 누워 있는 타락. 신의 질투이면서 하나의 계몽사상이었습니다. 영을 단념하고 육을 통하여 이데아로 돌아가라는 계시라고나 할까.

(동아출판사, 1995)

□정을병 「영리한 노인」

여자는 조그마하고 얼굴이 둥글둥글하게 생긴 모습이었다. 약간 살이 찐 것 같았으나 나이 따라 되바라지지는 않고 얌전하고 순진한 맛이 그대로 있었다. 조용한 한국적인 여성이었다. 곱상한 얼굴이 그대로 남아있는 걸 보면 과거에도 그렇게 고생스런 생활을 하고 있은 것은 아닌 것 같았다.

(진화당, 1985)

□조정래 「미운 오리 새끼」

어깨에서 엉덩이까지의 길이보다 한결 길어 보이는 두 다리, 꽁 부분처럼 뚜렷한 윤곽으로 솟아오른 젖가슴, 동그란 모양으로 공 같은 탄력을 지닌 채 허리 쪽으로 달라붙은 엉덩이, 이런 것들이 대체로 뭉뚝해 보이는 다리들과 가슴팍의 살인지 뭔지 밋밋한 채 꼭지가 붙은 젖가슴들과 펑퍼짐하게 생겨 무거운 듯 아래로 붙은 엉덩이들 사이에서 역시 비정상적인 구경거리일 밖에 없었다.

(해냄, 1999)

□ 채만식 「빈·제1장 제2과」

유모는 몸뚱이며 얼굴이 물크러질 듯 벌겋게 익어 가지고 욕실 밖으로 나왔다.

오정 때가 갓 겨운 참이라 욕실 안에서는 두엇이나가 철썩거리면서 목간을 하고 있고, 옆 남탕에서는 관음 세는 소리가 외지게 넘어와서 적이 한가롭다.

제자리에 앉아 꾸벅꾸벅 졸던 주인 아낙네가 유모가 열고 나오는 문 소리에 정신이 들어 싱겁게 웃어 보인다.

유모는 수건을 둘러 중동만 가리고 체경 앞에 넌지시 물러서서 거울 속으로 뚜렷이 떠오른 제 몸뚱이를 홈파듯이 바라다보고 있다.

담숭담숭 물방울이 앉은 몸뚱이가 살결이 고와 기름이 듣는 듯하다. 팔다리도 거기 알맞게 몽실몽실, 그리고 소담스런 젖가슴과 푸짐한 방둥이가 모두 흐벅지다.

그는 왼눈을 째긋이 감으면서 쌍스럽게 두꺼운 입술을 벌려 방긋 웃는다.

'혼자 보기는 아깝다.'

그는 느긋이 만족하면서도 한편 섭섭해서 혼자 속으로 중얼거리는 것이다.

그새 문 밖에서 살 때는 그런 것 저런 것 알 줄도 몰랐다. 그러다가 석 달, 유모살이로 들어와서 사는 동안 자주 목간을 다니면서, 겉으로 옷이나 잘 입고 훤치르해 보이는 여자들이며 기생들의 말라빠진 몸뚱이나 앙상한 얼굴을 많이 보아나느라니까, 그는 저의 탐스런 몸뚱이에 차차로 자긍이 생겨 "나도 이만하면……" 누구만 못할 게 없다고 어렴풋한 즐거운 기대를 가지게 되었다.

(창작과비평사, 1989)

□채만식 「소복 입은 영혼」

방싯이 열리는 문으로 들어오는 한 삶 그는 사람이라기보다도 선녀에 가깝게 아름다운 젊은 여인이었습니다. 그렇게 아름다운 젊은 여인이 그러나 위아래를 하얗게 소의소복으로 차리고서 아닌 밤중에 소리도 없이 문을 열고 들어오는 그 양자는 그러나 선녀와 같은 아름다움에 취하기보다 귀신인가 요염하였습니다. 그 고운 얼굴에 까만 속눈썹이 선연히 보이도록 눈을 아래로 깔고 조신하게 들어서는 그 여인은 수족이 약간 떨리고 분 바르지 아니한 얼굴은 볼그레하니 상기가 되었습니다.

이서방은 어찌할 바를 몰라 잠시 사람인지 귀신인지 분간하기 어려운 요염한 여인을 바라보았습니다. 그의 가슴은 사뭇 두근거렸습니다.

그러는 사이에 그 여인은 방문을 뒤로 닫고 바로 문턱 안에 몸을 약간 모로 앉았습니다. 쪽을 지은 것으로 처녀가 아니라 부인인 것을 알 수가 있습니다.

(창작과비평사, 1989)

□최명희 「혼불 4」

천만뜻밖에도 화용월태(花容月態) 미인 하나, 교태로 무르익어 미소를 머금고 나오는데, 구름 같은 머리털로 낭자를 곱게 하여, 쌍룡 새김 밀화 비녀 느직하게 질렀으며, 매미 머리 나비 눈썹, 은근한 정을 담뿍 머금은 눈빛에, 연지 뺨 앵두 입술, 박씨같이 고운 잇속, 삐비같이 연한 손길, 버들같이 가는 허리에 곱게 수놓은 비단옷을 호리낭창 걸쳐 입고, 연꽃이 나부끼듯, 해당화 조으는 듯, 모란화 벙그는 듯, 옥을 씻는 고운 소리로 아리잠직하게 말한다.

(한길사, 1996)

□ 최수철 「고래뱃속에서」

그녀는 한 손으로는 자신의 허리를 짚고 다른 손으로는 이마를 감싸 쥐고는 돌로 깎아 세워놓은 듯이 서 있었다.

* * *

그녀는 흰색 인조비단 속치마를 걸치고 있었다. 바지에 셔츠까지 입고 있던 그는 그 옷을 바라보는 것만으로도 맨살보다 더 부드러운 비단의 감촉을 상기하고는 가벼운 전율을 느꼈다. ……그녀는 눈과 코와 입이 모두 큼직큼직했지만 보기 싫은 얼굴은 아니었다.

* * *

머리를 뒤로 묶어서 다듬은 그녀는 전혀 다른 사람이 되어 있었다. 그는 약간 치켜 올라간 그녀의 입꼬리를 바라보며, 그녀에게서 변온동물의 몸 안에 흐르고 있는 차가운 피의 싸늘함을 느낄 수 있었다. 그녀의 입이 붕어의 입처럼 공허하게 움직였다.

* * *

그는 여자를 자세히 살펴보았다. 옷차림은 수수한 편이었지만 짙은 눈화장이 인상적이었고 자연스럽게 컬이 지며 흘러내리는 머리카락이 얼굴과 잘 어울렸다. 그녀의 다소 넓은 편인 얼굴 위에도 불그스름한 조명의 파문들이 조용히 떠다니고 있었다.

* * *

무대에 올라서 보니 마른 편인 그녀의 어깨에는 살점을 거의 찾아볼 수 없었고, 어깨의 선이 두 팔과 직각을 이루고 있는 것처럼 보일 정도였다. 그러나 그녀의 가는 허리와 거기에 대조되는 둥근 히프, 날씬한 두 다리, 기하학적 균형이 잡혀 있는 그녀의 몸은 믿어지지 않을 만큼 부드럽고 율동적인 운동을 위에서 아래로, 아래에서 위로, 좌에서 우로, 우에서 좌로 만들어 내고 있었다. 그는 그녀의 메마른 몸이 보여주는 아름다운 균형감각을 찬탄해 마지않았다.

* * *

가장 먼저 그의 앞에 나타난 인물은 어떤 젊은 여자였다. 얼굴에 짙은 화장을 하고 짧은치마를 입고 있는 그녀는 그에게 옆모습을 보이는 자세로 서 있었다. 아마도 고개를 들고 문 위의 숫자판에 들어와 있는 불빛이 한 번에 하나씩 옆으로 건너뛰는 모습을 열심히 올려다보고 있었다. 그녀는 껌을 씹고 있었는데 그녀가 방골을 맹렬히 움직임에 따라 퍼머 기운이 강한 긴 머리의 아래쪽 커얼 부분이 가볍게 흔들리고 있었다.

(문학사상사, 1989)

□ 최수철 「내 정신의 그믐」

그녀는 나이가 대충 삼십대 중반쯤 되어 보였고, 평범한 생김생김에 살갗과 머리카락에는 윤기가 없었으며 팔뚝과 허리와 다리의 곳곳에는 힘든 삶으로 인하여 조금씩 붙어나기 시작한 군살이 군데군데 붙어 있었다. 그리고 얼굴 또한 멍하니 방심하는 듯한 무표정과 억지로 지어내는 듯한 조금은 선정적인 미소 사이를 주기적으로 오가고 있을 뿐이었다.

* * *

검은 바탕에 흰 꽃무늬가 그려진 상의를 입고 그녀는 지금 팔걸이의자 위에 앉아 있다. 두 팔이 팔걸이 위에 걸쳐져 있고, 가지런히 모아진 두 다리는 갈색 치마 밑에서 무릎 부분이 약간 오른쪽으로 기울어져 있으며, 상체는 꼿꼿이 세워져 있다. 길게 늘어뜨려진 머리카락은 일부는 등뒤로, 일부는 가슴 위로 드리워져 있고, 등은 편안하게 의자의 등받이 위에 기대어져 있다. 그리고 얼굴을 유심히 살펴보면, 둥글고 큰 두 눈은 대부분 정면을 응시하고 있고, 갸름하고 오똑한 코는 오롯이 자기 자리에, 그리고 입술은 가운뎃손가락의 길이만큼 정확히 일자로 다물어져 있다.

(문학과지성사, 1995)

□최 윤 「회색 눈사람」

맥주잔을 앞에 놓고 나는 여배우에게서 눈을 뗄 수가 없었다. 그 웃음이 끝내는 과장되어 보이고 화려한 의상에서 싸구려 분위기가 풍겨올 때까지 나는 그 무의미한 얼굴을 바라보며 다가올 어떤 시간을 연기하고자 애썼다.

(동아, 1995)

□최인호 「저 혼자 깊어가는 강」

물론 여인의 최후 방패는 육체인 것을 나는 잘 알고 있다. 여인의 최후 승부는 육체를 던지는 데서 비롯된다. 나는 눈물에 눈화장이 지워져 버린 여인의 얼굴을 들여다보았다. 가엾게도 얼굴엔 잔주름이 무성하였으며 목덜미엔 겹주름이 잡혀 있었고, 굽 높은 신을 신은 발가락엔 창부처럼 빨간 매니큐어가 칠해져 있었는데 새끼발가락은 퇴화된 피어리드처럼 까맣게 멍들어 있었다. 나는 회의를 느꼈다. 눈물을 보이고 있다니.

(청맥, 1987)

□최일남 「서울 사람들」

"왜 우리 고등학교 다닐 때 학선리에서 H여고 다니던 계집애 있지? 이름이 미옥이라든가 뭐든가 고게 이젠 중년 부인이 되었더라. 요전에 서울서 만났어. 아주 모른 체 하더군."

최진철의 말에 김성달이 모로 누웠다가 고개를 돌리며 말을 받았다.

"맞어. 있었지. 나도 한 번 봤는데 아주 팍 늙었더라."

* * *

그 여자를 보는 순간 우리는 좀 놀라지 않을 수 없었다. 산골의 그만그만한 여자가 아니라 그 여자는 한눈으로도 도시의 술집 여자 같은 냄새를 풍겼기 때문이다. 놀라운 것은 그 방안에는 비슷한 여자가 둘이 더 있었고 그들은 대낮부터 술판을 벌이고 있었다. 그들은 눈 화장을 파랗게 하고 손톱에는 시뻘건 매니큐어를 하고 있었다.

(나남, 1993)

□ 최일남 「타령」

작달만한 키에 비해 떡 벌어진 어깨며, 암팡지게 나온 둔부가 억세게 일 깨나한 몸임을 대번에 느끼게 하는데, 그런 깐으론 얼굴이 오목조목 귀염성스럽게 생긴데다 이목구비도 번듯했다. 살짝 건들기만 해도 금방 터질 것만 같은 얼굴에 보송보송한 솜털이 쫙 깔려 있었다. 처녀의 그런 볼때기가 대철이를 보자 발갛게 그러나 서서히 물들기 시작했다.

(나남, 1993)

□ 최일남 「하얀 손」

최교수 아닌 최의원은 윤사장이 무어라고 떠드는 걸 듣는 둥 마는 둥 귓가로 흘리며 공교롭게도 나란히 자리잡은 아내와 탁부인은 슬쩍슬쩍 훔쳐보았다. 한복차림인 아내 모습이 걱정했던 만큼 빠진다고 생각되지는 않았다. 중키일망정 목이 긴 것이 다행이었다. 코도 그만하면 오똑한 편인데다 눈이 살구씨만해서 졸음에 잠긴 듯한 탁부인의 눈과 대조적이었다. 광대뼈가 튀어나온 점이 흠이었으나 도톰한 귓불이 그걸 유화시킨 셈이었다.

(문학사상사, 1994)

□ 하성란 「당신의 백미러」

남자에게서 등을 돌리고 선 여자는 소매와 치마통이 펼쳐진 채 기둥에 붙어 있는 원피스를 바라보고 있다. 스판덱스 재질의 원피스 위로 작은 엉덩이의 실루엣이 그대로 드러난다. 긴 목과 허리, 발목 손목에 이르기까지 단 한 곳도 군살이 붙지 않은 몸매다.

(문학사상사, 1999)

□ 하성란 「악몽」

어머니가 내의 속에 손을 넣어 소리 나게 살갗을 긁었다. 잠이 덜 깬 주름진 눈꺼풀이 활짝 열렸다. 어머니는 단추가 뜯겨나가 벌어진 앞섶 안으로 봉긋하게 솟은 딸아이의 젖가슴을 보았다. 분홍빛의 유두는 그 소란과 관계없이 생동감있었다. 딸아이의 입은 수건으로 재갈이 물려 있었다.

(이수, 1999)

□ 하성란 「양파」

여자는 담벼락에 몸을 기대고 선다. 머리는 다 풀어 흩어져 머리를 묶었던 노랑 고무줄이 파마기가 남은 머리 몇 가닥과 엉켜 있다. 구두 이음새에 슬리면서 구멍이 뚫린 스타킹은 구멍을 따라 거미줄처럼 풀린 올이 여자의 허벅지까지 타고 오른다.

(조선일보사, 1998)

□ 하성란 「치약」

걸을 때마다 최명애가 신은 하이힐 굽이 복도에 닿으며 경쾌한 소리가 난다. 최명애는 무릎 위로 깡총 올라간 짧은 검정 원피스 차림이다. 등뒤로 다닥다닥 달린 단추들이 엉덩이뼈까지 내려와 있다.

(이수, 1999)

□한승원 「새끼 무당」

달순이는 매일같이 보성댁한테 다니면서 잡귀들을 쫓아주었다. 탯줄을 실하게 하기 위하여 수없이 많은 약첩들을 달여 댔다. 해산을 할 때까지 달순이 무당은 하루도 빠짐없이 다니면서 태교를 도왔다. 나이 들어 몸을 푸는 보성댁의 아랫문은 쉽게 열려 주지 않았다. 난산중의 난산이었다. 산모가 다섯 번이나 까무러치고 난 뒤에야 문은 열렸다. 해산하던 날 달순이는 땀을 뻘뻘 흘리면서 푸닥거리를 겸한 독경과 비손을 하고 조산을 했다. 달순이는 그 아기를 손으로 받지 않고 노구솥 뚜껑으로 받았다.

(『문예중앙』 봄호, 1994)

□한승원 「새터말 사람들 2」

자고로 여자는 입과 행실을 조심해야 쓰는 법이다. 여자 안 끼고는 살인이 안 난단다. 여자는 익은 음식이란다. 어리거나 젊거나 늙거나…… 가림이 없어 새털같이 많은 세월을 살다가 보면은 도둑도 만나게 되고, 이리 미친놈도 만나게 되고, 청한 놈도 만나게 되게 마련이란다. … (중략) … 그런께 여자는 첫째 자기 몸 간수를 잘해서 다른 남자들이 범접할 기회를 주지 않아야 하고, 둘째는 만일에 당했으면 그 말을 자기 남편한테는 물론 세상 어느 누구한테도 말하지를 않아야만 하는 법이다.

(문학사상사, 1993)

□한승원 「포구의 달」

짚 묶음 몇 개를 풀어서 두툼하고 폭신하게 깔고, 아랫몸의 속옷을 벗어서 그 위에 폈다. 네 발 짐승같이 엉덩이를 치켜들고 엎드렸다. 얼굴을 짚뭇 속에 처넣었다. 양쪽 손에는 길바닥에서 주워온 돌멩이 둘을 움켜쥔 채였다. 이를 악물고 배에 힘을 주었다. 칠흑 같은 어둠에 휘둘리면서도 그녀는 양수 터져나가는 것과 아기의 머리 빠져나가는 것을 알았다. 잠시 숨을 돌려 가지고, 다시 힘을 주었다. 아기의 동체 빠져나가는 것을 알아차리고 쳐들었던 엉덩이를 낮추었다. 아기가 짚북세기 위에 깔아놓은 속옷 위로 떨어지고 있었다. 아기에게로 돌아앉았다. 치맛자락 끝을 찢어서 실을 풀어냈다. 속옷의 고무줄도 뽑았다. 그 사이에 아기는 사지를 버둥거리다가 앙칼스럽게 울어댔다. 탯줄 두 군데를 묶고 그것을 치맛자락에 매놓았다. 스웨터 자락으로 아기를 둘둘 말아 쌌다. 태가 나오기를 기다렸다. 아기는 계속해서 울어댔다. 새삼스럽게 아랫배에 힘을 주었다. 뜻밖에 태가 금방 나와 주었다. 태를 아기 받았던 속옷에 싸들고 논귀로 갔다. 허물어져 있는 논둑의 돌덩이를 들어내고 태를 부어 넣었다. 흙덩이와 돌덩이를 들어다가 태를 보이지 않게 덮었다. 피와 양수 범벅인 속옷을 가지고 와서 아기를 한 번 더 감쌌다. 그 아기를 안아들고 길을 나섰다. 사타구니에서 허벅다리와 무릎과 종아리와 발목으로 뜨거운 물이 흘러내리고 있었다. 스웨터 속의 아기는 계속해서 울었다.

* * *

몸을 푼 지 한 달이 지나면서 해숙은 다시 예전의 완전한 여자가 되었다. 몸이 앙바틈하고 실팍한 그녀는 아귀차고 싱싱했다. 하룻밤에 두툼하게 깐 털수건을 모두 적셔냈다. 비좁은 섬 사이의 바닷물이 밀물에도 울고 썰물에도 울듯 그녀는 늘 신음하며 울었다.

* * *

입덧이 유다르게 심했다. 그녀는 잘 먹지를 못하고, 먹은 것을 금방 토하곤 했다. 뱃속에 주먹 만한 것이 뭉쳐 있는 것 같다고 하기도 하고, 가슴이 아린다고 하면서 엎드려 있기도 했다.

(계몽사, 1995)

□홍성암 「퇴근길」

영애가 순결의 가슴에 얼굴을 묻었다. 뭉클 여자 냄새가 풍겼다. 이제 영애는 여학생 티가 조금도 없는 성숙한 여자였다.

(새로운사람들, 1997)

□홍성원 「주말여행」

오토바이 두 대가 우리 차를 앞질러 쏜살같이 우리들의 앞길을 내닫는다. 두 대 모두 뒷좌석에는 여자 한 명씩이 거미처럼 매달려있다. 약간 뒤로 처져 달리는 오토바이 뒤쪽에서 여자가 힐끗 우리 쪽을 돌아본다. 얇은 하늘색 블라우스가 바람을 받아 깃발처럼 펄럭인다. 몸에 꼭 끼는 슬랙스 바지가 여자의 둔부를 아낌없이 나타내고 있다. 유난히 큰 선글라스를 쓰고 있어서 여자의 얼굴은 전혀 이쪽에서 알아볼 수가 없다.

(동아출판사, 1995)

□황순원 「가랑비」

함께 온 경찰대 동료 하나가 여인을 시체에서 부축해 일으키려 했다. 여인이 시체를 꼭 붙잡고 떨어지지 않으려 했다. 그러다가 자기를 부축해 일으키려는 사람이 동네사람 아닌 경찰대원이라는 것 알아본 듯 후딱 두 손으로 대원의 양팔을 잡고 몸을 일으켰다. 흙투성이가 된 치마가 흘러내려 허리통이 드러나고, 파쳐진 저고리자락에는 흙빛보다 붉은 핏물이 들어있었다. 여인은 산말이 된 머리카락이 엉망으로 잦아든 시선이었다. 대원의 팔을 잡은 여인의 손에 힘이 주어지면서 부르르 떨었다. 그럴수록 여인의 눈은 점점 더 깊이 안으로 잦아드는 눈이 되었다. 거품을 문 여인의 입이 몇 번 움직였다. 그러나 무슨 말이 제대로 돼 나오지를 않고 내심의 한없는 고통으로 일그러진 얼굴 가죽이 실룩거릴 따름이었다. 마침내 여인은 붙들고 있던 대원을 떠다밀었다. 그러고는 펄썩 주저 앉으며 손에 집히는 대로 진흙을 움켜 대원을 향해 마구 던졌다. 대원이 눈살을 찌푸리며 급히 뒷걸음질쳤다. 가까이 있던 동료들도 몇 걸음씩 뒤로 물러났다. 여인이 도로 시체 가슴 위로 몸을 던졌다. 시체가 흔들리 며 입에 가득 괴었던 핏물이 양쪽 입꼬리를 타고 흘러내렸다.

(일신, 1993)

□황순원 「잃어버린 사람들」

단오에는 다른 누구에게서보다도 순이의 몸에서 더 향그러운 창포와 천궁이 냄새를 느끼고, 추석에는 달빛 속에 강강수월레를 도는 순이의 자태만이 한결 어여뻐 보였다.

(일신, 1993)

만남 묘사편

□ 강신재 「절벽」

오늘의 돌연한 내의를 경아는 물론 짐작할 수 없었으나 그에게 대뜸 느껴지는 것은 봄비 같은 정감이 촉촉이 그의 전신을 적시고 있는 듯한 일이었다. 그는 마치 사랑을 고백하러 달려온 소년처럼 생기한 빛을 어디엔지 숨겨 가지고 있었다. 그리고 이러한 느낌은 경아에게 별수 없이 옛일들을 생각나게 하였다.

(계몽사, 1995)

□ 강신재 「황량한 날의 동화」

그녀와 한수는 약학대학의 교실에서 만났다. 한수는 중도에서 학업을 포기하였기 때문에 약제사 면허증을 갖고 있는 것은 명순 편이었다. 모르핀을 그가 시작한 것이 퇴학을 해버린 훨씬 뒤였는지 어떤지 명순은 지금도 알지 못했다. 둘의 사이가 친숙해진 것은 퇴학을 전후한 무렵이었다. 명순 편에서 꽤 적극적으로 접근하여 갔다고 할 수 있었다. 그녀는 고민에 싸인 사나이의 어두운 매력에 이끌려갔던 것이다.

(민음사, 1996))

□ 계용묵 「장벽」

저녁을 먹고 난 음전이는 신작로 변으로 오라비 마중을 나섰다. 벌써 날은 어둡기 시작한다. 고개턱에 넘어오는 사람이 가물가물 누구인지 썩 분간이 가지 않는다. 희끗하고 넘어서는 그림자만 있으면 오라비가 아닌가 눈알이 빳빳하게 피로를 느끼도록 어둠과 싸우며 어서 오기를 기다려 보는 것이었으나 와놓고 보면 모두 생면부지의 딴 사람이다. 아이, 오라비는 왜 이리 늦어진담? 가마니를 못 팔아서 그럴까? 가마니는 팔구두 댕기를 못 사서 그럴까? 연유를 알 수 없는 조급한 마음은 그대로 서서 참아낼 수가 없었다. 어둠을 뚫고 고개턱을 향하여 달리었다.

> 하아늘두 청천엔 별두나 많구
> 요오 내 가슴엔 정두나 많다아

희미하게 고개를 타고 아리랑 타령이 흘러 넘어온다.
오라비가 항상 부르던 노래다.
'거 오라비가?'
음전이는 소리쳐 보았다.
'으음 음전이 나왔네?'
마주받은 음성은 오라비에 틀림없다.
음전이는 부리나케 고개턱을 추어 올랐다. 오라비는 벌써 고개를 넘어선다.
왕복 70리를 걷고 났을 오라비이었건만 조금도 피로한 기색이 없이 장감을 싸서 들은 신문지 뭉치를 봐라 하는 듯이 내젓는다.

(학원출판공사, 1994)

□ 공선옥 「시절들」

그날 그녀를 만났다. 그녀라 함은 누구인가. 나는 사실 매일 한 여고

생과의 마주침을 기대하며 골목을 나서곤 하였다. 그녀는 매일 같은 시간에 맞은편 골목에서 출현하였다. 나는 알 수 있었다. 그 여고생도 나와 마주치는 것을 반가워하고 있다는 것을. 왜냐하면 내가 그 여고생을 보고 반듯이 걸어갈 때 그녀는 살포시 눈동자를 내려뜨고 얼굴을 살짝 붉힌다는 사실을 발견했기 때문이다. 오늘도 그 여고생과 마주치게 될 것인가, 말 것인가. 그 여고생이 내 곁을 비껴 지나갈 때 나는 옅은 비누냄새를 오늘 아침에도 맡을 수 있을 것인가, 말 것인가. 내 등교 길은 그 여고생 덕분으로 매일이 기대감으로 충만해 있었다. 어쩌면 나는 그 기대감으로 꼬박꼬박 부지런을 떨어 등교를 하고 있는 건지도 몰랐다. 나는 맞은편 골목에서 그 여고생이 나오지 않으므로 아무에게도 눈치 채이지 않을 만큼 머뭇거리듯이 걸었다. 혹시 오늘은 나보다 일찍 학교에 가 버렸는지도 알 수 없었다.

어쨌든 한 오 분쯤은 여유를 주고 걷다보면 만나거나 만나지 못하거나 둘 중의 하나로 판명이 날 것이었다. 그래서 나는 좀 어기적이며 걸었다. 뒤에서 사뿐사뿐 여학생의 발자국 소리가 났다. 사뿐거리는 소리는 분명 감색 운동화의 그 여고생 것임이 틀림없었다. 이윽고 그녀는 내 곁을 가볍게, 그리고 예의 살포시 스쳐 지나갈 것이다. 조만간에 충족될 매일 아침의 기대감을 나는 의심하지 않았다. 드디어 흰 블라우스에 감색 치마가 나를 스치고 지나갔다. 그런데 이상했다. 아무 냄새도 나지 않았다. 이윽고 향긋하게 내 후각에 스며와야 할 다이알비누의 향취가 방금 지나간 그 여고생에게선 나지 않았던 것이다. 나는 속은 것 없이 속은 기분이었다. 그래서 좀더 걸음을 빨리 하여 그녀를 앞지르기로 하였다. 살포시 내려뜨던 눈동자, 그것은 매일 아침 만났던 그 여고생이나 마찬가지였다. 그리고 그녀는 '그녀'였다. 점점 크게 다가오는 그녀의 얼굴. 내가 어찌 그 얼굴을 잊을 수 있단 말인가. 은실이. 나는 처음 어찌나 반갑고 기쁜 나머지 그녀에게 키스를 퍼붓고 싶은 심정이었다. 우리는 그렇게 등교 길외 골목에서 재회했다.

(문예마당, 1996)

□공선옥 「오지리에 두고 온 서른 살」

차가 떠나고, 내린 사람들이 흩어지는 소리가 들렸다. 이젠 거의 흩어졌겠지 싶어 은이는 살며시 고개를 쳐들었다. 막막한 어둠과 찬 눈비 속에 그러나 아직도 가지 않은 사람의 형체가 보였다. 여자였다. 한 손에 무거운 보따리를 들고 아이를 걸리고 막 돌아서서 가려다가 여자가 뒤돌아보았다. 여자가 뒤돌아보기 직전에 은이도 고개를 들었으므로 두 여자의 시선은 허공 한가운데서 부딪힐 수밖에 없었다.

이제 막 5킬로가 넘는 질척거리는 밤길을 짐보따리와 아이 하나 데리고 걸어갈 채비를 하던 여자는 뜻밖에 채옥이었다. 채옥도 은이의 얼굴을 알아보았는지 천천히 은이 있는 쪽으로 다가왔다.

(삼신각, 1993)

□공선옥 「피어라 수선화」

나는 오늘도 그 애를 보았다. 평소 때도 그 애를 보면 늘 무엇인가 섬뜩한 느낌이 들어 일부러 눈길을 딴 데다 두고 지나치곤 했는데 요새 밤마다 들려오는 그놈의 쓰윽쓱 하는 칼 가는 소리 때문에라도 그 애하고 마주치자 나는 얼른 고개를 돌리고 총총히 걸어가는 내 뒤통수가 자꾸 당기는 것 같은 느낌이 들어다. 그래서 흠찔 뒤를 돌아보았다. 그 애를 흠찔하는 것 같았다. 그것은 분명했다. 내가 흠찔하며 그 애 쪽으로 고개를 돌리기 전까지 그 애는 내 뒷모양을 집요하게 주시했던 것이 분명했다. 찬 기운이 확 끼쳐왔다.

(동아출판사, 1995)

□공지영 「더이상 아름다운 방황은 없다」

미혜는 웃으며 민수를 스스럼없이 포옹한다. 민수는 미혜의 품에 안기면서 갑자기 가슴속에서 치밀어 오르는 설움을 느꼈다. 먼 이국 땅에서 같은 동포라도 만난 것처럼 반가운 마음이었다. 둘은 함께 자리에 앉았다.

* * *

한참 후 돌아온 덕현을 보고 최가 물었다. 침묵을 지키고 있는 지섭이 몹시 거북했는지 그녀의 얼굴에는 반가운 기색마저 돌았다. 덕현은 바지 혁대를 치켜 올리며 어린아이처럼 웃는데 코에 반창고를 붙인 사실을 다시 깨달았던지 금방 머쓱해진다.

(풀빛, 1994)

□ 공지영 「착한 여자」

이 세상에는 닿아서는 안 될 인연들이 있다. 그 인연이 이루어지기 위해서는 다른 인연들이 상처 입어야만 하는 그런 인연들…… 그래서 이 세상에는 이미 어긋나야만 하는 그런 인연들이 많이 있는 것이다. 그 인연들의 주위를 배회하는 사람들처럼 두 사람의 시선이 잠시 얽혔다가 풀어지고 얽혔다가 풀어지고 했다.

(한겨레신문사, 1997)

□ 구혜영 「칸나의 뜰」

저어… 초면에 실례합니다만, 버스요금 30원만 꿔주실 수 없을까요?

절대로 나오지 않겠다고 뒷걸음질치는 말이란 놈을 억지로 끌어내느라고 진땀을 빼면서, 나는 말이 도망칠 기회를 주지 않기 위해 속사포 같은 속력으로 그렇게 차관 신청을 했던 것이다.

* * *

조그마한 사무실 같은 방에서 나에게 놀라운 눈길을 던지고 있는 여자는, 연초록 블라우스에 짙은 수박색 스커트를 입고 긴 머리를 뒤통수에 말아 올리고 있었지만, 나는 그녀를 첫눈에 알아볼 수가 있었다.

(카나리아, 1988)

□구효서 「카사블랑카여, 다시 한번」

"이놈은 아주 착해요." 이것이 그가 제게 처음 던진 말이었습니다. 그의 오른손을 제 아이의 왼손이 꼭 잡고 있었지요. 두 사람 사이로 시월의 눈부신 햇살이 떨어져 내리고 있었습니다. 저는 그의 얼굴을 얼른 쳐다볼 수 없었지요. 그가 오후 네 시의 강렬한 역광을 받고 있었기 때문이었습니다.

(삼문, 1996)

□김동리 「고우(故友)」

지난해 가을이었다. 균이 학교에 나가는 날이 되어서 아침 일찍 동대문 쪽으로 걸어 나오려니까, 맞은편에서 어떤 낯선 남자 하나가 이쪽을 향해 걸어오면서 싱글벙글 웃음을 띠고 있었다. 그는 분명히 균을 보고 웃고 있는 얼굴이었다. 그러나 균은 그가 누구인지를 기억할 수도 없었고 또 넓은 길 위니까 자기 이외의 누구를 보고 웃은 겐지도 몰라서 그냥 멍청하게 바라보면서 걸어가고 있었다. 두 사람의 거리가 가까워질수록 그는 분명히 균의 얼굴을 보고 웃는 것이 확실히 알려졌다. 그래서 균도 약간의 미소로써 그를 바라보지 않을 수 없게 되었다.

(민음사, 1995)

□김동리 「무녀도」

모화는 장에서 돌아와 처음 욱이를 보았을 때, 그 푸른 얼굴에 난데없는 공포의 빛이 서리며 곧 어디로 달아날 것같이 한참동안 어깨를 뒤틀고 … (중략) … 긴 두 팔을 벌려 흡사 무슨 큰 새가 저희를 품듯 뛰어들어 욱이를 안았다.

(민음사, 1995)

□ 김동리 「사반의 십자가」

"웬 사람이여?" 하고 깡마르고 얇은 목소리가 굴속으로 울려나왔다. 사반은 깜짝 놀라 자기도 모르게 어느덧 단도를 빼어들었다. 그러나 저쪽에서는 별로 움직이는 기색도 보이지 않았다. 그는 왼손에 바꾸어 든 관솔불을 좀더 안으로 디밀어보았다. 나이 한 쉰 가까이 되어 보이는, 머리털과 수염이 반이나 센 중늙은이가 얼굴을 꼿꼿이 들고 화석처럼 가만히 앉아 있었다. "누구요?" 이번에는 사반이 되물었다.

"나는 여기 있는 사람." 사나이는 지극히 낮은 목소리로 이렇게 대답했다.

"또 누가 있소?" "나 혼자." "가진 것이 뭣이 있소?" 사반이 또 이렇게 묻자 노인이 가만히 손가락질을 했다. 그가 가리키는 쪽 벽 밑에는 아궁이같이 뚫린 구멍에서 불이 피고 있었다. 사반은 이 사람이 무엇을 하는 사람인지 똑똑히 알 수 없었으나 자기에게 별로 해의가 없다는 것을 짐작할 수 있었다.

(민음사, 1995)

□ 김만옥 「아버지의 작고 검은 손금고」

기차는 어느새 삼랑진역을 지나 북쪽으로 달리기 시작했는지 서창으로 오후의 해가 자주 널름거리고 있었다.

창쪽에 앉은 여인에게 훈목은 커튼으로 창을 좀 가렸으면 좋지 않겠느냐고 말했다.

여인은 아무 말 없이 눈을 흘기듯 그를 한 번 돌아보고 다시 창 밖으로 고개를 돌려버렸다.

훈목은 의자를 젖히고 등을 기대며 눈을 감았다. 또다시 아버지의 손금고 안이 궁금했다. 빨리 확인해보고 의문을 풀고 싶어 안달이 날 지경이었다. 아버지와는 무관한 일을 가지고 그의 섣부른 상상이 아버지에게 누명을 씌우는 것이기를 제발 바랐다.

아무리 그래도 너댓 시간 후에나 볼 수 있을 걸. 마음을 가라앉히고 잠이나 자야 시간이 빨리 지나가겠지.

이른봄이라 해도 차창을 통과하며 더 넓게 더 강하게 무르익은 햇빛은 무자비하게 쏟아져 들어오는 느낌이었다.

그는 안되겠다 싶어 자리에서 벌떡 일어나 여인이 잡고 있는 커튼 자락을 뺏어 왈칵 차창을 가려버렸다.

"안 돼요."

그가 말로 간청할 때는 벙어리처럼 대답 한 마디 없던 여인이 마치 강간범에게 항거하듯이 황급히 소리 지르며 그가 닫아놓은 커튼을 다시 열어젖혔다. 고집스럽고 속이 탐욕으로 가득 찬 여인일 것 같았다.

씨이발, 앞으로 몇 시간 애 깨나 먹겠군. 씨이발.

(조선일보사, 1990)

□김병총 「사라지는 것은 아름답다」

택시는 얼마 못 있어 상미의 바로 앞에서 얌전하게 정차했다. 상미는 뒷좌석 쪽 손잡이를 잡았다.

"어머."

순발력 좋은 낯모르는 사내의 손이 먼저 손잡이를 붙들고 있었다.

"이봐요, 내가 먼저 잡은 차란 말이예요."

상미는 남자의 눈을 바로 턱밑에서 노려보며 소리 질렀다. 남자의 눈이 순간적인 기쁨에 들떠 웃고 있는 것 같았다.

"아가씨가 잡은 건 내 손목인 걸요?"

그의 눈은 이번엔 장난기로 가득 차서, 상미에게 그가 펼쳐 놓은 올가미 속으로 함께 들어와 이 이상한 결박에 동의하도록 요구하는 표정이었다.

상미는 남자의 따스한 손등으로부터 손을 털었다. 왠지 웃음이 나왔다.

(한경, 1995)

□ 김병총 「어제는 아무 일도 없었다」

만나는 장소는 호텔방이든가 아니면 여옥의 집에서였다.

병관이가 여옥의 집을 찾아갈 경우에는 나름대로 조심을 했다. 가급적이면 아파트 사람들이 알아볼 수 없도록 모자를 깊숙이 쓴다든가 잰걸음으로 엘리베이터를 탄다든가 해서 남의 이목을 피하곤 했다. 그리고 방문시간을 대부분 밤으로 잡고 있었다.

호텔방에서의 약속 때는 더욱 세심한 주의를 기울였다. 우선 여옥이가 방을 잡든가 병관이가 먼저 방을 잡든가 해서 한 사람이 먼저 입실한다.

그 다음에는 전화를 걸어 있는 장소를 알린다. 호텔 뒷문으로 해서 약속된 방으로 잠입한다.

* * *

교문 쪽에서 헤드라이트를 켠 승용차 한 대가 멈추고 있었다. 그 차는 곧장 도서관 쪽으로 짖쳐 오르고 있었다.

… (중략) …

차는 곧장 상수가 있는 쪽으로 오고 있었다.

상수는 돌아앉아서 열심히 담배연기를 빨았다.

차는 도서관 앞에서 경직도 없이 기만히 섰다. 문이 여닫히는 소리가 나더니 발소리가 뚜벅뚜벅 났다.

병관이가 벤치로 와서 말없이 앉았다.
한동안 둘은 말이 없었다.

(문학생활사, 1987)

□ 김원일 「환멸을 찾아서」

그때, 골목 맞은편에서 동네 반장인 문영감이 뒷짐을 지고 남매 쪽으로 걸어 왔다. 둘은 문영감에게 인사를 했다. 문영감 역시 오영감과 처지가 비슷한 삼팔따라지로 함남 단천 출신이었는데, 일사 후퇴 때 홑몸으로 말았던 것이다. 문영감은 팔 년 전 한국일보사에서 베푼 이산가족 찾기에 이름을 낸 것이 인연이 되어 서울 동대문시장에서 포목상을 하는 아우를 만나게 되어 실향민의 설움을 실컷 푼 장본인이었다.

(태성, 1990)

□ 김유정 「생의 반려」

그가 명주를 처음 본 것은 작년 가을이었다. 수은동 근처에서 오후 1시경이라고 시간까지 외고 있는 것이다. 그가 집의 일로 하여 북의동엘 다녀올 때 조그만 손대야를 들고 목욕탕에서 나오는 한 여인이 있었다. 화장 안의 얼굴은 창백하게 바랬고 무슨 병이 있는지 몹시 수척한 몸이었다. 눈에는 수심이 가득히 차서 그러나 무표정한 낯으로 먼 하늘을 바라본다. 흰 저고리에 흰 치마를 훑어 안고는 땅이라도 꺼질까봐 이렇게 찬찬히 걸어 나오려는 것이었다.

그 모양이 세상 고락에 몇 벌 씻겨 나온 터라 이제는 삶의 흥미를 잃은 사람이었다. 명렬군은 저도 모르고 물론 따라갔다. 그 집까지 와서 안으로 놓쳐버리고는 그는 제 넋을 잃은 듯이 한참 멍하고 서 있었다.

(학원출판공사, 1990)

□ 김유정 「야앵(夜櫻)」

정숙이는 낙심하여 쌀쌀한 애두 다 많군, 하고 속으로 탄식을 하며 시선이 그 뒤를 쫓아가다가 이상도 하다고 생각하였다. 거리가 좀 있어 똑똑히는 뵈지 않으나마 병객인 듯 싶은 흰 두루마기에 중절모를 눌러쓴 사나이가 괴로운 듯이 쿨룩거리고 서서 앞으로 다가오는 계집애와 이쪽을 번갈아가며 노려보고 있었다. 얼뜬 보기에 후리후리한 키며 구부정한 그 어깨가 정숙이는 사람의 일이라 혹시 하면서도 그러나 결코 그럴 리는 천만 없으리라고 혼자 이렇게 우기면서도 저도 모르게 앞으로 몇 걸음 걸어 나간다. 시나브로 거리를 접어가며 댓 걸음 사이를 두고까지 아무리 고쳐서 뜯어보아도 그는 비록 병에 얼굴은 꺼졌을망정 그리고 몸은 반쪽이 되도록 시들었을망정 확실히 전일 제가 떼어버리려고 민줄대던 그 남편임에 틀림없고……

"아이, 당신이?"

정숙이는 무슨 말을 하려는지 저도 모르고 이렇게 입을 벌렸으나 그 다음 말이 나오지 않았다. 원수같이 진저리를 치던 그 사람도 오랜만에 뜻없이 만나고 보니까 이상스레도 더 한층 반가웠다. 한참 멍하니 바라만 보다가 더는 참을 수가 없어서 "그동안 서울 계셨어요?" 하고 간신히 입을 열었다.

(학원출판공사, 1990)

□ 김인숙 「핏줄」

……재하를 마지막 본 게 언제였을까. 2년 전이었던가. 그 춥던 겨울의 하루. 아니 그렇게 안이로운 세월의 길이로는 짚어볼 수 없는 우리의 만남, 나는 재하를 본 적이 한 번도 없었을 것이다. 우리는 20여 년간 늘 눈을 감고 지냈었다. 한 번도 시로를 보려고 든 적이 없었다. 무엇이 그리도 무서웠길래 우리는 그토록 서로 외면해야 했을까……

그를 이런 곳에서 우연히 만났다는 것이 지금 처치 곤란한 희명을 옆에 두고 있다는 사실에서 구세주 같은 기쁨으로 전해오는 것도 사실이기는 했으나 그보다는 그와의 만남이 이토록 기쁜 것은 다른 이유에 있었다. 나는 우준태, 그를 무척 좋아하고 있는 것이었다.

(문학, 1983)

□ 김주영 「야정 3」

성률은 기척이 들리는 움막 앞으로 걸어가서 허리를 굽히고 꿇어앉았다. 눈앞에 여인의 발부리가 보이는 순간, 성률은 조아리면서 말했다.

"아씨, 저 성률입니다."

그 한마디가 떨어지는 순간 여인이 그의 코앞에서 쓰러졌다. 그 순간 성률은 벌떡 일어서면서 여인의 허리를 부축하였다. 여윈 나뭇가지 스치는 바람 소리만 스산할 뿐 모두들 굳은 듯 움직일 줄 몰랐다. 성률은 부축하고 있는 소혜의 입성을 살펴보았다. 기환(綺紈)을 두르던 몸에는 삼베 짜투리를 이어박은 몽당치마에 나무비녀였고 눈확은 노파들처럼 푹 꺼져 있었다.

"들어가시지요."

(문학과지성사, 1996)

□ 김주영 「홍어」

흡사 삼례를 대신한 것처럼 삼십대 초반의 여자가 홀연히 우리집에 나타난 것은 12월 하순 무렵이었다. 마을 앞을 지나는 마지막 차를 놓쳐버린 여자였다. 난처한 중에 마을을 기웃거리다가 우리집으로 찾아와 추위에 언 몸을 잠시 녹여갈 것을 청한 것이었다. 얼핏 보기에도 여자는 새침한 빛이 어린 갸름한 얼굴로 곱상스러웠지만, 장시간의 여행으로 어느덧 기력은 증발하고 탈진한 상태였다. 그러나 쉬어갈 것을 핑계로 끼니를 구걸하려는 속셈은 아닌 것 같았다.

□ 김채원 「고요 속으로의 질주」

언니와 나는 조금 일찍 당도하여 역 대합실 2층에서 광장을 내려다보고 있었다. 청년들이 순진한 모습으로 한 사람 두 사람 나타날 때마다 언니와 나는 그 인상을 말하며 웃었다.

어떤 청년은 꼭 독일 영화에 나오는 청년처럼 신선했고, 어떤 청년은 진중 거만하게 나타났다.

지금도 그때의 그 느낌이 생생하다.

왜 그렇게 말했는가 돌이켜 생각해보면 그가 나타났을 때 역 광장의 그 많은 사람들과 달라보였기 때문일 것이다.

* * *

동경서 일시 귀국했을 때 그가 딸을 낳았다고 하여 어머니와 함께 병원을 찾아간 적이 있다. 그는 딸을 무척 원했고 딸이 아니면 도망가겠다고 엄포를 놓았었다. 그런데 딸이었다.

"저게 제하 아니야?"

어머니 말에 보니 정말 그가 옆으로 비끼듯 특유의 걸음걸이로 긴 병원 복도를 걸어오고 있었다. 그것은 무슨 영화장면 같았는데 탄생의 기쁨이라는 생생함보다는 인생의 시간 속에서 어쩌다 마주친 고요함같이 비쳤다.

(열림원, 1997)

□ 김채원 「달의 몰락」

창 쪽을 바러보며 다시 어머니, 라고 되뇌었다. 이런 일은 언제고 일

어날 것 같았다. 어느 낯선 동네에서 놀고 있는 어느 아이와 눈이 마주
치는 순간을 D는 떠올리곤 했었다. D는 그 아이의 눈을 들여다보며 눈
물을 글썽일 것 같은 느낌을 받곤 했었다. 그 아이의 손을 잡으며 무엇
이라고 부르고 싶다는 생각을 가졌었다. 그 아이의 눈에는 뼛속 깊은 낯
익음을 발견할 것 같았다.

(청아출판, 1995)

□김채원 「봄의 환」

울퉁불퉁한 보도블록과 더러운 거리, 그 길로 아파트 관리소 수위가
사복으로 걸어오고 있는 모습이 보인다. 관리소 수위는 그에게 눈으로
인사하고 지나친다. 그는 길 건너 약방 쪽에 시선을 보내고 있었으므로
수위의 뒷모습에다 뒤늦게 인사를 보낸다. 그러면서 그가 수위가 아니라
아파트 보일러실에서 일하며 집집마다 고장난 곳을 고쳐 주는 막일꾼이
라고 깨닫는다.

(미학사, 1990)

□김채원 「애천」

어머니는 군인이 되어 나간 남편을 염려한 것일까. 아들을 생각했던
것일까. 우리 승일이는 어떻게 됐을까. 이런 혼잣소리가 조그맣게 입에
서 새어나온 것도 같았다. 어머니는 손등으로 눈물을 닦고 이어 치마를
끌어올려 눈물을 닦았다. 그때 홀연히 한 군인이 국방색 우비를 입고 마
당으로 들어섰다. 어머니는 버선발로 달려나가 빗속에서 군인을 부둥켜
안고 울었다.

(청아출판, 1995)

□ 문순태 「징소리」

순덕이는 혼수이불을 시치다 말고 징소리에 끌려 지싯지싯 집을 나서 동구 밖 당산을 휘어돌아 바람이 거칠게 불어오는 장터골 모퉁이로 향했다.

그녀는 마치 징 소리에 혼을 뺏긴 사람처럼 얼굴에는 표정이 없었고, 발걸음은 장터골 모퉁이에서 불어오는 바람처럼 가볍게 건들거렸다.

칠복이는 노란 유채꽃이 바람에 넘실거리는 아름드리 좀팽나무 아래에서 유채밭을 내려다보며 징을 치고 있었다.

하늘만큼이나 넓은 유채꽃밭이며, 시원스럽게 불어오는 상큼한 봄바람, 징 소리의 긴 울림에 십자가 모양의 노란 유채꽃이 파르르 떨고 있는 것 같은 정경에 순덕이는 한동안 무시해 버렸던 칠복이가 마치 하늘에서 내려온 사람처럼 신비스럽게 보이기까지 했다.

(동아출판사, 1987)

□ 박상우 「붉은 달이 뜨는 풍경」

시나리오 작가가 전화를 걸어온 것은 약속시간으로부터 40분쯤 지난 뒤였다. 자신은 지금 영화기획사에 있는데, 인터뷰 시간을 저녁 일곱 시 경으로 옮겼으면 좋겠다고 그녀는 말했다. 그렇게 하라고 남자가 말하자, 시나리오 작가가 새로운 약속장소를 지정했다. 파릇파릇한 연둣빛 새순이 돋아나는 마로니에의 우듬지. 그곳에서 하오의 햇살이 눈부시게 산란하고 있었다.

저녁 일곱 시. 남자가 새로운 약속장소로 갔을 때 시나리오 작가는 또다른 여자 한 명과 같이 앉아 있었다. 시나리오 작가는 쇼트커트, 동반한 여자는 긴 생머리였다. 시나리오 작가는 헐렁한 검정 가디건을 걸치고 있었고, 동반한 여자는 몸에 달라붙는 흰색 폴로서츠를 입고 있었다. 남자가 그녀들 맞은편에 앉자 시나리오 작가가 자기 옆에 앉은 여자를 남자에게 소개했다. 같은 기획사 소속의 후배 시나리오 작가인데 인터뷰하는 걸 한 번도 본 적이 없다고 해서 함께 왔다고 했다. 담배를 피워 물며 남자는 세심한 눈빛으로 여자를 보았다. 상체의 유연한 곡선을 강조하는 흰색 폴로 셔츠에서 유난히 부신 빛이 밀려나오는 것 같았다.

* * *

밤 여덟 시 아주 오래된 커피숍에서 남자와 여자는 만났다. 하지만 그곳에서는 커피만 마시고 나와 다른 곳으로 장소를 옮겼다. 이층에 있는 웨스턴 바 창 쪽 자리에 앉아 남자는 맥주를 주문했다. 곧이어 담배를 피워물고 참으로 믿기지 않는다는 눈빛으로 남자는 여자를 바라보았다. 긴 생머리를 뒤로 틀어올리고 베레모를 쓴 여자의 왼쪽 뺨에 붉은 네온 불빛이 물들어 있었다. 날라져온 맥주를 남자가 잔에 따를 때 여자는 가늘고 긴 손가락으로 창유리에다 물음표를 그렸다. 첫잔을 비운 뒤 이윽고 남자가 입을 열기 시작했다.

─난 지금껏 누군가를 사랑해본 적이 없어요. … (중략) … 도대체 무슨 변화가 일어나고 있는 건지 알다가도 모르겠어요. 삼 일 내내, 오직 당신 생각에만 사로잡혀 있었다면 그걸 믿겠습니까?

남자의 말을 듣고 나서 여자는 반쯤 고개를 숙였다. 남자는 다시 한 잔의 맥주를 비우고 다시 한 대의 담배를 피워 물었다. 오래된 팝송이 흘러나올 때 반쯤 고개를 숙인 여자의 입술이 열리기 시작했다.

─똑같진 않았지만…… 저도 비슷한 상태에 있었어요.

(이수, 1999)

□박양호 「슬픈 새들의 사회」

내가 다시 그 여자와 직접 만나게 된 것은 역시 정곡리에서였다. 비가 뿌옇게 내리는 초여름 오후였다.

* * *

쥐를 처음 보게 된 것도 역시 양철통에서 벗어난 며칠 후였다. 그리고 그것은 칠흑같이 어두운 밤이었다. 양철 슬레트가 벗겨져서 헛간을 마음 대로 뛰어다니면서 찧고 까불었지만 잠잘 때에는 역시 그 양철통이 있던 곳이었다.

(동아, 1991)

□박용구 「동양척식주식회사」

미닫이가 스르르 열리더니 주안상이 들어왔으며, 게이샤라는 일본 기생이 세 명이 나타나 날아갈 듯 절을 하고는 안으로 들어왔다.

송병준은 싱글벙글하며

"이렇게 환대를 받다니 감사합니다."

"대감을 모시게 되었으니 나의 영광입니다. 허허허허."

"허허허허……"

게이샤는 술도 따르고 샤미셴이란 악기를 뜯으며 돼지 목따는 소리 같은 노래를 흥얼거리기도 하였다.

송병준은 술이 거나해지자 채신머리없게도 〈나니와부시〉라는 일본 노래를 읊조렸다. 게이샤들은 입의 침이 마르게 칭찬을 하였으며, 고마쯔바라는

"대감께서 노래를 부르시니 내 어찌 앉아만 있겠습니까?"

벌떡 일어서더니 옷자락을 허리에 꽂아 아랫도리를 가든히 하고는 손 짓발짓 기괴하게 놀리며 춤을 추었다.

* * *

일본인 차관은 일본 옷을 입고 발가락에 끼는 조리라는 짚세기를 끌고 웃는 얼굴로 다가서며

"대감, 새해가 되어 인사하러 왔소이다."

"원 별 말씀을… 내가 인사를 갔어야 할 텐데 이렇게 누옥을 찾아 주

시니 송구하외다."

조중응은 일본인 차관의 손을 잡고 같이 댓돌로 올라섰다. 공식적으로는 엄연히 농상공부 대신과 차관이었으나, 차관이 상전인 것 같은 대접이었다.

일본인 차관은 넓은 사랑채로 인도되자 방바닥에 두 손을 짚고 정중하게 절을 하며

"새해 인사를 드립니다. 묵은해에는 여러 가지로 아껴주셔서 감사합니다. 새해에도 변함없이 지도 편달하여 주시기 바랍니다."

"지나치신 겸양이시오. 지도 편양이야 내가 받아야죠."

조중응이 하인을 불러 뭐라고 분부하자 잠시 후 방문이 살며시 열리며 일본옷을 떨쳐입은 여인이 들어왔다. 조중응은 자랑스러운 듯

"내 처외다"

여인은 도사리고 꿇어앉아 두 손 모아 간드러지게 절을 하였으며, 일본인 차관도 맞절을 하였다.

(문지사, 1981)

□박태순 「단씨의 형제들」

그날 단기호를 가운데 놓고 다섯 명의 친구들이 모였던 것이지만, 그리고 바깥으로 나가서 술을 퍼마시게 되었는데 그 좌석의 분위기에 대해서는 별로 할 말이 없다. 왜냐하면 우리의 좌석은 딱 집어 말하기 곤란한 어색스러움, 빈정거림, 야유 같은 것으로 차 있었기 때문이다. 나중에 생각해 봐도 그것은 아주 기분 나쁜 추억으로 남아 있었다.

* * *

어느덧 단기호는 그 좌석의 주인공이라기보다는 불청객의 위치로 전락해버리고 말았다. 하지만 그는 이럴 줄 예상이라도 하고 있었다는 듯이 무관심한 표정으로 좀 권태스럽게 앉아 있었다. 그는 친구들을 만나

러 온 것이 아니라 음식을 먹기 위해서 나왔다는 것처럼 열심히 저작행위만을 계속하고 있었다. 그러면서 자리를 떠날 준비를 하고 있다는 것을 나도 눈치 챌 수 있게 되었다.

(동아출판사, 1995)

□배수아 「다큐채널, 수요일, 자정」

그때 우리가 부산으로 여행을 떠난 직접적인 이유는 시로 때문이었다. 시로의 친구가 부산에서 결혼을 한다고 했습니다. 시로는 그 결혼식에 참석하고 싶어했고 준배는 시로와 함께 휴가를 보내고 싶어했고 나는 준배와 떨어져 보내는 시간이 참을 수 없었습니다. 시로는 준배에게 이상할 정도로 영향력을 행사하고 있었습니다. 그들은 당구장에서 처음 만났다고 했습니다. 준배가 친구들과 항상 가곤 하는 당구장이었죠. 자정이 넘어서 문이 열리고 시로가 들어왔습니다. 혼자였죠. 준배는 결코 혼자서 당구장에 가거나 하는 일이 없었습니다. 그래서 이상한 놈이라고 생각하고 있었습니다. 어쨌든 그들은 우연히 맥주내기 당구를 치게 되었고 시로의 당구 실력이 만만치 않다는 것을 알게 된 준배는 시로에게 호감을 가졌습니다. 그래서 그들은 친구가 되는 데 오랜 시간이 걸리지 않았습니다. 시로는 학위를 따기 위해 공부하고 있는 중이었고 특별한 직업이 없었지만 언제나 별로 돈이 궁한 느낌을 주지 않았습니다.

(문학동네, 1999)

□배수아 「은둔하는 북(北)의 사람」

박은 택시를 잡기 위해 앞으로 서서히 걷는다. 뒤따라오는 곽의 원피스가 가을바람에 처연하게 흔들린다. 마지막이라고 생각하면서 곽은 박을 뒤따른다. 언제나 그랬다. 처음 그들이 만났을 때 박은 정보부의 직원이었고 곽은 그곳의 타이피스트였다. 그리고 곽은 아버지가 감옥에 들어가 있은 지 오 년이나 되었고 다니던 야간대학을 중퇴한 다음이었기 때문에 표정이 어두웠다. 박은 엘리베이터에서 처음 곽의 얼굴을 읽었다. 진한 화장을 시작한 지 얼마 되지 않아 촌스럽게 그려진 눈썹과 거뭇거뭇하게 얼룩진 분가루 아래 감출 수 없이 드러난 붉은 볼의 수줍음. 그 배경이 어둡기 때문에 아름다운 처녀였다.

(문학사상사, 1999)

□ 서기원 「혁명」

헌주는 볼장 다 보았다는 듯이 봇짐들을 내던지고 되돌아오는 얼굴들을 바라보고 있었다.

그 순간, 눈이 번쩍했다. 반사적으로 몸을 비키며 물러섰다. 방금 마주친 눈이 판석이가 아니던가! 판석은 웬 아낙네의 손목을 잡아끌며 골목길로 접어들고 있었다.

* * *

아버지는 몹시 가벼워 보였다. 살이 빠진 것이 아니라 온몸의 뼈가 가늘어진 것 같았다. 아버지는 옆얼굴을 보이고 있었다. 차츰 그 윤곽이 흐리게 보였다.

아버지는 고개를 돌려 이쪽을 보았다. 헌주는 아버지 발밑에 엎드렸다. 몸을 일으켜 세우려고 했으나, 무릎의 힘이 풀려 그 자리에 엎어졌다.

어머니는 헌주를 부둥켜안고 목 놓아 울었다. 옷을 갈아입고 공복을 채우는 동안 온 식구들이 둘러앉아 있었다. 김생원만은 마당에 선 채 넓죽한 죽선을 부치고 있었다.

(삼중당, 1979)

□ 서영은 「뿔 그리고 방패」

그는 천천히 제방 밑으로 내려갔다. 누렇게 마른 잡초가 허리에 차는 좁다란 길로 발을 들여놓자마자 그의 시선은 한 곳에 가서 우뚝 박혔다. 얼핏 보기에 키 큰 잡초 위로 검은 베일이 펄럭이는 것 같았다. 긴 흑발의 여자도 그때쯤 인기척을 눈치 챘는지 얼굴을 돌렸다. 희고 갸름한 얼굴이 무심하게 잠깐 이쪽을 바라보고 나서 다시 먼 곳을 향했다. 동호는 얼핏 본 그녀의 인상이 잿빛 강물 같다고 느껴졌다. 침울하면서도 묘한 빛이 넘치는 그 인상에 이끌려 동호는 그녀에게로 다가갔다.

(둥지, 1997)

□ 서영은 「술래야술래야」

뒤이어 두 번째 세 번째 여행객의 모습이 입구에 나타났다. 그럴 때마다 짐차의 바퀴들이 들들거리고, 양주병 양담배가 담긴 가방들이 흔들거리고, 서로 반기는 소리가 되풀이되었다. 운전사를 동반한 젊은 사모님도, 양장 차림의 나이 지긋한 여인도, 시골 노인도, 모두 찾을 사람을 만나 뿔뿔이 흩어졌을 무렵, 숄더백을 걸머멘, 서른 남짓 되어 보이는 남자가 커다란 가방 두 개를 굴리며 출입구를 빠져나왔다.

(동아출판사, 1995)

□ 송기숙 「고향 사람들」

어느 겨울날 해거름에 조그마한 보따리를 하나씩 이고 진 남녀가 머리에 눈을 허옇게 이고 무엇에 쫓긴 사람들처럼 눈알을 뒤룩거리며 방촌 영감 사립문을 밀치고 밋밋이 들어섰다. 지나가는 길손인데 하룻저녁 신세를 지자는 것이다. 눈발이 거센데다 날도 저물어 내칠 수가 없었다. 남은 밥을 내놓자 게 눈 감추듯 먹고 난 내외는 영감 부부 앞에 새삼스럽게 다소곳이 앉았다.

(창작과비평사, 1996)

□신달자 「노을을 삼키는 여자」

교무실 바로 앞의 창가에 커피잔을 든 남자가 보였다.

선생님으로 보이는 그는 내 쪽을 분명 짧게 바라보았는데도 표정 하나 변하지 않고 창 쪽으로 고개를 돌렸다.

오늘이 교생들이 오는 날짜인 것을 안다면 물을 것도 없이 낯선 여자가 교생이라는 것을 알 것이다. 가볍게 인사라도 해주든가 아니면 안내라도 해야 될 것 같았으나 그는 내가 교무실 문 앞에서 어색하게 머뭇거리는 것을 모르는 체하고 서 있었다.

말없이 돌아선 그 남자에 대한 한 가닥 호기심이 기분 좋게 걸어가던 나의 마음을 자극했다. 바로 교무실에 들어가도 좋을 일이지만 나는 그에게 말을 건넸다.

(자유문학사, 1991)

□신달자 「눈뜨면 환한 세상」

영란을 처음 본 순간을 준엽은 평생 잊을 수 없을 것이었다.

영란은 메마른 가지였다. 희미한 바람에도 몸을 떨며 잔뜩 웅크릴, 꼭 감싸줘야 할, 그러지 않으면 얼마 남지 않은 잎을 떨군 채 뒤돌아 쓸쓸히 울고 말 것 같은 영란이었다. 그런 영란의 이미지는 준엽을 사로잡았다.

(포도원, 1995)

□심 훈 「상록수」

계집애들은 동요를 부르듯 하면서 영신의 손에, 소매에, 치맛자락에 매어달리면서 까치처럼 깡충깡충 뛴다. 영신은 눈물을 글썽글썽해 가지고, 그 꿈에도 잊지 못하던 아이들을 한 아름씩 끌어안고

"잘들 있었니? 선생님 보고팠지?"

하고 이마와 뺨에 입을 맞추어 주었다.

(청목사, 1992)

□ 안수길 「북간도」

전짓불(플래시)을 켜들고 이모부를 따라 방안에 들어서려던 사람이 정수의 얼굴을 비춰 보고, "아! 이건 누구야?" 깜짝 놀라 멈춰 섰다. "정수 아닌가? 나, 수돌이야, 수돌이!" 그리고 수돌이는 플래시를 돌려 제 얼굴을 비춰 보여주었다. 순간 아버지 정세룡이의 부름을 받아 노령으로 떠나기 전의 일, 팽이 때문에 서로 때리고 얼굴을 꼬집어 뜯고 하던 때의 일이 선해지면서 정수는, "수돌아!" 소리를 질렀다. 둘은 어둠 속에서 부둥켜안았다.

(동아출판사, 1995)

□ 양귀자 「모순」

빈약한 인생에 대해서 고민하기 시작한 것은 내가 스물다섯, 결혼 적령기라는 사실과 전혀 무관하지 않을 것이다. 내 나이 또래의 여자들이 대부분 그렇듯이, 지금 내게도 머지 않은 시간에 청혼을 할지도 모를 두 명의 남자가 있다. 참 이상한 일이지만, 이십대에는 가만히만 있어도 사랑이라는 이름으로 얽어맬 수 있는 기회들이 심심찮게 찾아온다. 나처럼 전혀 내세울 것 없는 여자에게도 결혼의 기회는 얼마든지 있다. 이십대의 젊음이라는 것은 어떤 조건과도 싸워 이길 수 있는 천하무적의 무기이니까.

벌써 결혼을 한 여학교 동창들이 바로 그 천하무적의 무기를 어떻게 사용하고 있는지를 익히 보여 주는 증거일 수 있다. 누구라고 말하지는 않겠지만, K, 그녀는 뚱보인데다가 수다스럽고 거기다 넛붙여 몹시 해독하기 어려운 얼굴을 가지고 있었다. 그런 K가 작년에 슈퍼마켓의 젊은 사장과 결혼을 했다. 남자는 겉으로 보기엔 몹시 훌륭했다. 절대 K를 선택할 이유가 내게는 없어 보였다. 그러나 K가 우유를 사러 슈퍼에 들락거린 것이 만남의 시작이었다고 한다. 우유가 그런 놀라운 일을 해치웠다. 우유가······

M은 병약한 체질로 학교 다닐 때도 걸핏하면 장기 결석을 하던 친구였다. 더이상 자리에 눕지 않고 사람 구실만 하며 살 수만 있어도 원이 없겠다며 눈물짓던 M의 어머니가 생각난다. 그런 M이 미남 의사와 결혼한 지 벌써 2년째다. 병원 복도에서 빈혈로 쓰러진 M을 마침 그 미남 의사가 발견하고 병실로 옮겨 준 것이 사랑의 시작이었다고 했다. 이번에는 빈혈이 그런 놀라운 일을 해치운 것이었다. 빈혈이······

* * *

누가 그랬다. 결혼은 디저트보다 수프 쪽이 더 맛있는 정찬이라고. 나는 이십칠 년 전의 결혼을 기념하는 부부 옆에서 실없이 그런 생각이나 하고 있었다.

바로 그때, 나는 입구의 계산대 옆에 서 있는 한 남자를 보았다. 선남선녀들만 모였다고 생각했는데 헐렁한 스웨터 차림에, 흐트러진 긴 머리에, 모양이야 세련되었어도 구김살만은 숨길 수 없는 면바지를 입은 남자도 이런 곳에서 밥을 먹었어, 까지 머릿속 사념이 흘러가다 나는 그만 앗, 소리를 내뱉을 만큼 깜짝 놀라고 말았다.

앞머리를 쓸어 넘기며 무심코 이쪽으로 돌린 그 얼굴, 세상에, 틀림없는 김장우였다. 그리고 나와 동시에 그도 내가 바로 안진진이라는 사실을 확인한 모양이었다. 눈을 한 번 크게 뜨더니, 활짝 웃으며, 언제나의 버릇처럼 오른손을 번쩍 치켜드는 김장우. 시간이 없었다. 당장이라도 성큼성큼 그가 이 자리로 올 수도 있었다.

"잠깐만요."

나는 냅킨이 바닥에 떨어진 줄도 모르고 급히 그에게로 갔다.

"웬일이에요."

"웬일이야?"

우리는 거의 동시에 서로가 서로에게 물었다. 왜 그랬을까. 화려한 호텔의 프랑스 식당에서 만난 것을 두고 그리도 절박하게 "웬일이에요"라고 물어야 했을까.

* * *

나는 그가 누구인지 금방 알아보았다. 진모였다. 진모라면 내가 초인종을 눌러 주지 않는 한 저 혼자 이모 집에 들어갈 위인이 못 되었다. 내 퇴근시간을 알고 있으니까 이제쯤 도착할 것이라는 시간 계산을 마치고 저기 서서 나를 기다리고 있을 것이었다. 길의 끝에 서 있는 진모를 향해 마주 걸어가면서 나는 콧날이 찡해지려는 것을 애써 참았다. 낯선 곳에서 낯설게 만나는 혈육은 언제라도 늘 안쓰럽게 보이는 법이었다.

(살림, 1998)

□ 양귀자 「숨은 꽃」

그는 귀신사(歸神寺)에 있었다. 나는 그를 귀신사에서 만났다. 십오 년 만이었다. 물론 나는 그 십오 년의 세월을 첫눈에 걷어내지는 못하였다. 그가 먼저 나를 알아보지 못했다면 이 돌연한 만남이 십오 년의 시간을 경과한 후에 비로소 일어났다는 사실조차 확인되지 않았을 터였다.

그랬다면, 만약 그와 나 두 사람 중의 어느 누구도 세월의 두께를 젖히고 상대를 알아보지 못했다면, 우리는 서로 스쳐지나갔을 것이다. 하늘 향해 키를 겨누고 서서 연초록 잎을 피워 올리고 있는 껑충한 미루나무나 하염없이 쳐다보다가, 시들어 가는 진달래 잎사귀나 한 번 더 만져 보고, 나는 그만 돌아섰을 것이다.

만약 그랬다면 이 소설은 씌어지지 않았을 것이다. 나는 한 거인의 목소리를 채집하는 행운을 영원히 놓쳐 버릴 수도 있었다. 그뿐만이 아니었다. 행여 하고 돌아오는 허망함을 어떻게 가누었을지 생각만 해도 막

막한 일이었다. 어쩌면 그는 내가 거기에 가야만 했던 까닭을 미리 알고
먼저 그곳에 와 있었는지도 모르겠다.

(문학사상사, 1992)

□염상섭 「삼대」

무심코 건너다보던 덕기는 얼음장을 목덜미에 넣은 듯이 모가지를 움
츠러뜨리며 눈을 술잔으로 보낸다. 들어오던 여자도 주춤하고 서는 기척
이더니 소리 없이 살며시 돌쳐 나간다.

(을유, 1948)

□오정희 「불놀이」

섬의 끝까지 갔을 때 영조는 앞에서 달려오는 여자를 피해 급정거를
하며 길옆, 파밭으로 나동그라졌다. 머리채를 흐트린 여자는 미안하다는
말은커녕 뒤도 돌아보지 않고 뛰어가고 그 뒤를 술에 취한 털보 사내가
이년, 이녀언, 개 같은 녀언, 맨발로 쫓아가며 소리쳤다. 자전거에서 떨어
지면서 돌에라도 부딪쳤던가, 뜨끔거리는 옆구리를 문지르며 영조는 화
가 치밀어 올랐다. 그들의 쫓고 쫓기는 모습은, 멀리서 보면 어린아이들
의 술래잡기 놀이처럼 보였다. 남자는 계속 이년, 이녀언, 소리만 반복해
지르며 비틀걸음으로 쫓아가고 앞선 여자는 죽을 듯 달아나다가는 문득
뒤돌아보고 서서 머리도 추스르고 옷매무새를 고치며 일정한 거리가 될
때까지 기다렸다가 다시 뛰곤 했다.

(동아출판사, 1987)

□윤대녕 「국화 옆에서」

그녀를 보았을 때 왜 펄 루주, 샴푸, 귀 냄새, 소주에 탄 푸른 물감 같
은 말들이 느닷없이 떠올랐는지 모른다.

국화전시회가 열리고 있는 세종문화회관 대강당 앞뜰에는 많은 사람들이 몰려와 있었다. 한데 왜 그녀만이 흑백사진 속에다 컬러링을 해놓은 피사체처럼 유독 내 눈에 띄었는지 알 수 없었다. 그렇다고 그녀의 외모가 남달리 뛰어났다거나 옷차림새가 두드러졌던 것도 아니었다. 그녀는 감청색 니트웨어에 갈색 숄더백을 메고 있었으며 청바지에 랜드로바를 신고 있었다. 종로 2가나 동숭동, 내지는 교보문고가 있는 광화문에 나가보면 하루에도 수없이 마주치게 되는 그런 여자들 중의 하나였을 뿐이었다. 하지만 내겐 어딘지 모르게 사무친 얼굴이었다. 그녀는 내가 있는 매표소 앞의 오른쪽 대각선 끝머리쯤에서 사람들 틈에 섞여 국화향기를 흠향하고 있었다. 허리께까지 풀어져내린 머리칼이 화분을 향해 허리를 굽힐 때마다 빗살무늬로 쏟아져 내렸다.

* * *

　그녀는, 마치 철길에 나와 있는 사슴이 멀리서 달려오는 기차의 헤드라이트 불빛이 무엇인지 모르고 우두커니 서 있듯이, 다가오는 나를 쳐다보고 있었다. 필 루주, 샴푸, 귀 냄새, 소주에 탄 푸른 물감…… 따위가 아니었던들 그날 나는 그녀를 만나지 못했을 것이다. 이렇듯, 때로는 재가 된 기억 속에서 쥐눈 만한 불씨가 마른 검불과 엉켜 마음의 솥을 데우는 경우가 있음을 보게 된다. 아니겠지, 싶었던 누군가가 자신에게 다가오고 있음을 알아차린 그녀는 대번에 윗입술을 지그시 깨물었다. 긴 속눈썹이 파르르 떨리고 있었다. 그녀의 눈은 모면할 길 없는 부당한 위험에 직면했을 때처럼 잔뜩 찌푸려져 있었다. 당황했음일까. 그녀로서는 창졸간에 닥친 일이어서 반사적으로 선제 공격을 하며 옆으로 피하고 싶었을 것이다. 후다닥, 이라고 표현해야 좋을 그런 투로 먼저 입을 연 것은 내가 아니라 그녀였다.

(동아, 1995)

□윤대녕 「달의 지평선」

그것은 루즈 냄새였다. 그러니 실은 웬 낯모르는 여자가 지금 침대 옆에 서서 나를 내려다보고 있다는 뜻이었다.

그녀는 한동안 서 있더니 조용히 침대 밑에 있던 쓰레기통과 빈 맥주캔과 재떨이를 치우고 수건으로 탁자를 닦아냈다. 그런 다음 욕실에 들어가 샤워를 하고 나왔다. 누구일까. 웬 여자가 남자 혼자 누워 있는 방에 들어와 샤워를 한단 말인가.

자동차 지나가는 소리가 가까이에서 들려왔다. 욕실에서 나온 그녀는 창문을 열고 밖을 내다보고 있었다. 주기적으로 점멸하는 등불의 그림자가 눈꺼풀 위에서 어른거리다가 그녀의 실루엣에 캄캄히 가려졌다. 어디서 온 여자일까. 나는 모르는 이를 만나면 그 사람이 비롯된 곳(고유한 시간과 장소)이 알고 싶어진다. 호텔에서 부르면 지갑을 들고와 한두 시간 머물다가는 여자? 아니, 강선생과 관계된 사람일지도 모른다. 소리를 내지 않고 있으니 아무것도 알 수가 없다.

* * *

우산을 접어 빗물을 털어내고 나는 유리문 안으로 들어섰다. 어둑하고 좁은 실내엔 장식용 촛불 몇 개가 저울처럼 타오르고 있었고 손님이라곤 창가에 앉아 담배를 피우고 있는 젊은 여자 둘과 맞은편 자리에 기울게 검은 모자를 쓰고 앉아 있는 여자 하나가 전부였다. 그녀는 커피잔을 손에 들고 있다 흘끗 입구 쪽으로 고개를 돌렸다. 나는 플리스틱통에 우산을 꽂고 기웃기웃 그녀에게 다가갔다.

이윽고 직면하게 된 놀람의 순간을 어떻게 말해야 좋을지. 나는 갸웃이 모자 안에 드러나 있는 그녀의 얼굴을 보고서 반사적으로 그 자리에 붙박여 섰다. 그때 스피커에서는 레오나드 코헨의 〈누가 불 옆에〉라는 노래가 흘러나오고 있었고 그것은 내 일단의 놀람을 더욱 효과적으로 부추기고 있었다. 3월 9일. 그러니까 일식이 있던 날 나와 헤어진 여자가 그곳에 도사리고 있었던 것이다. 내가 채 숨을 고르기도 전에 그녀가 비스듬히 고개를 들어 나를 올려다보았다. 그리고 모자 밑에 하얗게 드러난 얼굴을 보는 순간 나는 다시금 기가 질려 마음을 수습하느라 허둥거리고 있었다.

그녀가 커피잔을 내려놓으며 재빠른 소리로 입을 열었다.

"이렇게 대뜸 찾아와서 죄송합니다. 아파트까지 갔던 건 집에 계시면서도 전화를 받지 않으리란 생각에서 그랬던 겁니다."

그래, 전화는 대개 받지 않고 산다. 자동응답기를 틀어놓고 필요할 때만 이쪽에서 전화를 건다. 일 년쯤 전부터 생긴 습관이다. 얼떨떨한 표정으로 나는 그녀의 앞자리에 주섬주섬 가 앉았다.

* * *

그가 도착한 것은 소주 반 병을 비웠을 때였다. 낡은 랜드로바에 청바지 차림. 삼 년 전 보았을 때와 달라진 모습은 쉬 찾아볼 수 없었다. 발리에서 돌아와 일일연속극 촬영을 앞두고 일주일쯤 내려와 있던 게 그와의 마지막 만남이었다.

* * *

이런 얼토당토않은 얘기를 주고받는 사이에 통유리창 밖으로 노란 불빛이 희번덕거리며 도로를 질주해 오고 있는 게 보였다. 그리고 이내 문앞에 택시가 와 멎었다.

홀끗 밖을 보니 손에 검은 비닐봉지를 든 여자가 택시에서 내려 안개를 거두며 현무암의 담 안으로 걸어 들어오고 있었다. 미니스커트 차림에 등까지 내려온 긴 생머리였다. 저 여자야? 하고 내가 묻자 그는 밖을 내다보지도 않은 채 그래, 하고는 부스스 자리에서 일어나 문을 열어놓았다.

이어 계단을 올라오는 불규칙한 하이힐 소리가 들리고 나서 불긋한 얼굴의 여자가 안으로 들어섰다. 한데 안으로 막 들어서려던 참에 여자가 문 앞에 우뚝 멈춰 섰다. 그러더니 대뜸 지금 뭐하자는 거예요? 라며 노한 표정으로 그와 나를 번갈아 보며 눈을 부라렸다. 영문을 몰라 나는 맹한 얼굴로 헛기침을 하며 여자의 뾰족구두만 내려다보고 있었다. 당황한 건 그도 마찬가지인 듯 했다. 사이를 두지 않고 날카로운 소리로 여자가 또 내뱉었다.

"사람을 어떻게 보고 이러는 거예요? 차라리 여자를 하나 더 데려오라고 하든지요."

그제야 나는 그녀가 하는 말을 알아듣고 설레설레 고개를 흔들며 그의 얼굴을 바라보았다.

"진즉에 말 안 했어?"

"뭐 꼭 그래야 하나 싶어 오면 설명하려고 했지."

그와 내가 주고받는 대화를 듣고 여자는 엉거주춤한 자세로 안의 분위기를 살피고 있었다. 사나웠던 표정도 얼마간 누그러져 있었다.

"고함은 이따 잠자리에서 치고 문부터 닫아. 집에 안개 껴."

"그래도 한 마디쯤은 했어야죠. 그래야 옷이라도 갈아입고 왔을 거 아니에요."

여자가 구두를 벗고 올라오며 아직도 퉁명스러운 소리로 되받았다.

"왜, 미니스커트가 어때서? 내가 니 알다리에 반했다는 거 아직도 몰랐어?"

자칫 분위기가 험상궂게 변할 것 같아 이번에는 내가 슬쩍 끼어들었다.

"그만하고 인사나 시켜 줘."

그러고는 내가 먼저 고개를 끄덕해 보였다. 여자는 뚱한 표정으로 나를 바라보고 있다가 민이에요, 라고 술집에서 하는 버릇대로 제 이름을 댔다. 어디고 술집에 가면 수도 없이 많은 이름이었다. 아무튼 발음대로 '민이'인지 아니면 '민'인지 '민희'인지가 궁금했지만 나는 굳이 되묻지 않았다. 여자가 비닐봉지를 내려놓고 자리에 앉으려고 하는데 그가 칼칼한 소리로 괜히 그녀를 몰아세웠다.

"술집 여자 취급당하고 싶지 않으면 호적에 있는 이름을 대."

왜들 만나자마자 그렇게 앙앙거리는지 알다가도 모를 일이었다. 다행히 그 앙앙거림 속에서 나는 서로에 대한 묘한 애증이 뒤섞여 있음을 눈치채고 있었다. 그닥 걱정하지 않아도 될 분위기여서 나는 여자에게 정식으로 인사를 하며 손을 내밀었다. 여자는 창피한 얼굴로 나를 바라보고 있다가 겨우 제 손을 내밀었다. 마디가 가늘고 찬 손이었다. 이렇게 낯가림이 심한 여자가 어떻게 술집에서 거친 남자들을 상대로 일을 하고 있는지 모를 일이었다.

* * *

가방을 끌고 머뭇머뭇 대기석 의자가 있는 곳으로 다가가는 중에 그녀가 무슨 느낌을 받았는지 슬로비디오로 고개를 틀어 나를 바라보았다. 나는 모른 척 가던 길을 계속 갔다. 어쨌든 상대는 내 얼굴을 알고 있을 터이었다. 귀에서 이어폰을 빼내며 그녀는 배낭을 안고 의자에서 일어났다. 짐작보다는 무척 큰 키였다. 그녀는 쇼윈도의 마네킹처럼 굳은 표정으로 약간 입술을 벌린 채 나를 주시하고 있었다. 쑥스러워서 그런 거겠지 싶어 나는 그녀의 몇 미터 앞에서 걸음을 멈춰 섰다. 그리고 그녀가 쇼윈도에서 걸어 나올 때까지 계속 딴청을 피우고 있었다. 동남아에서 방금 돌아온 탓인지 얼굴이 까무잡잡했다.

그녀가 어깨에 배낭을 둘러메고 내게로 다가왔다. 와서, 언제 봤다고 대뜸 핀잔부터 늘어놓았다.

"전 약속시간을 안 지키는 사람이 너무 싫어요. 제 시각에 안 뜨는 비행기보다 훨씬 싫단 말예요. 알겠어요?"

* * *

"하여튼 만나게 돼서 반갑습니다."

이렇게 말하며 또 냉큼 손까지 내밀었다. 당돌한 것인지 해맑은 것인지 아직까지는 알 수 없는 여자였다. 그것까지야 사양할 수가 없어 나는 그녀의 손을 잡고 두어 번 흔들다 놓았다. 키에 비해 가늘고 작은 손이었다. 지난번 엽서엔 며칠째 머리를 못 감았다고 썼는데 오늘은 몸에서 좋은 비누 냄새가 났다.

* * *

12시 정각에 매표소 앞에 나타난 그녀는 껑충한 키에 우스꽝스럽게도 양산을 쓰고 있었다. 게다가 감기에 들려 잦은 기침을 해대고 있었다. 어제 비를 맞게 한 탓이려니 싶어 나는 그저 모른 척 하고 있을 밖에 없었다.

* * *

나수연이 애드벌룬 뒤에서 나타난 것은 6시가 다 돼서였다. 그녀는 고개를 못 들고 숙제를 안 해온 초등학생처럼 내 앞으로 슬쩍 돌아 나왔다. 누가 잘못했다고 할 수도 없는 일이어서 나는 그녀에게 옆에 와 앉으라고 말했다. 그녀는 손에 김밥과 음료수가 들어있는 비닐봉지를 들고 있었다.

"정말 옆에 앉아도 돼요?"

앉아도 된다고 나는 맥이 다 빠진 소리로 되풀이했다. 완전히 맥이 빠져 있는 것이다. 하지만 그녀 때문에 그런 것만도 아니었다.

* * *

그녀와 나는 여의도 MBC 건물 앞에서 만나 한강고수부지 방향으로 걸어갔다. 그가 죽었다는 소식을 그녀가 내게 전한 것은 마포대교가 보이는 횡단보도 앞에서였다. 곧바로 파란 불이 들어왔으므로 나는 남들이 보기엔 그저 아무렇지도 않게 길을 건너기 시작했다. 그녀는 뒤미처 나를 따라오고 있었다. 횡단보도를 건너가면서 나는 넋이 빠진 소리로 뇌까리고 있었다.

(해냄, 1998)

□윤대녕 「은어낚시통신」

그리고 어느 가을날에 나는 충무로에 있는 한 극장 앞에서 그녀를 기다리고 있었다. 어째서 약속 장소를 극장으로 했는지 따위는 아랑곳없이, 나는 꽤 오랜 시간 그녀를 기다렸던 기억이 난다. 영화가 시작되고 나서도 이십 분이 지나서야 그녀는 자주색 바바리 차림을 하고 등뒤에서 슬쩍 나타났다. 얼른 그녀임을 알아보지 못하는 잠깐 사이 문득 달겨든 그 모호한 낯설음도 간과한 채 그녀는 다짜고짜로 영화가 상영되고 있는 컴컴한 극장 안으로 나를 데리고 들어갔다.

(문학동네, 1994)

□윤대녕 「지나가는 자의 초상」

그녀가 퇴근하는 나를 기다리고 있었던 것인지 아니면 그저 우연히 같은 버스에 타게 되었는지 모르겠다. 하지만 정작 우연히 같은 버스에 타게 되었다고 말할 수 있을까. 버스가 세 정류장쯤 갔을 때 나는 옆에서 누가 날 지켜보고 있다는 것을 깨닫고 있었다. 낯모르는 사람이 아닌 그 누군가가…… 상대의 숨소리, 서로 밀착해 있지 않아도 느끼게 마련인 공기의 익숙함, 괜히 부자연스런 몸놀림, 말을 걸어올 듯 말 듯한 망설임의 한없는 지연…… 얼마간을 버티다 나는 천천히 옆을 돌아보았다. 아니나다를까. 어쩐지 눈에 익은 여자의 얼굴이 바로 옆에 와 있었다. 작년 가을 처음 만났을 때보다도 더욱 초라한 몰골이었다. 어쩐 일이죠?라고 반사적으로 물으며 나는 눈을 동그랗게 떴다. 그녀는 어색하게 웃어 보이며 눈을 옆으로 돌렸다.

* * *

내가 서하숙을 만나게 된 것은 도서관을 그만두기 바로 며칠 전의 일이었다. 시사저널사 건너편에 있는 '비스'란 이태리식 찻집 겸 술집에서였다. 아니, 정확히 말하면 경향신문사 앞 건널목에서였다. 그녀는 덕수궁 쪽으로 가던 길이었고 나는 비스란 술집 옆에 있는 고려병원으로 누군가의 병문안을 가던 길이었다. 오후 세 시쯤이 아니었나 싶다. 전날 내린 눈으로 길바닥은 질펀하게 변해 있었다. 아무튼 내가 경향신문사 앞을 막 지나가는데 정면에서 서른 살쯤 돼 보이는 여자가 걸어오고 있었다. 아는 얼굴, 이라고 퍼뜩 생각했지만 그 순간엔 그녀가 누구인지 알아보지 못하고 있었다. 나는 고개를 한번 갸웃거리며 내처 그 여자 옆을 비껴지나갔고 그때 그녀가 주춤하고는 내 얼굴을 슬쩍 돌아봤다고 생각된다. 그러나 그녀도 자신이 없었던지 곧바로 가던 길을 재촉했다. 상대가 생면부지인 경우라도 살다보면 이런 일은 얼마든지 있을 수 있다. 어쩌다 전에 만났던 사람이었다 해도 사실 사정이 달라질 건 없다. 막역한 사이가 아닌 이상 뒤를 쫓아가서 멋쩍게 아는 체를 할 필요는 없다는 얘기다. 십중팔구 실없이 보일 게 뻔한 일 아닌가.

한데 건널목을 건너려고 신호등 앞에 서 있는 사이 내 귀에 이런 소리가 날아와 꽂혔다.

"저어, 혹시 황동우 씨 아니세요?"

나는 흠칫 놀라 뒤를 돌아보았다. 그러자 그녀가 내 옆으로 다가왔다. 주저하는 모습이었지만 여자는 분명히 나를 알고 있는 듯한 표정이었다.

(중앙일보사, 1996)

□ 윤대녕 「피아노와 백합의 사막」

이미 전화를 바꾼 것이 분명한데도 그는 아무 응답도 없이 침묵하고 있었다. 그가 침묵하고 있다는 사실 때문에 나는 조금씩 흔들리고 있었다. 나는 중학생이었을 때의 말투를 흉내내어 그의 이름을 속삭이듯 불러보았다. 부스에 매달린 전화번호부의 비닐표지에 내 모습이 혼령처럼 어른거리고 있었다.

* * *

나는 엘리베이터 앞으로 다가가 그의 병실이 있는 사 층 버튼을 눌렀다. 엘리베이터 속에서 나는 전에 없이 극심한 현기증에 시달리고 있었다. 십육 년 전 서울에 와서 처음 엘리베이터를 탔을 때처럼.

나는 노크도 하지 않고 슬며시 입원실의 문을 열어보았다. 밖에서 안을 들여다보니 네 명의 환자가 함께 쓰고 있었다. 환자 가족들이 한결같이 파리한 얼굴로 병상을 지키고 있어 입원실은 무슨 냉동창고처럼 보였다. 물론 어느 병원을 가도 으레 보게 되는 풍경이기는 했다. 내처 안으로 들어가지 못하고 나는 밖에서 친구의 모습을 찾느라 두리번거렸다. 몇몇 사람들이 그런 나를 우두커니 쳐다보고 있었다. 비릿한 냄새에 취해 속이 메슥거리는 걸 억지로 참으며 나는 햇빛이 내려앉고 있는 창가로 눈을 돌렸다.

그는 등을 돌린 자세로 침대 위에 구부정하게 앉아 밖을 내다보고 있었다. 내가 보았던 것은 그의 뻐딱한 뒷모습뿐이었지만 직감적으로 나는 그가 시인 송갑영이란 것을 알 수 있었다. 어깨를 길게 늘어뜨린 채 흐린 창문 아래로 급히 떨어져 내리고 있는 오후의 서글픈 햇빛을 응시하고 있는 저 사람이 말이다.

(중앙일보사, 1995)

□은희경 「그것은 꿈이었을까」

그 주말에 진이 올라왔다. 진이 나를 만나러 오는 시간의 간격은 점점 벌어지고 있었다. 이제 진과 나는 넘쳐나는 생맥주잔을 번쩍 들어서 알통을 실룩여가며 건배하지 않았다. 콜라병만한 외국 맥주를 손에 쥐고 병목을 살짝 건드리며 반가움을 표시했다. 그는 지방자치제가 활성화되어야 바닷가 도시에 사는 사람들도 의학이 얼마나 진보했는지 확인할 수 있으리라는 말을 했다. 의료보험제도니 대학병원의 운영체계에 문제가 있다고 짐짓 목청을 높였다. 그런 다음에는 그에게 그런 말을 들려주는 바닷가 도시의 유지들을 비웃었다.

(현대문학, 1999)

□ 은희경 「새의 선물」

큰길을 벗어나 오솔길로 접어든 뒤 오르막길을 오 분쯤 올라가면 작은 내가 흐르고 그 뒤부터가 성안이다. 우리가 오르막길로 접어들었을 때 성문 쪽에서 휘파람 소리가 들려왔다. 성문의 굵은 기둥에 기대어 군인이 하나 서 있다. 그 모습을 보더니 이모가 잽싸게 윗입술과 아랫입술에 힘을 주어서 두어 번 맞비벼대며 내게 속삭인다. 진희야, 나, 얼굴 괜찮니? 그러는데 그 군인이 성큼 다가와서 힘차게 경례를 붙인다.

"상병, 이, 형, 렬, 애인에게 인사드림다!"

수줍은 미소로 그 인사를 받아들이면서도 이모는 군인의 높이와 체적, 그 비율, 이목구비의 균형을 재빨리 훑어본다. 군인 또한 이모의 수줍은 미소와 미소를 만들어내고 있는 입술, 물방울무늬 원피스로 감싸인 스물한 살의 곡선을 본다.

"얘는 제 조카 진희예요."

"네가 진희구나? 이모가 편지에 네 자랑 많이 하더라."

친근하게 말을 붙이는 이형렬에게 나는 고개를 까딱하고 인사를 한다.

처녀들이 데이트에 아이들을 앞세우고 다니는 것은 아이들이 편지를 전하는 것처럼 일종의 유행이라고 할 수 있다. 아이들은 남녀 사이의 서먹서먹함을 눅여줄 뿐 아니라 상대방에게 직접 말하기 껄끄러운 어색한 말을 간접화법으로 바꿔 할 때도 편리하다. "오늘 네 이모 참 이쁘다 그치." "이모보고 아저씨가 좋아한다고 해라." 하는 식 말이다. 처녀 쪽에서는 아이들을 대동하여 데이트에 공개성을 부여함으로써 남자 쪽에 자신의 정숙함을 암시하게 되며 그럼에도 데이트의 배심원이 철모르는 어린 애라는 점 때문에 데이트 자체의 은밀성은 크게 방해받지 않는다.

그러나 이것은 어디까지나 남녀가 가까워지기 전까지만의 일이다. 두 사람이 공유하고 싶은 은밀함의 정도가 철모르는 아이마저 걸림돌이 되는 단계에 이르면 더이상 아이들은 필요가 없어진다. 젊은 남녀를 감시한다는 것 자체가 다 헛된 일임을 뻔히 알면서도 어린애들을 동원하는 것이 어린 배심원들 입장에서 보면 기만이 아닐 수 없다.

(문학동네, 1995)

□은희경 「타인에게 말걸기」

내가 그녀를 처음 만난 것은 몇 년 전 일요일, 우이동 8번 버스 종점에서였다. 사내 등산 동호회가 만들어지고 세 번째인가 네 번째의 모임이었다. 등산 동호회를 만든다는 안내문이 엘리베이터 옆 게시판에 나붙은 지 사나흘 후 홍보실 박대리가 찾아와서 동호회장을 맡으라고 할 때 나는 노골적으로 얼굴을 찡그렸다. 그러나 고등학교 때 같은 산악반이었던 그가 "우리 회사에서 너만큼 산을 아는 사람도 드물 거다"는 뻔한 소리를 해가며 산행 때 종종 참석이라도 해달라고 청해오는 데는 여러 번 거절하기가 번거로워 하는 수 없이 참석한 자리였다. 평소에도 혼자 있는 것을 좋아하는 데다 특히 산행에는 동행을 싫어하는 내가 그 모임에서 기대하는 것이 있다면 빨리 파하는 것 정도였다. 그러나 그날 내 일진은 좋지 않은 듯 했다. 한 여자가 시간을 지키지 않는 바람에 열 대여섯 명이 버스 정류장에서 모두 담배를 피우거나 껌을 씹으며 한 시간이 넘도록 기다려야 했기 때문이다. 나는 약속을 잘 지키는 편이었다. 물론 남에게 폐를 끼치기 싫어서이기도 하지만 무엇보다 인상을 남기기 싫어서이다. 나는 돌출된 행동을 좋아하지 않았다. 그러므로 미리부터 그 여자를 경원할 마음이 들었다.

그러나 뒤늦게 나타난 여자는 미안한 기색이 전혀 아니었다. 담벼락에 기대거나 폐타이어 위에 쭈그려 앉아 있다가 자기를 발견하고는 담배꽁초를 다소 멀리까지 거칠게 던지며 일어서는 사람들 몸짓이 분명 화난 모습인데도 오히려 그녀는 그녀가 입은 흰 후드점퍼만큼이나 환하고 눈부시게 웃어 보였다. 그러고는 잰걸음으로 박대리 앞에 다가서서 산타클로스나 된 듯이 무슨 보따리 같은 것을 눈앞으로 쳐들며 자못 당당하고 들뜬 목소리로 말하는 것이었다. 자아, 제가 여기 맛있는 김밥을 만들어 왔습니다.

(문학동네, 1996)

□은희경 「행복한 사람은 시계를 보지 않는다」

너의 고모를 배웅하러 복도에 나왔을 때, 그때 처음 너를 보았지. 헬멧 두 개를 창턱에 올려놓고 담배를 피우던 너의 뒷모습. 나는 너의 뚱뚱한 고모가 그 헬멧 중 하나를 머리에 쓰고 네 오토바이 뒷자리에 앉아 시내를 가로질러왔을 생각을 하니 키득 웃음이 나왔어. 자, 서로 인사해라. 너의 고모 목소리가 들리자 창틀에 기대어 밖을 내다보던 너는 내 쪽으로 천천히 고개를 돌렸어. 그때가 오후 몇 시쯤이었을까. 창문으로 햇살이 쏟아져 들어와 우리 사이에 먼지와 빛의 베일을 만들었지. 눈부신 빛 뒤에 있어서 네 얼굴이 잘 보이지 않았어. 나는 한 걸음 뒤로 물러섰지. 거의 동시에 너도 한 걸음 물러서고 있었어. 그리고 우린 잠깐 그대로 서 있었던 것 같아. 겨우 삼사 초밖에 안 되는 시간이었을 거야. 내게는 아주 긴 시간처럼 생각되었어. 시간에도 밀도가 있나봐. 농도가 진한 스트레이트파마액은 잘 흐르지 않거든.

(문학과비평사, 1999)

□이규희 「천단」

어느새 분주한 장터를 지나 푸른 나무들이 초여름의 산들바람을 맞아 춤을 추는 듯한 한적한 동네로 접어들었다. 노란 초가지붕을 얹은 집들이 예쁘게 모여 있는 아름다운 곳이었다. 멀리 아낙들이 우물물을 기르며 재잘거리는 소리가 들렸다. 허기진 배를 물이라도 먹어서 채워야겠다는 생각에서 우물가로 다가갔다. 우물물로 다가가자 물을 길던 아낙들은 코를 싸매며 옥진을 피했다. 아낙들이 이러는 것을 이해할 수 있을 것 같았다. 목욕을 한 지 오래되었고 옷도 전쟁터에서 입고 있던 것을 그대로 빨지도 못하고 계속 입고 있어서 냄새가 많이 날 것이라는 생각을 했다. 두레박으로 물을 퍼내고 있던 나이가 지긋하게 든 여인에게 다가갔다.

"할머니! 물 좀……."

옥진은 허기가 지고 지쳐서 말이 제대로 나오지 않았다. 중년여인도 코를 손으로 막으며 한 발자국 물러섰다. 그러다가 옥진이가 측은했던지 두레박으로 물을 길어 옥진에게 주었다.

"쯧 쯧…… 어떡하다가……."

중년여인은 말이 막혀 제대로 있지 못하고 혀만 끌끌 찰 뿐이었다.

옥진은 중년여인이 건네주는 두레박을 받아 물을 단숨에 마셨다. 그리고는 물 한 방울을 손에 적셔 헝클어진 머리카락을 이마 위로 쓸어 올렸다. 그리고 두레박으로 물을 길어준 중년여인에게 고맙다는 말을 하기 위해 얼굴을 쳐다보았다. 중년여인은 '허기가 많이 졌으면 밥을 주어야겠다'고 생각하고 옥진을 쳐다보았다. 순간 옥진과 중년여인의 눈이 마주쳤다.

중년여인이 갑자기 놀라면서 옥진에게 건네받은 두레박을 놓쳐버리고 말았다. 중년여인은 손등으로 눈을 다시 한번 비빈 후 옥진의 얼굴을 자세히 쳐다보았다. 그리고는 달려오듯이 옥진이 곁으로 다가왔다.

"옥… 진… 아……! 니가 옥진이 맞제?"

중년여인은 떨리는 음성으로 다급하게 말을 했다. 얼마 만에 들어보는 다정한 목소리인가! 옥진은 중년여인의 얼굴을 자세히 바라보았다. 어릴 때 큰집으로 인사드리러 가면 항상 자신을 무릎 위에 앉히고 귀여워해주시던 고모할머니의 모습이 어렴풋이 연상되었다.

"고……모 할……머……니!"

"그래. 내 새끼야! 이게 웬일이야. 거지꼴이 웬일이야. 누가 널 이렇게 만들었니, 옥진아."

"할머니 얼마나 찾아다녔는지 몰라요."

"그래 말 안 해도 안다. 어린것이 얼마나 고생을 했으면…… 옥진아…… 우리 옥진이 얼굴 한 번 다시 보자, 옥진아……."

"할머니!"

중년여인은 옥진을 꼭 끌어안고 얼굴을 비비면서 오열을 했다. 옥진은 꿈속에서 그리던 아버지의 친척을 만났다는 사실이 믿어지지 않았다. 꿈이라면 깨지 않았으면 좋겠다는 생각까지 들었다. 옥진은 혹시 누가 또 할머니의 곁에서 자신을 떼어놓을까 봐 고모할머니를 꼭 끌어안고 놓지 않았다.

(대홍, 1989)

□이문열 「나자레를아십니까」

그로부터 오래잖아 나자레의 겨울은 종장이 왔습니다. 긴 방학도 끝나고, 드디어 그 학년의 종업식이 있게 되는 날 새벽, 우리는 변소를 다녀오던 한 여자애의 날카로운 비명소리에 놀라 잠에서 깨어났습니다. 우리가 달려갔을 때, 그 애는 어찌나 놀랐던지 새하얗게 질린 얼굴로 벙어리처럼 대중없는 손가락질만 하고 있었습니다. 바로 그 서양추리나무 쪽이었습니다.

(한겨레, 1988)

□이 상 「봉별기」

그런 두절된 세월 가운데 하루 길일을 복(卜)하여 금홍이가 왕복 엽서처럼 돌아왔다. 나는 그만 깜짝 놀랐다.

금홍이의 모양은 뜻밖에도 초췌하여 보이는 것이 참 슬펐다. 나는 꾸

짖지 않고 맥주와 붕어 과자와 장국밥을 사 먹여 가면서 금홍이를 위로
해 주었다. 그러나 금홍이는 좀처럼 화를 풀지 않고 울면서 나를 원망하
는 것이었다. 할 수 없어서 나도 그만 울어버렸다.

(동아출판사, 1995)

□이순원 「어떤 봄날의 헌화가」

그런데 나 얼마 전 그 여자를 만났지. 정말 우연히 말이지. 그러니까
꼭 7년 만의 해후인 셈인데, 이제까지 내가 그 여자에게 가지고 있던 못
다 이룬 사랑의 환상이 한순간 깨어지는 만남이기도 하였고. 그날 나는
무슨 일론가 시내를 나갔고, 그러다가 남대문시장 쪽을 들어가게 되었지.
정말 그곳에서 그 여자를 만나게 되리라고는 전혀 생각도 않고 말이지.
물론 전에 몇 번 그런 생각을 했던 적이 있었지. 가령 어느 호텔 커피숍
에 들어간다거나 혹은 분위기 좋은 식당 같은 곳에 가면 나도 모르게 괜
히 주변을 훑어보고 했으니까. 다시 말해 평생 순대 같은 건 입에도 안
댈 것처럼 보이던 그 여자가 순대를 먹어서가 아니라 입을 가리고 돌아
서는 그 여자가 입고 있던 옷의 조금은 불룩한 아랫배를 아프게 보아버
렸던 거지.

* * *

내가 그녀를 다시 본 건 그로부터 꼭 일주일이 지난 어느 금요일 아침
이었다. 다른 날보다 조금 늦게 출근해 이거 또 지각이 아닌가 싶어 후
다닥 엘리베이터 안으로 뛰어들었는데, 어디서 많이 봤다 싶은 여자가
거기에 서 있었다.

"안녕하세요?"

여자가 먼저 인사를 했다.

"아, 예."

엉겁결에 함께 인사를 했지만 어디서 어떻게 만났던 여자인지는 기억

나지 않는다.

"절 모르시겠어요? K대학……"

그래, 맞다. 장미!

반가움에 하마터면 나는 그렇게 소리를 지를 뻔했다.

(하늘연못, 1997)

□이제하 「용」

박갑종은 대청 문설주에 걸린 30촉 알전등 불빛 밑에서 마치 기다리고 있었다는 듯이 이쪽을 바라보고 앉아 있었다. 그는 가타부타 말도 없이 마루에서 몸을 일으켰는데 과묵하던 어릴 때 습벽 그대로, 목발 한 끝을 들어 우물 쪽을 가리키며 씻으라는 시늉을 했다. 그 곁에 호위하듯이 나와 선 부인에게 북어와 김을 건네고 나는 우물로 갔다.

(문학과지성사, 1985)

□이혜경 「그 집 앞」

소희가 처음 효임의 가게에 들어서던 날은 몇 십 년 만인가라는 무더위가 휩쓸던 몇 년 전 여름이었어. 자고 나면 몸에 땀띠가 솟고 가슴팍 고랑으로 땀이 줄줄 흘러내렸지. 기름솥만 봐도 더운 날 해질 무렵에, 땀이라고는 한 방울도 안 흘린 얼굴로 여자가 들어섰어, 서른이 채 안 되었을까. 화장기 없는 얼굴이 초라했어.

* * *

키가 크고 과묵했던 그는 옷자락을 버림으로써 내 마음에서 사람들이 우연히 합석하게 되었을 때, 두 테이블 건너 대각선에 앉은 내게 굳이 잔을 건네다가 옷자락이 김치보시기에 스치는 바람에 김칫국물을 묻히고 말았다. 거봐, 안 하던 짓을 하니까 그런 게 묻지. 그의 부서 사람들이 놀렸다. 술기가 올랐던 그는 얼굴이 더 붉어졌다. 그날 그는 내 마음에 들어와 앉았다.

* * *

딸의 뒤를 좇아 안마당으로 들어섰을 때, 한내댁은 염소거나 뭐 그런 짐승을 본 걸로 생각했다. 마당 귀퉁이의 수돗가에, 속속들이 하얀 물체가 웅크리고 있었던 것이다. 사람들이 들어서는 기척에 몸 돌리며 허리를 펴자 제 모습을 드러낸 건 앙증맞게 작은 몸피의 노파였다. 흰 스웨터와 빈틈없이 바랜 머리 위에 담뿍 올려 앉아 부서지는 햇살에 눈 시려하며, 한내댁은 사돈과 첫 대면을 했다.

(민음사, 1998)

□이혜경 「길 위의 집」

옥상으로 통하는 문 앞엔 부서진 책상, 겨울에 때로 난로 같은 것이 어수선하게 쌓여 문을 가로막았다. 채워져 있던 열쇠는 누군가, 그보다 먼저 옥상을 필요로 했던 사람이 뜯어버린 흔적을 남기고 있었다. 더러 못이 삐죽 솟아나온 널빤지들을 피해 그 문을 밀었을 때, 문과 대각선이 되는 구석에 한 여학생이 발을 쭉 뻗고, 옥상 벽에 등을 기댄 채 앉아 있었다. 옥상 턱이 만들어낸 그림자에 반쯤 갇힌 병아리빛 원피스가 떠 보였다. 어디론가 열심히 뛰어가다가, 에라 모르겠다, 뛰던 것도 잊고 널브러진 자세로.

(민음사, 1995)

□이호철 「네 겹 두른 족속들」

그러나 그쪽이나 이쪽이나 어슷비슷하게 변해 있었으니 양쪽 다 뭐라고 잔소리할 처지도 못되었다. 서로가 개 닭 쳐다보듯이 덤덤하고, 근 이십 년 만에 만나는 내외답지 않게 전혀 감회도 없고 싱거웠던 것이다.

* * *

우연히 점심 한 끼 먹으려고 하얼빈장이라는 으리으리한 요릿집으로 들어갔다가 둘은 딱 마주쳤던 것이다. 마누라 공순덕 여사도 지난 세월 근 20년 동안 이리저리 돌다가돌다가 하얼빈까지 흘러와서 이 요릿집을 손수 경영하고 있었던 것이다. 두 사람은 눈이 마주치자 그 자리에 얼어붙은 듯이 머엉하게 마주쳐다보았다. 한참만에야 "임자, 이게 임자가 아닌가. 아니, 대체 어쩌다가 임자가 이런 곳에 그 꼴로 있는 거요?" 하고 장형진 씨가 물었다.

(미래사, 1989)

□장용학 「요한 시집」

아들이 아님을 알아내었는지 이제는 감정을 나타낼 힘도 없는지 아무 표정도 없다. 눈곱에서 겨우 빠져나온 눈물이, 육십 일 가뭄 땅을 적시는 물줄기처럼, 구겨진 주름살 틈을 이럭저럭 기어서 귓바퀴로 흘러든다. 어쨌든 그 얼굴은 육십 년 만에 처음 든 홍년임에는 틀림이 없었다. 죽은 누혜를 생각하여서라도 부드러운 말이나 눈물 섞인 소리를 해야 이 자리가 어울리겠는데 그것이 그렇게 되지가 않았다.

(신구문화사, 1965)

□전광용 「사수」

내가 새로 전속되어 오던 날 부대장에게 신고를 하고 나오던 길에 복도에서 B를 만났다. 서로 생사를 모르다가 기적같이 처음 맞닿은 이 순간, 나는 함성을 올리며 B의 손을 덥석 잡았다.

* * *

그러나 더 결정적인 사태가 정작 내 앞에 벌어지게 되었다. 그것은 내가 휴가중의 외출에서 돌아올 때 공교롭게도 B의 가족 동반의 기회에 마주친 일이다.

여기에서 오래도록 감추어졌던 모든 자물쇠는 열렸다. B의 옆에는 벌써 어머니가 된 경희가 서 있는 것이 아닌가. 경희는 충격적인 고함 소리 한 마디를 치고는 이상하게도 기계라도 정지하는 것처럼 다시 태연해지는 것이었다. 아마도 B에게서 나의 생존을 알고, 이미 결정지어진 과거에 대하여 어쩔 수 없는 체념으로 마음을 다져먹었지만, 이 불의의 경우에 나와 정면으로 마주치고 보니 격동되지 않을 수 없었던 것 같다.

(동아출판사, 1995)

□ 최수철 「고래뱃속에서」

그는 깜짝 놀라서 어찌할 바를 모르고 망연히 서 있었다. 부장은 첫눈에 그를 알아보고는 손을 내밀었고, 여사무원은 약간 얼굴을 붉히며 가볍게 목례를 보내왔다. 그가 머뭇거리며 그의 앞으로 내밀어진 손을 잡자마자 상대방은 얼른 손을 풀며 겸연쩍어하는 표정으로 말을 꺼냈다.

* * *

이윽고 그가 사내를 잘 바라볼 수 있는 자리에 앉아 두 팔을 의자 등받이에 걸쳤을 때, 그 사내는 오랫동안 자신을 주시하고 있는 어떤 낯선 눈길의 존재를 의식하였는지 문득 험한 눈빛을 번득이며 눈을 들어 그를 마주 바라보았다. 짧은 순간 그들의 시선이 허공에서 부딪쳤고, 곧 그는 얼른 시선의 매듭을 풀어버리고서 눈길을 옆으로 돌렸다.

(문학사상사, 1989)

□ 최수철 「내 정신의 그믐」

그녀가 자전거를 타다가 넘어진 이후로 우리는 세 번에 걸쳐 만났다. 그녀는 내 자동차에 남긴 상처에 대해 보상을 하겠다고 했고, 나는 완강하게 그녀의 말을 받아들이지 않았다.

* * *

그때 거짓말같이 그녀가 나타난다. 늙고 뚱뚱하고 그처럼 남루한 그녀가 땅에서 솟았는지 하늘에서 떨어졌는지 불쑥 대합실 안으로 들어서서 그에게로 다가온다. 그리고는 주름살과 늘어진 살점으로 덮인 얼굴을 잔뜩 찌푸리며 그의 귀를 움켜쥔다. 그러나 그는 너무도 행복하기만 하다. 그녀는 그의 귀를 잡은 채 그를 질질 끌고 간다.

(문학과지성사, 1995)

□최인호 「사랑의 기쁨 (상)」

그보다도.

채희는 계단을 오르며 생각했다.

그분은 거의 실명 상태에 이른 시각 장애인이 되어 버렸다. 세월은 그분에게서 인간이 지닌 감각 중에서 가장 중요한 시각(視覺)을 빼앗아버린 것이다. 그분은 거의 장님이 되어버린 것이다.

그때였다.

두 사람이 채 계단을 오르기 전에 집의 문이 열리면서 한 사람이 나타났다. 밝은 집안의 불빛으로 나타난 사람의 모습은 실루엣으로 보였다.

"다녀왔습니다."

그 사람을 보자 민병국이 소리쳐 말하였다.

"방금 도착하였습니다."

"알고 있네."

그 사람은 밝은 목소리로 대답하였다.

"방금 차가 집 앞에서 멎는 소리를 들었네. 이제나저제나 곧 올라오겠지 하였지만 시간이 걸려 참을 수 없어 내가 먼저 나와 보았네."

민병국이 채희를 쳐다보면서 말했다.

"마침 러시아워여서 오는 도중에 시간이 많이 걸렸습니다. 채희씨, 인사하시죠. 최현민 선생님입니다."

"안녕하세요."

채희가 큰소리로 첫인사를 꺼냈다.

"처음 뵙겠습니다."

채희는 손을 내밀었다. 자연스럽게 악수를 나누기 위해서. 그러나 최현민 교수는 채희의 손에 응답하지 않았다. 그는 분명히 채희가 있는 곳을 향해 정면으로 응시하고 있었지만 채희가 내민 손은 보지 못한 모양이었다.

(여백, 1997)

□ 최일남 「하얀손」

그들 간엔 이런 류의 만남이 잦았다. 두 사람뿐만 아니라 엇비슷한 처지에 있는 이들일수록 멀쩡한 공공 사무실을 놔두고 시내 곳곳에 암호처럼 박혀 있는 그들만의 장소에서 귓속말을 주고받았다.

아니다. 귓속말은 귓속말인데 그것이 현실로 나타날 때는 덩치가 몇십 배로 불기 때문에 실상 단순한 귓속말이 아니었다. 중요한 정보 교환도 그 속에서 오갔다. 정보, 정보, 정보…… 정보에 죽고 정보에 사는 생리를 바탕 삼아 매사를 족치는 까닭에 바깥 시정인들은 무슨 사건이 터진 후에야 나름대로 해설을 덧붙이기 예사였다.

(문학사상사, 1994)

□ 최정희 「인맥」

"인사하세요."

혜봉은 이렇게 그이에게 손짓해서 나와 그이를 인사시켰습니다.

예상했던 이상의 둥글고 우렁찬 음성이 호수 속 저 밑바닥까지 흔들어놓을 듯 했습니다. 나는 아주 황홀경에 이르렀습니다. 벌써 어디서 만났던 이와도 같고 또 오래오래 기다리던 이와도 같았습니다. 정말 여러 말 할 것 없이 내가 오래 전부터 기다리던 이와도 같았습니다. 삼림(森林)

같은 사색(思索)과 얼음 같은 고독을 무한히 동경함직한 그이의 눈이 내게 그렇다고 일러주었습니다. 그래서 나는 나도 모르는 사이에,

"당신은 인제사 제게 오셨군요."

입 속에서 이런 불량(不良)스런 언사까지 중얼거리게 되었습니다. 그러다가 희색이 만면해 서 있는 혜봉을 깜짝 깨닫고,

"축하한다."

고 말하며 당황히 손을 내밀었습니다. 나는 혜봉의 손을 굳게 힘있게 잡았던 것을 기억합니다. 혜봉이뿐이었으면 그다지 꽉 잡지 않았을 것입니다.

(어문각, 1973)

□ 최정희 「천맥」

그들이 달려 들어가자 여러 아이 녀석들이 우르르 쓸어 나왔다. 인사하는 녀석, 그저 서서 보기만 하는 녀석, 헤죽헤죽 웃는 녀석, 각양각색이었다. 그들은 연이네 모자의 내방(來訪)을 무척 기뻐하며 자기 집을 찾는 반가운 손님이거나 어디 갔다 돌아오는 살뜰한 식솔을 맞아주는 그러한 태도로 서 있었다.

(어문각, 1973)

□ 하성란 「곰팡이꽃」

5층 계단 위에 사내가 앉아 있다. 사내의 커다란 몸집이 계단을 막고 있어 남자는 할 수 없이 사내가 비켜설 때까지 계단 참에 서 있어야 했다. 인기척을 느끼고 고개를 든 사내가 한눈에 남자를 알아보고 손을 내민다. 권투글러브처럼 두툼한 손아귀의 힘이 느껴진다. 사내의 두 눈에는 핏발이 서 있다. 사내가 앉았던 계단에는 커다란 케이크 상자가 놓여 있다.

… (중략) …

남자가 사내의 뒤에 놓인 상자를 힐끗거리자 사내가 상자를 들어 남자에게 내민다. 자꾸 부탁만 해도 될는지 모르겠어요 이것 좀 전해 주시겠어요? 오랫동안 집을 비웠으니 당분간은 집에 있을 겁니다. 한 손에 들린 쇼핑 봉투 때문에 나머지 한 손으로 상자를 건네받는다. 상자가 조금 흔들리자 사내의 핏발 선 눈이 조금 커진다. 조심해서 드셔야 해요. 상자가 움직이면 모양이 찌그러지거든요. '찌그러지거든요'라는 부분에 이르러서는 넓적한 사내의 얼굴이 덩달아 찌그러지거든요. '찌그러지거든요'라는 부분에 이르러서는 넓적한 사내의 얼굴이 덩달아 찌그러진다. 생크림 케이크인가 봐요? 체리가 파인애플 같은 생과일이 얹힌?

사내가 소리 없이 웃는다. 생크림 케이크를 무척 좋아하지요 물론 저야 생크림광이지만요. 사내가 혼잣말처럼 중얼거린다. 같이 케이크를 먹게 될 날이 올까요?

(창작과비평사, 1999)

□ 한수산 「모든 것에 이별을」

경미를 만난 건 내가 동양사를 전공하는 학생 때였다. 사랑했다고…… 그렇게 말해야 하리라. 그녀가 나무였고, 또 나도 나무처럼 서 있었던 시절, 그때 우리는 사랑했었으리라. 서로 이만큼 떨어져 서 있는 나무들처럼. 안개 속에서 바라보면 하나지만 가까이 다가가보면 둘인 나무들처럼 우리의 첫 만남에는 그런 그리움이 있었다. 멀리서 바라보면 우린 언제나 하나인 숲이었다. 그러나 경미는 그렇게 남아 있지 못하는 여자였다. 언제나 내게 까치집 같은 깃 하나를 남겨놓고 그녀는 어디론가 떠나곤 했다.

* * *

그렇게 해서 우리의 만남은 시작되었다. 작은 블록을 하나씩 쌓아가는 듯한 나날이었다. 함께 차를 마시고, 함께 영화를 보고, 함께 공원을 어슬렁거리고…… 술을 마시는 내 옆에 앉아 저녁을 먹으면서 해롱거리는 내 꼴을 바라보아 주고, 그러다가 밤 깊은 버스 정류장에서 헤어지는 날들. 누구에게나 그렇듯이 우리들의 만남도 다를 바 없이 하루하루가 그렇게 쌓여갔다.

(삼진기획, 1997)

□ 한승원 「새끼무당」

"제가 판남입니다."

이렇게 말을 하고 다가선 나를 윤월이 무당은 멍히 바라보기만 했다. 죽은 사람이 살아 돌아오기라도 한 것처럼 나를 찬찬히 뜯어보았다. 내가 예전의 판남이라는 사실이 좀처럼 믿어지지 않는 눈치였다. 그녀는 나를 판남이라는 사람으로 믿기 위하여 나의 어머니에 대하여 묻고 아버지에 대하여 물었다.

이윽고 나는 내가 그녀를 찾아온 까닭을 사실대로 말했다.

그녀는 내가 궁금해 하는 것들을 감추려 하지 않고 모두 이야기해주었다. 그녀의 말씨는 푸념이고 넋두리였다. 홍타령이나 시나위 같은 가락이 깔리어 있었다. 그것은 한이 많은 사람들한테서 볼 수 있는 현상이었다.

(문예중앙, 1994))

□ 한승원 「포구의 달」

그의 후배인 듯한 얼굴 셋은 교장이 인사 소개를 하기도 전에 몸을 일으키고는 굽실거리면서 자기소개들을 했다. 이재필과 박창길은 능청스럽게, ……하고 교장이 인사소개를 할 때까지 기다렸다가 거만스럽게 웃으면 손을 내밀었다.

(계몽사, 1995)

이별 묘사편

□강신재 「절벽」

용모부터가 날카롭게 재자형인 최완규가 나타나서, 거의 방약무인하게 경아의 육체와 정신을 뒤흔들어 놓았다고 느꼈을 때에 그는 그다지 큰 망설임도 가져보지 않고 박현태로부터 등을 돌렸다. 가장 중요하다고 생각되는 것—불꽃을 이루는 격렬함이 그에게는 없다고 믿는 때문이었다.

현태가 받는 타격은 그러나 뜻밖이리 만큼 심각하였고 그의 인생은 거의 지리멸렬로 된 듯이 보여지는 일에, 경아는 아연하기도 하였지만, 결국 그는 현태를 잊고 말았다.

(계몽사, 1995)

□공지영 「더이상 아름다운 방황은 없다」

인경의 고개가 푹 수그러졌다. 인경은 아랫입술을 자근자근 깨물고 있었다. 얼마나…… 지섭은 담배연기를 내뿜었다. 무슨 말이 이어져도 상관없다. 그것은 과거형일 테니까. 그리고 과거형의 말은 흰 담배연기처럼 이렇게 흩어져 버려도 좋을 것이다

(풀빛, 1994)

□ 구혜영 「칸나의 뜰」

사랑하는 두 사람 가운데 누구 한 사람의 마음이 변하고 말면, 그 사랑은 가녀린 모미자 꽃의 생명처럼 끝장이 나는 것이라고 했다.

변한 마음을 아무리 꿰매어 본들 그것은 깨진 질그릇을 시멘트로 땜질하듯이 누추할 따름이라는 것이었다.

(카나리아, 1988)

□ 김원우 「추도」

자전거를 타고 온 중머리 노인이 종이등에 촛불을 밝히고 긴 여름해가 넘어가는 어둑한 골목길을 빠져나갈 때 나는 반복한 사변둥이가 겪은 삶의 가난을 저주하며 울었다. 못질을 할 때 널이 울리는 소리가 투명하게 초여름 하늘 위로 사라져서, 나는 그 소리가 동생의 영혼이 비상하는 것으로 들었다. 아가리가 벌어지자마자 순식간에 동생의 몸이 담긴 관은 아무 곳에도 보이지 않았고, 범선의 키 같은 쇠붙이가 달린 네모반듯한 쇠문이 도열해 있는 벽면만이 내 시야를 가로막았다. 대리석 바닥이 번들거리는 화장터의 긴 복도를 통곡하며 걸어가는 형을 나는 애써 부축했다. 신문지로 싼 하얀 봉지들이 나무에 주렁주렁 매달린 배밭을 장의차는 덜컹대며 굴러갔다. 금호강의 물빛이 누렇게 타오르던 동생의 안색을 닮고 있었다. 형과 나는 강물이 가슴에 차오를 때까지 걸어가서 아직도 열기가 식지 않은 뜨거운 동생의 뼛가루를 뿌렸다. 강물에 실려 가는 뼛가루와 같이 내 사지는 갈가리 흩뿌려지는 듯 했다.

(솔, 1996)

□ 김유정 「산골」

어느덧 이쁜이는 눈시울에 구슬방울이 맺히기 시작한다. 그리고 나물

바구니가 툭, 하고 땅에 떨어지자 두 손에 펴들은 치마폭으로 그새 얼굴을 푹 가리고는 이쁜이는 흐륵흐륵 마냥 느끼며 울고 섰다. 이제야 후회하노니 도련님 공부하러 서울로 떠나실 때 저도 간다고 왜 좀더 붙들고 늘어지지 못했던가, 생각하면 할수록 가슴만 미어질 노릇이다. 그러나 마님의 눈을 기어 자그만 보따리를 옆에 끼고 산 속으로 20리나 넘어 따라갔던 이쁜이는 산등을 질러갔고 으슥한 고갯마루에서 기다리고 섰다가 넘어오시는 도련님의 손목을 꼭 붙잡고 "난 안 데려가지유!" 하고 애원 못한 것도 아니니 공연스레 눈물부터 앞을 가렸고 도련님이 놀라며,

"너 왜 오니? 여름에 꼭 온다니까, 어여 들어가라" 하고 역정을 내심에는 고만 두려웠으나 그래도 날 데려가라구 그 몸에 매어 달리니 도련님은 얼마를 벙벙히 그냥 섰다가,

"울지 마라 이쁜아, 그럼 내 서울 가 자리나 잡거든 널 데려가마"하고 등을 두드리며 달래일 제 만일 이 말에 이쁜이가 솔깃하여 꼭 곧이듣지만 않았던들 도련님의 그 손을 안타까이 놓지는 않았던걸……

"정말 꼭 데려가지유?"

"그럼 한 달 후에면 꼭 데려가마."

"난 그럼 기다릴 테야유!"

그리고 아침 햇발에 비끼는 도련님의 옷자락이 산등으로 꼬불꼬불 저 멀리 사라지고 아주 보이지 않을 때까지 이쁜이는 남이 볼까 하여 피어 흩어진 개나리 속에 몸을 숨기고 치마끈을 입에 물고는 눈물로 배웅하였던 것이 아니던가. 이렇게도 철석같이 다짐을 두고 가시더니 그 한 달이란 대체 얼마나 되는 겐지 몇 한 달이 거듭 지나고 돌도 넘었으련만 도련님은 이렇다 소식 하나 전할 줄조차 모르신다.

(학원출판공사, 1990)

□ 김인숙 「핏줄」

우리는 2주일 전 참 안 좋은 상태에서 헤어짐의 악수를 했었다. 미림

은 별 이유 없이 화를 냈었는데 화라는 것이 무서운 권태라고 짐작을 한 나는 또한 이유 없이 화가 났고… 미림을 사랑하고 있었으므로 미림의 권태가 말하는 헤어짐을 자존심으로 견뎌내기란 힘든 일이어서 나는 소주 세 병을 혼자 마셨고… 그리고 복받치는 분노의 떨림에 이불에 뒤집어쓰고 욕을 지껄였었다.

(문학, 1983)

□ 김지연 「첫사랑」

자존심도 체면도 팽개치고 몹쓸 성질의 철없는 가시내 앞에서 오열하던, 끝내는 나를 붙들고 엉엉 소리내어 통곡하고 애원하던 그를 야멸차게 뿌리치고 말았다. 달빛이 소나기 되어 쏟아지는 화원수목소에서 그는 새벽 먼동이 틀 때까지 나를 붙들고 놓지 않았다. 그는 흙바닥에 주저앉아 나의 팔이며 다리며 옷을 움켜쥐고 이미 냉각된 나의 가슴을 돌이키려 사생결단코 안간힘을 다했지만, 나는 그가 싫었다.

(청림각, 1978)

□ 김채원 「밤인사」

요시코는 동그란 눈썹 아래로 아이섀도의 눈을 내리감았다.

요시코는 얼마 전 십 년째의 애인과 잠깐 이별한 적이 있다. 요시코는 어느 때보다도 화려하게 차리고 나와서 카운터에 한 손을 걸치고 서서 아무렇지도 않은 듯 오늘 그이와 헤어졌다고 웃으며 말했다.

* * *

아자는 손가락으로 머리를 쓸어내리었다. 벗어놓았던 스웨터를 걸치고 백을 어깨에 매었다. 그냥 나오려다가 하루나에게 간단한 쪽지라도 써놓으려고 책상 앞으로 같다. 책상 위에는 루즈라든가 속눈썹 붙이는 풀 같은 것들이 아무렇게나 굴러 있고 유리컵에 꽃 한 송이가 애절하게 담겨 있다.

책상 위에 세워진 쪽거울엔 창문이 어찌도 화안하게 들이비쳐 반사하고 있는지 눈이 시었다. 숲이 울창한 곳으로 달려가는 기차의 환영이 흘깃 다시 거울 속에 비쳤다가 사라졌다. 아자는 한동안 거울 속을 눈이 아프게 들여다보았다. 어깨까지 오는 아자의 머리가 창에서 들어오는 빛으로 인하여 뿌우옇게 수많은 점선을 그리고 있다. 아자는 머리 한 가닥을 거울 속에서 만지며 그와 헤어지는 날이 오기까지 머리를 자르지 말까 문득 생각했다. 아자는 허리 밑에까지 치렁거리는 자신의 머리를 상상해보다가 이어 어느 밤길에서 우연히 만나 그에게 조용히 고개 숙여 인사하고 지나치는 자신의 모습을 떠올려보았다.

(청아출판, 1995)

□ 김채원 「애천」

군화에 군모를 쓰고 있으나 우비 속에서 솟아나온 가느다란 목이 아직 여물지 못해 앳된 소년의 얼굴이었다. 군인은 비옷도 벗지 않은 채 잠시 마루 끝에 빗물을 흘리며 앉아 있다가 그대로 떠났다.

(청아출판, 1995)

□ 박경리 「파시(波市)」

수평선 위의 황금빛 구름마차가 잿빛으로, 다시 검은 빛, 그것이 어쩌면 죽음에 이르는 행렬 같기도 한 불길한 모양으로 달라져 갔을 때 윤선은 부산 항구에 이별의 고동을 울리며 떠났다. 응주는 갑판 위에 서서, 아까 부둣가에서 그랬던 것처럼 어두워지는 바다를 그냥 바라보고 서 있었다. 찝찔한 물기와 소금기를 머금은 무거운 바람이 와서 응주의 흩어진 머리카락을 수없이 흩날리게 하건만 그는 움직일 줄 모르고 서 있는 것이었다. 어둠 속에서도 배는 하얀 물거품을 일으키며 방파제를 시나고, 굵은 나울에 육중한 몸을 흔들며 앞으로 가고 있었다. 난간을 엮은 로우

프가 파도에 따라 올라가고 내려간다.

(지식산업사, 1979)

□ 박영준 「추정」

발버둥을 치며 울었지만 향미는 자기 엄마 손에 끌려 걷기를 시작했다.

정노인은 한 손에 감 보자기를 들고 한 손은 엄마 손에 잡힌 채 뒤를 돌아보며 걸어가는 향미를 멀거니 바라보았다. 잠시 뒤에는 풀밭에 앉아 점점 작아지는 그들의 뒷모습에 또 눈물을 흘렸다.

(삼중당, 1976)

□ 배수아 「은둔하는 북(北)의 사람」

그리고 곽은 그날 이후 옛날과 다름없이 계속해서 박의 정부로 지냈다. 표면적인 것은 달라진 것이 없었다. 여전히 박은 잦은 출장을 다녔고 곽은 정보부의 타이피스트 일을 계속했다. 그러나 곽은 결혼을 유지해 나갈 수가 없었다. 어느 날 아침 지난 밤 집을 비웠던 곽에게 그녀의 남편은 서류를 내밀면서 이혼을 요구했다.

"아이도 없고 재산도 없어. 각자 짐을 가지고 갈 길로 가면 되겠지."

곽의 남편은 그 한 마디를 했다. 그들은 방세를 반반씩 내는 셋집에서 살고 있었고, 곽의 남편은 폐결핵을 앓고 있는 전직 고등학교 물리교사였다.

"떠나는 상대의 뒷모습을 보는 게 더 나쁜 거지. 그러니까 너가 먼저 떠나."

곽이 떠나면 병든 그는 돌봐주는 사람도 없이 더 초라해질 것이다. 차마 발걸음이 떨어지지 않는 곽에게 남편이 기침을 쿨럭쿨럭 하면서 손짓을 했다.

"어서 가, 명아."

곽의 이름은 명아였고 남편은 그녀를 그렇게 불렀다.

"어서 가, 명아."

"부부가 아니더라도 여기 남아서 널 돌봐주고 싶어."

"너의 목소리는 내 살을 베는 칼이다. 그러니까 어서 가."

(문학사상사, 1999)

□ 서기원 「혁명」

날이 밝으면 동학군의 한 떼가 몰려올 것이었다. 간밤엔 이곳까지 손을 뻗칠 겨를이 없었을 터이지만, 이제부터는 엎어지면 코가 닿을 김진사 댁이야말로 동학군의 첫째로 꼽는 목표가 아니 될 수 없었기 때문이다. 헌주는 동학군의 대장소를 찾으리라 결심했다. 전봉준 장군한테 찾아가 주사위를 던져보리라 다짐했다. 뜬눈으로 새운 헌주는 땅거미가 걷히기 전에 의관을 단정히 가다듬고 안방에 들러 아내에게 작별을 고했다. 아내는 어린애 뺨에 볼을 부벼대며 흐느꼈다.

(삼중당, 1979)

□ 송기숙 「은내골 기행」

명호는 자꾸 뒤를 돌아보았다. 형님을 따라가던 혜선이도 자꾸 뒤를 돌아봤다. 산굽이를 돌 때 명호가 손을 흔들었다. 혜선이도 손을 들었다가 얼른 내렸다. 계집아이가 손을 대구 흔들어대기가 되바라지다 싶은 모양이었다.

(창작과비평사, 1996)

□ 신상웅 「심야의 정담」

자가 서쪽으로 기울어 있어서 이쪽 건너편에서 보기에 차창은 훨씬 높아 올라붙어 있었다. 민욱은 아까부터 그 차창 밑에 붙어 서서 홀쩍홀쩍 눈물을 찍어내고 있는 아낙네를 바라보고 있었다. 역시 높다랗게 올라붙은 차창 안에도 같은 모습으로 눈두덩이 퉁퉁 부어 울고 있는 소녀가 있었다. 저 어머니는 또 소녀를 어디로 보내고 있는 것일까. 밑에 선 어머니는 잠깐만이라도 좀 내려왔다 올라가라고 재촉이고 소녀는 소녀대로 차가 후딱 떠나버리면 어쩌려고 내려오라느냐고 안절부절 모녀는 눈물만 짠다. 여행을 안 할 사람은 그 귀한 버스에 올라선 안 되는 것으로 아는 어머니의 가슴은 시시각각 타들어갔다. 꼭두새벽부터 먼길을 달려온 것일까. 이슬밭을 밟은 그 어머니의 검은 고무신에 말라붙은 풀잎이 더덕더덕 매달려 있었다.

(동아출판사, 1995)

□심훈 「상록수」

건배가 떠나는 날 동혁은 오리 밖까지 나가서 전송을 하였다. 몇 해 전 교원 노릇을 할 때에 입던 것인지 무릎이 나가게 된 쓰메에리 양복을 입고 흐느적 풀이 죽어서 걸어가는 뒷모양을 동혁은 눈물 없이는 바라다 볼 수가 없었다. 밝기도 전에 도망꾼과 다름없이 떠나는 길이라, 작별의 인사나마 정당히 하러 나온 사람도 두엇 밖에는 눈에 띄지 않았다. 어린 것들을 이끌고 눈에 잠이 가득한 작은애를 들쳐업은 건배의 아내는 눈물이 앞을 가려서 걷지를 못하다가, 동리가 내려다보이는 마루터기 위에까지 올라가서는 서리 찬 풀밭에 펄썩 주저앉았다. 한참이나 자기가 살던 동리의 산천과 오막살이를 넋을 잃고 내려다보다가, 남편에게 끌려서 그 고개를 넘으면서도 돌아다보고 하는 것이 먼광으로 보이더니, 그나마 아침 햇살을 등지고 안개에서 사라져 버렸다.

(청목사, 1992)

□안수길 「신(神)이 잠든 땅 1」

석양 무렵의 붉은 노을이 역 광장에 옹기종기 모여 있는 출정자 가족들을, 그리고 장정들의 절망 섞인 대오를 벌겋게 물들여놓고 있었다. 마지막으로 한 번만 더 얼굴을 보고 손을 잡고 싶어, 이름을 부르고 울음을 터뜨리는가 하면, 땅을 쓸며 몸부림치는 소란으로 역 광장은 삽시간에 수라장이 되었다. 현역병 호송요원들의 호루라기 소리나 기마 경찰의 말발굽도 한동안의 그 필사적인, 마지막 대면을 뜯어말릴 수는 없었다. 중위의 계급장을 단 장교가 마침내 면회 허용의 지시를 내리고, 호송병과 기마 경찰이 광장 둘레를 울타리처럼 둘러쌌다. 민규는 이미 흐트러진 대열의 복판에 그냥 주저앉아 있었다. 아버지의 엄명으로 가족과의 이별은 대문 안에서 끝났으므로 민규는 다른 사람들의 이별을 쳐다보기가 안타까워 눈을 감았다.

(하나로, 1997)

□ 안장환 「산그늘」

그녀는 사나이가 건네준 색을 등에 메고 가방을 한 손에 들었다. 그리고는 비탈길을 내려가기 시작했다. 조금 걷다가 그녀는 뒤를 돌아보았다. 선우는 손을 흔들어 보였다.

(신원문화사, 1996)

□ 양귀자 「희망」

누나가 내미는 봉투를 받아서 나는 말없이 책상 위에 얹어놓았다.
"갈게. 잘 있어."
누나가 그때 나를 보고 웃었던가. 나는 그때 어떤 표정이었을까.
누나가 두고 간 편지를 나한테 그대로 칼이었다. 편지는 딱 두 줄이었다.
'집을 떠나기로 결심했단다. 다시 만날 때까지 계속 네가 보고싶을 거야.'
그렇게 누나는 떠났다. 누나는 정말 그날도, 그 나음날도, 그 디음 다음날도 돌아오지 않았다. 백화점에서는 오히려 집으로 전화를 걸어 누나의 행방을 묻고 있었다.

(살림출판사, 1990)

□ 윤대녕 「달의 지평선」

일식이 끝나고 약 두 시간이 지난 오후 1시 정각에 그녀와 나는 헤어졌다. 더이상 어쩔 도리가 없었다. 나중에 알고 보니 그녀는 전에 헤어졌던 남자와 이미 결혼 날짜까지 잡아두고 있었다. 그러면 그렇다고 미리 얘기해 줬더라면 혼란스럽지 않았을 텐데 그녀는 왜 자신도 힘들었을 게임에 그렇듯 열중해 있었던 것일까. 나중에 저울 장사라도 할 생각이었단 말인가.

어쨌든 그녀는 벌써부터 나와 헤어질 생각을 하고 있었다. 그리고 백화점에 진열된 수입상품처럼 잘 포장된 이별의 형식을 원했다. 요컨대 이제는 쇼핑이 끝났으니 그만 돌아가겠다는 뜻이었다. 내용을 살펴보면 이쪽에서 자기 진심을 대신 말해 주고 헤어지기에 필요한 빌미를 제공해 주기를 기다리며, 하지만 어째서 그래야만 한단 말인가? 불행해질 것 같아서가 아니라 보다 행복해지고 싶어서 나와 헤어지고 싶다고 왜 솔직히 얘기하지 못한단 말인가. 어떤 경우에든 진실만이 사람을 구할 수 있는 법이다.

1시 10분에 그녀가 기어이 서둘러 갔다. 나는 버스 정류장까지 그녀를 바래다주었다. 정류장 앞에서 그녀는 나를 위해 매일 기도하겠다고 말했다. 나는 진심으로 그녀가 그러지 않았으면 좋겠다고 생각했다. 헤어지는 순간까지도 왜 내게 미련을 심어 주려는지 알 수가 없다. 버스가 오자 그녀는 뒤꿈치를 들고 내게 입술을 맞춰 달라고 했다. 또 버스에 타고 앉아서는 창문을 열고 손을 잡아 달라고 했다. 어리둥절했지만 그게 그녀에게 편할 것 같아 나는 그렇게 했다. 그녀는 내세에서 다시 나를 만나고 싶다고 말했다.

내세.

하지만 그것은 광막한 시간의 소용돌이가 굽이치고 맞물린 다음일 것이고 또 어쩌다 만난다고 해도 도저히 서로 알아볼 수 없는 존재들이 돼 있을 터이었다. 가령 나는 시청 앞에 먼지를 잔뜩 뒤집어쓰고 서 있는 가로수로 태어날 것이고 그녀는 무궁화 다섯 개짜리 호텔의 예쁜 접시로 태어날 것이라는 얘기다. 어떻게 서로 알아보겠는가.

그리고 그녀를 태운 버스가 갔다.

(해냄사, 1998)

□ 윤대녕 「은어낚시통신」

그것은 그녀가 내게 그렇게 요구하고 있었기 때문이었다. 그걸 깨달은 순간에야 나는, 수많은 사람들이 밀려내려 오고 있는 거리 한복판에서 걸음을 멈춰 섰다. 그녀는 뒤 한 번 돌아보지 않은 채 사람들 사이에 파묻혀 걸어가더니 마침내 책 속의 글자처럼 작아져 내 시야에서 완전히 사라지고 말았다.

(문학동네, 1994)

□ 은희경 「새의 선물」

대충 밥숟가락을 뜬 뒤 허석은 삼촌과 나란히 대문을 나섰다. 그들이 사라진 뒤 나는 혼자 마루에 앉아 있는다.

"그럼 진희 잘 있어라. 이번엔 진짜 가는 거다."

허석이 웃으며 이렇게 말했을 때 내 가슴은 잊었던 상처가 불에 닿듯 아팠지만 아침에 헤어질 때의 강렬한 안타까움은 아니었다. 나는 내 슬픔이 꽤나 차분하다고 여겼다.

그러나 사랑의 감정이란 복잡한 것이었다. 그가 막상 진짜로 가버리고 나니 꺼질 듯 한숨이 나온다. 앞으로 이겨낼 그리움이 다시금 두려워진다.

그가 앉아서 밥을 먹던 자리에 손바닥을 대본다. 아직 온기가 있다. 마룻바닥에 엉덩이의 온기만을 남기고 그가 영영 가버렸다고 생각하자 견딜 수 없는 기분이 된다. 그래서 방안으로 들어가 한참동안 깊은숨을 쉬며 가만히 앉아 있는다.

* * *

혜자 이모네가 떠나던 날은 날씨가 맑았다. 맑게 갠 가을 날씨였다. 큰길가에 대놓은 트럭의 시동소리가 요란했다. 아무런 미련도 없다고 생각했는데 막상 대문을 나서는 현석 오빠의 뒷모습을 보자 내 가슴은 퍽 미어졌다. 예쁜 속눈썹과 저 섬세한 입술의 선을 다시는 볼 수 없으리라고 생각하자 저절로 한숨이 나왔으며 미소년의 수줍은 미소에 화답하지 않았던 과거지사에 대해서 얼마간 아쉬운 마음도 들었다.

완전히 헤어진다는 것은 함께 하던 지난 시간을 정지시킨다. 추억을 그 상태로 온전히 보전하는 것이다. 이후로는 다시 만날 일이 없기 때문에 새로운 시간에 의해 지나간 시간의 기억이 변형될 염려도 없다. 그러므로 완전한 헤어짐이야말로 추억을 완성시켜 준다. 현석 오빠와 완전히 헤어짐으로써 내 첫 키스라는 추억의 박제는 완성되었다.

(문학동네, 1995)

□ 은희경 「서정시대」

'숲새'라는 경양식 집에서 돈까스를 다 먹는 동안에는 그는 별로 말이 없었다. 웨이터가 접시를 치우자 담배를 피워 물며 그가 무겁게 입을 뗐다. 그동안, 고마웠어요. 스피커에서는 〈스프링 서머 윈터 앤폴〉이 터져 나왔다. 그는 서로에게 인연이 있다면 만난 것이 우연이듯이 또 언젠가 우연히 만나게 될 것이라고 말했다. 그 말이 멋있었기 때문에 나는 그를 이해했다. 그리고 돌이킬 수 없는 일에 미련을 갖지 않는 대범한 모습을 보여주기 위해서 더욱 명랑하게 떠들고 팝송의 제목을 아는 체 하고, 그가 기숙사까지 바래다주는 길에 하늘을 올려다보며 별의 수를 맞춰보기까지 했다. 밤에는 룸메이트와 함께 명화극장을 보며 울었다. 〈오텀 리브지〉란 영화였다.

(문학과비평사, 1999)

□ 은희경 「특별하고도 위대한 연인」

그런데 그들, 위대한 연인은 헤어졌다. 왜 헤어졌냐고? 그야 그들의 사랑에서 더이상 위대함을 유지할 수 없었기 때문이다.

그날 그들이 피곤을 무릅쓰고 만날 약속을 한 것은 스스로에게 사랑의 엄연한 존재를 과시하기 위해서였다. 누구나 피곤할 때는 그 피곤의 이유와는 아무 관련이 없는 눈앞의 대상까지도 피곤한 존재로 여기게 되는 법이다. 만나자마자 씻은 듯 피곤이 사라지는 관계란 있을 수 없다. 따라서 그들이 너무 피곤한 나머지 잠시나마 상대방을 짜증스럽게 바라본 것은 너무나 당연한 일이었다. 그러나 그들은 그 사실을 용납할 수 없었다. 위대한 사랑에 빠졌다고 생각해왔던 그들은 한순간이라도 상대의 존재가 피곤하게 느껴진다는 데에 모욕을 느꼈으며 피곤의 여지가 끼여들 수 있다면 그렇다면 혹 그들의 사랑은 다음 기회에 다시 올 수도 있는 평범한 사랑 중의 하나가 아니었나 하는 의심이 들었다. 그 의심은 과민함으로, 그렇다, 지나친 과만함의 미로 속으로 그들을 질질 끌고 다녔다. 미로를 빠져나왔을 때 그들은 자기들이 도달한 곳이 작별의 지점이라는 데에 어리둥절했지만, 그러나 이미 돌이킬 수 없는 일이었다. 하는 수 없이 헤어져 돌아가며 그들은 각자 위대한 사랑의 장렬한 파국을 애도하면서 울었다.

(문학동네, 1996)

□이 상 「봉별기」

헤어지는 한에도 위로해 보낼지어다. 나는 이런 양식 아래 금홍이와 이별했더니라. 갈 때 금홍이는 선물로 내게 베개를 주고 갔다.

그런데 이 베개 말이다.

이 베개는 이인용(二人用)이다. 싫대도 자꾸 떠맡기고 간 이 베개를 나는 두 주일 동안 혼자 베어 보았다. 너무 길어서 안됐다. 안됐을 뿐 아니라 내 머리에서는 나지 않는 묘한 머릿기름 땟내 때문에 안면(安眠)이 적이 방해된다.

(동아출판사, 1995)

□이순원 「어떤 봄날의 헌화가」

나는 지금도 그렇게 생각하는데, 우리나라 젊은 연인들의 이별의 절반은 아마 국방부가 책임져야 할 일이 아닌가 하고 말이지. 그 3년을 면회도 제대로 잘 이루어지지 않는 전방에서 보내고 다시 학교로 오면 한때 우리들의 애인이었던 여자들은 이미 졸업한 다음 어디 직장에 다니거나 아니면 대학원에 진학해 있거나 했으니까.

(하늘연못, 1997)

□이혜경 「길 위의 집」

일자리를 구하러 나갔다가 허탕치고 들어오는 저녁, 속에 고인 신물이 목을 타고 울컥 솟구쳤다. 내다버린 연탄재가 담장 아래마다 쌓여 있었고, 겨울이 코앞에 다가와 있었다. 옹기종기 모여 앉은 아이들 앞에서 국자에 설탕을 녹이는 뽑기 냄새에 빈 위벽을 긁히며 언덕을 걸어 올라가면, 방문 바로 앞의 변소에서 풍겨 나오는 암모니아 냄새를 맡으며, 라디오를 들으며 기다릴 현희, 사랑은 허기를 지워내진 못했다.

(민음사, 1995)

□ 채만식 「팔려간 몸」

해가 길이 넘도록 솟은 뒤에 비로소 돌리 앞에서 빽빽하게 사람이 몰려나왔다.

맨 앞에 양복 입고 홀태바지 입은 키다리가 모집하러 온 사람.

그 옆에 납작하게 붙어서 오는 것이 면장님―면장님은 이번 여직공을 모집하는 데 매우 힘을 많이 썼다.

그 뒤로 울긋불긋하게 차린 열다섯 명의 처녀와 정거장까지 배웅을 하러 나선 부모네가 따라섰다.

행렬은 차차 가까워온다. 견우가 기다리고 있는 좁은 길과 정자로 정거장 가는 큰 행길이 뻗치어 있다.

여러 처녀 가운데서 견우는 대번에 직녀를 발견하였다.

직녀의 얼굴은 자주 사방으로 내둘린다. 견우를 찾으려는 것이다.

견우는 노래를 불렀다.―직녀의 어머니도 같이 가는데 좀 뭣하기는 하지만.

가네 가네 하더니마는

님이 나를 버리고 정말로 가네.

평소에 무심히 불렀던 육자배기가 정말 자기 신세를 말하게 되니 한층 구슬펐다.

노랫소리에 견우를 발견한 직녀는 연해 이편만 바라본다. 만일 가까이서 본다면 그 눈에 눈물이 어리었으리라고 견우는 생각하였다. 그와 마찬가지로 직녀의 어머니 눈에는 쌍심지가 돋았을 것이다.

갈림길까지 와서 행렬은 멈췄다.

면장님이 일행을 앞에 둘러 세우고 무어라고 연설을 한다. 손을 들렀다 놓였다 하는 것이 보인다. 다시 돌아서서 여직공 모집하러 온 키다리와 작별을 한다. 납작 허리를 굽히니까 키다리의 정강이밖에 아니 닿는다.

다시 행렬은 걷기 시작하였다.

직녀는 동구 밖 모퉁이를 돌아갈 때까지 한 걸음에 한 번 두 걸음에 한 번 두 걸음에 한 번 뒤를 돌아본다. 필경 치마꼬리를 잡아오려 눈을 씻는다. 그것을 보니 견우도 갑자기 눈물이 떨어진다.

애달픈 이별이라고는 하지만 견우는 처음은 섧지는 아니하였다. 돈을 모아서 같이 살게 될 것이고 또 그동안 일 년에 한 번씩은 만나게 될 터이니까. —

그러나 직녀가 우는 것을 보니 갑자기 한심하고 처량한 생각이 든 것이다.

직녀의 그림자는 동구 밖으로 사라지고 지난 자취만 비어 있다.

동리에서는 아침 연기가 조금만 솟아오른다. 해는 세차게 살을 뻗친다. 소는 아무것도 모르고 여전히 식식거리며 꼴만 먹는다. 딸랑 딸랑 딸랑.

(창작과비평사, 1989)

□ 한수산 「모든 것에 이별을」

비가 내린다거나, 가을이라거나. 첫눈이 내릴 때, 혹은 텔레비전 뉴스 시간에 비쳐지는 지리산의 철쭉을 보면서 때때로 떠오르는 사랑의 순간들도 있다. 이제는 헤어져 서로가 잊고 있지만, 그때 그 여자와 저기에 있었지, 하고 사랑의 순간들은 화석처럼 남아, 문신이 되어, 시간을 넘어서서 그렇게 기억의 마음에 살고 있는 것이다.

(삼진기획, 1997)

□ 한수산 「진흙과 갈대」

혜옥이 낮게 말하고 다리 쪽을 향해 몸을 돌렸다. 어둠 속으로 사라져 가는 그녀의 모습을 바라보면서 장호는 어금니를 물었다. 나도 어디로든 가버릴까. 나라고 여기 이 바닥에만 있어야 할 건 없지 않냐.

(중앙일보사, 1992)

• 작가명 •

•작품명•